第五部队

❶ 浴火重生

纷舞妖姬◎著

中国友谊出版公司

图书在版编目（CIP）数据

第五部队. 1，浴火重生 / 纷舞妖姬著. — 北京：中国友谊出版公司，2014.10（2016.8重印）

ISBN 978-7-5057-3424-1

Ⅰ. ①第… Ⅱ. ①纷… Ⅲ. ①长篇小说—中国—当代 Ⅳ. ①I247.5

中国版本图书馆CIP数据核字（2014）第207430号

书名 第五部队. 1，浴火重生

作者 纷舞妖姬

出版 中国友谊出版公司

发行 中国友谊出版公司

经销 新华书店

印刷 北京慧美印刷有限公司

规格 710×1000毫米 16开

19.5印张 328千字

版次 2014年12月第1版

印次 2016年8月第2次印刷

书号 ISBN 978-7-5057-3424-1

定价 35.00元

地址 北京市朝阳区西坝河南里17号楼

邮编 100028

电话 （010）64668676

如发现图书质量问题，可联系调换。质量投诉电话：010-82069336

目录

Contents

第三卷

血色兰花

第四卷

北方的狼

—第一卷—

谁是英雄

第一章　陆战师

1950年11月下旬，虽然刚刚入冬，但是在朝鲜北部的盖马高原上，已经是一片冰天雪地了。跨过鸭绿江从中国东北吹过来的西伯利亚寒风，在这片大地上不断呼啸着，掀起山峰上那层层迷离的雪雾，更将一片肃杀、一片阴霾狠狠倾洒在这片已经包容了太多硝烟与战火的土地上。

一走出自己的指挥所，美军陆战一师师长史密斯就忍不住狠狠打了一个寒战。他不由得诅咒着这该死的鬼天气，如果他没有记错的话，今天的温度，就算是在白天，也是零下二十五摄氏度。可是就在这样该死的天气里，他却接到了上司阿尔蒙德将军简单而直接的命令："陆战一师，进攻，全速进攻！"

现年57岁的史密斯师长，年轻时曾经在美国驻巴黎大使馆任职。就是这样的经历，使他身上多了一种儒雅的书生气息，再加上他高大但并不过于雄壮的身躯和他脸上总会扬起的温和笑容，使他总是很容易成为女性青睐的对象。而参加过两次世界大战，称得上战功显赫，在陆战一师里，史密斯师长更是所有人崇拜的英雄。以中国人的眼光来看待史密斯师长，他无疑可以称得上是一位儒将。

史密斯师长是一个优秀的职业军人。军人以服从命令为天职，但是接到阿尔蒙德军长要求全力进攻的命令，史密斯师长却对自己的部下下达了这样的命令："放慢前进节奏，等我们和其他部队真正会合后再恢复正常进攻速度。每天在进攻之前，必须事先确定进攻目标和距离，确保部队面临突袭时，能保持最大的反应与反击力量！"

原因很简单，史密斯师长看不起阿尔蒙德将军。

这位阿尔蒙德将军，虽然同样参加过两次世界大战，1946年在麦克阿瑟将军手下工作，1949年就成为远东战区参谋长。但是他真正在仕途上一帆风顺的原因，并不是他的军事专长，而是阿谀奉承，是个靠巴结上司而获得提拔的老手。在史密斯师长看来，阿尔蒙德军长这样的人物，根本不适合参军入伍，而是应该去当一名长袖善舞的政客。

如果可能，史密斯师长真想亲手把阿尔蒙德将军从温暖的、有着壁炉的房间里揪出来，让他感受一下盖马高原上那刺骨的西伯利亚寒流，让他睁大眼睛看清楚，陆战一师面临的状况。

根据战俘的口供，在前方很可能有三个师的敌人正等着阻击陆战一师。在这种情况下，大概也只有阿尔蒙德将军这样一位像政客更多于像军人的军长，才会下令陆战一师顶着零下二十多摄氏度的严寒，迅速向前急行军。

天气实在太冷，到了夜间汽车都无法发动，士兵每天早晨从睡袋里爬出来，做的第一件事情，就是在便携式军用煤油炉上，小心翼翼地烤自己手中的卡宾枪。这种枪射速不错，近战火力压制性强，和那些装备杂七杂八的敌人相比，他们占据着绝对火力优势。但是同样地，就是因为枪械的零件太多，而美军从军火商那里订购武器时，又没有考虑到会在如此严寒的环境中，投入大量地面部队，没有对枪械的耐低温提出太多要求，所以这些武器在经过一晚的冷冻后，部分零件已经失效。如果不小心地处理，很可能在战斗时，这些火力强悍结构复杂的卡宾枪，就会成为一根没有任何实质意义的烧火棍。

当那些士兵终于把卡宾枪烤热，重新恢复功效后，他们会把压缩饼干和巧克力外加一种太妃奶糖搭配在一起，煮出一份热气腾腾的浓汤。就在浓汤被煮热的时候，这些士兵就会在长官的带领下，脱掉身上的衣服，一个个像是要被投进油锅的虾子一样，浑身颤抖地站在寒风中，抓起脚下大把大把的积雪，在自己的身上涂抹着。据一些精通极地作战的特种部队教官说，每天早晨进行“雪浴”，不但可以清洁士兵的身体，清洗掉他们身上黏黏腻腻的东西，帮他们节约体力，更可以有效地防止冻伤。

就算是有充足的防寒工具，有自己煮出来的、含有高热量高蛋白的浓汤，每天还要至少洗上一次“雪浴”，可是每天仍然有士兵双手或双脚被冻伤，失去作战能力。

就是在这样天气极度恶劣的情况下，史密斯师长还通过战俘得到了情报：前面地势陡峭，已经不适合机械化移动，而且……至少有中国军队的三个师，正在等着阻击他们陆战一师！而中国部队在大反攻开始后，将会调集两个军的部队，包围陆战一师，把他们彻底歼灭。

综合以上所有考虑，史密斯师长认为，在这种时候，还不顾一切地全速前进，没有任何意义，更是在拿全师官兵的生命在开玩笑！

面对史密斯师长阳奉阴违的行动，阿尔蒙德军长怒不可遏。他再次下达命令，要求陆战一师兵分两路全速进攻，以配合朝鲜战场的西线进攻。

史密斯师长再次违抗了这个命令。西线的联合国部队远在德川，陆战一师的侧翼完全暴露，一旦遭遇中国军队三个师的三线包抄，就算没有全军覆没，也要遭受无法承受的损失，以最不光彩的样子，撤出这片战场。如果真有两个军把陆战一师团团包围，在这种极度严寒部队武器大打折扣的情况下，被歼灭也不是不可能的。而且现在他的陆战一师，分布在盖马高原各个战略要点上，谁见过以分散状态全速前进的陆战部队？！

在所有部队前线进攻的时候，史密斯师长做出一个让人惊讶的命令：在一个叫下碣隅里的小镇，派遣工兵部队，修建临时军用机场。下碣隅里是盖马高原长津湖南端的一个小小的城镇，三条公路在这个小镇交叉聚集，使这个小镇拥有了源源不断的生命力。最重要的是，这里是坡度相对平缓的盆地，在这个小镇的南侧，有一块足够修建军用机场的平坦地带。

面对史密斯师长一次次违抗将令，第十军军长阿尔蒙德将军，亲自飞到了陆战一师师指挥部。

“你从俘虏口中得到的情报是错误的！史密斯先生，你有没有想过，一般的被俘士兵怎么可能会知道三个师集团作战这样的精确情报？这在军事常识上来说，是根本不可能的。而且我必须说，史密斯先生你真的是太谨慎了，谨慎得已经失去了军人应有的勇敢与坚强。”

走进师指挥部，在房间里就剩下这两位指挥官开始密谈后，阿尔蒙德将军的怒火终于爆发了，“我知道这里环境很恶劣，每天都有士兵被冻伤，大家都希望能够回家去过一个开心的圣诞节，可是史密斯先生你想过没有，以我们的装备和补给状态，都要每天面对非战斗减员的状况，那些补给线过度拉长，又要被我们空军不断攻击，就连必要的御寒物品都不足的中国军队，又怎么可能在这种恶劣的情况下，潜伏在你们前面的道路上？”

面对阿尔蒙德将军的斥责，史密斯师长沉默了。他不是没有想过俘虏只是提供假情报，来抑制陆战一师前进的步伐，打破西线部队全线压进的可能。史密斯师长也清楚地知道，那些军装上没有醒目的标志，以“志愿军”这样的名称来自称的中国军队的装备情况。

那些中国军队，他们的后勤补给能力，甚至还达不到第一次世界大战的水平。他们的军装颜色看起来就像是岩石一样，在冰天雪地的盖马高原中，他们的大部队如果白天行动，这种强烈的视觉对比，可以让那些轰炸机驾驶员在空中轻而易举地寻找到目标。史密斯师长曾经看过空中侦察机拍到的中国部队照片，那是一支连保暖棉帽都没有配发齐全的部队，有相当一部分士兵只能拿军用棉被裹在自己的头上，而他们穿的鞋子……史密斯师长真的无法想象，如果真的有三个师的部队在前面等着伏击他们陆军一师，那么这些中国人穿着这么单薄的胶底鞋，是如何在夜间零下三十摄氏度的冰雪上生存下来的。

难道在前方有三个师的中国军队等着阻击陆战一师，真的只是中国军人投放出来的假情报？！

“麦克阿瑟将军曾经说过，东方人是很狡猾的，他们黑色的小眼睛里，总是有着一股嘲弄对方的神情。他们最喜欢做的事情，就是在软弱的时候吹嘘自己够强大，让敌人望而却步；在强大的时候，却要摆出软弱的姿态，来引诱敌人上当！”

看到史密斯师长保持了沉默，阿尔蒙德将军也放缓了语气。虽然他的官职要比史密斯上校大一级，史密斯现在也归他调度，但是他们毕竟不是同一个系统。他是陆军部队，第十军的军长，而史密斯师长和他的陆战第一师，都来自海军。相信海军部队，绝对不会因为一位陆军军长的投诉，而去处罚一位已经57岁，经历过两次世界大战，当真称得上战功赫赫、经验丰富的实战派将领！

面对史密斯，阿尔蒙德将军要保留必需的礼貌与尊重：“我们在西点军校，都学习过《孙子兵法》。史密斯先生，请你不要忘记，中国可是《孙子兵法》的故乡！在一两千年前，中国人就把各种诡诈战术运用到了极致，派出几个士兵故意成为俘虏，向我们透露大兵团的动向，阻隔我们精锐部队的前进步伐，这对他们来说，应该是一种最基本的战术了吧？对了，这种计策，好像还有一个名字，叫、叫……空城计！”

《孙子兵法》已经列入西点军校的必修课程，无论是史密斯还是阿尔蒙德这两位参加过两次世界大战的将领，都能背出《孙子兵法》三十六计中的十七八条。

史密斯师长必须承认，阿尔蒙德将军说的这些话，的确很有道理。几个普通的士兵，怎么可能知晓两个军以上的大兵团作战计划？如果单纯从逻辑上分析的话，这些情报有极大可能，就是中国军方故意放出来的假情报。只要陆战一师放缓了进攻节奏，那么在西川的部队，就会感到自己的侧翼空虚。

就在这个时候，史密斯师长的营帐外，传来了一声报告。在得到许可后，一名作战参谋快步走进来，在向阿尔蒙德将军和史密斯师长敬礼后，将一份陆战一师空中侦察机刚刚传送回来的情报，递到了史密斯师长的手中。

陆战一师的侦察机，直接飞到了中国与朝鲜交界的鸭绿江渡口，经过反复侦察，侦察机上的观察员认定，在这里没有中国军队大兵团活动的迹象。

看完史密斯师长递到手上的情报，阿尔蒙德将军笑了。“如果中国军队真的已经派出了两个军，想要消灭陆战一师，那么按照中国军队的编制，应该是一支人数达到8万的兵团了吧？史密斯先生请你想一想，这样一支庞大的部队，想要攻击陆战一师，他们的部队会在地面上，拉出多么壮观的一条条长龙。他们的轻武器远远逊于我们美军，想要全歼陆战一师，就必须动用他们手中数量不多的重武器。他们又应该动用多少汽车和那种该死的只有一个轮子的手推车，来运送沉重的炮弹和各种必须准备的替换零件？”

史密斯师长不能不面对这样一份侦察机刚刚送回来的侦察报告。他知道中国军队身经百战，战斗力比朝鲜军队要强得多；他也知道中国军队最擅长的就是土木作业和潜匿隐伏，但是无论如何，他们也不可能把8万部队都隐藏得滴水不露吧？就算他们再精于潜伏，他们总得行军，总得生火做饭，烧上些热水和暖汤，来帮助士兵抵御这该死的西伯利亚寒流吧？！

根据情报部门的预测，到了明后天，这片冰雪平原的最低气温，可能会达到零下四十摄氏度！中国军人再诡异，他们也是人，他们缺乏必要的保暖器材，他们为了潜伏，不敢大量点燃明火，他们脚上穿的甚至还是单薄的胶鞋，在这种情况下，他们只要趴在地上超过两个小时，就不可能再用自己的力量重新站起来，他们更不可能支撑过如此寒冷，又是如此可怕的严冬之夜！

但是不知道为什么，看着摆在桌子上的作战地图，看着侦察机刚刚传送回来的侦察情报，看着已经亲自跑到一线督战的阿尔蒙德军长，史密斯就是觉得自己的眼角在不停地跳动，就是觉得自己胸口发闷。

没有上过战场的人，绝对不会明白，像史密斯师长这种身经百战，一次次陪着死神跳舞的人，慢慢培养出来的犹如野兽般，对危险接近直觉的本能反应。

如果真的有几万名经历了战火一步步成长起来的职业军人，潜伏在盖马高原的某一个地方，静静等待着他们陆战一师踏进早已经准备好的死亡陷阱，那么在漫长的等待中，和这片冰雪天地截然相反的，就是这些军人身上那种压抑到极限，已经腾腾上冒的杀气！

史密斯师长感觉到的，就是这样的危险，这样的杀气！

陪着阿尔蒙德将军检阅军队，听着阿尔蒙德将军在那里对着士兵大谈打到鸭绿江，畅想着如何以胜利者的姿态结束这场该死的战争时，史密斯师长一直保持着沉默。别的将领都喜欢说“我的部队”，而史密斯师长，却一向用“我们的陆战一师”来讲述他带领的部队。

“你们都是我的孩子，都是我的兄弟，陆战一师属于这里的每一个人。”史密斯望着站在台下，聆听阿尔蒙德将军讲话的军官和工作人员，在他那双深蓝色的眼睛里，闪动着一丝海洋般浩瀚的微澜。没有人知道，在这个时候，史密斯师长对着这些部下，在心里许下了一个美好的愿望：“虽然是痴人说梦，但是我真的希望，在这场该死的、没有任何意义的战争结束以后，一个不少地把你们都带回家！”

第二章　极地生存法则

史密斯的感觉没有错，在陆战一师的前方，真的有几万名中国军人，静静地潜伏在冰天雪地里，等待他们自投罗网！这些中国军人，身上的军装单薄，有些人甚至连生存必备的棉帽都没有领到。虽然为了这场狙击战，上级已经额外多给他们准备了必要的补给，但是他们的食物仍然少得可怜。在他们每个人的背囊里，除了七日份的炒面外，还多了两个已经冻得可以敲死人的玉米和几个黑乎乎的烤土豆。

知道陆战一师还没有上钩，战斗还没有打响，所以这些中国军人，在吃饭的时候，都很从容。他们每个人都领到了一点生石灰。这真是好东西，只要烧上水，就能产生相当的热量，让他们勉强可以把找到的冰块烧成热水，混合着他们布袋里的炒面，搅成一碗热面糊。没有人去使用一弯下腰就可以抓到的雪粉，因为有人清楚地告诉他们，如果找不到合适的水源，必须利用热量融化来取得水的话，就要用冰块。因为同体积的冰融化得到的水，远远比积雪融化得到的水更多。最重要的是，很多人的意识中都有一个误区，实际上……冰块比积雪更容易融化！

这种用炒面泡成的热面糊，真的很好喝；更重要的是，就是这样一碗热面糊，给他们的身体又重新注入了生存下去必需的热量，让他们可以静静地潜伏在冰天雪地里，等待着敌人的光临。

这些中国士兵，并没有在冰天雪地中直接宿营。他们发挥出中国士兵最擅长的土木作业，用雪粉和冰块，垒砌出一个个勉强能容纳一个人躺进去的雪穴。只要在睡进去后，再把雪粉堆积起来堵住洞口，就是一个类似于爱斯基摩人冰屋的封闭环境。

有些人的身上，还准备了蜡烛，因为在雪坑这种封闭而狭小的环境中，一支蜡烛产生的热量如果可以合理地利用，已经足够他们对抗外面的极地严寒！

“记住，寒冷的气候是一种很强的自然力量，它的危险与杀伤力，绝不比开着坦克和轰炸机的敌人差！在寒冷的区域，冷风吹过来会带走大量的身体热量，这是流动的空气，吹在暴露在外边的人体皮肤上而造成的结果。简单地说，在零下九摄氏度的环境中，每小时十五千米的风速吹在脸上带来的寒冷，相当于零下二十三摄氏度的无风环境！所以，不管用什么办法，必须要保护好自己的身体，绝不能让自己的皮肤直接裸露在空气中！

“如果想在极度寒冷中生存下去，有四个保暖的基本原则，你必须遵守！第一，衣服要穿得宽松，并且要分层。衣服和鞋袜太紧会限制血液循环，使冻伤更容易发生，同时会减少衣服和衣服之间的空气量，从而降低其隔热的功效。多穿几件薄一点的衣服比只穿一件同等厚度的衣服效果要好，因为衣服和衣服之间会形成不流动的空气层，这些空气层能够隔热保温，同时也便于脱和穿，热了马上脱掉一件，防止过多出汗；冷了马上加一件，增加温度。

“第二，避免身体热度过高。如果热度过高，你就会出汗，衣服会吸收汗水，这样会从两方面影响你的体温：湿度降低了衣服的隔热保温性能；汗水蒸发导致的冷却作用会使体温下降。要调节衣服的厚度，使自己不要出汗。你可以部分敞开大衣或夹克，或者脱掉里面的一层衣服，或者脱掉手套，或者脱下大衣的帽子或减少头部的包裹，等等。热度过高时，头部和手部是很有效的散热部分。

“第三，保持衣物干燥。在寒冷的气候下，你里面的衣服会由于出汗而潮湿，外面的衣服如果不防水，粘在上面的雪霜被体温融化，也会弄湿衣服。如果有的话，外面要穿防水的衣服，它能够阻止大部分雪霜融水。进入热的避身所之前，刷掉身上的雪和霜。不管采取怎样的预防措施，你总是会有弄湿衣服的时候。这时，弄干衣服会成为主要的问题。在行进时，把潮湿的手套和袜子放在包裹上面。在冰点气温下，有时风和阳光会吹干和晒干衣服。或者你可以将手套和袜子贴身放好，不要折叠，你的体温会焐干它们。在营地里，可以把潮湿的衣服用晾绳或临时做的架子挂在帐篷顶端。你还可以生一堆火，这样可以烘干每一件衣物。烘干皮革制衣物时要慢，不要太着急。如果没有其他办法弄干你的靴子，可以将它们放在睡袋的外层和衬里之间，你的体温会帮助烘干它们。

“第四，保持衣物干净。从卫生和舒适的角度来说，这是很重要的；而在冬天，从保暖的角度，这也同样重要。有尘土和油脂的衣服会大大降低其隔热性能。如果衣服之间的空气层被挤压或者被填满，身体的热量会更容易散失掉。”

……

每一位连长、排长甚至是班长，都一字不漏地记住了这些话。虽然很多人还无法完全理解这些话的含义，但是他们每一个人都牢牢地记住，当有人冻伤的时候，应该如何急救。他们都知道在这种环境中，会有战壕足病和足渗病；他们都知道在极度寒冷的环境中，必须要控制每一个士兵的饮水量。如果饮用太多水，在夜间他们就要起来去解手，这样会大量浪费身体的热量；可是如果饮水太少，一旦发生脱水现象，士兵很可能会在短时间内面临死亡。他们还知道了什么叫作日光灼伤；知道了在这个世界上，还有一种可能让双眼相当长时间内看不清任何东西，叫作“雪盲”的病。

每一位基层军官都在一丝不苟地做着一切他们学到的、会做的、能做的事情。他们给那些冻僵的士兵喂生姜，灌辣椒水；为了救活那些冻僵的士兵，他们在雪坑里脱掉了身上的衣服，抱住自己的士兵，用自己的体温去抢救那些兄弟的生命。

他们已经做了自己能做的一切，但是当一个难熬的夜晚过去，太阳终于吝啬地把阳光与少少的温暖倾洒到大地上的时候，那些班长、排长、连长一个个地隔着雪洞去叫，一个个地去喊的时候，总有一些雪坑里再也没有了任何回应。

望着那些躺在雪穴中，已经永远闭上了双眼的年轻兄弟，抱着这些不知道相处了多少年，已经比亲兄弟更亲的士兵，那些基层指挥官，都在轻轻吸着鼻子，他们的嘴唇在不停地嚅动。

在他们的眼里，战场上一个军人死亡，就像是蚕茧终于蜕变成蝴蝶一样自然而美丽。正所谓常在河边走，哪能不湿脚，在陌生的土地上急行军，很可能出现一些意外情况，他们也能接受一些正常的非战斗减员。但是……有谁能接受仅仅是11月24日一天的急行军，就有七百多名士兵严重冻伤这样一个数字？又有谁愿意去知道，在24日至26日晚上这两天两夜时间里，究竟有多少人，永远闭上了自己的双眼，又有多少人，就算是不死一辈子也成了残废？！

一个连长瞪大了双眼，最后他终于忍不住失声痛哭。在他面前那个雪洞，静静地躺在里面，无论他如何地喊，如何地叫，也无法再睁开双眼的军人，就是他的副连长。这位副连长没有用积雪堵住洞口，他甚至对着冷风吹过来的方向，故意扩大了洞口。发给他的那张单薄的行军毯，并没有披在身上，而是被他叠得方方正正的，当成枕头压到了自己的头下。

他是冻死的，故意被冻死的。就在他的手边，还留下了一封遗书。

“24号在急行军的时候，我想拉起一个被绊倒的士兵，结果右手被划伤，进而引发冻伤，到昨天已经彻底失去了知觉。我不知道试了多少次，我发现自己已经不能扣动扳机开枪，我的手废掉了！我这一辈子走南闯北，不知道有几次是从死人堆里爬出来。日本人的轰炸机没有炸死我，蒋介石的大炮没有炸死我，我早就不把自己这条命当成一回事。我的右手废了没有关系，我还可以给兄弟们打气，还可以用左手帮大家装子弹，擦枪。可是就是在昨天晚上，我才发现，自己的双脚也被冻伤了，我的脚腕肿得就像个萝卜似的，我甚至连站都站不起来了。我已经成了一个彻底的废人，一个冲锋连的副连长，只能躲在最后面，连枪也不能开，连路都不能走，在战场上我只会成为你们的拖油瓶，就算送回国，活下去还有什么意义？

“所以，我选择了死亡，这样最起码，我是死在了战场上，我还算是一个堂堂正正的烈士！连长，这一次我没有得到你的批准，就做了这样的决定，就请你让我在最后，选择一次自己的路吧！连长……对不起了！如果还有下辈子，我们还做兄弟！”

信，就写到了这里。

这样的故事，就在这片冰与雪交融的平原上不断上演。在战斗开始前，不知道有多少没有死在八年抗战、三年解放战争中的英雄，在这片异国他乡的土地上，陷入了永久的沉睡。

就是在浩瀚无垠的宇宙中，就是在这个叫地球的蓝色星球的一角，就是在这个叫盖马高原的冰雪世界里，就是在朝阳的照耀下，不知道有多少中国军人，脸上挂着悲伤的泪水，扬起了他们的头。他们迎着那股来自西伯利亚，穿过了中国的东北，来到这片冰雪平原的刺骨寒风，将自己的目光，狠狠投向了遥远的南方。不知道有多少人的心里，都在想着同一个词：战争！

战争！

如果没有大的战争，没有一场激战、血战、狂战，就算是他们的师长，他们的军长，甚至是他们的总司令，也不可能再压抑住这些军人心里，那股腾腾升起的、悲伤的、愤怒的杀气！

第三章　疯天血地

“我他妈的就是一个天才，一个真正的天才！”

史密斯师长几乎要疯了，就是在28日的凌晨，他的预感全部变成了现实。史密斯师长发现自己真是一个天才，他这一辈子就应该当军人，就应该领这份薪水！他所有的预感都被验证了。他一再违抗阿尔蒙德军长，他命令陆战一师放慢行军速度，他在别的部队都全速进攻的时候，甚至还顶风作案地在下碣隅里那样一个小城镇，不惜浪费时间，浪费纳税人的钱建造军用机场，甚至把师指挥部都转移到那里，真是他妈的做对了，做得棒极了！

如果不是史密斯师长的小心谨慎，如果不是他命令分散在各地的部队保持必要的通信联络，如果不是他命令各个团长做好被狙击的准备，每天只推进少量的距离，并事先确定部队驻扎地点，他的陆战一师真的要被中国军队给吃掉了！

但是纵然这样，陆战一师仍然陷入了巨大的危险当中。

“报告，报告，报告师长！”

到处都是团长们的报告，那些团长恨不得把自己的声带通过电话线，直接连到师长的耳膜上。他们放声叫道："我们遭到了攻击，我们遭到了大量中国军队的进攻！"

不用这些团长多说，史密斯师长也能明白这些团长面临的境况。通过电话，他可以清楚地听到那此起彼伏的密集枪声，那一波波密集的炮击声，那中国军队在战场上特有的铜喇叭的声音。一个距离前线阵地最近的团长，在向史密斯师长报告的时候，史密斯师长甚至听到了中国军人在冲锋时那疯狂的怒吼。

听着那些中国军人冲锋的怒吼，史密斯师长脸上那缕从容的微笑终于消失了。隔着电话线，他都可以清楚地嗅到从那些中国士兵身上散发出来的浓重杀气。现在进攻他的部队的，根本就不是一支或几支部队，而是一群饿极了，冷极了，必须要吃他们的肉，喝他们的血，否则就要饿死冻死的野兽，就是一群看见了血，已经彻底红了眼睛，心里只剩下进攻，进攻，再进攻的疯狂机器！

"不要慌，"史密斯师长怒吼道，"立刻向我报告，有多少敌人在对你们发起进攻？"

"无法判断，到处都是敌人，到处都是喇叭声，到处都是中国军队在对我们发起冲锋……我的上帝啊！"

十几枚照明弹被打到了空中，借着照明弹在空中拉出的惨白色光芒，正在向史密斯师长报告战况的一位团长瞪大了双眼。

就是在疯狂的呐喊和铜喇叭的声响中，中国军人对着陆战一师的防御阵地，发起了狂风骤雨般的进攻。他根本看不出来到底有多少中国军人，因为放眼望去，到处都是人，到处都是黑压压的一波接着一波的进攻梯队。

陆战一师里那些没有经历过第二次世界大战的新兵蛋子真的不明白，明明是顶着轻重机枪扫射和迫击炮的轰击在向前冲锋，明明冲到最前面就会死得最快，为什么中国军人还能冲得那么带劲，还能冲得那么疯狂，好像他们面对的，根本不是阵地，而是放满了钞票，站满了美女的天堂！

那千军万马集体冲锋时特有的沉重压力，那此起彼伏的冲锋号声响，那疯狂的还带着寒冷颤音的怒吼，还有中国军人那单薄的胶鞋踩在积雪上发出的沙沙声响，混合在一起，形成了一种战场上最疯狂，而且越来越沉重的战鼓钟鸣。

第一次真正和中国军队交手的陆战一师官兵，终于明白了什么叫作中国军人的打法。中国军队缺乏压制性火力，重口径火炮的攻击，但是他们悍不畏死，当上万人一起发起冲锋的时候，那种气势，那种上万双腿一次次扬起又一次次踏下的力量，就连大地似乎都被迫与他们的节奏一起震动。

陆战一师的官兵曾经听说，日本军人都信奉武士道，在战场上绝不会投降，面对失败他们都会自杀以谢天皇。他们从老兵的嘴里听到这些的时候，一向只把这些听闻当成茶余饭后的消遣节目，可是在今天，看着顶着轻重机枪，踏着同伴尸体不停冲锋的中国军人，他们终于知道，原来在这个世界上，真的有不怕死的军队！

在黑暗中，机枪扫射的精确度受到严重影响，兼之突然受到攻击猝不及防，武器又因为天气过于寒冷，有相当一部分没有发挥应有的效果，十几分钟后中国军队就成功地突破陆战一师第一道防线。

当双方终于展开了近战的时候，铺天盖地的手榴弹，对着躲在战壕里的陆战一师官兵狂砸下来。看着满地哧哧冒烟的手榴弹，那些经历过第二次世界大战的老兵和基层军官，猛然发出了一声歇斯底里的狂号："还愣着干什么，快点把身边的手榴弹都踢开！"

这些陆战一师的官兵就像是在跳踢踏舞一样，拼命踢着落在自己身边的手榴弹，可是有更多的手榴弹，一波波地投向他们。陆战一师的官兵很快就发现，中国军人投出来的手榴弹，可能是弹壳的铸造不过关的缘故，爆炸后产生的弹片并不多，有些手榴弹爆炸后，弹壳甚至只是裂成了两片，只要不是手榴弹正好落在脚下，杀伤力实在有限。

就连他们自己也不知道踢飞了多少颗手榴弹，有多少颗手榴弹在自己的身边爆炸，又有多少块细细碎碎的弹片嵌进了他们的身体里。当狂风骤雨般的手榴弹攻势终于告一段落，所有人惊魂未定的时候，那些经历过第二次世界大战，在太平洋各个岛屿上和日本军队进行过血战的老兵和基层军官，都痛苦地在心里叫了一句"上帝保佑"！

因为他们都明白，他们最头痛也最不愿意见到的肉搏战就要开始了！而几乎在同时，情报部门预测的大雪，终于来临了。无论是中国军人还是那些参加过第二次世界大战的陆战一师老兵，他们都清楚地明白，在这种气温已经降到零下三十摄氏度的恶劣战场上，哪怕只是负上一点轻伤，如果不能得到及时治疗，也会因为身体失血而被活活冻死！

这注定就是一场疯狂的，没有退路的血战！

……

一夜的激战终于在28日凌晨的第一缕阳光中渐渐停息。守在电话机旁两眼通红的史密斯师长，终于可以乘坐一架侦察直升机，在高空居高临下，用自己的双眼，亲自观察陆战一师的现状。

看着在侦察机下方，那一块块变得和指挥室推演沙盘一样袖珍的大地，看着陆战一师的防御阵地，史密斯师长不由得倒吸了一口凉气。

至少有一个师的中国部队，通过穿插作战，已经成功占领了富盛里、小民泰，切断了陆战一师南撤的归路；而中国二十五军第五十八师，已经对陆战一师形成三面夹攻之势；在死鹰岭和新兴里，更有大概一个师的中国军队，对陆战一师进行了一次完美的凿穿攻击，将本来就过于分散的陆战一师部队切成了首尾不能兼顾的两截。

而在柳潭里，陆战一师的先头部队已经在那里和中国军队打了整整一夜，双方的部队到现在还处于胶着状态。如果史密斯师长的判断没有错误，攻击陆战一师先头部队的，应该是中国第五十九师！

陆战一师现在当真是四面楚歌、孤立无援，至少有三个师已经把他们团团包围。而且就算陆战一师可以凭借他们强大的火力优势突破这三个中国师的包围，但是只要看看他们身后那一段漫长的，已经被中国部队占领的区域，史密斯师长就明白，在他们回家的路上，中国军人已经设下了无数死亡陷阱。

走下侦察机的时候，史密斯师长再一次收到了阿尔蒙德军长下达的命令。淡淡地看了一眼参谋长送到自己面前的文件，史密斯没有再说什么，他真的是无话可说。就是因为麦克阿瑟将军还没有根据战场现状改变作战计划，那个天知道脑袋里都灌了什么东西的阿尔蒙德将军，下达的命令竟然还是“陆战队，向前进攻！”

史密斯师长看了一眼参谋长，这位同样明白陆战一师处境的参谋长，脸上扬起的满是苦涩的笑容。认真地把这份文件折好放进自己上衣的口袋里，史密斯师长抬头望着头顶那片阴霾的，偶尔还纷纷扬扬地撒下几片雪花的天空，感受着天与地之间的一片沉默与肃杀，轻声道：“看来，我们必须要为自己的生存而战了！”

“走吧。”

看到史密斯师长竟然又重新爬上了那架侦察机，参谋长下意识地问道：“去哪儿？”

史密斯师长慢慢地呼出了肺里的一口长气，看着它们在寒冷的空气中，形成了一道肉眼可见的白色水汽。这位长得温文儒雅，待人又保持着一种绅士风度的师长，这位一直被他的上司阿尔蒙德将军认为缺乏军人刚强气质的男人，眼睛里猛然扬起了一丝几可分金碎石的精芒。史密斯师长沉声道："中国军队想吃掉我们的陆战一师，就必须攻占下碣隅里。那里是我们陆战一师能否生存的决定性战略要地，正在修建的临时机场，更是陆战一师最后的生命大动脉。你我两个人身为陆战一师的最高指挥官，在这个时候当然要去下碣隅里！"

史密斯师长和参谋长一起赶到下碣隅里，并在这样一个小小的城镇内，建立了他们的师指挥部。他们的到来，无疑给这个防御力量薄弱的小城镇，注入了一支强心针。

召集了所有的军官，看着这些身陷重围，脸上已经不由自主露出惊惶神色的属下，史密斯师长当着所有人的面，将那份阿尔蒙德将军下达的愚蠢到极点的命令文件扯成了碎片。

"我们被包围了，我预计在我们的周围，至少有十倍于我们的中国军队，把我们团团围住。而我们的上级，竟然还在命令我们向前进攻!在这个时候，我们已经没有可以依靠的援军，我们如果想活下去，就必须运用自己的力量，突出重围！"

史密斯环视全场，他的声音并不大，却带着一种震慑人心的力量，"我打过两次世界大战，我和机械化程度最高，喜欢集结优势兵力，以高机动性装甲战车、坦克、火炮进行闪电战的德国军队交过手；我和号称单兵射击技术A、个人意志力A、战术B的日本军人在太平洋各个岛屿上，就是为了一个个小小的山包，一条又一条可能潜伏部队的山谷，进行过反复交锋。我以为我已经见过了这个世界上最优秀，也是最强大的军队，我更以自己是一名美国的军人为荣，但是现在我必须承认，在朝鲜这片该死的土地上，我又遇到了另外一支强大而令人尊敬的军队！"

全场一片肃然，所有人都在静静聆听着史密斯师长的演讲。

"但是，我要大家想一想，在两百年前我们美国是如何赶走了英国殖民者，建立起一个自由而强大的国家！我要请大家想一想，我们美国当时反抗世界头号军事强者的时候，拥有的是什么！我们最可尊敬的华盛顿总统，当时又是抱着什么样的决心，签署了让我们美国走向富强的《独立宣言》！"

史密斯师长提高了声音，喝道："我告诉你们，我们为什么能赢！那是因为在我们美国人的血液里，有着克服一切的最伟大的冒险精神，在我们每一个人的心里，都有着那些西部牛仔般的狂热与爆发力！

“就是凭着这股狂热与爆发力，我们打跑了英国殖民者，就是凭着这股狂热和我们日益强大的国力，我们在太平洋上一点点将胜利的天平扳向了自己，并通过中途岛血战，致命重创日本海军，赢来了最后的胜利！我不想和你们说，在这场该死的战争里面我们应该为谁而战，我只要告诉你们每一个人，为了活着回去，为了我们的亲人和家庭，我要你们拿出自己血液里西部牛仔的冒险精神；我要你们和我，一起活着回到美国，而不是把自己的尸体，丢在这样一个到处是冰的该死的平原上！”

史密斯师长手臂狠狠划下，放声狂喝道：“孩子们，先生们，拿出你们所有的勇气吧，我们该拼命了！”

在这个时候，所有人的呼吸都沉重了！在这个时候，每一个人的眼睛都亮了！一股不服不屈的气息，从每一个人的身上扬起，慢慢以史密斯师长为核心，聚集成了一种绝对张扬，无论面临何等绝境，都要以力破局的最凌厉气息！

史密斯师长说的没有错，如果说日本军队纵横天下，靠的是他们刻意灌输的武士道精神，用团队氛围强迫每一个人都要遵守“不成功便成仁”这种理念的话，那么美国这个国家，之所以能在短短不足两百年时间内迅速崛起，靠的就是他们整个民族富于冒险，在面临绝境时，能爆发出最可怕冲刺力的特质！

就是在这一天，下碣隅里防守力量薄弱的陆战一师部队，突然爆发出最可怕的战斗力。他们已经被逼到绝境，也不能不爆发！

史密斯师长下令修建的简易机场，跑道只完成了四分之一。负责施工的陆战队士兵，一边驾驶着推土机和压路机每天二十四小时不间断抢修跑道，一边在驾驶舱里端着M1或者卡宾枪，拼命阻击冲过防御线，对着他们发动进攻的中国军人。

而陆战一师被中国军队分割在战场各个角落的几个团长也疯了。他们在战斗机、轰炸机保姆式的贴身保护下，在绝对优势火力的支援下，带领自己的部队，更是不顾一切地向下碣隅里靠拢。能够得到史密斯师长的认可指挥部队的几位团长，都是参加过第二次世界大战的老兵。这几个实战经验丰富的团长没有一个是阿尔蒙德将军那样的蠢材，他们都明白，师长在下碣隅里，如果下碣隅里失守，陆战一师失去了史密斯师长这样一个能统率全军的灵魂人物，他们就只能各自为战，成为一盘散沙。

仅以团为单位，他们绝对不可能突破中国军队的层层狙击，打出一条回到南方基地的生存之路！

……

十天之后，第一架美军重型运输机终于成功在下碣隅里降落的时候，这一个史密斯师长赌上了军人的一切，不惜违抗军令建成的简易机场，成为陆战一师和外界联络的最后一条生命大动脉。

不用诉说这十天时间里，终于集结到师长身边的几个团长究竟经历了什么样的战斗，我们只需要知道一万多人的部队集结在下碣隅里，仅仅通过军用运输机，就运送出五千多名伤员，这真的已经足够了！

看着面前余下的五千多名陆战一师官兵，史密斯师长遥望着南方。在这个时候，中国军队有两个军，超过八万部队，从两面包抄上来；而在他们通往南方大本营的路上，更有六个师的中国军队，层层设防挡住了他们回家的路。中国军队显然已经下定决心，为了吃掉他们这一支训练有素、装备精良的部队，竟然投入了超过十万人的大兵团！

史密斯师长沉默了很久，才指着南方，下达了他的命令：“陆战一师，向南……进攻！”

第四章 世界最强

就在陆战一师准备撤出下碣隅里的时候，史密斯师长突然听到右翼的战场上传来了激烈的枪声，中间还夹杂着各种不同口径火炮反复轰击的沉闷声响。到了这个时候，为了顶住中国军队的反复攻击，早已经焦头烂额的史密斯师长才突然想起来，为了守住下碣隅里这样一个战略要地，在几天前他派出一支连队，守住了右翼的一座山峰。

这是绝对不能失守的阵地，一旦这座山峰失守，中国炮兵就可以居高临下，纵览整个下碣隅里，并把炮弹打进他们的军火库上面。如果不是这支连队拼死抵抗顶住了中国军队一波又一波狂风骤雨的攻击，下碣隅里已经在中国军队的火炮攻击下，变成了一片火海。

身边是五千名整装待发，即将去突破十倍于己的中国军队封锁的陆战一师官兵；右翼的战场上，是一支血战几天几夜，很可能已经被打残打散，天知道还能有几个活人的连队。把这样两枚砝码放到任何一个人面前，都可以迅速衡量出其中的分量差异。在学习中国的《孙子兵法》时，史密斯师长甚至还记住了“壮士断腕”这样一个成语。

在心里回味着在西点军校教官给他们讲述过的“壮士断腕”代表的含义，这位被阿尔蒙德将军认为“缺乏军人刚强气质”的史密斯师长，眼睛里猛然闪过了一丝几可分金碎石的精光。他霍然转头，盯着站在自己面前，最骁勇善战的陆战一师第一团团长刘易斯，命令道：“我给你两个营和三个小时的时间，把那支连队给我抢回来！”

刘易斯团长没有说话。他是在第二次世界大战中，在一次次战火的洗礼下，走到今时今日，他绝对不害怕任何战斗。但是……调动两个营的部队，在四面被围的情况下强行突击，付出的代价可能会远远超过一个连。而任何一位经验丰富的指挥官都明白，在瞬息万变的战场上，一分钟时间就可能决定一支部队、一个军团，甚至是一场战役的成与败，更何况要耽误整整三个小时？！

“陆战一师不是我史密斯一个人的，而是我们所有人的。”史密斯师长环视全场，在这一刻，他的话当真是掷地有声，“我不敢保证可以带着你们全部回家，这里是战场，身为军人，我们早应该做好面对死亡的觉悟。但是，我绝对不会抛弃任何一个人，为了多数人的生命而抛弃少数人的生命，这绝对不是理由；为了大多数人的利益而抛弃少数人的利益，在我看来，这同样是自私！”

注重整体利益，一旦发生冲突，就要求个人服从集体，从而获得整体凝聚力的中国部队。

注重个人权益，允许张扬个性，拥有西部牛仔勇敢与浪漫风格，带着强大冒险精神，一旦被逼到绝境，就会爆发出最强大战斗力的美国军队。

这是亚洲与欧洲两个不同的世界，因为几百甚至上千年的文化传统影响，而形成的截然不同的理念与执行准则。这种理念与准则，也许并没有明文法律规定，但是已经成为一种束缚人们日常行为的道德标准，这两种道德标准，都有自己正确的出发点，都有自己的理论基础。

至于谁更正确……这就不是战场上的军人需要去分辨的了！

刘易斯团长还是没有说话，他只是挺直了自己的身体，面对史密斯师长这样一位已经57岁，却仍然活跃在战场第一线的指挥官，认真地敬了一个军礼。

当刘易斯团长大踏步走开的时候，几个距离他最近的军官清楚地看到，在刘易斯团长的眼睛里，有一抹晶莹的东西正在轻轻跳动。

“我是陆战一师第一团刘易斯上校团长。”得到史密斯师长最大指挥授权的刘易斯团长，拨通了航空母舰群司令部的电话。他用鼻子轻轻吸着气，看着一名作战参谋平铺在自己面前的作战地图，一字一顿地道：“我要求支援，我请你们派出所有能派的轰炸机和战斗机，用最密集、无间断的覆盖性火力，进行三小时连续轰炸，彻底切断中国军队一切可能对我们发起进攻的道路！”

就在三个小时的时间里，从“巴里”号、“菲律宾”号、“西西里”号、“莱特”号几艘航空母舰上，不知道有多少架次的战斗机、轰炸机此起彼伏；在三个小时的时间里，美国第五航空部队的战斗机、侦察机、轰炸机更是倾巢而出。

天知道这些战斗机、轰炸机究竟在盖马高原上倾泻了多少吨的弹药，就像所有中国志愿军指战员都明白的那样，白天是美国空军的天堂！他们硬是用数以万吨计的弹药，在盖马高原上，制造出一条条生命隔离带，掩护刘易斯团长，成功地抢回了那支驻守在高地上，已经被打残的连队。

中国志愿军的指战员还知道，到了夜晚，美国空军就会因为视线问题，无法再发挥他们的火力优势，到了那个时候，就是他们全力进攻陆战一师，把这支装备精良、训练有素的美国部队，彻底全歼的时候。

史密斯师长当然也明白中国军队的指挥官在想些什么，而且他必须承认，在打夜战和近战方面，他们的确不能和中国军队相比。

“不要管该死的夜晚，也不要和我谈什么到了那个时候，空中支援有多么困难，如果你们在晚上无法对陆战一师提供支援，我们没有一个人能活着回去！为了我们陆战一师五千个孩子能够活着回到自己的家，为了五千个还没有破碎的家庭，拜托你们了！”

战斗，最惨烈的战斗，面临生死存亡的战斗，无疑是一块军人的试金石。史密斯这个被阿尔蒙德将军认定“缺乏军人刚强气质”的男人，在这个时候，爆发出来的，就是英雄的灿烂光芒。

说是被史密斯师长的请求打动也罢，说是尊敬史密斯师长也罢，在这一天的晚上，美国空军真的疯了。

八艘航空母舰上的所有舰载战机，第五航空部队所有能出动的，能够提供火力支援的战斗机和轰炸机，都倾巢而出。

就是在这一天晚上，美国空军打破了他们从来不在夜间为地面部队实施火力支援的惯例。他们在空中投入了数以万计的照明弹，一颗颗照明弹在空中拉出了惨白色的光芒，狠狠划破了黑暗的天幕，用这种最高昂的代价，将整个天与地之间，照成了一片白昼！

就是在这样的天与地之间，对着陆战一师发起进攻的中国军队，彻底暴露在美国空军驾驶员的眼前。就是在战斗机和轰炸机的轮番攻击下，这些中国军人，顶着陆战一师的火炮、重机枪和卡宾枪的扫射，犹如长江怒潮般，从四面八方一波波地涌过来。他们在密不透风的弹雨和四处飞溅的弹片中，一片片地倒下，但是在他们身后的士兵，又踏着满地的鲜血，在嘹亮的冲锋号中，继续发起冲锋。每一个陆战一师官兵的心里都清楚地明白，面对如此可敬的敌人，如果他们不是拥有太过强大的空中支援，他们休想有一个人能活着突破重围！

就是在这样的空中火力支援下，陆战一师仍然觉得自己似乎陷入了一个无法自拔的旋涡中。当他们终于从下碣隅里撤到第一个目标时，他们历程18公里，整整走了38个小时，平均每小时前进500米！而在他们的前方，还有更漫长、更艰难的路程！

1950年12月11日13时，美国陆战一师，终于在空军几乎倾巢而出的掩护下，通过真兴里，摆脱了中国军队的四面围攻。

到了这个时候，陆战一师伤亡人数超过四千人，因为冻伤等原因，非战斗减员七千余人。整支部队的编制，已经被基本打掉。

史密斯师长回首望着他们一路用鲜血与燃烧的钢铁铺垫出来的路，心里发出了一声轻叹："中国军人，如果给你们同样先进的武器，让你们学会科学的指挥与系统的后勤补给，你们真的可以成为……世界最强！"

第五章　板门店论战（上）

1953年7月27日早晨十点钟，请记住这一历史性的时刻。

经过两年艰苦的谈判，各国代表，终于在板门店签下了朝鲜战争的停战协议，划定了"三八线"，并约定在12小时后，该停战协定正式生效。

抛开历史的是是非非，抛开政治因素，抛开国家和民族的立场，仅仅从人性的角度去考虑，这一场战争打的时间实在太长，付出的代价实在太大了。

就在各国代表坐在谈判桌上，在不断的谈判、不断的摩擦又不断的试探中，美国军方也对中国军方转达了陆战一师史密斯师长的要求……他想见一见在下碣隅里突围战中，一位未曾谋面的指挥官。

史密斯师长真的想看一看，是哪一位指挥官，在陆战一师已经撤过真兴里，在其他中国部队都因为补给问题而停止追击的情况下，还敢带着一个师的部队，对他穷追不舍，甚至孤军深入杀入了联合国部队控制区域。在陆战一师进入“安全区域”，几个小时后就能和友军会合的情况下，打了一场漂亮的突袭战，几乎在自家的门前，把他们这一支经历了太多战斗，已经疲惫不堪的残军彻底消灭！

这位只能用胆大包天来形容的中国指挥官，在联合国部队友军对他们实施合围之前，又玩出一招妙至毫巅的大穿插。就在所有人都以为他会用最快的速度撤军摆脱困境的情况下，这位指挥官似乎意犹未尽，转手又打出一场绝对可以载入西点军校战争范例的经典伏击战，成功重创追在他们身后的一支英国坦克团。

打到这里，这位指挥官再次展现了他胆大妄为的一面。趁着夜色，他竟然集结以连为单位的精锐部队，翻山越岭抄近路，成功抢到了陆战一师的前面，对着陆战一师再次进行了绝对意外的特种突袭作战，以势如破竹的姿态歼灭了师指挥所警卫连，差一点直接端了史密斯的师指挥部。

史密斯师长经历过两次世界大战，还真的没有见过哪一位指挥官，能在战场上如此不知进退，更不知死活地咄咄逼人，当真是将军人进攻，进攻，再进攻的天性发挥到了极限。

在劳师远征、孤军深入之后，这位指挥官就像是一位翻手为云覆手为雨的魔法师，带领自己一个整编师的部队，奇迹般地避开了联合部队17次的围攻，最终在联合国部队徒劳的鸣枪欢送中，成功撤回了中国军队控制的区域。

史密斯师长自问，就算自己保留现在的军事指挥经验与素质，再年轻上30岁，让他身体里那股西部牛仔般冒险与浪漫并存的特质发挥到极限，他也绝对不敢在战场上，指挥着一个师的部队，进行这种简直就是不知道进退，却偏偏能化腐朽为神奇的进攻。

这实在需要激进的冒险精神和精确的逻辑推理与情报分析能力，更需要比钢丝更坚韧的神经和只能用精神领袖来形容的统帅魅力。

“如果有可能的话……我还想见一下那位炸了四次水门桥的特种部队指挥官。我真的想看一看，到底是什么样的人物，能够在炸毁了一次水门桥，我们已经派出军队防守的情况下，仍然可以第二次、第三次、第四次炸毁我们撤退时必须要经过的生死大动脉！”

水门桥位于水里古以南六公里的位置上，是一座横跨几十米断崖的承重桥，它是陆战一师撤退时必须经过，绝对无法绕行，更无法忽视的生死交通线！

中国部队第一次炸毁水门桥，是在1950年12月1日，那时候陆战一师并没有派出部队防守这座桥，中国军队只需要派出小股部队就可以手到擒来。在12月4日，陆战一师已经决定通过水门桥撤退，并派出部队重新修复水门桥，派出一个排的兵力驻防后，大约一个连的中国部队一举歼灭桥上的守军，再次炸断了水门桥。

就在1950年12月7日，陆战一师全线撤退的时候，那一支神出鬼没、编制最多也就是一个连的部队，竟然再次强行突击有一个连陆战队军人防守的水门桥，并成功第三次炸断了水门桥。

当陆战一师接到遇袭报告，立刻派出先遣部队支援水门桥，试图保住他们撤退的生死大干线时，先遣部队遭遇了中国军人以高精确狙击为手段的层层狙击，一个营的部队，还没有到达水门桥，士官以上的军官就被全员狙击阵亡，只能重新撤回师部。

到了12月8日，陆战一师先遣部队终于占领了水门桥，并在那里看到了驻守水门桥的那个连被全歼的惨相。就是因为水门桥被第三次炸断，陆战一师被迫停下来转身迎击中国军队的进攻，同时他们的工兵部队又在原来的位置上，重新架起了一座钢架桥。就是在陆战一师主力部队的眼皮子底下，就是在这种绝不可能的情况下，那支神出鬼没的小股精锐部队，竟然他妈的……第四次炸断了水门桥！

面对这样一支实在令人太过于头痛的小股部队不间断骚扰，史密斯师长发了狠心，直接要求空军部队，通过空投的方式，空投了八套M2型车辙组件，顺利地在一处断崖上，重新架起了一座可以承载50吨重量的钢架桥。

每次想到这里，史密斯师长的心里，都会不由自主地涌起一股后怕。

如果不是中国军队错误地估计了美国军方的工业能力，不知道美国军方在水门桥被彻底炸断的情况下，连续给陆战一师空投了八座M2型车辙组件，让工兵顺利地在断岸上重新架起一座可以承载五十吨重量，能够让任何一种战车通行的钢架桥；如果不是中国军队因为后勤补给问题，攻势到后期开始放缓；如果不是拥有占据绝对优势的空中力量掩护，陆战一师已经在朝鲜战场上全军覆没。

真的是那样的话，又有谁能想到，陆战一师成功突破了中国军队二十六军、二十七军的两面夹击，借助空军力量，打开了有六个师层层狙击的通路，却仅仅因为一支成员数量没有超过一个连的精锐部队而马失前蹄？！

还好这样的结果没有发生，否则的话，无论是对陆战一师，对史密斯本人，还是对美国来说，都太讽刺一点了吧？！

面对史密斯师长的请求，中国军方终于做出了回应：在1953年12月7日晚上十点钟，也就是在双方协议正式停火的时间，史密斯师长和他要求见面的两位指挥官，在板门店这个注定要载入史册的地方，进行一次会面。

到了那个时候，这三位曾经在战场上舍生忘死反复厮杀的指挥官，纵然不是朋友，至少……他们也不再是敌人了。

得到上级通知的史密斯师长，早早地来到了板门店。这位已经六十岁，发梢上已经染上一层银白，腰杆却依然挺得犹如一杆标枪的老军人，并没有走进各国代表曾经在里面争论不休了整整两年时间的会议室，而是静静地站在一个地势较高的地方，用平淡而深沉的目光，看着他脚下这片异国的土地。

就是在这片土地上，他们美国军人第一次没有取得军事上的胜利，就在谈判桌上签下了停战协定；就是在这片土地上，上千名陆战一师的孩子，永远地闭上了自己的双眼；就是在这片土地上，一向战无不胜的美国军人，在一个错误的地点，一个错误的时间，面对了一个错误的敌人。

史密斯师长就这样迎着从西伯利亚吹来的寒流，静静凝望着这片承载了太多鲜血与硝烟的大地，直到黑暗的天幕笼罩了整个大地，直到他的身后传来了一阵沙沙的脚步声。史密斯师长霍然回头，在两名充当翻译的低级军官带领下，两个中国军人，迎着史密斯师长走了过来。

史密斯师长的目光，就直直落到了其中一个中国军人的身上。他的身高足足有190厘米，这在东方国度里，已经是一种相当惊人的高度。虽然现在天色已经完全暗下来，借着头顶稀稀朗朗的星星和那轮惨淡的半月，史密斯师长只能勉强看清楚对方的轮廓，但是看着他那挺得就像是一杆标枪，可以扛起任何重量的雄壮身躯，感受着他举手投足间，自然而然散发出的沉重压迫感，不用翻译的介绍，不需要彼此交谈，史密斯师长也明白，这些年他一直想亲眼见上一见的对手，已经出现在他的面前了。

两名翻译很明显也感受到了这位中国军人身上那种强烈到极点的压迫感，他们一左一右站在这个中国军人的两侧，领着他向史密斯师长一路走过来。连他们自己都没有注意到，他们身为眼高于顶的美国军人，竟然不敢大模大样地走在这个中国军人的前面！

当这个中国军人终于走到史密斯师长的面前时，参加过两次世界大战，又在朝鲜战场上和中国军队经历了最残酷血战，当真称得上阅人无数的史密斯师长再一次惊异了。

这个能带领一个师的中国指挥官，真的好年轻，看他的样子，也就是三十四五岁，但是他的眼睛……史密斯师长简直不敢想象，一个男人要经历多少生与死的磨炼，要经历多少是是非非，才会拥有一种如此敏锐，却又隐藏着一抹隐忍，蕴含着几分洞悉凡尘的光芒？就是这样一双眼睛，让眼前这个年轻的中国指挥官，拥有了一种如此矛盾，如此不可捉摸的奇异魅力。

看得出来，中国军方为了这次会面，做了精心的准备。至少他们给这位年轻的师长，准备了一套全新的，还烫得笔挺的军装，还在他上衣的口袋里，别了一根钢笔。配合上这个中国年轻指挥官，那绝不输于任何一位电影明星，犹如经过刻意凿刻的脸部硬朗线条和他那小麦色的健康皮肤，让他全身上下都充盈着一种难言的吸引力。史密斯敢和任何一个人打赌，如果能为这个年轻的中国军人拍上几张照片，放到美国的报纸上，美国公民对中国军人是一群农民的看法，一定会产生天翻地覆的改变！

“美国陆战一师师长，史密斯！”

史密斯师长在朝鲜战场上和中国军人打了几年的交道，也多少知道了他们的礼节。他直接对着面前这个中国军人，伸出了自己的右手。

那个年轻的中国指挥官，在听了翻译后，也伸出了自己的右手。两只同样有力，同样经历了人类近代最黑暗战争史的右手，紧紧地在这个叫作板门店的地方，握到了一起。

这个年轻的中国指挥官，凝视着史密斯师长的眼睛，终于报出了自己的名字：“雷震！”

第六章 板门店论战（下）

史密斯师长点了点头。他已经在自己的脑海中，想象过不知道多少次这个敌人的样子，直到今天，他才终于把自己的想象和真实的人物结合到了一起！史密斯师长的目光，在跳过雷震的肩膀后，又自然而然落到了另外一名中国军人的身上。

史密斯师长再一次惊讶了，因为第二位中国指挥官，那位带领小股精锐部队，在绝不可能的情况下，连续四次炸断水门桥的绝对强敌，竟然是一个女人，一个女军人！

她的身高有178厘米，手里看似随意地拎着一支汤姆生冲锋枪，但是史密斯师长绝对相信，无论遇到任何突发事件，她都可以在第一时间，举起手中的武器进行高精度打击。在她的皮带上还倒插着两支经过特殊改装的大口径自卫手枪，她全身至少背了六百发子弹、六枚手榴弹和一把格斗军刀。背着如此沉重的武器，她的动作却依然敏捷得像只猎豹。直到这个时候，史密斯师长才惊讶地发现，这个女军人走在布满积雪的路上，竟然几乎没有发出什么声音！

这样一个全副武装，全身上下带着一股犹如黑豹般敏捷与凶悍气息的女军人，坦率地说，抛开她的杀气腾腾，抛开她的太过娴熟，让人一看就心中发毛的军事技巧，无论是从外形还是气质上来说，她都是一个出色的美女。

在她的身上虽然没有柔情似水的千娇百媚，也没有楚楚可怜的古典风韵，但是她拥有一种属于军人的强健与飒爽。就连军装也无法压抑住她那受过太多训练而变得过于丰腴的胸膛，她那纤细却充满爆炸性力量的腰肢，更是完美地支撑起她属于军人的骄傲与自信。

她看起来，就像是一把狭长的、美丽的、带着几分冰冷与奇异质感的锋锐刺刀，让人觉得赏心悦目，又会不由自主地和她保持一定距离，以免被她那过于锋利的刀锋划伤。

看着这个女军人的警戒动作，史密斯师长明白，这个女军人和雷震，一定在职务上有着隶属关系。她不但是因为史密斯师长的邀请而前来，更肩负着保护雷震的使命。但是让史密斯师长略略有点不解的是，在这两个中国军人的身上，他还感觉到一种更加微妙的关联。就是这种关联，让这两个人看起来既像是上下级，又像是情侣甚至是夫妻。

感受到史密斯师长投过来的目光，那个女军人总算是礼貌地对史密斯师长略一点头，报出了自己的名字：“马兰！”

史密斯师长反复看着这两个中国军人，感受着他们身上那种最优秀军人的特质：“你们果然没有让我失望。”

雷震也在打量着史密斯师长，他回答道：“能让我赌上所有家当，冒着被反包围的危险，拼命紧追的你，也没有让我失望。”

两个在战场上曾经斗得你死我活的师长，彼此对望着，突然间他们两个人的脸上，一起扬起了一丝微笑。今天虽然只是他们第一次见面，但是在那十几天的血战中，他们一次次地面对相同的地图，不停地以敌我双方的立场，去分析战场的走势，进行战局推演。他们的思维，他们的意识，甚至是他们的情绪，早已经在一次次惊人雷同的推测与分析中，彼此相知相识。

没有过他们这种经历的人，绝对不会明白，在他们心头缓缓扬起的熟悉感甚至是由衷的欣赏。

“我有个问题，这些年我一直想不明白。我一直坚持要见你这位指挥官，一方面的确对你这样一个对手感到好奇，另一方面，我想向你请教一下心里百思不得其解的问题。”史密斯师长没有和眼前这个叫雷震的中国军人多说废话，直接将他们的话题引入了主线，“我们陆战一师通过真兴里，伤亡率已经超过七成，照常规来说，连编制都被打散了。在这种情况下，你为什么还非要冒险带领部队深入我们占领的区域？你明明知道，就算你一击得手，以一个师的兵力，也不可能在那种情况下把我们全歼，顶多是在我们的伤亡数字上，再多添上几笔罢了。”

“在我回答你这个问题之前，我想先问你一个问题。”雷震道，“你是通过下碣隅里顶着我们进攻强行修建的军用机场，送走了几千名伤员，提高了部队行军速度和战斗力。可是以你们美国空军的运输能力，把你们陆战一师通过航空部队，全部运送出包围圈，也绝对不是困难的事情，你为什么非要自己突破重围，也不愿意选择这种更容易成功，损失也最小的方法？”

“没错，如果选择空运，我们的确可以减少损失。”史密斯师长道，“但是当时下碣隅里已经被你们三面包围，不停地发动进攻。我必须把部队层层布防，才能挡住你们不间断的猛烈进攻。一旦我下令部队通过运输机成批次撤退，那么撤到一定限度的时候，防御圈就会出现不可弥补的漏洞，相当一部分部队根本不可能有机会踏上运输机，就会被你们的人海战术彻底淹没！如果我真的选择了空运，无论我有多么好的理由，最终的结果就是，我抛弃了自己的部下！”

“所以你宁可带着所有人突破层层包围，赌他一个山穷水尽，玩上一个柳暗花明，也绝不愿意亲手为一部分手下画上死刑？！”雷震笑了，他真的笑了，“现在我可以回答你的问题了，当你为了一个连的部队，在下碣隅里又多守了三个小时的时候，我就猜到了这一点。在那个时候，我就下定了决心，无论付出什么样的代价，哪怕是还有万分之一的可能，我也一定要追上你，杀掉你这个陆战一师的师长！”

“你是一个英雄！”

雷震背着双手，和史密斯师长肩并肩地洒然而行，淡然道：“一个英雄，在大战役中，个人的力量是有限的，但是英雄可以用自己的行为，影响身边的每一个人，可以让那些相信他和愿意追随他的人，在战场上爆发出最强大的战斗力。一个英雄爆发出来的光芒，尤其是你这种身居高位的英雄，完全有可能扭转某场局部战争，进而改变整场战役的进行。所以，一旦我在战场上在敌人的阵营里，发现了有英雄特质的对手，我都会在第一时间，用尽一切方法全力歼灭！只可惜，我连续追了你几天，又率军强行突入你们的地盘，最后还是让你给跑了。”

史密斯师长也笑了：“彼此彼此。你追了我五天时间，我们在得到补给，放下伤员后，还不是又反手追了你四天四夜？要不是陆战一师的官兵实在太疲乏，我们临时补充的给养又不能再支撑长时间的战斗，我真会带着陆战一师，再追回去。因为当时我的心里就有一个想法，像你这样嚣张而激进，又有资格嚣张的敌人，实在是太危险了。我永远不敢确定像你这样不按牌理出牌，偏偏又能自创规则的敌人，究竟会做出什么样惊人的举动，把你这样的敌人干掉，才是一劳永逸的好办法。”

“我说呢。”雷震轻轻揉着自己的鼻子，笑道，“就算我的部队追过了界，但是毕竟只有一个师，根本不可能掀起太大的风浪。你们也不至于投入那么多的部队，跟在我们的身后穷追不舍，就连刚刚逃回大本营的陆战一师，身上的破军装一换，就左手端着卡宾枪，右手端着热巧克力饮料，杀气腾腾地又反身杀过来了吧？！”

说到这里，雷震和史密斯的目光再次碰撞在一起。他们彼此认真端详着对方的神情，感受着对方身上那种最优秀职业军人特有的气度。

雷震连连道："可惜了，可惜了。"

史密斯师长连连回应道："彼此，彼此。"

突然间两个人再次一起放声大笑，就连站在雷震身边的马兰，眼睛里也涌起了一丝淡淡的笑意。

在分别的时候，史密斯师长对雷震说出了自己的心里话："如果可以选择，我希望我们这一辈子，再也不要遇到中国军队这样的对手。在我的印象里，你们中国军队在战场上，一旦吹起铜喇叭，就会变成一群悍不畏死的疯狂野兽。在朝鲜这片该死的土地上，和你们这样的军队交手，实在是我们最大的错误。"

"我是一个军人，我不会去挑选自己的对手。"雷震回答道，"我们中国不会主动去侵略别人，我们刚刚解放全中国，大家刚刚过上了好日子，人人有饭吃，有衣穿，现在我们已经心满意足。但是要有想夺走我们的好日子，想跑到我们的家门前耀武扬威，想用威胁让我们卑躬屈膝地去甘当奴才，我们就会和他们血战到底！大不了我们国门失陷，再次让敌人尝一尝什么叫作人民战争的汪洋大海。我们这一辈子打不跑敌人，我们还有儿子，还有孙子，我们中国人只要没有死绝了，我们就会不停地战斗。我就不相信，谁能在我们中国人的土地上，一辈子耀武扬威下去！

"只要我们的国家需要，我们的人民需要，我们的亲人需要，我们就是野兽！就算是死，也要拼着最后一口气，狠狠从敌人身上咬下去一块肉的野兽！

"如果没有这种犹如疯狂野兽般的战魂，我们凭什么八年抗战，打走了小日本？！如果没有这样野兽般的战魂，没有这种一旦爆发，就连大地都要抖上一抖的气势，我们中国解放军又凭什么打败了蒋介石八百万军队，解放了全中国？没有这种野兽般的气势，我们手里还拿着从日本军人手中缴获的落后武器，连饭都吃不饱的志愿军，又凭什么在这个异域的战场上，保护自己的友邦，保卫自己的家园？！"

带着那个叫雷震的中国军人最后说的话，史密斯师长走了。到了这个时候，他终于明白，在中国军人身上，那种疯狂的气势，那种悍不畏死的意义，究竟来自哪里。

经历了八年抗战，没有一个民族像中华民族这样，更明白软弱被外敌入侵带来的后果；更没有一个民族像中华民族这样清楚地知道，“宁做战场亡魂，不做亡国之奴”这句话的真义！

雷震还静静地站在那里，但是他的身体却在不停地颤抖。站在他身边的马兰，走前一步，伸手轻轻挽住了他的右手，把自己的温暖与支持，毫无保留地倾注到雷震的身体里。她知道，这个男人，自己的丈夫，又回想起了中国历史上那个最黑暗的年代，又回想起了他的童年。

—第二卷—

镇魂歌

第一章　满月抓

1919年的冬天，显得特别地冷，而第一场雪却迟迟没有来临，那些光秃秃再也找不到一丝绿色的大山，显得更加苍凉萧瑟起来。

在这些群山中间，夹着一个小小的叫瓦楞村的小山村。这真是一个小山村，整个村子里的人都加起来，就算是在所谓的“历史最强盛时期”也没有超过五百人。这里的村民祖祖辈辈都住在这个四面都是荒山的贫瘠土地上，他们用最简陋的工具和双手，在山坡上硬开垦出来的坡田上倾洒自己的汗水，换取勉强能让他们生存下去的食物。

这个小山村实在是太穷了，就连那些货郎，也不愿意来到这里。当然了，由于实在刮不出什么油水，乱世中四处横行的土匪和官吏，也鲜少光顾。这样看起来，这样一个偏僻的小山村，反而成为一种世外桃源般的存在。随着战乱不断加重，外来人口的渐渐增多，小山村的人口竟然缓缓地不断上升。面对这种从未出现过的现象，不能不说这是一种对乱世的讽刺和真实写照。

他带着响亮的哭声来到这个世界。在反复挣扎中已经消耗掉所有力量的女人，看着接生婆抱到自己面前的婴儿，看着他那个代表了传宗接代作用的“小鸡鸡”，她布满汗水已经苍白得吓人的脸上，总算流露出一丝欣慰的笑容。

“孩子他爹，你看到了没有，我给你们雷家生了一个儿子，我终于给你们雷家生了一个儿子，我们雷家有后了！”

带着发自内心的微笑，这个终于如释重负的女人，喃喃自语地陷入了甜甜的沉睡。而孩子的父亲却保持了沉默，因为他只是一块没有任何生命，只能静静站在一张粗糙木桌上的灵位罢了。只剩下两个趴在门外边的小女孩，好奇地探着脑袋，想看看自己的弟弟究竟是什么样子。

寡妇生了一个可以传宗接代的遗腹子，相信对任何人来说，都是在经历了不幸后一种上天恩赐的最大幸运。在这个男孩满月的时候，根据中国人的习俗，这个终于有了自己儿子的女人，请来了村长，并在他的指导下，把一些东西都堆放到了孩子的面前。

按照习俗的要求，如果孩子在满月这天抓起了什么，他以后就很可能会做什么样的行当。所以这个望子成龙的女人，甚至想方设法，在孩子的面前放了一支几乎变成一根光杆的毛笔。假如孩子真的能抓住这支毛笔的话，他以后说不定就能做一个读书人，离开这片太过贫瘠与荒芜的土地，去过体面的生活。

当然了，抓起那只小小的花篮也不错，这代表了孩子将来会成为一个手艺出众的技师，无论到哪里，也能不愁吃穿。实在不行的话，那就抓起那个小锄头，做一个老老实实的本分庄稼人，只要勤勤恳恳地种田，一样可以娶老婆生孩子传宗接代不让他们雷家断后……

在满月这样重要的仪式中，就连两个女儿，都被女人赶出了房外。把刚刚满月的孩子放到了床铺上，然后把一堆各式各样不值钱却凝聚了山里人美好希望与祝愿的小玩意，一股脑儿地都放到了这个小家伙的面前。有资格待在屋子里的人，就这样瞪大了双眼，小心翼翼地等待这个孩子做出“终身”的选择。

刚出世的孩子总会对陌生的，看起来又没有什么危险的东西充满好奇，他们第一个抓起来的东西，往往是在他们潜意识中最喜欢，也更容易接受的，在这种前提下，“满月抓”这种仪式，还真的有一点点带着奇异色彩的准确性。

只有一个月大的婴儿在床铺上奋力扭动身体，直到所有人都看得脖子发酸，他的小手却怎么也没有落到那些东西上面。就这样玩了好一会儿，孩子似乎玩累了，又自己拱回小被褥里面，打起了幸福的小呼噜。

过满月进行“满月抓”仪式，孩子却没有抓起一件物品，面对这样一幕，屋子里的人都有点傻眼了。

“村长！”孩子的娘在这个时候，连声音都有点发颤了，“这个孩子什么也不抓，要他真的什么也不要，什么也学不会，该不会是以后什么也不会做，只能当一个吊儿郎当到处混吃混喝的二流子吧？”

“这个……”

年轻的时候做过打客，曾经走南闯北见多识广，甚至还拜师学艺当过几天算命先生的村长，用力抓着自己一片花白的头发。面对这种情况，看着孩子他娘已经开始哆嗦的身体，在这个时候，村长又怎么敢轻言断定这个孩子的一生？如果这个孩子将来真的是一个混吃混喝、无所事事的二流子，还有哪家敢把自己的闺女嫁给他？这样的话，他们雷家不是摆明了要断后了吗？！

村长喃喃自语：“这可真是稀奇了！我长这么大，还从来没有见过抓满月的时候，连一件小玩意也没有抓起来的事呢！”

就在这个时候，房间的门被推开了，一个小脑袋怯生生地探进来，盯着孩子的母亲，小心翼翼地道：“娘，我饿了！”

直到这个时候，孩子的母亲才想起来，她已经把两个女儿赶出去好久，早已经过了吃饭的时间。看着带着一脸期盼的女儿，孩子的母亲轻轻地叹了一口气，她的这两个女儿，毕竟最大的也只有七岁罢了。她柔声道：“碗橱里还有煮熟的地瓜，你和姐姐分着吃了吧。”

“谢谢娘！”

小女孩一听到有煮熟的地瓜，脸上扬起了快乐的神采。在这个时候她突然想起来什么似的，一溜小跑跑到了床边，把一个用玉米秸做成的玩具放到了床上：“这是小东他们教我做的，娘你看我把它送给弟弟好吗？”

孩子的娘还没有来得及说话，刚才还躲在被褥中，打着幸福小呼噜的孩子被小小的喧哗吵醒了。他看到了小女孩放到床铺上的新玩具，眼睛里闪过一丝兴奋的光芒。在所有人还没有来得及阻止之前，他小手一伸，就将那件刚刚放到床上，用玉米秸做成的玩具抓到了手里。

他终于抓到了自己满月中的礼物。

面对这一幕，屋子里的所有人都瞪大了双眼。

望着他手中抓住的东西，孩子母亲的嘴角在不停地颤抖。她突然一巴掌狠狠扇到自己女儿的脸上，小女孩猝不及防，被她扇得连连退出四五步远，脚下一软又重重摔倒在地上。

孩子的母亲伸手指着捂住自己脸，眼泪已经在眼眶里打转，却不敢让它们落下来的小女孩，放声哭叫道：“你这个扫帚星，你就这样想让你弟弟死，你就巴不得他死是吗？你咒死了弟弟，我就不相信你以后还能活得安生了！”

抓起那支希望已经完全破灭的秃毛笔，孩子的母亲对准自己的女儿用力狠狠砸过去。那支早已经失去实际意义的毛笔，在砸中小女孩的头部后，带着一声轻轻的叹息又翻跳而起，在空中划出几个小小的圆圈后，才落到了地上。

村长望着孩子死死捏在手里的那个玉米秸做成的玩具，过了好半晌，才长长叹了一口气，道："大妹子，你也不要怪丫头了，这都是命啊！要不然孩子为什么在床上爬了半天，什么也不抓？"

那个男孩抓在手里的，赫然是一把用玉米秸做成的枪！

这预示着，这个男孩将来的职业，必然和枪有关。在这片荒山中，连大一点的野兽都没有，更没有靠山吃饭的猎人，算来算去，能和拿枪有关的行当，似乎也就是吃当兵这碗饭了。

现在这种乱世，到处都在打仗，到处都在死人，就算是很少和外界联络的山里人也清楚地知道，当兵就是送死，就是去给大官当炮灰，就算是死了，也不会有墓碑，挖个坑上百号人的尸体往里一丢，随便一埋就算是完事了！

已经抓在手里的枪，再放下来也不能改变什么。

见多识广，勉强能写出自己名字的村长，沉吟了良久，终于为这个孩子取了一个相当响亮的名字……雷震！他的意思，就是希望这个孩子的命够硬，以后就算真的当兵了，也能震走那些勾魂摄魄的小鬼，最后能够平平安安地回家。

第二章 命运的战斗

每天清晨黑色的天幕下，只透出一丝淡淡的惨白时，一个女人就扛着一把锄头，手里拎着一只竹篮，走向了自家的农田。长得壮壮实实，让人一看就心中喜欢的雷震，躺在竹篮做成的世界里睡得正香；而在这个女人的身后，两个瘦瘦矮矮的小女孩，一个手里捧着水罐和中午吃的干粮，一个抓着一把小小的铲子，紧紧跟在娘的身后。

直到黑暗的天幕重新笼罩了整个苍穹，这样一支奇异的队伍，才会踏着夜色，返回他们的家，炊烟也会随之缓缓在那一幢小小的泥砖屋上空扬起。

就在田埂上，就在那个大大的竹篮里，雷震聆听着蟋蟀的低吟，嗅着轻轻掠过带来一股最原始清香的山风，一天天慢慢地长大。

“震儿已经快要满岁了，这孩子长得可真快，那只竹篮已经快盛不下他了。”

放下手中的锄头，雷震的母亲伸展自己长时间劳动而已经隐隐发酸的腰，用毛巾擦掉自己额头上的汗水后，慢慢走向放着大竹篮和水罐的田埂头。只有看着自己越来越强壮的儿子，这个因为过早失去丈夫而显得衰老了很多，额前甚至已经爬上几丝白发的女人，脸上才会露出一丝快乐的笑容。

习惯性地先从水罐里倒出一碗水，当雷震的母亲扭头去看在竹篮里熟睡的儿子时，她的眼睛猛然瞪大，双手一松，捏在手里的瓷碗摔在一块突起的石头上，发出“砰”的一声脆响。

在这个时候，雷震的母亲全身都在发颤，因为她看到的是一个空空的竹篮，她的儿子竟然不见了！

她明明将儿子用细绳绑在了竹篮里，凭借一个还不到一岁婴儿的力量，根本不可能挣脱那根细绳的束缚。看着倒垂在竹篮里，不知道用什么东西撕成两截的那根细绳，雷震的母亲突然发疯似的来回乱跑。她小心地翻开草丛，找遍了附近所有可能藏下一个孩子的位置，可是她什么也没有找到，她还不到一岁大的儿子真的不见了！

只觉得双腿一软，雷震的母亲不由自主地摔倒在地上。她傻傻地坐在那里足足五分钟，才猛然用多了七分颤音三分哭腔的声音，放声叫道：“大丫、二丫你们在哪里，你们快回来啊，你们的弟弟丢了……”

撕心裂肺的悲叫，在山坡上反复回荡。正在山坡对面挖野菜的两个小女孩，对视了一眼，一起丢掉手中的铲子和还没有填满野菜的小竹篮，飞也似的跑过来。看着脸上沾满了汗水和泪水的娘，和摆在田埂上那个空空如也连铺在底部的被褥都一起消失的竹篮，两个小女孩也像她们娘一样傻眼了。

带着两个女儿足足在周围傻转了几个小时，这个突然失去了儿子，只觉得双腿都像踩在棉花里，再也没有半丝力量的女人，才突然醒悟过来，对着自己的女儿叫道：“大丫，快回去请村长大伯过来帮忙！”

村长带着一群村民赶到田头，在仔细观察了一遍竹篮周围的印痕后，村长轻轻叹了一口气，指着一连串的脚印，低声道：“孩子被狼叼走了。”

村长看着已经被彻底吓傻，整个人就像是失去了三魂七魄一样，呆呆站在那里的女人，发出一声轻叹，对身边的村民道：“通知村子里的人准备一下，能帮忙的都出来找孩子。”

这个与世隔绝保留着自然纯朴的小山村，几乎所有村民都一起出动。他们三五成群在大山中穿梭，就连夜晚也能看到在山坡上不断晃动的松油火把。有些头脑比较灵活的村民，甚至带了一个孩子最喜欢玩的拨浪鼓，一边四处寻找，一边摇动手中的玩具，希望小雷震听到时，能够发出哪怕是一声啼哭的回应。

整个小山村的人，在周围的大山里整整找了三天三夜，当他们终于一批批陆续地回来，面对雷震他娘充满祈求与希望的双眼，这些全身都沾满了草叶，身上还带着划伤的村民们无言地摇了摇头，而雷震他娘的脸色也随之越发苍白。

当最后一批村民，双手空空地返回这个小山村，面对那个脸上再也没有半丝血色的女人低下了头，发疯似的跟着乡邻们，在大山里跑了整整三天三夜粒米未进的母亲，面对这个绝望的结果，再也没有力气支撑自己的身体，“砰”的一声重重坐到了地上。

“孩子他爹……”

只说出四个字，雷震的娘已经泪流满面。她突然发疯似的用力捶地，嘶声哭叫道：“我对不起你，我对不起你们雷家，是我把孩子弄丢了！我没有用，我真没有用，我怎么就会把孩子放到那里，让狼把孩子叼走了……这样我怎么有脸去见你，我怎么有脸去见爹和娘，去见雷家的祖宗啊！”

所有人都呆呆地望着那个已经失去生命中所有希望与力量，甚至站起来的力量都没有了的女人。没有人说话，事实上大家根本不知道在这个时候，应该说什么才好，因为他们都清楚地知道，一个寡妇死了唯一的儿子，对她意味着什么。好好地放声大哭一场，回家用被子蒙上头睡上三天三夜，日子怎么也要继续过，她总会慢慢恢复过来。如果运气够好的话，她甚至能带着两个女儿，再改嫁给一个也许家里很穷或许身上还有小小的缺陷，却老实忠厚愿意善待两个女儿的男人。

可是很快，雷震母亲的哭声就突然停住了。

她伸手擦掉了自己脸上已经混成一片的汗水、泪水和鼻涕，慢慢地站了起来。她望着村长，问道：“全村的人都没有找到雷震，也没有找到包在他身上的被褥？”

“是的。”

看到雷震的母亲点点头，竟然带着两个女儿，反身走向了村子，生怕这个女人干傻事的村长，急声问道：“雷家大妹子，你要干什么？”

雷震的母亲用力抽了一下鼻子，回答道：“回家煮红薯！”

“啊？”

这是一个绝对让人意外的回答。在场所有人都瞪大了双眼，张大了嘴巴，呆呆地看着雷震母亲的背影，刚才已经根本支撑不起自己身体的女人，在这个时候，竟然又努力重新挺直了自己的腰。她吸着丝丝的凉气，轻声道：“如果我的儿子真的是被狼叼走了，裹在他身上的小被褥总不会一起被吃了吧？我们没有找到那被褥，我的儿子就很可能还活着。就算他真的是被狼吃掉了，哪怕他只剩下一根骨头，我也要把他找回来！”

她的声音很轻，但是当一个母亲，退无可退，保卫自己孩子的天性被彻底激发，她的声音中已经多了一种几乎可以分金碎石的坚毅。

当久违的炊烟再次在那个泥砖砌成的小屋上空袅袅升起的时候，村子里的人，看着这幢小屋的眼光中，已经多了一丝难言的敬佩……这个女人在战斗！她在和自己的命运，她在和自己的儿子那也许早已经注定的命运在战斗！

第三章　狼娘（上）

一个向命运发起抗争的母亲，背着一包煮熟的红薯和土豆，一左一右牵着两个最大也就七岁的小女孩，在所有人默默的注视中，又走向了小山村周围的荒山。她不想去考虑，自己的儿子就算没有成为野狼的食物，过了这么久，会不会已经活活饿死了；她更不会去想，如果有一天她真的找到了自己儿子的尸骨，她是不是还能把他分辨出来。她只知道，她要找回自己的儿子！

她带着两个女儿，避开了那些好心的乡亲早已经搜索过的区域。每到一处人迹罕至的地方，她总会放下身上的袋子，把两个女儿安置到一个安全的位置，然后一个人慢慢地往上爬。

“我的儿子就在上面，我要把他带回来！”

就是抱着这样的信念，她一次次失败，又一次次成功地爬上了就连男人也不敢轻易尝试的山峰，连她都不知道，原来在自己的身体里，竟然还有这么一股狠劲！

每天天还没有亮，这位母亲就会准时睁开双眼。看着怕打扰自己休息，只能远远睡在一边，相互搂抱在一起偎依取暖，在山风的吹袭下，就在睡梦中都冷得全身微微发颤的两个女儿，她伸手轻轻擦掉女儿被冻出来的鼻涕。在这个时候，她真的想把这一对最乖、最可爱、最懂事的女儿一起抱进自己的怀里，和她们一起放声痛哭。

但是她不敢！

手心手背都是肉，她害怕这样一哭，就再也鼓不起勇气，去继续寻找自己的儿子。

"不要怪娘不心疼你们，不管你们谁丢了，娘都不会丢下你们的！"

在这样的低语中，她狠下心用近乎粗暴的动作，推醒了两个为了帮她清洗伤口，到了大半夜才能睡觉的女儿，再次踏上了她们的旅途或者说是征程。

……

"哗啦……"

眼看就要爬到山峰上的时候，一大块石笋突然从石壁上被她整块剥落，带起大片的泥土，全身力量都挂在这块石笋上，突然失去借力点，她不受控制地从足足有六十度的峭壁上向下滚落。在这个时候，她早已经是"经验丰富"，立刻用双臂死死护住了自己的头部，只要没有撞到脑袋或者摔断骨头，她休息一会儿总还能再爬起来。

就这样一路向下翻滚了足足四五十米，她的身上又多加了十几道伤痕。不断翻滚碰撞形成的晕眩感更让她觉得天旋地转，躺了足足半个小时，她才缓缓地坐了起来。当她四下打量自己滚落进来的这个山谷时，她突然瞪大了双眼，因为她看到了一套熟悉的、小小的被褥！

紧接着她看到了一双绿色的眼睛，两排锋利得让她全身微微一颤的牙齿和一声低低的充满警告和危险意味的低啸。在她面前不足二十米的位置，是一道向前突击的石层。如果没有下来，仅仅从山谷的上方观察，根本看不出来，在这里竟然还别有洞天。

在这样一个天然形成的半封闭世界里，一头站起来足足有一人多高的狼，正在死死地盯着她。在这头狼的身后，就是一个建在石层下面的狼巢！

她竟然无意中掉到了狼巢的附近。山里人都知道，如果狼巢里有小狼，那么一旦有人或动物接近，感到危险的母狼，就会不顾一切地进攻入侵者！当她的目光下意识地跳过那只狼，落到那个狼巢里的时候，她突然发出了一声惊呼："天哪！"

她竟然看到了自己的儿子！现在她的儿子，就赤身裸体地躺在那个狼巢里，舒服地把自己的脑袋枕在一只小狼柔软而光滑的身体上面。可能是因为感到冷，他甚至伸出自己的两只小手臂，抱住了那只小狼。

听到她的惊呼，在狼巢里度过了人生第一个满岁的雷震，抬起了头，看到自己的母亲，雷震的脸上露出一丝开心的笑容。这个已经能够掌握简单发音的小家伙，嘴一张，发出一声软软的童音："娘……"

"哎！"

她用力地答应，喜极而泣的泪水瞬间就从她的眼睛里喷涌而出，当她听到了儿子的呼唤，只觉得所有的辛苦，所有的委屈与努力都不枉了。甚至就连站在狼巢前，那只对她虎视眈眈随时都可能对她发起致命攻击的狼，似乎都变得微不足道起来。

她真的想扑过去，把自己的儿子抱起来，看看他有没有受伤，有没有挨饿……可是她不敢。那只守护在自己巢穴前面的狼，是一只母狼，它奇异地没有对雷震的母亲发起攻击，但是这绝不代表，它能允许一个人类，接近自己的孩子！而且让雷震的母亲更不敢轻易冒险的是，她不敢确定，假如真的让那只母狼感受到危险，它会不会兽性大发一口咬死自己的儿子。

在这个世界上，绝对没有一个母亲，希望眼睁睁地看着自己的儿子，被一只野兽一口咬得血肉飞溅！

她就那样傻傻地站在那里，而那只母狼，也充满戒备地望着她，这一人一狼，就这样保持了一种奇异的沉默。当两个小女孩顺着母亲一路留下的痕迹，也找到了这个小山谷，数量上的劣势，已经让母狼开始全身绷紧。

雷震的娘根本不敢回头，现在她的心里只有一个想法："要是这只狼，真的对我儿子咬下去，我就和它拼了！"

雷震的娘不敢开口，她怕自己一说话，就会逼得那只母狼发起进攻。她只能把自己的手放到背后，对两个女儿不停打着手势，希望她们能够理解自己的意思：快去找村长，请他带人过来帮忙！

两个小女孩呆呆地站在母亲的背后，也许是母子连心，两个小女孩竟然真的读懂了她打出来的那一连串根本没有任何实质意义的手语。

当几个小时后，村长终于带着一群手里拿着草叉和木棍的村民，在两个小女孩的带领下，找到这个山谷的时候，冷汗已经渗透了这个一生都生活在小山村中，再平凡不过的母亲的衣襟。

村长远远地把那些村民留在了山谷上方，他用尽量轻的动作，走到了为了保护儿子，而和一只孤狼对峙了足足五六个小时的母亲身旁。当他看到那只母狼鬃毛像触电般倒竖而起，对着自己亮起两排锋利的牙齿时，这位年轻时当过扛客，走过大江南北见多识广的村长，立刻就明白，他已经走到了这只母狼能够容忍的极限距离。

第四章 狼娘（下）

村长远远地站在雷震他娘的身后。他虽然已经六十多岁，但是仍然耳聪目明。他小心翼翼地观察那只因为受惊，已经凶相毕露的母狼和一直小心拱护的狼巢。思索了半晌，村长才低声道："雷家大妹子，你别怕，也不要回头，我们都来了。你能听到我说的话吗？"

雷震的母亲，微微地点了点头。

"你看清楚了，它是一头刚刚产了崽儿的母狼。"村长看着那头母狼明显过于鼓胀的乳房，道，"母狼生一窝狼崽，最少也有四五只，它的窝里却只有一只，看样子它叼跑了你的孩子，不是饿了，而是胀得难受，想让雷震帮着吸它太多的奶。它喂养了雷震这么久，雷震身上已经有了它的味道，它已经把雷震当成自己的狼崽了。"

虽然觉得不可思议，但是看着被母狼叼走十七八天，依然活力十足的雷震，雷震他娘点了点头。

"我看就是因为雷震的身上，也有你的味道，那头母狼才会让你靠它这么近，我们这样的生人，根本不可能靠近它。"

村长又思索了半天，才继续道："母狼要是被逼急了，会咬死自己的狼崽，要是大伙一拥而上，这头母狼是跑不了，不过那样只会坑了雷震。"

"你想要回雷震，只有一个办法。"

看着抱住身边的小狼，露出一脸幸福笑容的雷震，母亲虽然心急如焚，但是她清楚地知道，无论是见识头脑，村长都比她强得多，她必须要牢牢记住村长说的每一个字，按照他说的每一句话去做。

“狼也通人性，你身上有雷震的味道，它应该知道你是谁。你去找它商量，看它愿不愿意把雷震还给你。”

雷震的母亲呆呆地望着面前这头因为村长的出现，眼睛里已经透出一分不安，九分野性的母狼，村长绝对给她丢了一个天大的难题，她是一个人，又不懂狼语，如何去和一头母狼去商量，求它把儿子还给她？

“你不要把它当成一条狼。”村长站在雷震母亲的身后，小心提醒道，“你就把它看成是一个抢了你的儿子，又喜欢上了他，真的把他当成自己儿子的女人。”

回想着雷震在满月时，什么也没有抓到手里，雷震的娘只觉得膝盖打软，如果这头母狼不把自己的儿子还回来，那雷震这一辈子不是真的像“满月抓”仪式中预示的那样，什么也学不会，什么东西也不会做，只能变成一只不人不狼的怪物了吗？

雷震的母亲突然用力抬起了手臂，就在村长心中暗呼不妙的同时，雷震的母亲已经指着那条死死盯着她的母狼，放声叫道：“我站在这里这么久，也没有见你那口子，你也和我一样，是一个寡妇了吧？你有自己的孩子，你为什么还要抢我这个寡妇的儿子，我不是有俩有仨啊！我还指着儿子传宗接代，我还指着养儿防老，我不能让雷家就在我手中绝后……”

说到委屈的地方，雷震的母亲已经是泣不成声。她指着眼前这头母狼，哭叫道：“我说了这么多，你到底明不明白啊？！求求你……把我的儿子……还给我……好吗……他可就是我的命根子啊！”

母狼静静地望着眼前这个泣不成声的女人，看着这个女人悲伤而绝望的眼泪，一串串地从她的脸庞上滑过，在空中划出一道道短暂而美丽的流线后，狠狠坠落到这片坚硬的土地上。

不知道从什么时候开始，它眼睛里的戒备与野性，渐渐地变成了一种深邃难懂的颜色，它的喉咙中更发出一阵低低的呜呜声。

它低下头，用复杂的眼神，望着正在和小狼抱成一团的雷震。在雷震母亲心脏都几乎从胸腔里跳出的窒息紧张中，它把自己的鼻尖放在雷震的脸上，轻轻摩挲着。可能是觉得很痒，可能是喜欢母狼鼻孔里喷出来的那种温温热热的气息喷洒到脸上的感觉，雷震竟然在这种绝对诡异的时刻，躺在狼巢里，发出一阵单纯到极点的笑声。

雷震的母亲死命咬住了嘴唇，拼尽全力让自己没有发出惊惶的嘶叫，因为在这个时候，那条母狼竟然张开了它的嘴，对着雷震咬下去。雷震才刚刚过了满岁，不要说是让母狼那一排可以生生咬碎一根木棍的牙齿咬中，就算是被母狼那条可以把骨头上的肉渣都扫得干干净净的舌头舔中，雷震也受不了啊！

到最后，母狼竟然咬住了自己那头和雷震滚作一团的小狼崽，把它叼在自己的嘴里，然后默默地向右边，退开了几步。

雷震母亲的身体不停地颤抖，在村长的示意下，她用尽可能不引起母狼误会的动作，小心翼翼地走向狼巢。望着一个人躺在狼巢里，没有玩伴已经撅起了嘴，似乎随时准备大哭一场的雷震，当她的双手终于抱住已经失散了十几天，却失而复得的孩子，品尝着那种母子之间血脉相连的动人感觉，感受着那种山穷水尽柳暗花明后复杂到极点的情绪，雷震的母亲真的痴了。

在这个时候，这个经历了人生大悲大喜，为了找回自己的儿子，付出了绝对努力的母亲，紧紧抱着自己的儿子，对着站在一边的母狼，不停重复着相同的一句话：“谢谢，谢谢，谢谢，谢谢……”

母狼只是静静地卧在那里，静静地望着被雷震母亲抱在怀里的孩子，在它的眼睛里闪动着的，是一种如果用人类的角度去看，可以称之为“悲伤”的光芒。

村长拦住了握着各种武器要冲进山谷猎杀那头母狼的村民。在所有人的拥簇中，雷震的母亲脸上总算露出了一丝微笑，她终于可以带着儿子回家了。走了没有多远，她突然听到一个村民的惊呼：“看，那头母狼还没死心，在跟着我们呢！”

“不要紧，”村长看了一眼远远跟在大家身后的母狼，轻叹了一声，道，“它能把孩子还给你，就不会再抢回去。它大概是舍不得雷震，想送送我们吧，毕竟它也喂了雷震这么长时间的奶。”

就这样，那头母狼，一直跟着村民和雷震的母亲，远远跟到了小山村的村口，才独自走开了。

过了几天后，在一天夜里，雷震的母亲突然听到在门外，传来了一阵类似于敲门的声响。当她点起油灯披上衣服去开门的时候，她惊讶地发现，敲门的人已经不在了，而在门框下面，却多了一只喉咙上带几个牙印，身体还在微微抽搐的野兔。

每隔几天，就会有不同的野味，送到她家的门前，这些猎物无一例外，在脖子部位都有几个深深的牙印。

面对这种情况，村长对雷震的母亲道："看来那头母狼，真的把雷震当成自己的狼崽了，它这是不放心，生怕孩子饿着了啊！"

看着怀里不知道为什么显出几分瘦弱的孩子，雷震的母亲脸上露出一丝苦涩的笑容。她的男人死得早，生活的压力本来就影响了她的身体健康，再带着两个女儿每天风餐露宿，更不停地摔摔打打后，她已经没有办法再给雷震喂奶了。

一个才一岁大的小孩子，每天只能喝用白面和玉米面掺在一起煮出来的糊糊，雷震怎么可能不迅速消瘦下去？

已经大略猜到事情原因的村长，无言地摇了摇头。

当夜色再次来临的时候，一头嘴里叼着猎物的野狼，轻车熟路地潜进小山村一幢用泥砖砌成的房屋前，它放下嘴里叼着的猎物，当它猛地人立而起，用自己的前爪去抓那扇紧闭的木门时，它惊讶地发现，那扇本来应该紧紧插住的木门，竟然被它推开了。

一只带着几分狐疑，几分期盼的脑袋，悄悄透过门缝探进了房间，它的两只眼睛，在黑暗的空间中，散发着幽幽的绿光。很快它的注意力，就被躺在土炕上的雷震给吸引了，它不由自主地走到了雷震的面前。

当它探过自己的鼻头，轻轻在雷震的脸上摩挲的时候，还在睡梦中的雷震发出一阵"咯咯"的轻笑。当一个柔软的东西塞进他的嘴里时，雷震本能地开始用力吸吮，好久没有品尝到的甘甜与芬芳，让雷震干脆伸出两条胳膊，紧紧抱着送到他嘴边的东西，更加用力地吸吮起来。

母狼待在属于人类的房间中，动物的直觉让它清楚地知道，在这幢泥砖小屋的另外一个小房间里，有人类的存在，那些人甚至正在偷偷看着它。这种感觉让这头母狼浑身不安，可是看着紧紧抱着自己，正在努力吸吮的雷震，它最后还是选择了静静趴在雷震身边，直到雷震吸够了喝饱了，它才从土炕上跳下来，用复杂的眼神望了一眼小隔间那一直没有被掀起来的门帘，然后没有发出一丝声息地穿过门缝，转眼间就消失在远方沉浸在黑色的原野中。

雷震的母亲从隔间里走出来，在她的身边，还有两个眼睛睁得大大的小女孩。借着窗头透过来的几丝月光，雷震的母亲用同样复杂的目光，看着一脸心满意足，睡得踏踏实实的雷震。她伸手轻轻擦掉雷震嘴角的一丝奶渍，沉默了很久，才低声道："儿子，记住了，从今天开始，你就有两个娘了。它也是你的娘，你的狼娘！"

第五章 鬼旗

吸吮着狼奶，雷震一天天长大，到了十三岁的时候，雷震已经长得足足有170厘米高。狼娘隔三差五送到门前的猎物，更让他的身体获得了足够的营养，使他看起来比村子里的任何一个孩子都更强壮。当他站在那里，很多人都会不自觉地把他当成一个成年人来看待，但是同时，所有人都认为，雷震是整个村子里所有孩子当中，最没用的一个！

已经失去了一次儿子，又重新把他带回自己身边，经过这样的大波大折，雷震的母亲对儿子的关怀，已经到了一种溺爱的程度。

别的孩子，在六七岁时，就会跟着父母一起到田里干活，到了十一二岁时，就能顶得上家里半个壮劳力，可是雷震直到十三岁，甚至还不会用镰刀和锄头。

雷震的母亲养了几只下蛋的母鸡，山里人养鸡生出来的鸡蛋，除非是生病、过节或者是女人坐月子，否则自己是不会舍得吃的。把这些鸡蛋攒起来，等到背着担子走街串巷的货郎来到这个小山村，这里的村民就可以用家里的鸡蛋，从货郎手中换到一些针头线脑油盐酱醋之类的东西。

整个小山村，只有雷震每天都能吃到鸡蛋。雷震的娘总能想方设法搞到一点油，每天为雷震煎上一个荷包蛋，再在上面洒上一点调味用的酱油，这对小山村里的人来说，绝对是就算过年，也未必能品尝到的美味。

所以每天晚上，雷震在吃晚饭的时候，他们家的窗口前，总会趴着一群用力吸着鼻子，眼巴巴地看着雷震手中饭碗的孩子。有时候雷震就会用筷子挑起小小的一块荷包蛋，把它顺着窗子丢出去，在窗外立刻就会传来一阵争抢甚至是扭打的声音。在这个时候，雷震就会得意地笑起来，然后对着坐在饭桌上，同样轻轻吸着鼻子，却从来吃不到荷包蛋的大姐和二姐，做出一个鬼脸。

在雷震的心里，荷包蛋当然就是他独享的权利，至于他是自己吃，还是像耍猴的艺人一样逗得那些趴在窗口的家伙团团乱转，那更是他自己的选择。要不然为什么二姐偷偷拿了几颗鸡蛋，和货郎换了几卷彩色丝线，就被他娘狠狠扇了一个耳光？

这样一个实在是被老娘宠坏，摆明就是一个二流子的家伙，又有哪家愿意把自己的闺女嫁过来，让她一辈子受穷受气？

就算是用山里人最常用的换亲也没有人愿意。就是因为雷震的关系，雷震的大姐已经十八岁了，长得也称得上亭亭玉立，性格又温柔可人，却仍然没有找到婆家。对这种事情一直半懂不懂的雷震，曾经对他的大姐道："大姐，你只要一直对我好，以后我娶你。"

听了雷震的话，雷震的大姐只能摇头苦笑，过了好半晌，她才伸出手指在雷震的额头上轻轻点了一下，叹道："你啊，真是被娘宠坏了！"

雷震只是嘿嘿一笑，他是娘唯一的儿子，娘以后还要靠他养老送终呢，娘不宠他宠谁？

当然，雷震也不是成天无所事事，雷震的娘给雷震找了一个师父。这个师父会使枪，虽然一套枪法耍得稀松平常，就连卖艺都水准不够，但是在娘的坚持下，雷震仍然拜了这个师父。

原因很简单，雷震在过满月的时候，抓住了一把"枪"，既然他这一辈子注定要与枪为伍，那么让他学习红缨枪、长枪，总比去当兵，拿着一杆火枪在战场上为有钱人当炮灰要强得多吧？

师父的枪法不怎么样，但是脾气却很怪，竟然住在距离村子几里外的一个山窝里，换句话来说，雷震每次去学艺，就要走上几里的山路。对于练武的人来说，这样的被动训练，也是一个不错的选择。

这当然也难不住雷震，每次他去学艺的时候，都会叫上二姐，让她背上自己。要不是二姐在他满月抓礼物时，把一支用玉米秸做成的"枪"放到炕上，又好巧不巧让他抓在手里，他又怎么可能跑这种山路，去和一个根本华而不实的师父去学什么狗屁枪法？！

看着雷震这样一个已经长得比成年人更高更壮的半大小子，趴在自己相对而言就显得太过瘦弱的二姐身上，得意扬扬地穿街而过，有时候还会像坐在高头大马上的将军一样，拍着二姐的肩膀，嘴里发出"驾、驾、驾"的声响，村子里的人就无不暗中摇头。

"吁……"

雷震突然伸手揪了一下二姐的头发，示意她"停马"，然后从二姐的背上蹦下来。在村子唯一能当成集会场的地方，已经围了几圈人，不用问也知道，是那个每隔几个月，就会背着货担来瓦楞村一次的货郎过来了。

雷震远远地就对被一群人包围，一边用草帽扇风，一边讲着什么的货郎拉开了嗓子，叫道：“张大哥，这次你又带过来什么好听的故事没有？”

村子里的人都知道这个货郎姓张，他每次担着货架来到瓦楞村，做完生意后都会向村民讨上一碗水喝，顺便给大家讲讲在外面世界里发生的事情。在这个几乎与世隔绝的小山村里，这样一位几个月才会光顾一次的货郎，就成为山民了解外界的最直接渠道。

仗着自己身高体壮又经常将小块的荷包蛋从窗口丢出去，雷震大大咧咧地推开围在一起的孩子，直接挤到了最里面。张大哥向雷震略略点头示意后，继续进行他的话题，雷震听了半晌才听明白，一群被称为东洋人的强盗打进来了！

“他们一个个长得都这么高……”张大哥伸手比画出一个夸张的高度，然后他又双手掐圆，组成顶多有一张烙饼那么大的圆圈，“东洋人看起来都是青面獠牙，还带着一张血盆大口。但是他们每个人身后背着的铁锅，只有这么大。”

看着张大哥比画出来的铁锅形状，雷震不由得瞪大了双眼：“不是吧，这些东洋人用的铁锅也太小了吧？就算是我吃也不够用啊，再说了，他们也不用每个人都背上一口锅吧？！”

“嘿，这下你可问到点子上了！”

张大哥瞪着眼睛，道：“那群东洋人要真是能用得起大锅，能天天吃饱肚子，他们至于跑到我们这里吗？他们跑到哪里都是又烧又抢，每人都背着一口锅，为什么？不就是为了抢到吃的，做饭方便吗？！”

围在张大哥身边的所有人一起连连点头，接受了张大哥这个看起来很合情合理的解释。

“我还听到了一个秘密。”说到这里，张大哥脸上露出一丝神秘的表情。他先故作姿态地左右看了一番，直到把所有人的好奇心都勾起来，他才弯下腰，用草帽盖在自己的嘴上，压低了声音，道：“据说这些东洋人，白天是人，晚上就是鬼，所以很多人都称他们为鬼子。为了方便在晚上指挥这些鬼，那些赶尸人还特地做了一些太阳旗，只要在晚上举起这些旗，那些鬼看到太阳旗，以为还是白天，就会老老实实听话，让他们向哪里走，就往哪里走。记住，以后如果你们看到这样的鬼旗，可是要有多远，跑多远啊！”

雷震瞪着大大的眼睛，小心翼翼地问道：“可是总有一些聪明的鬼吧，他们要是不上当怎么办？”

“这个好办，你以为人家没有想到这种事啊？！”

张大哥用力一拍巴掌，又伸手比画出一个相当恐怖的长度，道：“那些赶尸人不但身上有枪，还专门带了这样长的一把刀子。据说还在什么神社请什么天皇之类的玩意，唉，我也说不清这个，估计就是像什么茅山道士张天师一样的人物，专门开过光下过符咒呢。他们要是看到哪个鬼不听命令，拔出那把刀子‘咔嚓’一下，就会把那些不听话的鬼一刀两断。这样杀鸡骇猴，次数多了那些鬼就都老实了。”

第六章 哭泣的雷（上）

张大哥讲的故事是好听，也可以说是很诡异很吓人，但是什么东洋人，什么太阳旗，什么开过光下过符咒专门砍鬼的刀子，这些东西，似乎对祖祖辈辈生活在这里的村民来说，还是很遥远的事情，谁也不会把它放在心里。

就算雷震听到有人高喊了一声“鬼子来啦”，他仍然把这一切当成是在开玩笑。鬼子人人都背着一口比烙饼还小的铁锅，就算是抢粮食，也不至于抢到他们这样一个鸟不拉屎的小山村吧？

带着几分不以为然，雷震趴到了窗户上。当他眺目远望的时候，一面白色底衬，正中央画着一个大大圆形太阳的旗帜，在瞬间就刺痛了雷震的双眼。看着那些个头并没有张大哥形容的那么夸张，但是真的人人背后都背了一口小小“铁锅”的鬼兵，雷震拼命揉着自己的双眼，直到这个时候他才敢相信，鬼兵真的来了，那些白天是人晚上是鬼的鬼兵真的来了！

“砰！”

在鬼兵的队伍中响起一声清脆的枪响，一边奔跑一边报警，从小和雷震玩到大的伙伴小东，一头栽倒在地上。望着小东背后像喷泉一样喷溅出来的鲜血，雷震真的傻眼了。不是说这些鬼兵白天是人，晚上才是鬼吗？现在日头正中，还是大白天的，怎么他们就变成鬼了？！

“快跑啊，鬼兵来啦！”

在惶急的尖叫声中，整个村子里的男女老幼一起乱哄哄地撒腿狂奔。当他们跑到村子的后方时，所有人都惊呆了，因为在村子的后方同样有一面太阳旗在那里迎风招展，他们已经被鬼兵包围了。

“你还愣着干什么，还不快点找个地方藏起来！”

在这种最危险的时候，最关心雷震的当然还是他的娘！雷震的娘一把拉住自己的儿子，把他带到了一堆干枯的柴草前，不由分说地就把雷震按到了柴草堆里。看到柴草堆里还有一个位置，他娘又顺手把二姐按到了雷震的身边。然后带领雷震的大姐，将大堆的柴草盖到了雷震和二姐的身上。

“记住，不管发生什么事，你们千万不要出来。二丫，帮娘看好你的弟弟！”

当做完这一切，留下最后的叮嘱，雷震的娘准备带着大姐再找其他安全的隐藏位置时，她们才发现，她们已经被十几个鬼兵包围了。十几支步枪上安插的刺刀，在阳光下散发着冰冷的幽幽亮光，而那十几个鬼兵脸上扬起的诡异笑容，更让雷震的娘，心脏在瞬间就沉到了谷底。

紧紧挨在二姐的身边，躲在又干又热还散发着一股腐烂味道的枯柴堆里，雷震不舒服地扭动着脖子。就在这个时候，他突然听到就在不远的地方，传来了布料被撕裂的声音，紧接着他听到了娘犹如受伤母豹一般的怒吼：“不要碰我的女儿！”

当雷震想方设法，终于透过柴草之间的缝隙，勉强看到外面发生的事情时，他的全身突然变得一片冰凉。

那个为了寻找他，在大山里带着两个姐姐整整搜索了十七八天的娘，那个最宠他最爱他，每天都会想方设法为他煎上一颗荷包蛋的娘，那个就算到了最危险时刻，仍然先想到他，先为他寻找安全位置的娘，现在正双手张开，拦在大姐与几名鬼兵的中间。而在娘的胸膛上，赫然插进去六七把闪闪生光的刺刀！鲜血顺着那几把刺刀上的血槽，不断地渗出来，已经渗红了娘的衣衫。

雷震的娘，在这个时候脸上竟然还带着一丝充满胜利的笑容，因为在她的嘴里，咬着一块肉，在她的双手十指的指甲里，更沾满了鲜血！那些把刺刀捅进娘胸膛的鬼兵，脸上或多或少都带着几条血痕，一名脚上穿着黑色长筒皮靴，手里还拎着一把通体狭长军刀的鬼兵，捂着自己被娘生生咬下来一块肉的脖子，正在那里痛得倒抽凉气。他的嘴里更不停地喊着一个词语：“八格！八格！八格……”

雷震想放声悲叫，可是他发现自己根本叫不出来，在这种最要命的时刻，雷震的二姐伸手死死捂住了雷震的嘴！发出一声叫喊的，是衣襟已经被撕破，却被娘生生从鬼兵手里重新抢回来，并牢牢保护在身后的大姐：“娘啊！”

几把刺刀一起收回，几道鲜血从娘的身体里一起飙射而出。在摇摇欲坠中，大姐飞扑过去，紧紧抱住了娘。大姐手忙脚乱地想按住娘身上的伤口，可是在娘的身上有这么多的伤口，它们都在流着血，大姐只有一双手，又能按得住几个？！

"大丫……"

雷震的娘知道她要死了，她能清楚地感受到，她的生命力正随着从伤口喷涌而出的鲜血迅速从她的身体中流失，前所未有的无力感彻底击倒了她。她躺在自己女儿的怀里，痴痴地望着头顶的天空，她仿佛已经看到先自己走了十几年的男人，正站在一抹悬挂在天边，显得如此洁白又是如此缥缈无方的白云上，对她缓缓伸出了右手。

"你怪娘偏心吗？"

死死抱住自己母亲的女儿，拼命地摇头。

娘是偏心的，娘当然是偏心的，要不然为什么就算是到最后时刻，她还是把活的希望留给了儿子？

可是，她又是爱自己女儿的，否则的话，她又怎么可能为了自己的女儿，而任由几把刺刀同时刺进了她的身体？

望着这个生了自己养了自己，把太多感情留给了弟弟，最后却把生命留给了自己的母亲，眼泪从大姐的眼眶里喷涌而出。雷震的娘侧过头，无力地看着那几双向她们慢慢逼近的黄色牛皮靴，她轻声道："大丫……记住，你是清白人家的闺女，你就算是死，也要清清白白地走！你……明白吗？！"

大姐死命咬着嘴唇用力点头，当她抬起头时，那股恨极的目光，在瞬间就刺痛了所有人的双眼。就在所有鬼兵的步伐不由自主地微微一怔时，雷震的大姐突然跳起来，拼尽她全身的力量狠狠撞向几名鬼兵平端而起的步枪。在猝不及防之下，几名鬼兵瞪大了双眼，眼睁睁地看着雷震的大姐，以飞蛾扑火般的姿态扑过来，任由几把刺刀，同时刺穿了她的身体。

紧接着他们只觉得脸上传来一阵火辣辣的痛，看着自己从几名鬼兵脸上硬抓出来的血痕，雷震的大姐脸上扬起了一丝和娘如此相像，又是如此骄傲与洒脱的笑容。雷震的大姐，就挂在几名鬼子的刺刀上，慢慢合上了自己的双眼，留下了她在这个人世间最后一句遗言："娘，女儿不孝，先走一步了！"

几把刺刀一收回去，大姐的身体就没有任何缓冲地重重摔落到地上，雷震的娘躺在地上，看着就倒在自己身边再没有任何生机的女儿，几乎在同一时间，她也停止了呼吸。

就算是死，雷震的娘也没有闭上自己的双眼！她的目光仍然落在那一堆盛载了她所有的希望，盛载了她所有感情的干柴堆上。她的眼睛瞪得大大的，既像是在向上天控诉这个尘世间的不公，又像是希望能够亲眼看到自己的儿子和女儿，能够在这场浩劫中最终逃出生天。

第七章　哭泣的雷（下）

气急败坏的鬼兵，并没有打算放过那堆木柴堆，几名鬼兵举起他们手中刺刀上沾满了鲜血的步枪，走向木柴堆。就在这个时候，突然一道灰色的身影，闪电般从木柴堆一角射出。

“砰！砰！砰……”

几声清脆的枪声响起，艳丽的血花猛然从空中绽放，在一声凄厉的惨号声中，那道灰色的身影重重摔落到地上。

身体中嵌入了五六发子弹，已经失去了进攻能力的灰色身影，也倒在了木柴堆前。那是一条狼，是那条从小和雷震在同一个狼巢里玩耍，喝同一个狼娘奶长大的狼！鲜血从它的伤口中不停地流淌出来，可是在这个时候，它仍然对着这些鬼兵，徒劳地亮出了它那一口已经沾上血丝的牙齿，无力地举起了它曾经锋利现在却再没有任何杀伤力的爪子。

几名鬼兵望着这只突然出现的野兽，他们的脚步一起停下来。他们彼此对视了一眼，一起慢慢地离开了。一个竟然还能躲着一条狼的木柴堆里，又怎么可能再藏人？整个村子里，还有那么多人可以让他们抓，整个村子里的女人，总不可能个个都像这母女一样，疯狂得让他们心里都忍不住涌起一股寒意吧？！

如果中国人只要有三分之一，不，哪怕只有十分之一、百分之一能做到这一点，他们又怎么可能如此耀武扬威地站在这片辽阔的土地上，任凭他们为所欲为？！

眼泪不停地从雷震的眼睛里流出来，他双手十指的指甲，已经深深嵌入了他手心，划出一道道血痕，但是雷震再没有发出任何声音，因为他的娘正在看着他！他的娘希望他能好好地活下去，他绝不能死在娘的面前，他更不能让娘死不瞑目！

雷震就这样呆呆地坐在木柴堆里，就这样呆呆地坐在自己的二姐，自己在这个世界唯一一个亲人的身边，就这样透过木柴堆的缝隙，呆呆地看着娘和大姐的尸体，看着那条倒在血泊中，却仍然努力睁着双眼，试图移动自己身体的狼。

不知道这样呆呆地坐了多久，直到天色彻底暗下来，直到这个已经变成一片荒芜的小山村中，出现了一些像行尸走肉一样来回飘荡的身影，直到悲凉的哭声在整个小山村的上空回荡，雷震和二姐才能确定，那些其实在白天也是鬼的鬼兵……走了！

娘和大姐冰冷的尸体，就倒在地上，而在不远处，一堆残垣废墟之中仍然在腾起缕缕白烟，那几堵已经被烧成红砖的土墙，证明了这里曾经是一个虽然残破却温馨，更盛载了希望与未来的家。

看着几个大村子里从小一起长大的女孩和小媳妇，衣衫破碎地呆呆坐在废墟里，明显还没有从被兽行摧残的打击中清醒过来，雷震的二姐那双已经写满了悲伤的眼睛里，闪过了一丝浓浓的不屑。她检查了一遍用自己身体为她和雷震换来生存机会的狼，看着这条身上那几个贯穿的弹洞，无言地摇了摇头，但是她仍然找到了草药，把它们嚼碎后涂到了伤口上，然后用力撕开自己的衣襟，把布条紧紧扎在了狼的身上。

二姐又找到了一把铁铲，把大姐和娘，安葬到了爹沉睡的地方。当做完这些事情后，二姐的目光又落到了雷震的身上，她轻声问道：“饿了吗？”

雷震无言地摇了摇头。

雷震真的不知道，二姐用什么方法，竟然又找到了一颗完好无损的鸡蛋。她就是用半片摔裂的铁锅，用那一堆干木柴，煎出一个缺油少盐的荷包蛋。

“吃吧，凉了就不好吃了。”

望着盛在半片铁锅里，还冒着浓浓香气的荷包蛋，望着这份自己已经享用了很久很久，享用得理直气壮的食物，雷震第一次把它又推到了二姐的面前：“我不饿，还是二姐你吃吧。”

二姐的手落到了雷震的头上，她轻轻抚摸着雷震那一头短短的、硬硬的犹如刺猬般的头发，柔声道：“娘在的时候，一直只有你才能吃荷包蛋，现在娘不在了，娘刚刚走，二姐就抢你的荷包蛋吃，你说娘在天上看到了这一切，她的心里会好过吗？”

荷包蛋再次被推到了雷震的面前，二姐轻声道：“吃吧，为了让娘高兴，你就吃吧。”

雷震呆呆地看着眼前这个还冒着热气的荷包蛋，在二姐温柔的注视下，他终于还是接过了半片铁锅，当他用自己的手撕下一小块荷包蛋，把它送进自己的嘴里时，尝着这种熟悉的味道，大颗大颗的眼泪，顺着雷震的脸庞滑落，落在铁锅里，发出“滋滋”的声响。雷震就这样慢慢地吃着，慢慢地想着，他在回想着自己这十四年的生命中，发生的点点滴滴，他在反思着自己曾经理直气壮地认为，就是应该这样的生活与行为。

二姐就这样温柔地凝视着雷震，她可以清楚地感受到，她的弟弟在经历了这样的突变后，就像是一只脱茧而出的飞蝶般，正在迅速地成熟和成长。二姐的眼睛里，闪过了一丝欣慰，她突然问道：“弟弟，你以后打算怎么办？”

雷震抬头望着自己在这个世界上最后一个亲人，也是最后一个最关心自己的人。他沉默了半晌，回答道：“我要和二姐在一起，我要照顾二姐一辈子！”

“不！”

二姐轻声道：“你不能留在这个村子里。你要出去，你是家里唯一的男人，你要为娘和大姐报仇！”

雷震用力地摇头，他舍不得离开二姐，他更不放心离开二姐！

看着雷震的样子，二姐轻轻地叹了一口气。她没有再说什么，只是伸出手，轻轻抚摸着雷震的脸庞。她抚摸得是那样地仔细，又是那样地认真，更带着一种说不出来的虔诚。她似乎就是要用自己的这双手，把雷震的样子，雷震的性格，雷震的声音，雷震的悲伤，雷震的欢乐，都用一种属于自己的方式复制下来，藏进自己永恒的记忆中一般。

“姐姐逼着你出去为娘和大姐报仇，是不是太难为你了？”二姐低声道，“其实你也只是一个还不到十四岁的孩子罢了。”

雷震呆呆地望着二姐，不知道为什么，二姐明明就坐在他的面前，但是却似乎变得遥远起来。一种不安甚至不祥的感觉，在雷震的心里越来越重，他张开嘴刚想说话，二姐突然扭过头，对着黑暗中的某个角落，厉喝了一声：“谁？”

雷震下意识地迅速扭头，但是那个方向除了黑暗什么也没有，就在雷震还在四处巡视的时候，他突然听到了一声轻轻的刺响和二姐发出来的压抑的呻吟。当雷震扭回头的时候，他的眼睑在瞬间被他自己生生震裂！

雷震睁着一双已经蒙上一层血雾的双眼，猛然发出一声绝望到极点的悲号：

“二姐……”

就是那半片给雷震煎出最后一颗荷包蛋的铁锅，现在已经深深没入了二姐的胸膛。二姐的双手紧紧握着那半片带着锋锐边缘的铁锅，她的脸色在瞬间变得一片惨白。她望着在这一刻再也没有半丝人样的弟弟，在她的眼睛里除了不舍之外，留下的就是浓浓的歉意。

“弟弟……你知道吗，我以为做的最大的错事，就是在你满月的时候，把一支用玉米秆做成的枪，放到了炕上，现在我却很高兴那样做了……要是你这一辈子，真的注定要去拿起枪，要去当一个兵，那么……就用你手里的枪，去杀鬼兵，去为娘和大姐报仇吧！”

二姐倒在了雷震的怀里，剧烈的痛苦让她伸手死死抓住了雷震的衣襟，她深深吸了一口气，拼尽全身的力量，叫道：“我不要你陪着我，我要你走出这里，我要你为娘和大姐，为我们全村的人报仇！我要你每天都在心里想一遍，娘和大姐是怎么死的，我要你给我记住了，报仇！报仇！报仇！报仇！报仇！报仇！报仇！报仇……雷震，你听到了没有？！雷震，你告诉我，你能不能做到？！雷震你告诉我，你能不能杀光那些鬼兵，你能不能让娘和大姐，就算躺在地下，也能为救了你而高兴？！”

望着气若游丝的二姐，听着二姐拼尽全身力气留下的遗言，雷震拼命地点头，他现在除了点头，还能做什么？

当二姐，雷震在这个世界上最后一个亲人，也躺在他的怀里，缓缓地闭上了眼睛的时候，一声痛彻心扉、狂极、疯极、凄极、厉极的狂号，就犹如一头重伤不治，却依然在阴冷的寒夜，面对一轮皓月发出长嗥的野狼，那悲怆的呼啸，在瞬间就狠狠撕破了这片深暗的、广阔的、悲伤的、绝情的、无公的天幕，直直刺向那无边无垠的苍穹！

他们雷家的三姐弟，从母亲那里延续到的血液，本来就是疯狂的！

第八章　天狼皓月

在这一天晚上，全村几乎家家门前，都飘起了白色的纸钱，撕心裂肺的哭声四处可闻，隐隐还掺杂着一阵阵惊呼。那些面对野兽虽然努力反抗，但是仍然没有保住自己贞洁与清白的女人或妇人，逐一选择了中国女人最常选择，往往也只能这样选择的路。

一座座坟墓，在一夜间修建起来。雷震就那样静静地坐在三座新坟和一座旧坟前，陷入了长久的沉默。雷震不会写字，他面对自己的爹，自己的娘，自己的大姐和二姐的坟墓，他在心里反复地默念着同样一个词……报仇！

他一遍遍地念着，直到这个词深深印入了他的骨髓最深处，任由这个词语在他的血液中不断沉淀，不断翻腾。

不知道为什么，除了那个已经年过古稀，曾经亲眼看着雷震在满月里抓阄的村长，几乎没有人敢靠近雷震。每次村长过来，看着像一尊石像般呆呆跪在坟前的雷震，他就会发出一声叹息，在留下几个也许是烤红薯，也许是烤土豆的食物，又默默地走开了。面对送到自己手边的食物，在无意识中，雷震抓起来就吃。

就这样，雷震在自己已经长埋在地下的亲人面前，整整坐了七天七夜。当他拖着已经失去知觉的双腿，重新走回那个在短时间内再不可能恢复旧貌的村落，走回自己那个再也没有的家时，雷震再次呆住了。

亲人一个个死在面前，他实在太过悲伤，竟然忘了这个吃同一个娘的奶，从小和自己一起长大的伙伴，他竟然忘了这个为了保护他，而身中数枪的伙伴！

七天过去了，这只全身被五六发子弹打穿，只经过简单的治疗和包扎，早应该闭上双眼的狼，仍然活着。它那看到雷震突然亮起来的双眼，更清楚地告诉雷震，在这个时候，它还保持着必要的清醒。

狼的生命力是坚韧的，看着这个全身伤痕累累早已气若游丝的伙伴，看着它再也不可能重新站起来的身体，雷震真的不知道，为什么直到现在它还没有死！雷震更不知道，难道它不痛吗？难道它不累吗？！

那只狼的目光，一直痴痴地望着北方。顺着它的目光，雷震眺目远望，他的目光定住了，因为雷震突然想到，这个方向正对着他们一起长大的狼巢！他们已经老死的狼娘，就被雷震埋葬在狼巢的附近。

“你是想死在自己的窝里吗？”

雷震抱起了这个昔日的伙伴，抱着它已经有些发凉的身体，鼻子忍不住一酸，它的身体什么时候这么轻了？！

当雷震抱着自己的伙伴走向北方的时候，还没有走出那个小小的山村，躺在地上苦苦挣扎了七天七夜，早已经耗尽了所有力量与生命潜能的狼，已经安详地闭上了双眼。它相信自己的伙伴，已经明白了它的意思。

就这样抱着一只已经僵硬而冰冷的狼，雷震默默地走着。当五个小时后，他再次回到那个曾经生活过的狼巢时，雷震终于明白，为什么他的伙伴会一直挣扎着不肯闭上双眼。它也是一个母亲，在这里，有它的孩子！

小山村在经历过鬼兵的洗劫后，已经是惨不忍睹，但是和这个狼巢相比，仍然显得太过和谐与安详。粗粗数了一遍狼巢里的狼崽，这一胎雷震怀里的母狼，一共生了九只狼崽，但是活到现在的，只剩下了一只。

整个狼巢里面，到处都是累累的残骨。没有了母狼的照顾，没有了食物，这九只狼崽就在狼巢里，为了生存下去，它们抛掉了所有的伪装，它们自相残杀，它们就是靠吞食自己兄弟姐妹的尸体，踏着兄弟姐妹的骨骸，来延续自己的生命！

能活到现在的，就是它们中间，最猛、最悍、最狠的真正强者！

雷震曾经听货郎张大哥讲过，狗生九子时，把它们放到一起不给食物，让它们相互厮杀，能活到最后的一只，就是传说中比狼更凶悍的獒！但是谁来告诉他，九只本来就是狼的坚忍生物，在经历了如此血腥的厮杀与挣扎后，生存下来的那只，究竟算是什么？！

雷震放下了怀里母狼的尸体，审视着那只傲立在一片残骨上的小狼，它真的好小，小得看起来还没有任何危险，但是当它发现雷震的迫近时，它在第一时间就亮出了自己最强大的武器——牙齿，摆出了一副决一死战的姿态！

当雷震伸出手，尝试着想抱起这只小狼的时候，它毫不犹豫地一口重重咬到了雷震的右臂上。

它咬得还真重！

雷震可以清楚地感受到，他的右手手臂肌肉在发出一阵悲惨的哀号，他自以为坚实的肌肉，竟然被这只小狼实在锋利得让人惊讶的牙齿给撕裂了！小狼嘴里尝到了血腥的味道，它的眼睛里闪过兴奋的神采，它努力撕咬，试图把已经咬到嘴里的美味，从雷震的手臂上撕扯下来。

钻心的疼痛，一波接着一波，狠狠撞向雷震的神经，但是在这个时候，雷震这个在十天前还是一个被母亲宠坏的孩子，这个仅仅十四岁的孩子，面对这种情况，竟然选择了不动！

他就那样一动不动地蹲在狼巢前面，静静地看着那只小狼，任由它在自己的手臂上又啃又咬，最后终于连皮带肉地撕下一片血淋淋的肉块。

小狼用力咀嚼嘴里的食物，喉咙里发出一阵幸福的呜咽，可是它的眼睛仍然死死盯着雷震。它虽然不知道为什么雷震会任由它为所欲为，体形上的差异，仍然能让它清楚地感受到，雷震对它这个还太过脆弱的生命，拥有的绝对主宰性力量。

雷震少了一块肌肉鲜血渗淌的手臂继续向前伸，最后还是落到了小狼的脑袋上，感受到从雷震手臂上传来的那种压倒性力量，小狼的全身不由得狠狠一颤。

但是它很快就迷失在雷震的抚摸当中，他的抚摸是那样地轻柔，他的双眼中更透着一种说不出来的悲伤。这只小狼真的怔住了，它怔怔地望着就算被它伤害，也没有流露出丝毫恶意的雷震，嗅着雷震身上那股和母狼一样的味道，终于……它眼睛里的戒备，慢慢变成了委屈和亲切。

它最后终于任由雷震把它抱在了怀里。雷震望着怀里这只眼睛里闪动着太多凶悍，却在他面前解除一切防卫的小狼，深深地吸了一口气。他突然发现，自己又有家了，在这个世界上，他又找到了一个亲人。

“你的娘是我最好的朋友，它是为了救我而死。”雷震把这只小狼放进了自己的怀里，用自己的胸膛慢慢温暖着这只经历了最悲惨战斗，全身伤痕累累，更带着一股凉意的小狼，轻声道，“从今天开始，我就是你的爹！”

在这个时候夕阳欲坠，天边的那抹火烧云，看起来是那样地炽烈，又是那样地艳丽，当一阵强烈的山风狠狠划过树梢，似乎带着天边的那一片片火焰也跟着一起摇摆。在这样一个泣血的天与地之间，在这片充满了肃杀与悲凉的世界中，雷震小心翼翼地抱着他怀里最后的亲人，一步步地走出了村子，一步步地融入了那片血色的残阳之中。

遥遥地看上去，雷震就像是慢慢走进了一个失火的天国，在这一刻，似乎连他的身体，都跟着一起燃烧起来……

—第三卷—

血色兰花

第一章 战场格斗

四年后……

无论是谁，看到这座军营的第一时间，感受到的都是绝对的震撼！

这座军营占地足足有几十万平方米，却没有平坦的训练场，更没有世界最先进水平的训练器材，但是在这里却有那些应邀来华，帮助中国训练德械化部队的德国特种部队教官，他们有最可怕的战争智慧与团体协从作战的经验！

放眼望去，这座依托大山而建造的军营，营房的墙壁上涂满了绿色的油漆，训练器材更是用最粗糙的原木和沙袋组成，就连那些来来往往的军车上，都铺装了伪装网，再加上那大块的岩石和栽种在营房附近四季常青的松柏，使整个军营都沉浸在绿色的海洋当中，更隐隐拥有了一种属于大自然的粗犷与生命力。

就是在这样的军营中，如爆豆般的枪声此起彼伏。在人工沼泽上，在人工制造的瀑布激流下，在到处都是致命陷阱、随时还可能出现敌人进行偷袭的丛林中，甚至是那些连野山羊和猿猴都不敢轻易去尝试的峭壁上，到处都能找到挥汗如雨，正在凭自己的毅力与坚韧和大自然搏斗的身影。

就在这个军营的某一个角落，正在进行一堂徒手格斗训练课。

在这个格斗训练场上，到处都是拳脚相加的沉闷声响。那些正在接受抗打击训练的人，更是憋足了气，他们全身的骨肉隆起，他们还没有做好最后的准备，班长手中的木棍、填满黄沙的长条形布袋，就对着这些士兵的身体狠狠拍下去。有一个班长对准士兵小腹抛出来的，甚至是一颗足足两公斤重的铅球！一时间，整个格斗训练场上到处都是“噼噼啪啪”的声响和士兵痛苦的呻吟。

“给我站起来！”

一名手里抄着足足有手腕粗细木棍的班长，指着被他一棍子打得捂住小腹半天爬不起来的士兵，放声怒喝道：“如果这是在真正的战场上，你早就他妈的死了！”

“在这堂课上，你们要学到的不是什么狗屁硬气功，更不是什么胸口碎大石！在战场上敌人不会给你时间，让你吸气、憋气，然后再把全身的那几两破肉，都像只癞蛤蟆似的高高鼓起来！只有上过战场，像你们这种菜鸟中的菜鸟才会明白，你们根本没有多余的时间，更没有多余的精力，去做这种天桥卖艺式的把戏！”

那名班长突然一个箭步冲到那名士兵的面前，连带从他手里扬起的，是一把锋利的格斗军刀，看着那把刺刀狠狠地对着自己的头部刺过来，那名全身都弯成一只大虾的形状，短时间内根本没有力量再重新站起来的士兵，下意识伸出双手紧紧捂住了自己的头，闭住了自己的眼睛。

“噗……”锋利的匕首紧擦着士兵的脖子狠狠刺进柔软的土地里。那种金属特有的冰凉质感，让躺在地上的士兵，全身汗毛都在同一时间倒竖而起。

“很好！”骑在这名士兵身上的班长眼睛里满是不屑，道，“看到了没有，这就是你在面对危险时，在第一时间做出的最直接保护动作。就连你的身体，都比你这猪脑袋更懂得思考，它至少清楚地知道，一定要保护好身体的要害！不过仅凭你身体的直觉反应来保护自己，还远远不够！在面对避无可避的攻击时，你就要学会用自己身体最坚韧，最能去扛，哪怕是断了、少了、碎了也无所谓的部分，去迎接本来足以致命的重击！这样的话，就算你伤了、残了，仍然有足够的力量站起来，重新参加战斗！”

班长站起来，用力踢了一脚士兵的屁股，冷哼道：“手臂是人体最灵活的部分，它除了能让你大晚上一个人躲在营房黑暗的角落里，替自己解决一些精力过盛的问题之外，更是军人在战场上使用武器的最重要器官。如果你连自己的双手都保护不好，像你这样只会消耗粮食和药品，还需要其他战友保护的废物，还是干脆被敌人一刀捅死算了！”

“对了，我有一个小小的问题，想请教你一下。”

班长在和这个新兵蛋子说话的时候，少见地用上了敬语：“请问，你的眼皮有多厚？”

士兵伸出手，小心翼翼地在班长面前，比画出一个小小的厚度。

“那么我再请教你，”班长笑容可掬地问道，“你的眼皮，能不能挡住敌人的子弹，能不能挡住刺刀的狠扎？”

士兵用力摇头。

“既然你知道自己的眼皮太薄，挡不住子弹也挡不住刺刀，那我一刀刺过去，你为什么要像洞房里马上要变成小媳妇的女人一样，害羞地闭上了双眼？”

班长的脸色慢慢沉了下来，他扬起手中那把军刀，用尽可能缓慢的速度，刺向面前这个新兵的右眼。看到刀锋一靠近那个新兵的眼睛，他的眼皮就开始不停乱跳，班长厉声喝道：“睁大你的眼睛看着我，不想受伤就别眨眼！”

刀尖在距离那个新兵瞳孔一毫米的位置停住了，从旁观者的角度看上去，似乎班长手里的刀，已经刺入了新兵的眼眶！感受着刀锋上特有的冰冷，全身的汗毛都在同一时间倒竖而起，心更是跳得似乎要从胸膛里蹦出来，但是在这个时候，新兵只能拼尽全力瞪大自己的双眼。在这个时候他根本不敢眨眼，只要他一眨眼，他的眼皮就会受伤，只要他的身体略略一颤，他就会把自己的眼珠送到班长的刺刀上！

班长的右手就像是钢造铁铸，把自己手中的军刀牢牢定格在一个最危险的位置上。他盯着眼前这个汗水已经湿透全身军装的士兵，森然道：“很好，你给我牢牢记住了，以后无论是面对敌人的进攻，还是你对敌人近距离发起进攻的时候，哪怕敌人的鲜血溅进你的眼睛里，哪怕是他们的刺刀已经捅进了你的眼眶里，你也要把眼睛给我拼命睁大了！至少我还没有见过，一个总喜欢闭上眼睛，把自己变成瞎子的家伙能在战场上活下来！”

那名士兵死死地挺立在那里，他在认真地听着，他清楚地知道，有资格成为班长的人物，都是那些直接接受过德国特种部队教官长达两年的变态训练，更陆陆续续参加过各种小规模战役，精通生存与战斗技巧的老兵！

一个新兵蛋子想要在战场上活下来，想要用最快的速度成为老兵，最快、最有效的方法，就是记住这些老兵说过的每一句话！

这个新兵现在还清楚地记得，在进入这支部队的第一天，他们的连长在欢迎仪式上出现，所有新兵发现自己的连长竟然是一个女人，而且还是一个不折不扣的美女时，脸上惊诧的表情。

连长根本没有理会他们这些新兵蛋子的表情，或者说她早已经习惯了周围的男人，在一片绿叶的军营中突然看到她这样一朵红花时表现出来的意外，她只是端端正正地在黑板上写下了一串数字“9：3：1”，然后她轻点着黑板，在欢迎仪式上做了最简单的发言：“欢迎大家加入中央军校教导总队特务营，我这个连长对你们的要求很简单，我希望你们每个人，用最短的时间，成为最后的这个‘1’！”

后来和班长混熟了，在一起聊天打屁的时候，这些新兵蛋子才终于明白了这串数字的真正意义。在战场上有一个也许并不精确却的确存在的死亡定律：死九个新兵，才会死三个老兵，而死上三个老兵，才会死一个受过最严格训练，知道如何在战场上最大化保护自己，把生存概率提升到极限的职业军人！

中央军校教导总队隶属于黄埔军校，是一支德式装备部队。他们的真正工作，就是负责试验各种世界最先进武器和训练方法及指挥模式，经过改良后，逐步向全国军队推广。而中央军校教导总队辖下，这支部队精通渗透、狙击、破坏、暗杀、情报收集等非常规作战任务，在全国至少有十二个训练基地的特务营，是一支不折不扣的特种部队！

第二章　战场格斗术

直到班长收回了手中的刺刀，这个新兵才长长吁出了一口气。已经渗透军装的汗水在同时也带走了他全身的力量，在这个时候他只想坐在地上，可是这个新兵仍然努力挺直了身体，认真地问道：“班长，你刚才说，我要学会用自己身体最无关紧要的部位去抵挡无法避开的攻击，那么，我应该用身体的哪一部分比较合适？”

班长的目光就像是两把蘸着油漆的刷子，慢慢从这个新兵蛋子勉强还有几块肌肉的身体上掠过，他的那种专注和沉默，让这名士兵身上刚刚躺倒的汗毛再次一起倒竖而起，班长沉默了好半晌，才一字一顿地道：“你的屁股！”

四周响起了一片压抑的轻笑，班长嘴角带着一丝笑意，轻拍了一下眼圈发红，脸皮更是涨得发紫的新兵蛋子，指着一场正在激烈进行的格斗战，道：“睁大你的眼睛，仔细看清楚了什么才是真正的战场格斗！”

真正的战场格斗，当然不会有平坦的训练场，所以他们就是在到处都是灌木和荆棘的丛林中对抗！

真正的军人不是骑士，他们在战场上最大的天职，就是以用最强悍的手段，彻底消灭对方的有生力量为目标，所以这一场格斗战，绝对不是公平的一对一单挑，而是以一敌六的不对称对撞！

真正的战场格斗，要学会保存自己，绝不做无谓的牺牲，所以人单力薄的一方，并没有以强攻强和六名敌人做正面对抗！

以一敌六的，就是他们那个看起来是个美女，但是在训练场上一旦发狠，一旦认了真，就会比男人更像男人的连长！

她不断在丛林中以惊人的速度不断穿插移动，无论是谁看到她同时融合了敏捷、诡异、狡猾的动作，心中都会不由自主地涌起一种凉意。

她从来不在同时面对两个以上的目标时和敌人硬攻。她面对敌人时，总会让自己的后背紧贴着大树或者岩石，这样她就不需要面对腹背受敌的窘状；她从来不把自己的腿踢到超过对方腰部的位置上，只有这样，她在发起攻击后，才能让自己的腿最快回归到大地上，保持这种以一敌六战斗中最重要的机动性；她也从来不在同一个位置上停留超过三秒钟，她就那样不停地在丛林里，迅速移动穿插，中间夹杂着诸如连续翻滚等军事闪避动作。

就算是已经清楚知道连长的作战技术的班长看到这里，仍然忍不住发出一声轻叹：“好可怕的技巧与速度！就算让我手里拿着枪去追杀赤手空拳的连长，我也没有必胜的把握！”

“不！”

不知道什么时候，负责监督老兵训练新兵蛋子的排长，也走到了这里，他低声道：“最可怕的，还是连长在这种情况下，仍然清醒而敏锐的头脑！”

班长用力点头，在训练场上他和连长这样的职业高手对抗时，就算是以多敌寡，他仍然能够清楚地感觉到，从连长身上散发出来的压力！那是一种在训练场上经过千锤百炼，把作战技术和女性的本能及直觉完美融合在一起，再加上精确几乎不会出错的判断力，所展现出来的可怕压迫力！

看看吧，那六名“敌人”到现在，他们的动作已经渐渐被连长的行动节奏引导，在不知不觉中，他们甚至已经习惯了连长高速突围，再重新寻找战机的作战风格。

一个在战场上能够掌握节奏的人，就已经握住了胜利女神的右手！

连长突然出乎所有人意料地斜斜跳起，在抓住一根横在半空中的树丫后，她就像是一个最出色的体操队员，以那根树丫为轴心，抡出一个三百六十度大旋转。

面对这一幕，跟追在她身后的“敌人”，心在瞬间就沉到了谷底。在猝不及防之下，他根本不能收住自己高速前进的身体，在所有观战者倒抽凉气的声音中，直直冲过了那根树丫。

几乎在同时，从树丫上做足一个圆周运动抡回来的连长，膝盖携着强大惯性重重撞到了他的脊梁上。

“砰！”

一股势不可当的力量猛然从背后传过来，这名早已经知道大事不好，却已经无能为力的“敌人”，不由自主地被顶得向前扑倒，撞得落叶飞扑起一地。看他在地上扭曲的身体，任谁也知道，就算他没有伤筋动骨，想重新站起来也需要相当的时间，更不要说再去继续参加战斗！

但是当连长从树丫上跳下来的时候，她突然发现自己被包围了，三名实战经验丰富的老兵已经利用她发起攻击，失去了高速机动性的空间，排成了一个三角阵形，成功把她包围到了正中间。

“连长经常告诉我们，打人一拳就必须防人一脚。”

排长看了一眼身边那些已经被这场激战吸引，不知不觉聚集到自己身边的新兵，沉声道：“在人数处于劣势的格斗战场上，完美的进攻加完美的撤退几乎不存在。当你对敌人发起一次成功攻击之后，你往往要面对其他敌人的致命反击。”

排长是和连长一起接受过德国特种部队教官训练的老兵，他更清楚地了解连长的作战风格，也更懂得如何利用连长的训练比赛来教导身边的新兵：“所以在一击得手之后，你们要做的第一件事情，绝对不是对自己的胜利发起欢呼。你如果还想活下去，就要竖直自己的耳朵，睁大自己的眼睛，小心任何位置尤其是背后，突然对你刺过来的第二把甚至是第三、第四把刀！如果在这个时候，你们突然发现，自己在取得局部胜利后，已经被敌人彻底包围。你们要做的事情，绝对不是垂死挣扎的反抗，而是……努力活下去！尽可能让自己少受伤，最大化保存战斗力地突围出去！”

所以，陷入包围早已经在连长的预计之内，她要做的，就是用最小的代价突围！

“砰！”

双方甫一交手，连长就硬生生地挨了两腿，中了一拳。没有挨过这两腿一拳的人，绝对不会想象得出来，这三记攻击究竟有多重！就连连长这样要强的军人，也忍不住发出了一声轻哼，但是她在同时，已经在其他人合围上来之前，用放弃所有防御将速度激发到极限的冲锋，成功冲出一条血路！

就在所有人都忍不住放声叫好的时候，已经冲到十几米外的连长脸上突然扬起了一丝怪异到极点的表情，她就好像是迎面被一个无形的怪兽狠狠打了一拳似的，整个身体猛地缩成了一个大虾米般的形状。

豆粒大的汗水猛都从连长的额头上渗出来，就在所有人目瞪口呆的注视中，接受过变态训练，据说全身生生打折十几根木棍，依然没有被淘汰出训练营，生命力强悍得就连德国特种部队教官都要点头称许的连长，只挨了两脚一拳，明明已经冲出了包围，仍然“砰”的一声，重重摔倒在地上。

第三章　绝对意外

看着脸色苍白汗如雨下的连长，刚才还气势汹汹的几个“敌人”全傻眼了，他们不会把连长给打坏了吧？！

当他们跑过来，小心翼翼地望着躺在地上，嘴唇都痛得发颤的连长。刚才一脚飞踢到连长小腹上的军人，目光突然停留到连长身体的某一个位置上，在这个时候他突然觉得天旋地转，喉咙发干，觉得双膝发软，他傻傻地站在那里，愣了足足有几秒钟，最后他还是没有撑住自己突然间太过于沉重的身体，“砰”的一声跪倒在连长面前。

望着这个突然间跪倒在自己面前的士兵，就连连长都有了片刻的发呆，这家伙抽什么疯了？！

这个在战场上连中了几记刺刀连哼都没有哼上一声，被德国特种部队教官扒光衣服丢进冰天雪地里八个小时，被带回来时仍然可以对着所有人露出一丝微笑的军人，这个男人中的男人，爷们中的爷们，在这个时候竟然放声哭号：“连长，对不起，是我害了你啊！连长你打我吧，你用力地打我吧，就算你一枪毙了我，我也绝对没有怨言……”

另外几个“同伙”面面相觑，他们顺着这个突然发了疯，任由豆粒大的泪水不停地从脸庞上狠狠滑落的士兵目光看向连长，当他们的目光交集到某一个点上时，突然间所有人的脸色一起发白，在连长诧异的注视中，这几个大男人的双膝都开始一起发颤。

“你们几个大男人围在这里哭啊哭的，哭丧啊？！不就是训练中受了点小伤嘛，只要没有缺胳膊少腿的，在医院里睡他娘的两三个月，出来后还不是活蹦乱跳的好汉一条？马兰你是怎么带兵的……”

在大大咧咧的斥骂声中，一个同样戴着上尉军阶，长得虎背熊腰颇有燕人之风的军人，丢掉自己面前正在练习队列的士兵，皱着眉头大踏步走过来。

“让开，傻愣在这里干什么，还不快去继续训练？！”

这位大大咧咧的连长，用力推开围成一圈的士兵。当他看到躺在草丛上，痛得脸色苍白全身发颤的同僚，他张开嘴刚想说什么，突然间他也愣住了，不由自主地脱口叫道：“我的娘啊！”

这位连长那大大张开的嘴，就那样愣愣地卡在那里，形成了有几分诡异的“O”形。

傻傻地站在那里七八秒钟后，这位连长终于反应过来。他深深地吸了一大口长气，猛然用绝不亚于猛张飞的大嗓门吼叫道：“医务兵，医务兵，医务兵在哪里！快点过来啊，马兰流产了！她正在不停地流血，快点过来救人啊！！！”

躺在地上，痛得连话都快说不出来的连长，也就是马兰，死死盯着眼前这个大嗓门的连长，如果现在她身边有一挺M34马克沁重机枪，她一定会毫不犹豫地端起来，对着这个口没遮拦又自以为是，喜欢信口雌黄的家伙，狠狠打上他妈的一百发子弹，直接把他那个更不知道塞了什么牛黄狗宝的脑袋打成一团糨糊！

什么狗屁流产，难道从自己身体里流出来的鲜血渗透了军裤，就一定是流产了？！

痛经，懂不懂什么叫作痛经？懂不懂在过度疲劳的情况下突然痛经，也可能导致大量流血？

再说了，不要说是结婚，马兰就连真正的男朋友都没有交过一个，她一年三百六十五天都泡在军营里，每天训练完了往床上一躺，就会睡得像猪似的，她哪里来的精力，又哪里来的时间，去偷偷怀上一个孩子？

但是看看面前这样一群傻乎乎，要么吓得痛哭流涕，要么慌得手忙脚乱的汉子，马兰只能发出一声无奈的轻叹。他们无论是普通士兵还是基层军官，九成九都是单身汉一个，没有老婆的男人，又怎么可能真正懂女人的事情？

“医务兵，人命关天，你他妈的快一点啊！”那个大嗓门的连长，竟然真的拔出手枪，先对天猛射了几枪，然后又蹦又跳地嘶声叫道，“医务兵快点给我滚过来，你他妈的要真的敢让马兰一尸两命，老子就他妈的一枪毙了你！”

完了，完了，真的完了！

马兰真的是想死的心都有了，直到这个时候马兰才真正明白，什么叫作一失足成千古恨，再回首已经是百年身！让这个该死的家伙一阵乱吼，她马兰这下子可真的是跳进黄河也洗不清了。

那个好像是他自己死了亲生孩子似的家伙，先唯恐天下不乱地开上几枪，再扯开破锣似的嗓子那么一吼，当真是十里皆闻！刚才在训练场上还密如爆豆般的枪声猛然沉寂下去，一群正在练习格斗的士兵，应付差事地抱在了一起，似乎在那里表演蒙古摔跤，就连那些在人造沼泽和泥潭里奋力爬动的身体，也像突然中了石化魔法般，一动不动地趴在了那里。

看到那个手里提着急救箱，急匆匆跑过来的男军医，再看看上百双偷偷瞄向自己还躲躲藏藏的眼睛，就算马兰是出身名门的“闺秀”，就算马兰接受过高等教育，就算马兰知道围在自己身边的这些兄弟，包括那个该死的大嗓门连长，都是因为关心自己，才会表现出这种模样，可是马兰仍然忍不住在心里发出了一声绝不是淑女应该有的诅咒：“奶奶的，你们干脆喝凉水一起呛死算了！”

在大嗓门的连长和几名把“愧疚”两字写了满脸的士兵的坚持下，马兰再三抗议无效，无可奈何地被他们用担架抬回了军营。根据那个刚刚年满二十岁的军医说法，马兰这个时候受不得半点风，否则的话以后就可能会出现一系列妇科后遗症。一个连一百多号全副武装的特种部队士兵，全部小心翼翼地围在担架四周，形成了一个密不透风的保护圈，估计就算是蒋委员长出行，他的亲卫队也未必会有这么大的阵势！

会有什么妇科后遗症马兰不知道，她可以确定的是，她这次可大大地露了一次脸！

而她未婚先孕，仍然带领属下坚持训练，最后因伤流产，这种毁誉参半的“光辉”事迹，在这样的全连官兵护送下，大概不出半个小时就会传遍整个军营！

马兰并不知道，半小时后当她的事迹传遍整个军营后，所有人都自动过滤了“怀孕”这个传言是否真实可信的问题，而直接将思维跳跃到一个全新的高度……究竟是谁干的？！

无论是谁，想要折下马兰这样一朵只能用刺刀来形容，背后又有庞大家族势力支撑的“玫瑰花”，都需要太多太多的勇气。如果没有勇气的话，这位令所有人敬佩得五体投地的猛士，又怎么敢冒着被马兰一脚踢断几根肋骨的代价，伸手搂住这样一个太过强悍的女人，甚至敢在她随时翻脸的情况下，带着寒风萧萧兮易水寒，壮士一去兮不复还的悲壮气势，把马兰拦腰抱起来，带向了一张绝对邪恶的……床？！

第四章 日耳曼人的荣誉

“坐，坐，坐，不要站着！我说马兰啊，你怎么才待了几天，就从医院里跑出来了？”

马兰狐疑地望着突然间过度友善的营长邱起楼。看着邱起楼脸上露出了铁树开花般的笑容，马兰的心里更缓缓涌起了一种不安，那种感觉就像当年她在丛林中接受生存训练时，因为过度疲劳而坐在一棵树下休息，而一条三尺多长的金环蛇，就静静地倒挂在她的头顶。

这位邱起楼营长是黄埔军校第五期毕业的高才生，他从1927年就开始接受德国援华军事专家的教育和培养，是国内少有的特种作战专家。

和德国军人长达十年的接触，让邱起楼不但从德国教官那里学到了世界最先进的特种作战技术和指挥理论，更延续了德国军人特有的严谨。

无论是什么时候，邱起楼的军装总是一丝不苟，他的皮靴总是擦得锃亮，再加上他足足180厘米总是挺得笔直的健硕身体，使他无论走到哪里，都会自然而然成为所有女性关注的焦点。只可惜，他那张脸本来看起来应该是蛮让人赏心悦目的，可是实在是太过严肃又太过死板，那一双眼睛更是锐利得让人不由自主地想到了眼镜蛇。

而邱起楼一辈子在军营里打滚，又偏偏喜欢冷冷地盯着对方眼睛，直到对方吃不消了扭开头，仍然不知道收敛……再加上“外辱不驱何以为家”的信念支持，所以直到现在，这位邱起楼中校营长，仍然是光棍一条！

不只如此，这位邱起楼营长，更信奉“战争让女人走开”。马兰还清楚地记得，邱起楼营长第一次见到她时的情景……

那是四年前，当时马兰才刚刚年满二十岁。

上上下下打量着眼前这个太过漂亮，望着自己的目光中还带着一种崇拜意味的女孩，邱起楼眼睛里流露出来的不是男人对美丽女人的欣赏，而是警惕甚至可以直接说是敌意！“你打算让我们特务营的兄弟，因为你死上几个？”

面对这种莫名其妙的询问，马兰不由得瞪圆了眼睛：“嗯？！”

“你进我们特务营的军营时，看到的都是男人吧？”

“嗯！”

“我们这里连军医都是男的，在必要的情况下，都可以拿着武器和敌人拼命！我们经常要在教官的带领下，到一些人迹罕至的地方，接受地形适应训练。”

邱起楼瞪着马兰，道：“整个军营里就你一个女人！在那种封闭的环境中，用不了多久，那帮无论怎么训练仍然会精力过盛的士兵，就会对你产生好感，很可能想着找机会，在你面前表现一下自己。

“在和平时期，我并不介意自己的部队里，出现一个小小的点缀，这样甚至可以提高他们的士气。”邱起楼随意把马兰的档案资料丢到了办公桌上，冷冷地盯着马兰，沉声道，“现在日本人对我们中国虎视眈眈，他们占领了整个东三省一百多万平方公里的土地，占领了比他们全国还要大三倍的地盘，可是他们就像是一头仍然没有被喂饱的狼，随时还会再狠狠咬我们一口，甚至打算把我们整个吞下。大规模的战争随时可能爆发！”

看到马兰嘴唇微动，邱起楼毫不客气地打断了马兰想说的话，“不要告诉我女人也可以上战场，更不要对我讲花木兰从军的故事！在名将辈出的历史中，仅仅一个花木兰，就可以被你们女人得意扬扬地重复讲述上几百年，本身就说明了战争的真相！我可以清楚地告诉你，我们这支部队很可能要经常渗透到敌人占领的区域执行各种非常规作战任务。在执行任务的时候，一旦身负重伤无法退出战场，为了保密也为了让这些人不受到敌人的严刑逼供，其他战友会直接对着伤员开枪！

“可是你是一个女人，还是一个漂亮的女人，一旦同队的士兵无法下手，他们就必须带上你这样一个累赘。一支以机动灵活为主要作战风格的特种部队，一旦有了累赘就很可能因为你一个人而全军覆没！”

马兰必须承认，她真的听呆了。

“在你的心里，成为一个军人，战死沙场就是最坏的结局了吧？对我们这些男人来说，也许是的，但是对你来说……”

邱起楼说到这里，他的眼神更冰冷了，“在经历了一场惨烈激战后，每一个还活着的人就是疯狂的野兽！面对一个失去战斗能力却依然漂亮的女人，你说他们会怎么办？你会在那些拼命想保护你而倒下，却依然没有断气仍然睁着双眼的战友面前，被一个班、一个排，甚至一个连的男人活活轮奸至死！面对这种情况，这些兄弟就算是死，也不会瞑目！而那些就算已经成功脱离战场的士兵，也很可能会忍不住违抗军令重新返回战场，把自己的命丢到了你的脚下！还有，你千万不要小看日军的谍报机构，如果他们知道你就是马家的大小姐，他们完全可以做得更绝，做得更狠！

“千万不要相信电台里的广播，更不要被什么美女与英雄的童话故事给迷惑。”

邱起楼把马兰的档案资料塞进了她的手里，道：“你是马家的千金，像你这种有身份又长得够漂亮的女孩子，天生就应该是被上流社会那些富家子弟们包围，去享受他们的赞美和追求。相信我，军人这种职业不适合你，战场更不适合你。”

看着马兰仍然站在那里没有动，邱起楼略一思考，又补上了一句：“要不然这样吧，等日本人被我们赶走了，再也不会有什么战争了，我欢迎你加入我们的部队。”

“长官，我想请你看一样东西！”

马兰当着邱起楼的面，卷高了自己左臂的衣袖，在她的左手小臂上，有一把用牛皮带固定的匕首。

马兰直直地回视着邱起楼的双眼，拔出那柄只有三寸长，却狭长而锋利，在刀身上更隐隐泛着一股幽绿颜色的匕首，她的脸上突然扬起了一种说不出来的骄傲。马兰一字一顿地道：“它叫贞节卫！只要我用它刺入我的身体，不管是刺到了哪里，只要见了血，我在一分钟内就会死亡，半个小时后，我的整个身体就会开始腐烂！如果在这半个小时内，真的有人不开眼，就连我的尸体都不放过，我绝不介意用我的身体，拉着几个敌人陪我一起上路！

“假如在战场上我真的负伤必须被淘汰出局，不需要其他人动手，我会用它亲手解决自己！”

望着马兰手中散发着幽幽绿光的贞节卫，再看看紧紧抿着嘴唇的马兰，邱起楼沉默了。

“也许她只是一时好奇，又因为我的态度而赌气，时间一长等她的好奇心磨完了，气消了就会自己主动离开了吧？再说了，德国特种部队教官的训练方法，就连男人都吃不消，更何况她只是一个娇生惯养的千金大小姐！”

带着这样的想法，邱起楼终于同意了马兰入伍。在中央军校教导总队特务营中，终于出现了第一位女性职业军人。

可是邱起楼没有想到，事实上所有人都没有想到，马兰竟然一天天地坚持下来了！

一向以严肃和严谨而著称的德国特种部队教官，在回国之前，亲手把一枚他在1916年第一次世界大战中获得的二级铁十字勋章戴到了马兰的衣襟上。

“我还没有见过一个能让我惊奇的中国人！”

教官突然双手一伸，把马兰抱进了怀里。他那双犹如天空般蔚蓝的双眼中，闪动着一丝慈父般的温暖和笑意。他轻轻拍打着马兰的肩膀，微笑道：“但是你，马兰，却不止一次地让我感受到了惊奇！我没权利为中国军人配发勋章，但是我认为，你已经有足够的资格，佩戴我们日耳曼人的骄傲！”

就是这枚二级铁十字勋章，肯定了马兰这个人，肯定了她在这长达三十个月的训练中所付出的一切，肯定了她一次次半夜疼得重新睁开了双眼，一次次地倒在了训练场坚硬的土地上，一次次把泪水和汗水倾洒在属于男人的世界里……

聆听着在训练场只有叱骂的教官那温和的声音，感受着他对自己的认可和赞许，马兰只觉得自己付出的一切，都不枉了！

就是一枚二级铁十字勋章，更奠定了马兰在中央军校教导总队特务营的地位。就算邱起楼成了营长，成为这支部队的最高指挥官，面对军事技术日益成熟，意志更坚定得无懈可击的马兰，他也只能看着马兰这匹“害群之马”凭自己的努力，一步步向上爬！

第五章 风起云涌

“三个月，从今天开始，我给你三个月假期！”

听到邱起楼的话，马兰皱起了眉头，她还没有说话，邱起楼就继续道："回家去，把身体养好再回来！"

马兰保持了沉默。她和邱起楼相处了四年时间，已经习惯了这个男人面对工作一丝不苟的态度。她就不相信，邱起楼这个营长，没有调阅手下一个实职连长的医疗记录！试问，只是一次再普通不过的痛经性出血，用得着回家休养三个月吗？

"我不管你有没有怀孕，更不管你有没有流产，总之，你必须休假三个月！我已经为你准备好了车，会把你直接送到省城火车站！"

马兰瞪着眼前这个四年来，一直想方设法要把自己从特务营踢出去的顶头上司。虽然在训练营里德国教官教他们的第一件事，就是军人以服从命令为天职，但是面对这种绝不公正和赤裸裸的排挤，马兰仍然忍不住提高了声音，问道："你凭什么？"

"你可以当我这是照顾女性的绅士风度，也可以当我这是官大一级压死人的粗暴！"邱起楼也瞪着马兰，沉声道，"总之，你今天必须走！"

马兰的大小姐脾气也上来了，她脱口叫道："我不走！"

"行，不走也行！"邱起楼大方地点点头，"你一个个去通知也行，把你的病历贴到宣传栏上让所有人过目也行，哪怕是再把那个嗓门大得不用喇叭，也能让所有人听得一清二楚的罗布帮你去宣传也行，我不管你用什么办法，总之能让大家相信，你没有因伤流产就行！你喜欢成为大家议论的焦点，那是你自己的事情，但是别把我也扯进去！"

看到马兰露出莫名其妙的表情，邱起楼一挑眉毛，道："大家都在说马兰流产了，可是这个流产的孩子总得有个爹吧？大家算来算去，最后发现就数我这个营长概率最大！现在已经有些唯恐天下不乱的人，拐弯抹角地问我，什么时候喝我们的喜酒了！我已经替你背下一个黑锅，如果大家发现才过了一个星期，刚刚流产的马兰又脸色苍白地出现在训练场上，那我这个营长还不被大家骂死了？！"

马兰真的傻眼了。

她出生在世族大家，当然明白小道消息和谣言的可怕。就算她能厚下脸皮拿着病历，一个接着一个地送给大家看，她是痛经流血而不是流产，大家也会把她的行为当成是欲盖弥彰，而那份病历就是纯属伪造！就算她马兰今天活蹦乱跳地出现在训练场上，想用实际行动来证明自己的身体状态，大家也只会把鄙视的目光投向遭了池鱼之灾的邱起楼营长！

总之这个黑锅邱起楼背定了，说抱歉也罢，不甘心也好，总之马兰就是必须接受这三个月的假期！

……

听着汽车发动的声响，目送载着马兰的军用吉普车驶出了军营，邱起楼一向呆板的脸上，突然露出了一丝怪异到极点的表情，当他发现的时候，自己已经发出了一声轻轻的叹息。

“师兄，你这又是何必呢？”

办公室左侧休息室的门被打开了，一个三十多岁，长相平凡但是带着一种彪悍气息的男人，带着风风火火的气息，大踏步走到了邱起楼的身边。他叫谢玉泉，毕业于黄埔军校第七期，是邱起楼的师弟，也是特务营敢死队队长兼副营长。

看着邱起楼脸上掩饰不住的落寂神色，谢玉泉道：“师兄你一向把名节看得比生命更重，别人不了解你，我这个师弟还不了解你吗？你明明是真的喜欢马兰这个丫头，干吗要派人四处宣扬谣言，用这种自损名声的方法，非要把她逼走？师兄你要是后悔了，只要说一声，我立刻帮你把马兰追回来！喜欢女人就要去追去抢，就要大声告诉她，天天像对待仇人似的和她横眉竖眼又有什么好处？像师兄你这样的人物，也跨得起他们马家的门槛了！”

邱起楼沉默了很久，才轻声道：“不是我想把她逼走，是她必须走啊！”

迎着谢玉泉莫名其妙的双眼，邱起楼道：“我收到总队下发的情报，就在三天前，驻扎在上海虹口租界的日军海军陆战队中尉大山勇夫和士兵斋腾要藏无视警告，驱车闯入我军军用机场挑衅，结果被机场守备部队当场击毙！”

谢玉泉脱口叫道：“打得好！”

邱起楼无奈地摇了摇头，继续道：“日军就是以这个理由，要求我国撤出在上海的保安部队，拆除所有战略防御工事。”

“我操！”

谢玉泉瞪大了眼睛，道：“用一个小小的中尉来换一个上海，他们的如意算盘打得可真不错啊！”

“卢沟桥事变前，他们还不是借口丢了一个士兵，要求深夜进入北平城搜查？卢沟桥那儿他们是不是真丢了一个士兵，无从查证，但是这一次日本人至少真的丢出来一个中尉和一个下士，也算是下血本了！”

邱起楼语气很平淡，平淡得让谢玉泉几乎分辨不出他的真正心意：“日军的要求当然被拒绝，而他们当然早就知道了这种结果，所以他们立刻动员了海军陆战队四千多名队员和上万名‘日侨义勇团’紧急备战了。”

“对了，日军在紧急备战的时候，还提出来一个相当‘高尚’的口号。”

说到这里，邱起楼的眼睛里，总算扬起了一丝讥讽，“他们号称这一次集结部队，不是武装侵略，也不是打击报复，而是为了教育一下过于粗暴、野蛮的中国军队，让我国人民享受一下来自日本的文明。换句话来说，他们就是希望我们和日本一样的‘文明’，做一个‘纯粹’的文明人！”

“我呸！”谢玉泉狠狠吐了一口口水，“要学他们的样子，老子干脆冲进他们的虹口海军陆战队司令部，让他们开枪打死我算了。一个芝麻绿豆大小的中尉都能换到一个上海市，我这个少校副营长的命，就算委屈一点，怎么也应该能换他们一个东京、大阪了吧？！”

看到谢玉泉的样子，邱起楼不由得哑然失笑。如果不算马兰，在黄埔军校里接受过系统军事教育，又有丰富实战经验的谢玉泉，绝对是邱起楼手下最强悍的猛将！

谢玉泉突然脸色沉重下来，他望着邱起楼，小心翼翼地问道：“那我们上边是什么样的反应，不会还像原来一样，日本人部队往前一拉，对我们放上几枪开上几炮，我们就老老实实地抱着脑袋，向后退上一步吧？”

“往后退？我们还能往哪里退？”

邱起楼伸手弹着铺在办公桌上的全国地图，他的眼睛里突然扬起了锋利到极限的精芒，“上海不但是我国最大的城市，是一个最重要的港口，更是我国的经济和工业中心。一旦撤退，不只是上海，我们沿海那些工业发达城市都会被日军洗劫一空，到了那个时候，我国的工业水准至少会倒退十年以上。最重要的是，一旦我军撤出上海，日本的军队找到了跳板，他们会依托上海，将部队源源不断开进中国。到了那个时候，不要说是上海，就连南京都要失守！”

“那真的要开火了？”

邱起楼闭上眼睛，思索了良久，才一字一顿地道：“这一次我们退无可退，上海这个城市，注定将成为我军和日军一决生死的战场！”

在这个时候，谢玉泉终于明白，为什么邱起楼一定要逼走马兰！

望着邱起楼那张太过于严肃的脸，谢玉泉沉默了。直到这个时候，谢玉泉才发现，他以前并没有真正了解自己的师兄。原来在他拒人于千里之外的表情之下，是一个如此感情充沛，又是如此火热的灵魂！

第六章 老兵（上）

他坐在一道高高耸起的石阶后面，在地上随意铺了一张黑色的底布，又在这块磨得连边角都露出线头的黑色底布上，放了一个缺了口的碗，然后用一个破破烂烂的蒲扇盖在自己的脸上。看他胸膛轻微起伏的样子，明显已经进入梦乡，反而是温驯地趴在他身边，体形大得有点吓人，却因为跟了这样一个主人而饿得几乎露出肋骨的“狗”，还算尽职地睁大了双眼，死死盯着面前那个空碗，似乎在幻想着硬币落到里面发出的声响。

像他这样一个二十出头，身强体壮又手脚不缺的男人，做乞丐也就算了，在“工作”的时候还这样不敬业，也难怪他面前的那个破碗里，连一个铜子儿也没有人丢。

“啪！”

在他身后的青砖墙上突然炸出一小朵青灰色的浪花，一个仍然带着炙热温度的东西，在空中打着欢快的小跟头，紧紧擦着他的脸颊，落到了他铺在地面的黑色底布上。

他伸手弹掉通过蒲扇的缝隙落到自己脸上的灰尘，总算慢慢睁开了双眼。他略略寻找后，终于找到了扰人清梦的元凶。他用两根手指钳起了那个落到自己面前的小东西，把它放到自己眼前仔细观察。这是一枚刚刚从三八式步枪里射出来，在经过了相当距离的飞行，最后打中一面坚硬墙壁后又反弹到他面前的子弹！

他将这枚子弹头丢到了空空如也的破碗里，然后对着子弹射过来的方向，弯下了自己的腰，低声道：“谢谢老板！”

在这个时候，所有的人都在奔跑，到处都是手里拎着皮箱，脸上惊恐的人；在大街上到处都有在慌乱中和主人失去联系的高跟鞋，被挤在人流中的汽车几乎是寸步难行，司机在里面徒劳地拼命按着喇叭。可是在这个时候，人人自身难保，还有谁会理会这些曾经耀武扬威地在大上海横行，代表身份与体面的名牌汽车？！

人群中突然传来一阵哭声，一位母亲终于在人群中找到了被挤散的孩子，可是她找到的并不是一个活生生的人，而是一具被人流挤倒在地上，瞬间失去生命的尸体。这位母亲呆呆地站在那里，还没有来得及放声哀号，又一股人流疯狂地涌过来，几乎已经失去意识的母亲，也被踩到了人流之下……

在这样一个绝对混乱，已经失去秩序与条理，将人类阴暗一面彻底暴露无遗的世界中，他斜倚在为他隔开人流的台阶后面。他就像是一个与世隔绝，看起来格格不入的另类，正在用一种奇异的目光，打量着这些惊惶失措的难民。

不知道这样拥挤撕扯了多久，大街上终于渐渐平静下来，就连那些被挤在人流中根本无法移动的汽车，也消失在街道的另一端。他慢慢站了起来，将那一对被人群活活踩死，已经再没有半点人样的母女抱到了路边。然后，他又慢慢在大街上巡视了一遍，当他再次折回身的时候，他手中又多了一大串不同款式、不同材质的鞋子。

看到路边一棵树上有一枚突起的钉子，他顺手就把这一串鞋子挂在了上面。如果这些鞋子的主人愿意返回来寻找的话，他们一定能很轻松地看到这一堆被集中到一起，还在微微晃动的“交通工具”。

就在这个时候，路上传来了沙沙的轻响，听起来就像是微风掠过了树梢，但是这个男人和他身边的“狗”一起竖起耳朵，霍然转头。

在他们小心翼翼的注视下，一条影子慢慢出现在这条已经无人的街道上。

来的人是一个女人，确切地说，是一个女军人，精确地说，是一个刚刚从战场上走下来的老兵。

她的一身军装几乎已经看不清颜色，估计连她自己都分不清，那套破破烂烂的军装上的黑色厚壳，究竟哪些是硝烟醺的，哪些是敌人或者她自己的鲜血染上去，又被风慢慢吹干的？

她是一个中国军人，身上的武器却全部都是纯日式的。

她随意拎在手上的，是一支日本陆军制式九一轻机枪。她别在腰间皮带上的，是两支日本名古屋兵工厂制造，只装备在校级军官身上的南部14式手枪。而在她腰上挂的那几枚手榴弹，既有日本陆军九七式常规手榴弹，也有大正十一式发烟手榴弹。

算来算去，似乎也只有她倒插在胸前的那把格斗军刀，不属于日式装备，只可惜也不是中国制造，而是一把地地道道的德国98K军用刺刀！

最另类的还是她横背在身上的那把刀！那是一把日本将官在指挥战斗时，最喜欢拄在自己手中来代表武士道精神的指挥刀！这把武士刀用鲨鱼皮做成的刀鞘和刀鞘上那三朵盛开的樱花，更在向每一个人默默诉说着它的不凡。

这样一个穿着中国军装，全身装满日军武器还带着一把武士刀的女人，显然在战斗中消耗了太多的体力，所以她走得很慢，但是她的胸膛仍然高高挺起。

她就用这种缓慢，却比猫还轻的脚步，一步步地走着。当她经过这一人一狗组成的摊子时，她突然转头，那有如刀锋般的目光狠狠划过，正好和他带着淡淡好奇的目光对撞在一起，在这一瞬间空气中仿佛溅射出几点无形的火花。

女军人不由得露出了警惕的神色，停下了脚步。当她的目光落到卧在这个男人身边，温驯得犹如一只宠物的"狗"时，她的双眼更危险地眯成了针孔状。她手指轻轻一弹，在"嗒"的一声轻响中，拨开了九一式轻机枪上的保险，沉声问道："中国人？"

"嗯！"

"你叫什么名字？"

"雷震！"

"你是干什么的？"

"有活儿扛麻袋，"雷震伸手轻弹着那个只放了一颗子弹头的破碗，用平淡的语气道，"没活儿当乞丐！"

她锲而不舍地追问道："你住哪里？"

"有钱住旅馆，没钱睡大街！"

"现在这里正在打仗，你根本找不到工作，为什么不走？"

面对这种已经很不客气的询问，雷震直接回答道："不想走！"

两个人的目光再次狠狠对撞在一起，但是这一次，她却露出了一丝微笑。她真的不知道这个男人到底有过什么样的经历，她也不想知道，但是她能清楚地从这个男人的双眸中，看到一种苦涩的悲伤与苍凉。

他就像是一头独自在旷野中游荡的狼，没有同伴，没有战友，有的只是一次次刀锋入骨、背水争雄的血战。

就是这样一个男人，他只是静静地坐在那里一言不发，可是那犹如沙漠风起般的粗犷的野性，却会狠狠扑打到每一个人的心里。

像他这样的男人，有着像狼一样绝不会被驯服的骄傲和尊严，他根本不屑，更不会屈服在侵略者的铁蹄之下，成为日军的密探！

向这个男人略略点头示意，她重新把九一式轻机枪的保险推到了安全的位置。在这一人一狼的注视下，她继续用缓慢而坚实的脚步，慢慢走远了。

第七章　老兵（下）

她一步步地走着，一步步远离了弹雨纷飞的前线。

一支支中国军队行色匆匆地从她的身边经过。面对这样一个奇特的军人，尤其是这样一个奇特的女军人，所有人都对她侧目而视，甚至是不自觉地为她让开了一条通道。

战场上的硝烟已经掩盖了她原来皮肤的颜色，太多的武器弹药遮住了她让所有男人都心跳加快的傲人身材，过度的疲惫已经让她失去了原来让人眼前一亮的英姿飒爽，但是所有人嗅着她身上那种浓重到几乎化不开的血腥味，感受着她身上那种只有真正在死尸堆里打过滚的老兵才会拥有的惨烈杀气，无论是军官还是普通士兵，投向她的目光中都写满了两个字——尊敬！

没有受到盘问，也没有受到阻挠，她就一直走到了一支部队的临时军营前。负责站岗的两名士兵看她直直走过来，刚想上去盘问，可是他们却一齐瞪大了双眼。他们就像是两个中了石化魔法的雕像，呆呆地站在那里，任由这个女人，从他们中间走过，一步步地走进了他们的临时军营。

过了好半晌，两名哨兵中的一个才如梦方醒。这个受过最严格训练的军人，他伸手捂着自己的嘴巴，猛地发出一声狂叫："天哪，是马兰！"

不只是这两个哨兵，所有站在临时军营外围的军人，都惊呆了。

接到手下报告，丢下营作战会议带着全营骨干军官匆匆跑出来的邱起楼营长，看着两个月没见的马兰，也惊呆了。

"报告，教导大队特务营一连连长马兰，请求归队！"

邱起楼真的不知道自己带着什么样的心情，回应了马兰的军礼；他更不知道自己什么时候下意识地伸手，接过了马兰送到自己面前的那把武士刀。

武士刀一出鞘，就带出一股森森然的冰冷杀气。当邱起楼终于看清楚这把军刀上镌刻的一行小字，并真正读懂这几个字的含义时，他的瞳孔猛然收缩："天皇御赐？！”

望着手中这把绝对拥有非凡来历，主人更应该拥有超凡地位的武士刀，邱起楼的大脑终于开始运转起来。他霍然抬头，失声道：“这是日本海军陆战队司令官的佩刀！”

“我记得在进军营的第一天，营长您就告诉我，中央教导总队特务营只要真正的老兵！没有参加过战斗，没有至少击毙五个敌人，没有体验过亲手把匕首捅进敌人身体里的感觉，无论受过多少训练，得到过几次奖章，都只是一群奶臭味还没有洗掉的新兵蛋子！到最后都得老老实实滚出中央教导大队特务营！”

马兰明明已经两腿发软，站在她眼前的邱起楼似乎已经融入了背后的营房背景中，变得开始缥缈起来，但是她仍然死命挺直了自己的身体。她的声音听起来又干又涩，却带着一种说不出来的自豪：“从训练营出来，我在车站就听到战争即将爆发的消息，我转车后第二天来到上海。两个月时间，我一共经历了大小九十七场战斗，现在连我自己，都记不清楚我到底杀了多少敌人！”

马兰举起了她手中那把九一式班用轻机枪，四周响起了一片倒吸冷气的声音。在那把俗称“歪把子”的机枪枪托上，马兰用刺刀在上面画满了一个个“正”字。按照这些军人的惯例，每消灭一个敌人，就可以在自己使用的武器上刻下深深的一画。每一个“正”字就代表了战场上五个受过严格射击、格斗训练，更在“武士道”精神刺激下，变得悍不畏死的日本军人。而那一个个的“正”字，已经把这支轻机枪的枪托给占满了！

邱起楼知道马兰没有说谎。只有身经百战的老兵，才可能拥有马兰身上这种让人还没有靠近，就觉得心跳加快的杀气；只有身经百战的老兵，才会拥有马兰这种透着血红，却又平淡得几乎没有情绪波动的双眼。

拥有这种眼睛的军人，早已经在战场上学会了漠视敌人、战友甚至是包括自己的生死，在他们的心里，死亡也许就像是蚕蛹终于蜕变成蝴蝶般，美丽而灿烂。

邱起楼简直不敢想象，在这种战火纷飞，经历了两个月惨烈搏杀，敌我双方已经陆续投入上百万军队的大战场上，马兰一个人单枪匹马，连武器都没有，是如何赤手空拳地从日军手里缴获了武器，又是如何不停地战斗，再一次次逃出生天。

在这个时候，马兰觉得自己似乎就站在一个不断旋转的木马上，脑袋里传来一阵阵天旋地转的感觉，而她脚下本来应该坚硬的土地，更像是垫了一大堆棉花，踩在上面软绵绵的，使她必须用尽全身的力量，才能勉强保持住身体的平衡。

马兰知道自己体力过度透支，现在终于走回了军营，找到了自己的部队，找到了可以信赖的战友和伙伴，在精神不可避免的松懈下，她随时都会晕眩过去。但是马兰仍然拼命瞪大了自己的双眼，嘶声问道："营长你告诉我，我现在是不是一个老兵了？营长你告诉我，我有没有资格，和你们一起参加这场战争了？营长你告诉我，我是不是可以堂堂正正地走出去，用最大的声音告诉别人，我是中央教导总队直属特务营的军人，再也不用怕因为我是一个女人，而给我们的部队……丢脸了？！"

站在邱起楼身边的副营长谢玉泉，看着邱起楼手中那把带着森然气息的武士刀，看看马兰手中那把在枪托上刻满属于一个军人最光荣勋章的九一式轻机枪，再看看死命咬住牙，把身体像根钢钉似的牢牢插在地上的马兰，这位因为骁勇善战而闻名全军的男人，终于忍不住低声道："这丫头，比我还狠！"

邱起楼轻轻地吸着气，到了这个时候，他还有什么理由去拒绝一个身经百战的军人参加这场保家卫国的战争？邱起楼在所有人的注视下，终于慢慢地扬起了自己的右手，对着马兰认认真真地还了一个军礼，沉声道："特务营一连连长马兰，立刻归队！"

"砰！"

邱起楼话音刚落，马兰就一头栽倒在临时军营坚硬的土地上。看着她就算晕倒，嘴角仍然在缓缓绽放的那缕胜利的笑容，邱起楼真的呆了。抛开性别，抛开他不知道什么时候慢慢对马兰产生的过度关心甚至是关爱，邱起楼必须承认，马兰是一个拥有足够的实力，能够让任何一个人对她刮目相看的……优秀军人！

第八章　男儿的一片天

当马兰醒过来的时候，她已经躺在了临时军营的病房里。病房外那来来往往的急促脚步声，远方隐隐传来几乎连成一片的重炮轰鸣声，还有响彻云霄的防空警报声，都在清楚地告诉马兰……最惨烈的上海保卫战还在进行！

马兰猛地从病床上一跃而起，可是人还没有来得及站稳，眼前就一阵发黑，她不由自主地又一头重新栽到柔软的床铺上。

“呵呵，小丫头是真的长大了。”在病房的一角突然传来一声带着笑意的轻叹，“你小的时候，不小心摔倒之后，哪次不是鬼哭狼嚎搞得四邻不安？可是现在你明明全身带伤，摔得连脸色都发白，却连哼都没有哼上一声。”

马兰迅速扭头，直到这个时候她才发现，在病房一角的沙发上，正端端正正地坐着一个三十七八岁，全身上下都散发着一种冷厉气势的男人。他拿在手里正在仔细欣赏的，赫然是马兰亲手从日本海军陆战队司令官手中缴获的那柄御赐战刀。当她看到这个男人那张熟悉的脸时，不由得瞪大了双眼，又用力揉了揉眼睛。过了好半晌，马兰才发出一声惊喜交加的呼喊：“刘荐良大哥你怎么来了？”

“当然是来看我们的女战斗英雄了！”

刘荐良走过来。他把那柄军刀放到了马兰的床边，伸手亲昵地拍着马兰的脑袋，笑道：“听说你干得不错，误打误撞地参加了八十八师五二四团参谋长谢晋元组织的那场‘铁拳’行动。虽然没有干掉日本海军陆战队司令官，但是一路追杀，逼得他丢了天皇御赐的战刀，都不敢回头去拾，只能落荒而逃。虽然我没有亲眼见到这一幕，但是光想想，就觉得大快人心！你们的邱起楼营长说了，这把天皇御赐军刀是你的战利品，只有你才有资格使用和保管它。”

马兰揉着自己痛得几乎要裂开的头，低声问道：“我睡了多久？”

“三天三夜！就像小时候一样，睡觉的时候偶尔磨牙，还总喜欢把被子踢掉！”

刘荐良用欣赏的目光看着马兰，故意压低了声音，道，“在两百年前，马家就是活跃在关东的最大一支马匪，后来是祖老太爷子金盆洗手，才改行做了正当生意。你这两个月，一会儿跟着大刀队四处去破坏日本人的电网；一会儿跟着那些夜战团去日本人的虹口租界，偷袭他们的扇形重机枪基地；一会儿又单枪匹马去攻击日本人的后勤运输车队，放火焚烧他们堆积的物资……四年不见了，大小姐别的本事长进了没有我不知道，这打一枪换一个地方，天黑杀人夜风高放火天的江湖伎俩，倒让你学了个十足！”

马兰一脸的不以为然，哂道：“我从小就天天听你给我吹嘘当胡子时劫富济贫的‘丰功伟绩’，什么‘踩盘子’探路，什么下绊，什么事后扯呼溜走，我精通做马匪的套路，还不都拜你刘大哥所赐？”

“咳咳……”

十四岁就闯荡江湖当了一个马匪，二十岁就成为响马头子，最后被马老爷子看中收为贴身卫队长的刘荐良，尴尬地咳嗽了一声，他努力板起了脸，道："至少我没有教过你离家不归，搞得全家鸡犬不宁。"

"两个月，你整整失踪了两个月时间！"

刘荐良对着马兰伸出了两根手指，摇晃着道："老爷在两个月前就收到了邱起楼营长的通知，说你因伤要回家休养三个月。家里人就像是过年一样，欢天喜地地把屋子里三遍外三遍地进行了一场大清扫，连门缝的灰都被擦得干干净净，就等着入伍四年，一直没有回家探亲的大小姐回家。

"结果左等右等，我在火车站等得脖子都长了，也没有见到大小姐的影子，而邱起楼营长那边却信誓旦旦地说已经派人把你送上了火车。一个大活人，就这么莫名其妙地丢掉了！唉，还好老爷派我出来四处找你，否则的话，天天听太太的哭声，憋也要把我憋死了！"

直到这个时候，马兰才突然想起来，这下她的祸闯大了！

刘荐良微笑地看着马兰偷偷吐了吐舌头。只有在这个时候，他才在这个全身上下有了太多的伤痕，拥有了太沉重、太惨烈杀气的军人身上，找回昔日那个美丽小女孩的身影。

"你今天能自己醒过来真是太好了。我订了明天的火车票，我刚才还在担心如果你这头小猪睡到明天也没有醒过来，我是不是真的要抱你上火车呢！"

马兰瞪大了眼睛："去哪里？"

"当然是回家！"

刘荐良轻轻拍了拍马兰的肩膀，和声道："我知道你们军人以保家卫国为天职，不过你现在真的已经做得够多，做得够好了，已经不愧你穿的那身军装了！但你毕竟是一个闺女，是马家的长女，是老爷和太太唯一的孩子！你有没有想过，在两个月的时间里，你就算死在战场上，也不会有人知道你在哪里，更不会有人给家里报信。而马家因为你的任性，很可能就要绝后了？！"

任性？！

马兰深深地望着刘荐良，沉默了。

过了很久很久，马兰伸手慢慢从病床上支撑起了自己的身体。看到刘荐良伸出了手，马兰摇摇头，轻声道："不用，我自己能起来！"

马兰的声音很轻，却带着一种绝不容忽视的坚决。刘荐良就这样定定地看着马兰，看着她痛得脸色苍白，看着她面对窗外倾洒进来的阳光深深地吸了一口气，重新挺起了自己的胸膛。马兰突然回过头，对刘荐良道：“刘大哥，跟我来好吗？我想带你去一个地方，去看一些人。”

一群工人，正在到处都是一片狼藉的厂房里寻找和拆卸里面的机器，他们就是用自己的双手和简陋的工具，把那些沉重的机器一件件分解。这些体重不过一百多斤的工人，喊着响亮的口号，硬是用木棍和自己的肩膀，把那些重达几千公斤重的机器零件挑起，把它们挑到了汽车上，挑到了手推车上，放到了用十几根圆木做成的滚动滑道上。

送运这些机器零件的人流，形成了一条长龙，源源不断地把这些代表中国最先进工业水平的机器，送进了火车站，搬上了早已经准备好的火车。在蒸汽车头特有的沉重轰鸣声中，这些缓缓启动的一列列火车，盛载着中国的工业血脉和中国的未来与希望，源源不断地开往祖国的大后方。

第九章　苍天在上（上）

马兰指着面前的一切，轻声道：“刘大哥，请你告诉我，你都看到了什么？”

看到了什么？

热火朝天的工地，拆卸了一半的机器，还有挥汗如雨的工人，除了这些还能有什么？

刘荐良张开了嘴，还没有来得及说什么，突然凄厉的防空警报响彻云霄，两架机身上画着太阳旗，日本三菱重工生产的九三式重型轰炸机，大摇大摆地出现在上海的天空。

看着两枚从轰炸机里投射出来的重磅炸弹，在空中划出了两道带着强大压迫力的弧线，带着刺耳的呼啸向自己头顶狠狠砸落，刘荐良的瞳孔在瞬间缩成了最危险的针芒状。他反手抱向马兰，同时厉声狂吼道：“小心！”

“轰！”

“轰！”

两枚重磅炸弹狠狠砸在这片坚硬的土地上。在这个时候，天崩了，整个大地都狠狠颤抖，还在到处乱跑想寻找安全避难场所的人，只觉得脚下狠狠一晃，不由自主地被抛甩到地上。那些反应灵活，早已经趴在地上，用双手捂住脑袋的人，在大地狠狠一颤中，只觉得胸口就像是被人迎面用力打了一拳，脑袋更像是被一根足足有鸡蛋粗的木棍狠狠砸中，眼前猛然炸起到处乱飞的金色星星。

在令人窒息的可怕震撼中，两团硝烟冲天而起，直直冲起三四十米高，才带着纷纷扬扬的碎片，翻滚着，叹息着，在空气中不断扩散。与此同时，数万块大小不等的弹片，带着可怕的高温，混合着被撕成无数碎片的钢筋混凝土，以辐射状对方圆五十米内进行了一次无差别覆盖攻击。

在这种不是战争前线却依然遭到轰炸的厂区，到处都是一片混乱，到处都是工人的呻吟，空气中飘散着浓重的硝烟和血腥气味。

刘荐良呆呆地望着自己的双手，他想紧紧抱住马兰，然后用自己的身体，为马兰提供一个安全的避难所，可是他什么也没有抱到。在第一时间马兰就飞冲出去，一把抱住了一个只有十一二岁的小女孩，并把她死死保护在自己的身体下面。当两架轰炸机大摇大摆地消失在天边，因为剧烈跑动扯动了身上的伤口，已经痛得额头见汗的马兰，竟然还能对着抱在怀里的小女孩，露出了一丝安慰的笑容。

在一阵慌乱后，四具血肉模糊的尸体，被工人们抬到了一个相对宽敞的地方。十五分钟后，又有一队眼角挂着泪水的工人，从一片废墟里挖出一具全身至少被十七八根钢筋刺穿的工友。

已经被拆出来的机器零件躲过了这次轰炸，它们竖立在那里，见证了中国这个最黑暗也是最耻辱，但也是最光荣的时刻！它们的身上已经溅上了那些工人的鲜血，更纷纷扬扬地落满了从空中飘落的灰尘。

那些工人擦干了脸上的眼泪，又重新抓起了丢了满地的工具，粗犷嘹亮而悲伤的号子声，又开始在这片不断遭到轰炸，却依然热火朝天的工厂中响起。因为轰炸而被中断的人潮，那不断输送工业血液的大动脉再次开始流淌不息。

刘荐良呆呆地望着不可思议的一切，呆呆地看着那些眼睛里散发着火一般光芒的工人，在这个时候，他突然明白了马兰，明白了马兰想让他在这里看懂一些什么。

这些工人，正在……战斗！

对，他们就是在用自己的方式，用自己的武器在战斗！

那些木棍，那些绳索，那些锄头，那些铲子，就是他们的武器；他们嘹亮的口号，他们的眼泪和汗水，他们在这片属于自己的战场上流出的鲜血，就是他们唱出来的最无悔的战歌！

现代战争，打的就是工业，打的就是科技，打的就是经济，打的就是军队的武器装备，打的就是后勤补给！

这些工人顶着日本人轰炸机投下的炸弹，冒着生命的危险不间断地工作。他们拆卸下来，又源源不断输送到中国大后方的，当然是没有生命的机器，但是他们用自己双手和生命保存下来的，是我们祖国这条沉睡的中华巨龙最后的血脉和希望！

“他们平时要工作十到十二个小时，还经常要赶工加班，每个月却只能领到很少的工资。他们无论是对这间工厂还是对这个城市来说，就像你曾经对我说过的一样，已经做得够多，做得够好了。”

马兰霍然转头，凝视着若有所思的刘荐良，她的声音突然高亢起来，“可是到了现在，他们仍然要坚持在自己的岗位上，用自己的武器和方法拼死战斗。你如果问他们，现在最需要的什么，他们一定会告诉你，他们需要的不是两倍的工资，不是受伤或死亡他们亲人可以领到的补偿金，他们最需要的是……胜利！他们希望我们这些手里拿着武器的军人，总有一天，能用他们抢救出来的这些机器，制造出来的武器，把敌人赶出我们的土地，还这个世界一个朗朗乾坤，一个皓天明月！

“我们可以败，我们可以退，但是我们绝不能输！要是输了，我们输的就是整个民族，输的就是我们作为一个人，作为一个中国人的所有尊严！

“我们面对日军已经忍让了十年，整整十年的时间啊！他们不断鲸吞我们的土地，奴役我们的人民。他们已经占领了比日本全国大三倍不止的土地，但是他们仍然不断在我们面前做出各种挑衅的动作。到了现在，我想任何一个中国人都应该清楚地明白，他们要的不是分割中国土地，而是要彻底占领我们这个国家！”

说到这里，马兰缓缓扬起了头，凝视着头顶的天空。这片天空看起来依然蔚蓝，他们头顶的白云依然纯洁而飘逸，但是他们这些中国军人，这片天与地的真正主人，只能放任敌人在上面耀武扬威！

“刘大哥你知道吗？就在几个月前，日军进攻卢沟桥，那个负责守卫卢沟桥的最高指挥官，终于接到上级‘就地防守，全力反击’的命令时，他一个堂堂正正的七尺男儿，一个在喜峰口上狙击日军，曾经亲手用大刀砍下六个日本军人头颅的热血英雄，在那一刻竟然哭了！他泪流满面，哭得吓坏了身边的传令兵！”

马兰霍然转头，在这个时候她的声音沙哑了，“刘大哥，你知道他为什么哭吗？”

面对马兰的询问，刘荐良缓缓地摇了摇头，他不是军人，所以他不懂。

第十章 苍天在上（中）

在刘荐良的心里，当兵实在没有什么好光荣的，就算是当一个马匪，也比当兵强！

俗话说得好：“好铁不打钉，好男不当兵。”跑到当兵登记处的，绝大部分都是那些成天游手好闲、不务正业的二流子，要不然就是闯了大祸，只能躲进军队里的流氓，或者干脆就是一辈子也没有吃过几顿饱饭，眼看就要饿死的乞丐！

这些二流子、流氓、乞丐当兵登记的时候，能现场领到十块大洋。在文书官旁边还会坐上一个长相一般，脸上更带着无所谓表情的窑姐。

那些领了十块大洋，以后连命都不是自己的炮灰，在领到卖命钱后，轮流把手伸到窑姐的胸膛上，用力摸那么两把，也算是隔靴搔痒地知道了女人身体的味道。然后每人发一支步枪，领五十发子弹，最多训练上几周甚至根本没有训练，他们就是军人了，就是可以通过火车运来送去，被那些坐在宽敞的房间里的指挥官，丢到战场上去充当打手，就算是死都不知道自己死得有什么意义的炮灰了！

“因为在那个时候，我们这些军人手里拿着武器，吃着从老百姓那里收到的军饷，终于不用再一次次因为上头的严令而后退了！我们终于不用再被老百姓指着后背骂了！我们终于可以堂堂正正像个人似的站起来，用手里的武器去反击了！我们终于可以放手一战和敌人……去拼命了！”

刘荐良听呆了！

马兰伸手指着远方战火最激烈的方向，不知道有多少中国军人，正在那里顶着日军轰炸机和重炮的反复轰炸，与日军浴血奋战。

嗅着这片大地中浓重的血腥味道，聆听着远方风中传来的呻吟与咆哮，马兰的眼中，已经隐隐多出一种沙场百战碧血蓝天的角铮狂鸣之气。在这个时候，她负手昂然而立，当真拥有了一种坦坦荡荡的男儿霸气。

“正所谓养兵千日，用在一时。身为军人，尤其是我们中央教导总队特务营的军人，更是全军的楷模与标准！在这种民族危亡的时刻，别的部队拿的都是半薪，只有我们拿的是全薪；别的部队用的都是东拼西凑的武器，只有我们拿的是从德国限量购买的最先进武器。国家用几倍甚至是几十倍的代价，训练出我们这样一支部队，绝不是希望我们到了最紧要关头，用‘做得够多，做得够好’当借口，去成为一个最可耻的逃兵！”

站在马兰身边的刘荐良发出了一声微不可闻的轻叹。他明白，那个小时候一摔倒就哭得惊天动地的小女孩，真的长大了。她已经拥有了自己独立的绝不容别人去干涉的思想，更拥有了自己愿意付出一切去捍卫的尊严与使命！

三天后，重伤初愈的马兰穿着一身崭新的军装，站到了自己的连队面前。

全连一百多名士兵和低级军官，整齐地排成了四排，用尊敬的目光，静静望着比他们早到这片战场两个月的连长。一股沉重的、压抑的却隐隐蕴藏着最可怕破坏力的气息，在每一个人的身上流动，只有那些身经百战的老兵才能明白，这就是属于军队的杀气！

只要马兰一声令下，这支杀气腾腾的部队，就会毫不犹豫地扑向战争最前线！

看着这样的队伍，马兰的脸上露出了一丝引以为傲的笑意。中央教导总队特务营的士兵当然是强悍的，但是直到她在上海参加过大大小小九十七场战斗，和中国不同地区、不同番号的部队一次次配合作战，马兰才真正明白，那些严肃而刻板的德国特种部队教官，为他们这支部队带来了些什么。可以毫不夸张地说，中央教导总队特务营就代表了这个时代亚洲最强的特种部队！

马兰张开了嘴，但是她还没有来得及说话，就猛然听到身后传来一声拐杖重重拄到地上发出的声响，听到了一声愤怒到极限的嘶吼：“丫头！”

马兰霍然转头，当她终于看清楚一张怒气腾腾的脸，就连马兰这样一个经历了最残酷战斗的军人，也忍不住瞪大了双眼。而刘荐良大哥，正在远方对马兰露出一个抱歉的表情。

站在马兰身后的是一个五十多岁的男人。任何一个人看到这个男人，都会不由自主地对他肃然起敬。是因为他那双充满了智慧，更充满了对人生顿悟的双眼；是因为他那并不魁梧，但是只要往那里一站，就自然而然带出一种傲视天下气概的身躯；还是因为他额头上，那几条见证了他非凡人生的岁月印痕？

总之他往那里一站，不需要华丽的衣饰，不需要前呼后拥的奴仆，任何人都能清楚地感觉到，他是一个非常有力量的人！

马兰望着那因为愤怒而青筋毕露的脸，她这一辈子还是第一次看到这个男人如此愤怒。他眼睛里那熊熊燃烧的愤怒火焰，烧得马兰全身都轻轻一颤。她用异样的声音道："爹，你怎么来了？！"

……

全场一片寂静。

全连的士兵直到这个时候才知道，这个怒气冲冲快步走过来，手指几乎要顶到马兰鼻子上的男人，竟然就是他们连长的老爹！几个有见识的排长，更是一起瞪大了双眼，他们真的不知道，马兰这个比男人更强悍，更具备军人完美特质的连长，竟然拥有如此显赫的家世！

只要喜欢喝茶，你就会知道垄断整个中国茶叶和精瓷器外贸市场长达二十年，和各国领事馆都建立了稳固关系，甚至和上海青帮都有千丝万缕联系的马家。而提起马家，又有谁不知道马家现任掌舵人马元斋老爷子？！

"我能不来吗？"在商场上一向喜怒不形于色的马元斋，在这个时候伸手直直指着马兰的鼻子，放声怒叫道，"我再晚来上几个小时，只怕我这个老头子，就得去战场上，到处捡你这个不孝女被炮弹炸成碎片的骨头渣了！"

马兰呆呆地看着满脸风尘仆仆的父亲，她真的不愿意去想象，父亲为她吃了多少苦。他竟然会在这样兵荒马乱，随时都可能遭到飞机轰炸的情况下，在短短三天时间里，顶着逃难的人群逆流而上，从重庆赶到了上海！

"你还真是长大了啊！刘荐良也劝不动你了，你非要搭上我这把老骨头，亲自跑过来请你，你才能想到自己的家，想到自己姓马是吗？"马老爷子伸手抓住了马兰的胳膊，叫道，"你的上司是邱起楼对吧，我已经和他打过招呼了，你不是有三个月长假吗，你现在就跟我走！"

"走？"

马兰没有挪动自己的脚步。她咬着自己的嘴唇，死死站在那里。过了好半晌，她才低声道："往哪里走？往哪里走？我们的国要破了，家要亡了，爹，你要带我往哪里走？！"

"我这个爹还没有死呢！"

因为女儿整整"失踪"了两个月，已经忙得焦头烂额，更冒着生命危险，日夜兼程从重庆赶到上海身心俱疲的马老爷子，望着在这个时候，竟然还不知道死活和自己顶嘴的马兰，他二话不说，抡起自己的手掌，对着马兰的脸颊狠狠地抽过去。

第十一章 苍天在上（下）

“啪！”

清脆的声响在临时军营的上空回荡，全连士兵的目光都落到了马兰的脸上，一丝艳红的血丝，缓缓顺着马兰的嘴角，流淌下来。

“马兰，你长大了翅膀硬了，连爹的话都不听了吗？别忘了在家里还有一个天天想着你，已经哭了整整两个月，眼睛都哭肿了、哭红了就差哭瞎了的娘！别忘了你是我们马家唯一的女儿！因为怕你娘伤心，我没有再娶小妾，我就你这一个女儿。难道你就是打算让自己死了，让你娘伤心，让马家绝后，让你爹变成一个不孝之人，来回报生你养你的爹娘吗？！”

马老爷子伸手指着女儿，因为过度愤怒，他的全身都在颤抖。他放声怒吼道：“你从小就顽皮，你跟着刘荐良学武，每天把自己弄得男不男女不女。爹想着时逢乱世，一个女孩子是应该学点自保的东西，所以我没有干涉！你不喜欢女红，不喜欢三从四德，要进学堂接受西方教育，爹不是一个老古董，没有反对！你想进军营历练一下，让自己变得更坚强，虽然你娘竭力反对，但是我这个爹仍然支持了你！可是你现在……你是成心让马家断子绝孙，让你爹就算是死也不得安生，也没有脸去见我们马家的列祖列宗吗？！”

马兰只觉得脸颊上一片火辣辣的疼痛。马元斋身为马家的掌门人，平时手握大权，就连那些达官显贵都要对他礼让三分，他的脾气当然不好，但是就像他说的那样，他一向把马兰当成儿子来看待，他虽然严肃而认真，但是在这个时代，他给了马兰太多理解和自由发展的空间，更给了马兰太多的尊重，他这一辈子还从来没有打过马兰的脸！

伸手轻抚着自己的脸颊，马兰痴痴地望着眼前这个暴跳如雷，再也没有了平时的淡定从容，脸上更带着焦急的男人。

凝视着父亲额角那不知道什么时候悄悄爬上去的几缕灰白，马兰突然觉得自己的喉咙被什么东西给哽住了。

父亲是爱她的。他当然是爱她的，否则的话，他又怎么可能冒着这样的危险，日夜兼程地赶到了上百万军队正在恶战不休反复争夺的上海？否则的话，他为什么宁可违复不孝有三无后为大的古训，没有再娶小妾，而把她当成了一个儿子来看待，甚至纵容了她身为一个女孩绝不应该产生的想法和行为？

但是现在马斋元真的怒了，或者说……他是真的急了！

马斋元伸手指着自己的女儿，嘶声叫道："如果你今天不跟我走，就算你能活着走出上海，也不要再回去了！我马元斋没有你这样不孝的女儿，更当不起你马大连长的爹！"

马兰知道父亲说的是真话，他老人家纵横商海数十载屹立不倒，凭的就是"仁义礼智信"这五字真言。马元斋无论是在商场上，面对朋友、家人，还是敌人，他说出来的话，就是钉到木板上的钉子，绝无更改！

马兰真的呆住了。

马元斋也停止了怒吼，他在等马兰的最后回复。

一个愤怒而焦急的父亲，一个拥有了独立的思想愿意为国为民舍生取义的女儿，就这样面对着整整一个连的军人，就这样站在战火连天的城市后方，彼此直直对视着。

马兰缓缓地跪到了马元斋的面前。

看着不知道什么时候泪流满面的女儿，马元斋愣住了，他真的愣住了。

马兰是他的女儿，是他用培养儿子的方式，一点点灌输了自己的骄傲与尊严，一天天变得坚强而自信的女儿。他太了解自己的女儿了，太了解马兰的这个表情了，因为延续了他的血脉与骄傲的女儿，就是他年轻时候的翻版！

"我真的想和爹走，但是苍天在上，他在看着我们！"马兰凝视着这个生了自己养了自己的男人，一字一顿地道，"所以，女儿不能走！"

"爹……"

听着女儿发颤的声音，马元斋只觉得鼻子一酸，他知道这可能是自己这一辈子，最后一次听自己唯一的，最心爱的女儿，喊自己一声爹了！

"谢谢爹给了女儿生命；谢谢爹教会了女儿为人处世的道理；谢谢爹让女儿明白，什么是对的，什么是错的；谢谢爹给了女儿太多的纵容，让女儿可以选择自己要走的路！自古忠孝不能两全，请恕女儿不孝，请恕女儿连累爹也成了马家的不孝之人！爹……请您受兰儿一拜！”

“砰！”

马兰的额头狠狠磕在了他们脚下这片坚硬的土地上，艳丽的鲜花随之在马兰的额头上绽放。当马兰重新抬起头的时候，她的眼睛里闪动着的是泪水，更是绝望的悲伤。

“谢谢娘一直这么疼我，每次我闯了祸，都会躲到娘的身后来逃避爹的家法；娘一直教我女红，我却总是笨得学不会；娘要我学三从四德，想让我做一个大家闺秀，我最后仍然要让她失望了。以后兰儿再也不能坐在娘的身边，看着她一针针地去刺绣花针，再也不能趴在娘的怀里，去聆听她的教导了！爹，请您代娘受兰儿这一拜！”

“砰！”

马兰的额头，再次狠狠磕在了他们脚下这片坚硬的土地上。她磕得是那样地狠，以至于静静站在军营里的每一个人，都能清楚地听到她的额头与地面对撞时发出的沉闷声响。

“爹，您冒着生命危险赶到了上海，为的就是把女儿带回去。您嘴上虽然不说，但是兰儿知道，爹是疼兰儿，是担心兰儿。但是……求求爹，您已经给了兰儿那么多次宽容，就让兰儿再肆意妄为一次，让兰儿选择认为自己应该走的路吧！”

“砰！”

马兰的额头第三次狠狠磕下。每一次她的额头重重磕到坚硬的地面上，每一次血花从她的额头上绽放，马元斋的眼角就会一跳。

他真的想过去拉住自己的女儿，她的眼神中那种绝望，那种疯狂，让马元斋的心里不由自主地涌起了一种凉意。见惯了大风大浪，看惯了事过境迁、人事两非，马元斋清楚地明白，自己女儿的眼神告诉自己她已经决定抛弃一切希望，把所有的专注，所有的感情，甚至是所有的生命，都要一次性倾泻出来，去创造犹如流星划破黑寂的暗夜般，划出一道最灿烂，最光芒万丈的疯狂斗魂！

第十二章 浩然正气

马兰终于重新站了起来。她伸手指着一排排肃立在军营的士兵，轻声道：“爹，您看到了吗？他们都是我的兄弟，都是即将和我走上战场，背靠着背把命都要交到对方手里的好兄弟！”

马兰伸手用力抹掉了脸上的泪水，她的双瞳中大海般的波浪还没有消失，就扬起了一种绝对的骄傲与自豪。她挺起了自己的胸膛，在这个时候，骄傲的笑容与伤情的泪水从她的脸上一起释放：“谁说您没有儿子，爹您睁大眼睛看清楚了，站在这里的每一个人，都是您的儿子！

“如果我死了，如果你们愿意把马兰当成一个一生一世的好兄弟……请能活着走出这里的兄弟，请你们牢牢记住我的爹，牢牢记住我爹的样子！”

马兰的目光从那些军人的脸上一个个掠过，她看得是那样地专注，又是那样地深情，似乎要把在这里的每一个人，都深深镌刻进自己的记忆最深处。她用微微发颤的声音道：“当你们娶妻生子的时候，别忘了给爹写上一封信，向他老人家报喜。如果你们有一天到了我美丽的家乡，到了山城重庆，无论有多忙，请你们一定要到家里去坐坐，陪陪爹和娘。我们家的门槛并不高，你们只要一抬脚就跨过去了；我们家的门夫并不凶恶，只要你们说是我马兰的兄弟，是爹和娘的儿子，他们一定会用最快的速度飞跑进去通知爹和娘。爹和娘的年纪大了，却只有一个不孝的女儿，请你们去陪他们聊聊天，让他们不会那么孤单，让他们就算是为我这个不孝女伤心了，在看到你们的时候，也能露出一个快乐的笑容！”

说到这里，马兰的声音突然停断了。她的嘴唇不断颤动，她哽咽着，对着全连所有的军人，猛然弯下了自己宁折不弯的腰，嘶声叫道：“我拜托大家了！”

马元斋猛地转过了身，他高高地昂起了自己的头，任由在自己眼眶里打转的一点晶莹，在拂面而至的风中，被一点点地吹干，直到再也找不到一点痕迹。

再次环视了一眼站在自己面前的这一百多名军人，马兰当着所有人的面，从口袋里掏出了德国教官在临走之前，亲自戴在她衣襟上的二级铁十字勋章。马兰就这样带着一脸专注的神情，将那枚代表了认可与尊重，更代表着勇气、执着、对胜利极度渴望的十字勋章，端端正正地别到了自己新军装的领口上。

“强敌当前，无畏无惧。果敢忠义，纵死无悔！”马兰轻轻抚摸着那枚铁十字勋章，感受着它冰凉中隐隐蕴藏的火热，她突然用力一挥手，放声喝道，“兄弟们，跟我走！”

听到马兰的话，马元斋的身体再次狠狠一颤。聆听着马兰带着这一批士兵，大踏步地走向营房的大门，感受着这些士兵以连长马兰为核心，腾起的那坦坦荡荡的战意，感受着他们身上那种寒风萧萧兮易水寒，壮士一去兮不复还的悲壮气势，就在自己还没有明白过来之前，马元斋已经发出一声颤抖的低呼：“……兰儿！”

马兰的身体，猛然僵在了那里。

“兰儿，你能告诉爹，你为什么要坚持走这条路吗？”

马元斋的骄傲，让他没有回头，“爹虽然没有从小娇生惯养你，但是也从来没有让你缺了什么。在中国，无论是什么地方，只要报出我们马家的名号，谁不对我们肃然起敬？爹真的没有希望你能让我们马家更胜层楼，就连你坚持进入军队，爹也只是以为你想证明自己比男孩更优秀罢了。可是今天，你明明还挂着爹念着娘，可是你宁可不要爹了，不要娘了，也要走上战场。爹就是想知道，是什么让你做出了这样的选择？”

“您说得没错，在中国无论走到哪里，只要报出我们马家的名号，都能让人肃然起敬。可是爹请您告诉我，走出中国，我们马家又算得了什么？或者说，我们中国人，又算得了什么？！”

马兰轻轻吸着气，在这时候，她不敢回头，她害怕自己回头，会舍不得爹，会想起娘。兵是将的胆，将是兵的魂，只要在这个时候，她这个连长稍有松懈，只要她表现出软弱的样子，这一支受过最严格训练却没有真正经历过大规模战争的部队，不断燃烧的士气，就会受到重挫！

马兰伸手遥遥指着远方，沉声道：“不要说是走出中国，就算是在我们自己的土地上，又有多少地方成了别人租占的领土，又有多少地方挂起了‘华人与狗不得入内’的牌子？在那些人的眼里，我们马家，我们中国四万万同胞，又算得了什么？！

“我知道爹的想法，就算我们战败了，亡国了，凭爹在商场上的关系和人脉，仍然可以活得风生水起。可是到了那个时候，没有了国，没有了支撑一个民族的脊梁，我们又如何抬起自己的头？我们如果不奋起反抗，就算是可以活下去，挂着一块‘奴才’的牌子，就算是锦衣玉食，当了亡国奴，我们真的能再找到昔日的快乐吗？！”

说到这里，马兰的声音突然沉寂下去。过了好久，她才沉声道：“与其像狗一样摇着尾巴活着，女儿宁可在战场上和志同道合的兄弟拼死一战，去搏他一个山穷水复，去拼他一个柳暗花明！如果有一天，我们中国人无论走到哪里，伸手指着自己的胸膛，骄傲地告诉身边每一个人，我是中国人，都能得到尊重和礼貌，女儿就算是躺在地下十八层地狱里，也会笑的！”

一只颤抖的大手，放到了马兰的头上，在轻柔的抚慰中，马兰突然被人用力抱进了一个熟悉而又陌生的怀抱里。

在这个时候，眼泪终于从马元斋的眼眶中奔涌而出，但是他在笑，开怀地笑，用力地笑，放声地笑。直到这个时候，马元斋这个已经五十多岁的长者，才终于明白了什么叫作又哭又笑，才终于明白了什么叫作悲伤的快乐！

眼看着自己唯一的女儿，即将走上最惨烈的战场，白发人送黑发人，回想着和女儿相处的点点滴滴，满腔的不舍和抽心的刺痛，让马元斋不能不哭；眼看着自己的女儿一天天长大，眼看着自己的女儿拥有了独立的思想，拥有了一腔为国为民舍生取义侠之大者的情怀，马元斋的心里更被感动和自豪塞满了，望着英气勃发，全身犹如披着一层火燃战甲，散发着炽热温度的女儿，他不能不笑！

趴在父亲的怀里，马兰嗅到了淡淡的肥皂味道，嗅到了淡淡的烟草香味。在恍惚中，马兰仿佛回到了遥远的童年，在她小的时候，她最喜欢的，就是躺在父亲的怀抱里，嗅着他身上好闻的味道，感受着这个宽阔的怀抱带给她的温暖与安全感。

“兰儿……”马元斋低声道，“我以你为荣！”

趴在马元斋怀里的马兰身体狠狠一颤，她抬起头，用不敢置信的目光，看着自己的父亲。

“有你这样一个女儿，就是我马元斋这辈子最大、最值得骄傲的成就！”

马元斋的眼睛里发着光，他的脸上更扬起了一种以子为骄的光彩。在这一刻，他的声音中当真是充满了一种俯瞰历史笑傲天下的霸气：“就算你战死沙场，就算我们马家因此绝后，那又算得了什么？我想我们马家的列祖列宗，看到我为国为民舍生取义的女儿，也会对你赞赏有加！如果谁敢对你横眉竖眼，那他根本不配当我们马家的祖宗，更没有资格站在我马元斋的女儿面前指手画脚！”

马兰笑了，马元斋也笑了。他们都痴痴地望着对方，同时在心里发出了一声真挚的祝福——保重！

马元斋解开了自己的外衣。在他的身上，套着一件他花重金从美国朋友手里收购到的防弹衣。珍而重之地把这件还带着自己体温的防弹衣，套到了女儿的身上，伸手轻轻抚摸着马兰的脑袋，感受着血脉相连的动人滋味，马元斋傲然道："兰儿，你放心地去吧！无论你是死是活，你都是我马元斋最喜欢的宝贝女儿！我这辈子见多了军阀混战，见多了比土匪更凶暴的溃兵，我更见多了为了活命连自己祖宗都能出卖的汉奸，我真的以为我们中华民族完了，我们再也无法抵抗外敌的入侵了。可是我真的没有想到，我竟然意外地在自己的女儿身上重新找到了自信！谢谢我的女儿，你让我重新相信，我们中华民族……还有救！”

第十三章　人间炼狱

一个连的兵力，投入到已经有上百万军队在舍命厮杀的战场上，有什么作用？

中央军校教导总队直属特务营，作为先头部队进入上海，其他部队仍然在长江沿岸修整扩军，就算把他们全营都拉到战场上，又能起到什么样的作用？

所以，马兰接到的第一个作战指令，竟然是让她带领自己的连队，在正面战场后方一千米的位置上，建立了第二战线。而在他们每个人的右臂上，都多了一个袖章，白色的底布上面只写了三个血红色的大字——督战队！

马兰真的没有想到，他们这些接受了最严格军事训练，手里拿着比日军更先进武器的职业军人，在这样的大战场上，起到的作用竟然是架起机枪，阻止兄弟部队的士兵逃跑。也许他们在这个战场上射出来的第一发子弹，打中的并不是敌人，而是自己的同胞！

站在这条几乎再也找不到一个人的长街上，马兰的目光突然被一串倒吊在钉子上的鞋子给吸引了。直到这个时候，她才惊讶地发现，她竟然回到了这里，回到了那条曾经有一个带着“狗”的男人和她擦肩而过的大街上。

那串没有主人回来认领的鞋子，仍然可怜地倒吊在那里，但是那个奇怪的男人，却不在了。

“回去，立刻回去重新战斗！没有接到命令擅自后退，就是最可耻的逃兵和懦夫，如果你们再继续向后跑，格杀勿论！”

在马兰愤怒的咆哮声中，一群从战场上溃逃下来的士兵，面对督战队架在沙袋上的机枪，这些身上沾满了硝烟，军装上染满了鲜血，却在祖国最需要他们的时候抛掉武器逃生的男人，全部都在身体微微发颤。

一个脑袋上缠着厚重纱布，但是鲜血仍然止不住从里面渗出来，就连眼睛都被弹片打瞎一只的连长，用力推开身边士兵，一拐一瘸地走到最前方。他瞪着那十几挺机枪黑洞洞的枪口，清楚地知道，在这种非常时刻，如果他不带着身边这批士兵返回战场，就算是为了杀一儆百，督战队也绝对会对他们痛下杀手！

聆听着身后不远处，那密集得几乎再没有空隙的枪声，感受着重磅炸弹和大口径炮弹，铺天盖地地倾泻下来，形成的可怕震动，那个连长突然间放声嘶叫：“那里是地狱，就是怎么也填不平的地狱！我们还没有见到敌人，两个旅长就死在了日本人飞机的轰炸下。师长带着四个团长赶到阵地上督战，结果才仅仅五个小时，我们整个师一万五千人就拼掉了一大半，师长和四个团长也全部阵亡了！”

“你说我们是逃兵，是懦夫，但是你们给我睁大眼睛看清楚了，在这里的哪一个人没有在战场上流过血，哪一个不想把鬼子赶出上海，可是……”那个连长猛然抢过身边一名伤兵手里的汉阳造步枪，把它高高举起来，嘶声叫道，“日本人有飞机轰炸，有停泊在黄浦江上的战舰重炮支援，有坦克和装甲车掩护，我们手里的就是这种东西，您要我们怎么去打，又要我们怎么去拼？！”

望着这个连长手里高高举起的步枪，马兰的眼睛里也不由得闪过了一丝无奈与同情，而她身边那些中央教导总队特务连的士兵，更瞪大了双眼。

中央嫡系部队，就算不是德械师，士兵最起码也能保证一人一支步枪，而这些地方部队，说白了就是后娘养的，他们往往两三个人，才能分到一支步枪。这些被他们当成宝贝的武器中，还有老套筒和汉阳造这样的东西。而那位连长举起来的步枪，赫然连枪膛里的来复线都被磨平了；最夸张的是，为了防止步枪的枪栓掉落，使用这支步枪的士兵竟然用一根麻绳将枪栓绑在了抢托上。当这个连长举起这支步枪的时候，从枪膛里滑出来的枪栓，就倒吊在空中不停地晃动，看起来像极了钟表里的钟摆。

“我们一个连只有三挺经常出故障的捷克轻机枪和五十多支汉阳造，外加每个人身上的六颗手榴弹。我们被日子人的机枪打得根本抬不起头来，我们一个团都没有一门山炮，更没有办法对付日本人的坦克！请你告诉我，这种情况，您要我们怎么打？”

那位连长指着身后那些伤痕累累的士兵，放声哭叫道：“我知道军人以服从命令为天职，我也知道养兵千日用兵一时，可是请你看一看，我身边的这些兄弟，哪一个不是爹生娘养的，哪一个不是活生生有血有肉的人啊！

“我知道临时退缩就是逃兵，就是懦夫，就算你们用机关枪把我打死，我也没有怨言，但是我求求您，放过我身边的这些兄弟！您看一看，他们有些才刚刚十六岁，有些家里还有七十岁的老娘，所有的罪就让我来扛，求求您放过这些孩子吧！”

“砰！”

这位连长的头重重磕在了他们脚下这片如此厚重，却又在炮火中不断呻吟颤抖的土地上，在他头上已经被鲜血渗透的纱布，瞬间就被染成了一片通红。望着面前这个眼睛里闪动着悲伤的连长，马兰痛苦地闭上了双眼。她也是人，她也是一位和手下兄弟朝夕相处的连长，她怎么会不知道这位连长心中对手足的感情有多深？！

所有人的目光都落到了马兰的脸上。沉默了很久很久，马兰慢慢扬起了自己的右手，在她的身后猛然传出哗啦哗啦枪栓拉动的声响。

“你现在有两个选择！”

马兰根本不敢睁开眼睛，她真的不忍心再去看这位连长犹如受伤野狼般绝望的眼神。

“第一个选择，就是以逃兵的身份，被我们全部打死；第二个选择，握紧你们自己手中的枪，立刻转头回到你们原来的战场上，去做一个堂堂正正的汉子，去当一个就算是死，也要死得轰轰烈烈的爷们儿！别忘了你们是八十八师，是在轴心战场上，死死顶住日军两个月的狂轰滥炸，没有丢失一寸阵地，被日军称为‘可恨之师’的八十八师！”

跪在地上的连长呆呆地望着双眼紧闭、全身都在微微发颤的马兰和几十米外架在沙包临时阵地上的十几挺轻重机枪，在这种再没有任何生机的绝境中，这位连长眼睛里的绝望与悲伤，慢慢被一股疯狂的火焰所替代。

站起来甩掉眼角的泪水，这位连长看着一直跟在自己身后，在经历了太多的磨难和朝夕相处后，对他这个连长大哥而言，已经拥有了太多感情与责任的士兵，他猛然发出了一声受伤野狼般的长号：“全体注意……向后转！”

一群眼睛里同样闪动着绝望光芒的士兵，转过了自己的身体，这个连长带着自己已经不到一个排的士兵，带着他们破破烂烂的武器，转身再次扑进那片血与火交融的战场上。一阵强烈的劲风狂吹过，连带这片飓风一起吹到马兰脸上的是一滴温温热热的液体。

这滴液体，是士兵们身上流出来的血，还是他们的眼泪？

马兰没有伸手去擦，所以她不知道！

五分钟后，这支只剩下三四十个人的连队，彻底消失在那个用钢铁和火焰组成的绞肉机里。

1937年8月的大上海，这个被称为“东方巴黎”的美丽城市，已经注定要成为一个人间炼狱！

第十四章　军人信条（上）

在黄浦江和长江口上，日本一百多艘战舰排成了攻击队形，一千多门大口径火炮不停狂鸣，炮弹像雨点般不停地向驻守在上海的中国部队倾泻。几千架不同型号的轰炸机、战斗机在上海的天空群魔乱舞，在尖锐的呼啸声中，成串的重磅炸弹狠狠砸在这片属于中国的土地上，地毯式轰炸不断向前推进，瞬间就掀起一大片几乎连大地都能被烧焦的可怕金属洪流。

日本海军陆战队乘坐各种型号的登陆舰，以每批次三千七百人的惊人速度，不断成功登上中国的土地。放眼看去，整个海滩上到处都是密密麻麻的日本海军陆战队员。

没有经历过这种大战的人，绝对无法想象，那些中国军人要面对何等惨烈，又是何等危险的境地！

各种不同型号、不同口径、不同伤杀力的子弹，在空中横着、竖着打到坚硬的岩石上又打着欢快的小弧圈反弹着，形成了一个几乎找不到任何空隙的死亡之网。当那成群结队的轰炸机群从上海的高空掠过，对那些日本轰炸机驾驶员来说，也许只是再简单不过的按动投弹按键，但是在几分钟后，他们经过的地方，就会彻底被钢铁形成的死亡洪流淹没。

那同时在地面炸起的重磅炸弹，那数以亿计的弹片，混合着大量从水泥地板上炸起的碎屑，以亚音速向四周辐射。不管你是装备精良的德械师部队，还是手里只有二十年前的老式步枪，在上战场前才终于填饱一次肚子的地方部队，或者是受过德国特种部队教官严格训练，堪称中国战斗力最强的中央军校教导大队职业军人，他们唯一能做的，就是让自己的身体更加努力地趴在临时挖成的，实在不能为他们提供太多保护和安全感的战壕里，期待幸运之神的青睐！

在这个双方陆续投入了上百万兵力，已经注定要彻底被钢铁与硝烟覆盖，成为人间炼狱的大上海，面对海陆空三军联合作战，占据了绝对火力优势的日本部队，中国军队一天就要损失一个师！

战争在不断升级，中国的军队一个师接着一个师地投入战场，但是他们面对的就是一座用人命和血肉，根本无法填满的人间炼狱！这些投入战场的师级部队，有的不到三个小时就阵亡了一半，有的仅仅过了五个小时就损失了三分之二。在战争最为激烈的蕴藻浜战场，一个连在十分钟内就全部阵亡，一个营在三十分钟内，就被打掉了编制！

在这个时候，死神真的笑疯了！他老人家又蹦又跳，又笑又叫，一边奋力扭动自己的身体发出乐不可支的尖笑，一边用力挥舞着手中巨大镰刀，奋力收割着那一茬接着一茬越来越廉价、血腥气息越来越浓、疯狂气势越来越重的生命。

当轰炸机终于大摇大摆地消失在天幕，那些终于躲过一劫的士兵，拍掉衣服上已经带了浓重血腥味道的尘土和鬼才知道是什么东西组成的烂泥，还没有来得及松出一口长气的时候，他们所有人脸上的表情再次彻底凝滞。

“轰！”

“轰！”

“轰！”

……

沉闷而密集的轰响，带着死神再一次疯狂的尖笑，狠狠刺进了每一个人的耳朵。在黄浦江面上，在长江口，一百多艘日军不同型号的战列舰、护卫舰，上千门大口径火炮一起疯狂地嘶吼。

地毯式轰炸和密集炮击后，还坚守在阵地上的中国军人，还没有和敌人接战，就先付出伤亡一半的代价！

日本在明治维新之后，励精图治，已经成为一个工业国家，而中国到现在为止，虽然拥有四万万同胞，几百万平方公里的土地，但是还是一个农业国家。从单纯的火力对比上来说，日本一个师拥有的武器火力，能顶得上中国八个师！

伤员躺在弹坑里不停地呻吟，但是面对敌人如此密集的火力，那些担架队的救护人员，根本无法带领这些伤员离开火线。他们只能趴在远方，眼睁睁地看着这些伤员无助地呻吟，看着鲜血从他们伤口里不停地流出来。

再说了，就算他们把伤员抬下了火线，又能怎么样？现在各处医院、临时野战医院里都放满了重伤员。没有了血浆，没有了麻醉剂，就连最基本的医用消毒酒精都开始紧缺，他们用的止血绷带，更是从伤员身上拆下来后再反复使用的。不知道有多少伤员躺在医院外边的广场上，瞪着一双大大的眼睛，直到他们发出的痛苦呻吟慢慢消失……

“让我走吧，让我走吧，我还有六十岁的老娘要养，我还有老婆儿子，我不想死啊！”

一个全身沾满鲜血，脸上更是眼泪与鼻涕齐流的排长，面对马兰声嘶力竭地挥舞着自己的手臂，他嘶声叫道：“我们守不住了，敌人就要攻过来了！我们整个营就我一个人了，你还要我回头，我一个人回去怎么守？日本人就要打过来了，你们也快跑吧，要不然连你们也跑不掉了……”

马兰望着眼前这个因为过度惊恐，眼神涣散，脸上肌肉更在不停颤动的排长，她眉头一皱，问道：“你说前面的阵地已经失守了？”

“你听，你听啊！日本人还在炮击，炮击一停他们就会冲过来了，你们还傻站在这里干什么？已经没有人需要你们督战了，他们都死啦，所有的人都死光了！”

那个排长伸手指着督战队架在沙袋上的轻重机枪和他们人手一支的冲锋枪，哭叫道：“你们干吗用枪指着我，大家都是中国人，你们干吗要用枪指着我，难道非要逼着我去送死，你们才甘心吗？你们不知道，那些日本人都是疯子，他们根本就不怕死！我亲眼看到一个日本兵，身上中了四发子弹，还是冲上来，用刺刀捅死了我们的连长。他当时就正对着我，他就算死仍然在那里笑，他在对我笑啊！他们根本就不是人，就是一群打不死、打不怕的野兽啊！”

“没人会对你开枪。”

马兰再次深深看了一眼面前这个排长。她伸手向身后的士兵一挥，示意他们解除警报，沉声道："我也不想在你身上浪费宝贵的子弹！"

"谢谢！谢谢！谢谢你！我不会忘记你的，你的恩情我这一辈子也不会忘掉……"

那个排长一边词不达意地不停道谢，一边伸手捂住自己的脸，慌乱地跑过了督战队设下的防御线。就算他已经被吓得神志不清，在他的潜意识里仍然清楚地明白，在这种保家卫国的战争中，成为逃兵是何等可耻的事情。

突然，这个排长的声音戛然而止。他的双臂甩开，露出了一张充满惊骇和不敢相信表情的脸。就在他经过马兰身边的时候，马兰左手一伸就扼住了他的脖子，她的右手几乎在同一时间拔了自己身上那柄98K刺刀！

狭长而锋利的刺刀，顺着肋骨间的缝隙，准确地刺入了排长的心脏。在他生命最后几秒钟的弥留时间里，他听到了马兰比刀锋更冰冷的声音："记住，不怕死的不只是日本人！你胆子这么小，怎么当兵？！"

第十五章　军人信条（下）

那个受到致命重创的排长，在马兰怀里慢慢地软倒了，他就算是死，也没有闭上那双写满了惊恐、流满了眼泪的双眼。

他死不瞑目！他真的已经尽力了，他拼命睁大了自己的双眼，他真的想再次问马兰一声，难道阵地上就他一个人了，他还必须在那上面呆呆地等死吗？如果换成身为督战队长的她，她就真的能够做到吗？！

马兰的手掌从他的脸上掠过，带上了他的双眼，她似乎在告诉这个军人，又似乎在自言自语："乱我军心者，死！临阵脱逃者，死！投敌变节者，死！不服命令者，死！……"

马兰不停地说着，她的声音缓缓地在这片奇异的空间中飘动，那个士兵尸体上的鲜血也顺着伤口不停地流着，那种炽热的温度烫得马兰只觉得手心传来一阵又一阵锥心刺骨的痛！

她这一辈子，已经杀了太多的人。她已经在短短两个月时间内，学会了像一个真正的老兵那样漠视生死，但是她不是疯子，这个在她怀里慢慢变凉的尸体，是她的同胞，是曾经为国家付出过鲜血和汗水，到最后只是希望能活下去的兄弟！

但是马兰只这样发了几十秒钟的呆，当她再次抬起头的时候，她的双眸中已经没有了悲伤。她伸手指着远方，沉声道："如果他没有说谎，敌人的炮击一旦停止，前方的阵地就要失陷了！"

所有人都保持了沉默，马兰是他们的连长，更是他们发自内心尊敬的领袖，他们在等马兰的命令。

"我们接受的任务，是在这里督战，不放一个军人从我们身边跑过！"

"我们是特种部队，我们最擅长的是渗透、破坏、爆破、狙击、绑架、情报收集等非常规作战，我们每一个人都是国家用训练一个普通军人几十倍甚至上百倍的代价，培养出来的精锐部队。把我们这样数量稀少作战能力却绝不容小瞧的精锐部队投入到战场正面防御战中，这样的指挥官不是白痴，就是没有一点军事常识的笨蛋！"

"所以我们理直气壮地在战场后方，架起机关枪，用刺刀和子弹，逼着那些在前方不断流血，最后不得不撤出战场的军人，重新回到必死的战斗当中！所以我们可以理直气壮地在他们拼得全军覆没后，再带上自己的武器，大摇大摆地返回后方！这一切看起来都是合情合理，我谢谢营长对我们的关怀，我谢谢司令部对我们这样一支小小连队的珍惜，但是这一切的一切，面对中国每天损失一个师的战场来说，对于一个中国军人来说，只需要用两个字去形容……"

马兰放声狂喝道："那就是耻辱！"

紧紧握着手里的德制冲锋枪，所有人的眼睛都红了。他们接受了这么久的训练，绝不是为了对付那些被迫从火线上撤退下来的中国军人！中央教导总队作为全国军队的楷模与典范，作为黄埔军校最足以自傲的职业化部队，他们在战场上要展现出来的，绝对不是理直气壮的临阵脱逃！

"炮声就快停了，敌人就快对阵地发起进攻了，就算有援军，他们也来不及赶过来接收阵地！一旦我们轴心战场被破，八十八军'可恨之师'的军威就会被打破，我们全军的士气，甚至整个战场的形势，都会因为这样一个轴心阵地的失陷，发生不可预料的改变！"

马兰伸手指着远方的战场，道："抛开军人的立场，抛开上下级的从属关系，抛开我们已经完成的任务，我只要你们把自己当成一个人，一个有血有肉、有爱有恨的中国人！现在请你们告诉我，有没有人愿意去当一个彻头彻尾的白痴，有没有人愿意和我去当一个无可救药的笨蛋？！”

所有的军人一起笑了，上百道火焰般燃烧的目光，一起狠狠投向了马兰。

“全是白痴？！”

没有人说话，算是默认。

“全是笨蛋？！”

还是没有人说话，还算是默认！

在这个时候，他们每个人都抿起了嘴，眼睛里发着光死死握住手中武器，没有一个人退缩，更没有一个人脸上露出犹豫的表情。

“那是一个营，才能守住的阵地。我们只有一个连，而进攻我们的可能会是一个营，甚至会是一个团！”

马兰突然笑了，她笑得美丽，笑得开怀，笑得更是充满了肆无忌惮的嚣张与猖狂：“我想说的就是，他们想来就来，就来吧！”

远方传来了“轰隆隆”的声响。在坦克和装甲步兵车的掩护下，装备精良、训练有素，又接受过军国主义武士道熏陶，变得再无半分人性更悍不畏死的日军士兵，终于开始在疯狂的吼叫声中，唱着他们心中无悔的战歌，歌颂着他们的天皇，想着他们的女人，想着他们北海道渔场里的小船，踏着满地的废墟，对着中国军人防守的阵地发起了一次又一次进攻！

在这些日本军人的眼里，中国人就是东亚病夫，孬种！

中国人都是内斗有方、御敌无术的伪君子；中国军人都是手里拿着步枪，腰间插着烟枪不吸上两口就像只癞皮狗似的“双枪”客；中国军人都是一群只会欺软怕硬的恶棍、流氓，只要枪声一响，这些没有大日本武士道精神的垃圾跑得就会比中枪的兔子还要快……

眼看着已经近在咫尺，现在也没有响起任何枪声的中国军队阵地，几乎所有日本士兵的脸上，都露出了胜券在握的笑容。就在这些日本士兵的眼前似乎已经看到攻陷上海后唾手可得的金钱、美女和嘉奖令的时候，他们突然听到了一声比男人更像男人的疯狂怒吼：“地毯式轰炸，三十米！”

第十六章　地毯式轰炸

被重炮和轰炸机反复摧残，早已经变成一片废墟，本来不应该有任何反抗力量的中国军人防守阵地，随着这一声令下，突然活了！

天知道那些中国军人躲在哪里，竟然能从如此猛烈的轰炸中，保住了自己的命。当那个声音响起的时候，从地洞里，从炸塌的下水道里，从断墙后面，从几具被打得千疮百孔的尸体中间，几乎同时露出了中国军人带着殷红色鲜血的脸。在绝对狰狞，绝对愤怒的狂吼声中，天空中猛然下起了一片由防御式手榴弹组成的弹雨。

“轰！轰！！轰！！！”

几百枚手榴弹几乎同时爆炸了，冲腾而起的硝烟瞬间就在战场上拉起了一道绝对灿烂的黑色烟幕，紧接着十几挺轻重机枪、几十支冲锋枪一起开始拼命扫射。

那些火力比中国部队强八倍，一向以为自己在中国的土地上可以主宰一切的日本士兵，在这个时候真的被打傻了。面对比他们日本军队更凶悍、更狂野、更密集的扫射，面对来自德国这个工业最发达、军械系统最先进的国家提供的武器，他们齐刷刷地卧倒在地上。

手榴弹炸起的黑烟还没有来得消散，这些日本士兵中间能听懂中文的人，猛然又听到了那个命令：“第二批，三十五米，再投！”

在硝烟飞腾中，在那些接受过最严格军事训练，一旦遭遇密集重武器扫射，就会在第一时间本能卧倒的日军士兵中间，突然发出一阵“叮叮当当”的声响，天知道一时间有多少枚手榴弹，狠狠砸到了这些日本士兵的钢盔上。

这些还冒着“哧哧”白烟，用钢铁和木把组成的杀人利器，打着欢快的小跟头，就那样大摇大摆地在日本士兵眼睛前不足一尺的位置上转呀转的，似乎在它们生命最后的几秒钟时间内，向每一个观众展现着它们那种最惊心动魄的美丽。

趴在地上的日本士兵，眼睛里都透出一股疯狂的绝望。

没有经历过这一幕的人，绝对不可能想象，那种心脏在瞬间就彻底收缩的可怕感觉，更不会明白，这种绝望到极点，全身都彻底凝滞再也无法挪动一根手指头的极度冰冷。

一名日军准尉趴在地上声嘶力竭地尖叫道：“不要慌张，把手榴弹拾起来全部丢出去！”

听起来这似乎是一个不错的主意，但是……别他妈做梦了！

别的部队投射手榴弹，就算是得到了统一的命令，但是部队成员素质参差不齐，投过来的手榴弹那叫天女散花，分布到战场各地，就显得稀少。但是这一支部队绝不相同，他们投射起手榴弹，就像是一把钢刀，狠狠切进了一大块奶油糕里面，带着令人目瞪口呆的整齐划一。

睁大眼睛看看吧，在他们的前后左右，在他们的东南西北，到处都是那些不断冒着白烟，爆炸起来威力特别强，弹片特别多的防御型手榴弹。

就算他们有三头六臂，在这些手榴弹集体爆炸之前，他们又能拾得起几颗，又能丢得出几颗？

那么，就跳起来向后逃跑？

先不说他们是大日本帝国的军人，必须拥有武士道精神，绝不能允许这些士兵未接到命令就向后逃跑，就算是可以，听听那不断扫射的轻重机枪，听听那德制的冲锋枪，德制的轻机枪，突然出现的M34德式重机枪，在那里倾泻弹药的声音吧！

到处都是子弹在嗖嗖乱窜，到处都是自动武器的疯狂怒吼，就算是傻瓜也清楚地知道，现在他们的头顶，就是弹如雨下，就是死神大爷手中那柄正在狂舞不休，就等着他们自投罗网地把自己脑袋送上的黑色大镰刀！

“轰！轰！轰……”

几百颗手榴弹再次一起爆炸。在一片呻吟、一片慌乱和零星的开枪还击当中，已经被炸得鸡飞狗跳的日本士兵，惊恐莫名地听到了他们在这个世界上最恐怖的声音：“第三批次，四十米，再投！”

第三批手榴弹又从中国守军的阵地上倾泻而出，用一种近乎病态的精准，在那名女军官的指挥下，狠狠砸到了四十米外的日本军人头顶上。

指挥这场局部攻坚战的日本军官真的要疯了，看着手榴弹以每五米一个间距，不断向前延伸，炸出一排排可怕的硝烟，将大的小的方的圆的尖的钝的弹片，用亚音速向四周扩散，中间更掺杂着日本军人临死前的惨号和大片黑白相间，鬼才知道是什么牛黄狗宝的玩意儿。

直到这个时候，这位在日本陆军学校受过系统军事教育，又钻研过中国《孙子兵法》，自以为已经可以开天眼观凡尘的日本指挥官，才终于明白了，什么叫作中国人的地毯式轰炸！他这辈子还没有见过人，能将普普通通的手榴弹，玩到这样登峰造极的地步！

而枪声一响，对方十几挺轻重机枪，几十支冲锋枪就在那里不停地扫射。那种歇斯底里的节奏，那种就好像子弹不要钱似的疯狂倾泻，那种甫一动手就彻底发狂要找人一起完蛋的杀气与霸气，更让他们一出手就将大日本帝国最精锐的海军陆战队，就将大日本帝国被武士道精神彻底洗脑变得犹如野兽般的士兵，死死压制在地面上根本不敢抬起头。说到底，就算他们只是条狗，面对绝对的死亡，面对比他们更强悍更疯狂更歇斯底里的敌人时，他们也会知道害怕！

当硝烟散尽，四批手榴弹狠狠在地面上犁出四道可怕的弹痕之后，因为站在后面而侥幸逃过一劫的日本士兵，抬起了手中被称为三八式的步枪。日本军人，最自豪的就是三样：精准的枪法，过硬的刺刀拼杀技术，在武士道精神熏陶下拥有的对天皇陛下尽忠之心！

日本士兵手里的三八式步枪，口径小穿透力又强，打在人身上往往会造成一个并不致命的贯穿伤。但是正因为口径小，枪支在射击时容易保持稳定，再加上日本军人过硬的军事训练，不知道有多少中国军人躲在掩体中，只要稍有不慎，就被对面的日本士兵一枪击中了要害！

手里拿着冲锋枪的中国军人，甚至连机枪手，都缩回了自己的掩体中，开始更换弹匣。只有一些手持加装了瞄准镜步枪的军人，躲在一片狼藉的掩体中，悄悄探出了枪口。

零星的枪声在战场上不断响起。在中国阵地上，每传来一声枪响，那些老老实实趴在地上，自以为高枕无忧，自以为可以凭借出色的射击技巧，能够从中国军人身上找到自信的日本士兵，只觉得眼前一黑，就陷入了永久的沉默。

一支由德国特种部队教官训练，又全部采用了德式装备的特种部队，一支擅长渗透、狙击、暗杀、情报收集等工作的特种部队，又怎么可能没有装备了高精度打击能力步枪的狙击手？

躲在掩体中，把自己藏得滴水不漏的狙击手，和直挺挺地趴在那里，可怜地拉动三八式步枪枪栓的普通日本士兵，用点射来对决，这场战斗刚刚开始，就已经注定了最后的结局！

眼看着自己的士兵趴在战场上，徒劳而绝望地射击着，一个个死在对方精确得让人目瞪口呆的有效射击之下，最终竟然全军覆没，日军指挥官拔出自己身上的指挥刀，一刀狠狠剁在身边的木制电线杆上。

指挥官狠狠喘着粗气，猛然发出一声愤怒到极点的狂号："八格！八格！八格！八格牙路！我们面对的，到底是一支什么部队？！"

第十七章　燃烧吧，我的热情

这当然是一支不平凡的部队。中国这么穷，还只是一个农业国家，他们军队装备的就是一堆勉强还能发出声音还能射出火光，但是子弹打到哪里去鬼才知道的破玩意。但是这支部队拥有的压制性火力，已经大大超越了日本任何一支最精锐的部队！

再次狠狠喘了几口粗气，日军指挥官劈手抢过了通讯员身上的步话机话筒，嘶声叫道："报告，我军在匣北区遭遇不明中国军队狙击，他们装备精良、火力强悍，绝不是普通的中国军队！很可能是中国军队已经投入了他们最精锐的王牌，我请求立刻进行火力支援！对，用最强的火力进行覆盖，我就不相信他们真的有不死之身！"

就算是为了表达对有中国军人敢于反抗的愤怒，就是为了展现一种军事强国的姿态，就是要全歼这样一支装备精良的中国军队，成群的轰炸机，再次出现在这片战场的上空，停泊在黄浦江上，长江口上的日本战舰群各种口径的火炮再次开始疯狂轰击。

看着中型攻击轰炸机和重型轰炸机从他们的头顶掠过，听着黄浦江上的日军战舰重炮齐鸣，眼看着他们这支部队就要遭到最可怕的火力覆盖，就在所有人心脏不由自主开始收缩，就连身体都微微开始僵硬的时候，他们听到了连长马兰笑着叫道："兄弟们，看到了没有，日本人已经被我们打怕了，他们再也不敢冲上来，只能用他们的飞机和重炮对我们攻击了！大家做好准备，就让我们看看什么叫作弹如雨下！记住，你们每一个人都要努力活下来，和我一起成为那个战争比例中，最后的一！"

“轰！”

第一枚重磅炸弹终于呼啸着从半空中狠狠砸下来，在不到零点一秒钟的沉寂后，大地猛然在可怕的撕裂中放声哀号，几乎要燃烧起来的弹片混合着大片大片的泥土，和覆盖在上面已经随着这股可怕的力量被彻底撕裂的尸体，纷纷扬扬地撒向了整个大地。

在这个时候，所有趴在这个阵地上的人只觉得震耳欲聋，那种生物面对死亡不可抑制的恐惧感，就像是一把把无形的钢刀，狠狠刺进了每一个人的耳膜，震得每一个人全身都在轻轻发颤。

“哈哈哈……爽！”

在这个时候，马兰仍然在笑，她在用力地笑，她在放声地笑。如果阎罗殿的生死簿上已经写上了她马兰的大名，如果牛头马面已经拿着铁链站在了她的身边，如果她已经注定要死在这场密集的轰炸当中，她为国为民舍生取义，她已经得到了父亲的认可，她马兰这一辈子当真是再无怨无悔，为什么就不能笑着走向死亡？！

如果兵是将的胆，将是兵的魂，她马兰在临死之前，为什么不能把自己正在沸腾的血液和她的一缕忠魂，牢牢系在每一个兄弟的身上，任由它们的星星之火变成燎原狂焰？！

在这样密集的炮声中，在重磅炸弹狂风骤雨般的地毯式轰炸中，在这样群魔乱舞就连钢铁也开始燃烧的战场上，在这片被一次次反复轰炸的残破土地上，马兰坚定激昂的声音，始终在战场上反复回荡。

“趴着，千万不要露出头！一露头你就会死！”

“趴着，就算是听到坦克履带碾轧在地面上，也千万不要乱动！一乱动，你就会死！”

“趴着，瞪大眼睛看着那些轰炸机从我们的头顶飞过，从我们中国的领空上飞过，就算是他们把炸弹投到了你的身边，就算你的身体里钻进去七八十块弹片，你也要给我咬住牙死命趴在地上不要乱动！”

“趴着，我们是打不下他们的飞机，我们是够不着他们的战舰，但是我们手里有枪，保护好你们手中的武器千万不要丢掉，只要那些日本兵敢再冲上来，就把他们再狠狠地打到他们姥姥家去！”

马兰就这样不停地喊着，但在这样炮弹和重磅炸弹雨点般砸下来的战场上，就算是趴在她身边的人，也听不到她的嘶吼。她早已经喊得声嘶力竭，在隆隆的炮声与重磅炸弹落到地上此起彼伏的轰击中，她的声音显得这样微弱又是这样的缥缈。但是随着她一遍遍的呼喊，那些趴在炮弹坑里，趴在“丁”字形掩体里，趴在尸体堆里的士兵，在他们的指挥官身上，在她那不断嘶吼的动作当中，找到了一种奇异的安全感。

渐渐的，所有人的血液都被不断在身边落下的炮弹和炸弹点燃了，烧沸了。渐渐的，他们以惊人的速度习惯了这种死神就在头顶跳舞的感觉。这是一种把生死和最刺激的感官效果组合在一起，形成的只可能属于战场的疯狂乐章。

如果你害怕了，这种乐章就是你的催命符，就是能把你的意志，你的斗志，你的骄傲彻底摧毁的死神咒语。

如果你疯狂了，如果你兴奋了，这种乐章就是这个世界上，最让人热血沸腾的天籁之音，就是一个让你可以随心所欲，把自己生命中最阴暗一面，彻底展现出来而不用有任何顾忌的狂欢派对！

在马兰的带领下，越来越多的人开始和她一起用力地吼，疯狂地叫。

深深地吸上一口气，再用尽全身力量把它们和自己的愤怒、自己面对死亡的恐惧、自己亲眼看到兄弟阵亡的悲伤一起狠狠从喉管中喷射出去。在一浪高过一浪的嘶吼声中，在这片再没有任何温情，将人类的破坏欲望暴露到极限的战场上，他们的声音渐渐凝聚在一起，形成了一道几乎可以刺进历史永恒的誓言：“握紧手中的枪，趴好了，不要动！握紧手中的枪，趴好了，不要动……”

没有人动！

没有人退！

没有人投降！

连他们自己都不知道有多少发炮弹，有多少枚重磅炸弹落到了他们身边，他们更不知道自己脸上的鲜血，究竟是从自己几乎被炮弹震聋的双耳中流出来的，还是其他兄弟身上飞溅出来的。

当沉闷的连环炮击终于停止，这片战场上终于陷入短暂的平静时，一个超级大嗓门的声音，继续在战场上空回荡：“小日本，我操你祖姥姥三十六代祖宗羊尾巴的香蕉拔蜡！你们跳进死人坟撬开寡妇门，你们坑蒙拐骗偷，吃喝嫖赌抽，你们老太太靠墙喝粥，就是他妈的卑鄙、无耻、下流、硌硬、沤朽！”

所有人都呆住了，他们不得不承认，这真是集中国五千年世俗文化之大成的集锦，这真是骂得透彻，骂得痛快，比捷克式轻机枪火力还要猛烈的弹雨覆盖！

在轰然狂笑中，所有人都要疯了。他们抓着手榴弹，抓着倒转过来的冲锋枪，对着身边被炸翻的石块就是一阵歇斯底里的乱敲。在这个时候，他们看起来哪里还像是一群训练有素的职业军人？他们就是一群疯子，就是一群流氓，就是一群土匪，就是一群活腻了，早就想拿着个手榴弹，和敌人在战场上同归于尽的变态！

在他们中间，唯一没有的，就是那种一听到炮响就两腿发软的胆小鬼！

第十八章　唯勇者不惧战（上）

躺在一个弹坑里的马兰，用力拍了拍自己被炮弹爆炸声震得一直嗡嗡作响的耳朵，狠狠一晃脑袋。她抬眼望去，战场上一片狼藉，到处都是被炸翻的泥土和大块的石头，到处都是炸得破破烂烂的尸体和支离破碎的枪械零件。马兰放声叫道："花豹，怎么样？"

趴在第一层战壕上的一排长放声叫道："没事！"

"大傻，活着没有？"

二排排长没有回答，战场上死一般的安静，只剩下火焰在木头上不断盘旋发出的噼噼啪啪的声响和一群士兵粗重的喘息声。

等待了相当长的一段时间后，马兰又放声叫道："旋风！"

"到！"

"二排排长职务由你接替！"

旋风趴在阵地上，抚摸着自己少尉的军阶，他的脸上闪动着一种复杂的神色。在人才济济的中央教导总队特务营第一连，他终于升职了。

别看只是从副排长升职为排长这小小的一步，但是对他将会产生意义深重的影响。这不但代表他能每个月多领到几块大洋的军饷，更预示着有更多的机遇展现在他的面前。像他这样受过严格训练，拥有系统军事知识，又经历过最惨烈大战的职业军人，一旦调到其他部队，就可能飞跃式地成为少校甚至是中校！

前提是，他得活着从这片战场上走出去！

马兰的声音继续在战场上回荡：“铁壁呢？！”

一向沉默寡言不喜欢多说话，但是面对马兰下达的任务总能一丝不苟完成的三排排长，嘶哑的声音在战场某一个角落响起：“在！”

“那狂牛呢？”

在遭遇密集轰炸时，把一挺M34重机枪死死压在自己的身体下面，现在正一边指挥弹药手用单手铲重新挖设机枪阵地，一边小心翼翼地用衣袖擦掉机枪上泥屑的机枪排排长，狠狠吐掉一口口水，大声回应道：“还活蹦乱跳的，没有挺尸呢！”

每一个回应，都会让马兰找到一丝安慰。直到这个时候，马兰才真正明白了“兵是将的胆”这句话的真谛。没有这些可以将她的命令一丝不苟地贯彻实施，能够陪伴她并肩拼死作战的兄弟，她又凭什么去抵挡日军一波强过一波的凌厉攻击？

“各排排长立刻统计伤亡数据！”

一排排长花豹躺在战壕里，放声叫道：“一排还活着的，还能喘上一口气拿着手里的枪开火的，还没有被牛头马面拉走的小子们，都给我吼上一声！由我开始，报数！一！”

“二！”

“三！”

“四！”

……

此起彼伏的叫喊，在这片被炸得破破烂烂，随手抓下去都能抓起几块弹片的战场上响起，中间还夹杂着士兵们声嘶力竭的笑叫声。

“小媳妇，鬼子的大炮怎么没有把你炸死啊？刚才我听到有人哭爹叫娘了，老实告诉我，是不是你已经被吓得尿裤子了？哈哈哈……”

“豺狗你这个烂货还活蹦乱跳的没有挺尸呢，我凭什么死在你的前面？我平时只知道你有一个比狗还灵的鼻子，怎么你的耳朵也能比兔子还要尖，都能在被那帮狗日的炮击的时候，听到有人叫娘了？我真的头大了，因为我想不出来，我用什么样的外号，才能同时形容出你身上兔子与狗的双重特征！”

一排报数完了，花豹扯开了嗓子，叫道：“旋风，轮到你们二排了！”

“三十八！”

“三十九！”

……

当报数声报到九十七时，声音停顿了，所有人面面相觑，突然间他们一起陷入了沉默。

他们这个连原来有128人，有31个兄弟，在刚才的密集轰炸中，永远闭上了自己年轻的双眼，这还不算到底有多少人受了致命重伤，只是在凭自己的意志，和死神进行最后的搏斗！

一个颤抖的声音，传进了所有人的耳朵：“大牛，大牛，你死了没有，没有死的话，你就吭一声，你别吓兄弟啊……”

马兰扭过头，凝望着自己的左侧。在轰炸开始前，二排长应该就趴在那个弹坑里，现在这个弹坑变得更深了，二排长却不见了。

老兵们常说，在战场上不会有两发炮弹落到同一个弹坑里，但是马兰现在发现，这个理论是错误的。

凭什么一发炮弹落到了那里，第二枚炮弹就不能再打到相同的地方？就是在几分钟前，一枚重磅炸弹直直地砸进了二排长藏身的那个弹坑。马兰真的不愿意去想象，二排长究竟是被那枚重磅炸弹活活砸死的，还是被活活炸成了无数碎片。

直到这个时候，这支受过严格训练，却从来没有参加过大规模战争的部队，才真正明白了什么叫作战场上的铁与血，才真正从自己的嘴唇边，品尝到了眼泪咸而苦涩的滋味。

深深吸了一口气，马兰遥望着她头顶这片到处都是硝烟翻滚的苍天。如果苍天真的有眼，如果头顶三尺真的有神明，他们现在也应该流泪了！

“唰！”

九十七只有力的右手，狠狠划到了他们的帽檐旁。凝望着头顶的蓝天，他们仿佛看到了那些带着硝烟，带着无悔的军魂，笑着叫着走向幸福天国的兄弟。在这个时候，这些心脏仍然在有力地跳动，身体里仍然流淌着龙之血脉的军人，在心里都发出了一声长号：“兄弟，你们一路走好！”

“哗啦……”

在所有人的注视中，一只努力推开了沉重的水泥板的手，在那里不断晃动着。几个士兵弯着腰飞跑过去，他们趴在地上一阵乱刨，终于在一堆烂泥和碎屑中间，扒出了一个全身是血，却奇迹般没有受到什么致命重创的士兵。

这个差一点被活埋的士兵，喘着粗气面对马兰举起了自己的右手，放声叫道："报、报、报告连长，九十八……我是第九十八个！"

马兰望着这个被泥土盖到地下，又凭自己的力量，硬是重见天日的士兵，问道："你的枪呢？"

那个士兵趴到差点就成了他墓坑的土穴里，一阵乱扒后，从里面抽出一支冲锋枪，拍掉上面的泥土，面对马兰叫道："报告连长，武器完好无损！"

"很好，立刻归队！"

马兰的目光投向了远方已经被敌人占领的区域，她的瞳孔在阳光下反射着不断跳动的光芒。所有趴在阵地上的军人都隐隐听到了隆隆的声响，感受到了大地的微微颤动。不用说他们也知道，日本部队的第二次进攻又要开始了！

第十九章 唯勇者不惧战（下）

日本军队对着一个铺满尸体的阵地，用飞机炸，用重炮轰，在硝烟刚刚散尽后，在履带转动的隆隆声响中，第二波的日军士兵终于出现在特务营第一连官兵的面前。

以局部战场的规模来说，这一次日本军队真的是投入了太多的兵力，调动了太多的火力援助。为了攻克这个由中国精锐王牌部队守卫的阵地，日军战地指挥官竟然直接向上级调用了四辆九七式坦克和一辆九四式轻型装甲运输车！

这几辆战车排成了一字长条阵形，以缓慢的速度联手向前碾压，用它们坚硬的钢甲，为身后的步兵形成了一道可以移动的钢铁护壁。

如果有人告诉你，在失去了制空权，没有火炮群支援的正面战场上，用特种部队和正规部队硬打死扛，凭他们出色的作战技术和精准的枪法，就一定能稳占上风，那这个人一定没有上过战场，只知道自以为是地去杜撰美丽的童话故事！

想想吧，一支只装备了冲锋枪和匕首外加手榴弹的特种部队，你要他们这些只有轻型武器的军人，用什么去抵挡坦克和装甲车联手，对他们阵地发起的碾压式进攻？你又要他们如何去制止坦克这种攻坚武器前进的脚步？！

特种部队最擅长的并不是狭路相逢勇者胜的死拼硬扛，特种部队不信奉铁打的营盘流水的兵，在他们的眼里，每一个士兵都是最宝贵的资源，绝不能让自己的士兵成为战争的消耗品！

几个排长一起把目光投到了连长马兰的身上。如果在无限制作战的战场上，他们完全可以选择运动作战，把特种部队的机动性和高打击力发挥到极限，利用他们制造的各种诡雷和长距离狙击手，不断打击这些坦克和小心翼翼跟在它们身后的日军士兵，用最小的代价把这批敌人一点点消灭，一点点拖垮！

但是，他们现在正在进行阵地防御战！

一旦他们退出这个战场，就会把轴心阵地拱手让给敌人，就会把友军的侧翼暴露在日军的枪口之下！

马兰明白，这些排长都在等待她的命令！迎着这些兄弟的双眼，马兰狠狠咬着牙，一字一顿地命令道："宁死不退！"

轻重机枪打出来的子弹，都被坚硬的钢甲弹开，密集的手榴弹砸过去，在轰轰的爆炸声中，那四辆坦克穿透了手榴弹炸起的烟雾，带着身后那群狐假虎威的日本士兵，继续大摇大摆地向前挺进。

无论是进攻型还是防御型手榴弹，它们都是利用爆炸形成的弹片，对软目标进行杀伤，把这些手榴弹投掷到坦克身上，它们又不是专业的反坦克手雷，还不足以阻挡这些战争武器前进的脚步！

"怎么办？怎么办？班长我们应该怎么办？难道就眼睁睁地看他们直冲上来？！"

在阵地的第一重防御战壕里，那个在训练场上面对危险总喜欢下意识地闭眼睛，因而被班长硬加上一个"小媳妇"代号的士兵，眼睁睁地看着敌人的坦克和装甲车，大摇大摆地向阵地上追进，而他们动用了手中所有武器，仍然不能阻挡敌人的前进，"小媳妇"真的急了！

班长就躺在战壕里，他的脸色苍白，就算已经做了简单的急救包扎，可是鲜血仍然从他被弹片齐根削断的右腿上流淌出来。

听到"小媳妇"的话，班长明明已经痛得全身发颤，就连牙齿都几乎被他生生咬碎，可是在这个时候，他竟然还能对"小媳妇"强行挤出一个笑容。

"我们整个阵地有一百五十多米宽，他们四五辆坦克能辗多大面积？我们三个排分成了三道防御线，想占领我们全部阵地，他们光靠坦克能行吗？"

班长的眼睛里猛然扬起了一股冰冷的杀气，他寒声道："最后他们还不是得靠那些有血有肉，一枪打上去身上就会多出一个弹孔的人？！在你的冲锋枪弹匣里填满子弹，拔出你身上的刺刀，把沙袋上的手榴弹保险盖全部扭开，准备杀人吧！”

班长瞪着“小媳妇”，突然问道：“你还记得在格斗课上，我教给你的东西吗？”

“你说在和敌人爆发近距离格斗战时，我对敌人一击得手后，绝对不能大意，因为很可能就会有第二甚至是第三、第四把从背后刺向我的刀！你还说，面对避无可避的攻击时……让我用屁股去挡！”

“……咳咳……”

班长因为失血过多而一片苍白的脸上，突然涌起了一层淡淡的红晕。他差一点被自己几个月前胡说八道，却被“小媳妇”这样的新兵蛋子当成实战宝典死死记住的话，给活活笑得呛死！

侧着头看了一眼距离他们已经不足一百米，带着隆隆声响，带着碾压履带的霸气，向他们继续碾压过来的日军坦克，班长扫了一眼身边还活着的全班士兵，他伸手指着其中两个士兵，道：“你们把坑道里所有的手榴弹都给我集中起来！”

半晌后，二十二枚手榴弹都送到了班长的面前。班长带着一种平淡的表情，挑出其中十枚手榴弹，从自己腿上拆下来一根已经被鲜血浸透的止血绷带，把手榴弹扎成了一束。把这样一束手榴弹抱进了自己的怀里，再次看了一眼趴在自己身边的士兵，班长低声命令道：“你们撤到第二条防线，等待反击的机会！”

几个士兵全傻眼了，没有人按照班长的命令撤到第二条防线上。他们只是呆呆地望着班长，呆呆地看着他抱在怀里那整整一束手榴弹。

班长瞪起了眼睛，放声喝道：“我的腿断了，就算能活下去，以后还不是得天天拿着拐杖，像个马戏团小丑似的在别人面前蹦来蹦去？与其这样窝囊活着，我还不如死得轰轰烈烈，二十年后，老子又他妈的是好汉一条！‘小媳妇’，如果你们还把我当成班长，当成你们的兄弟，你们这帮混账小子，就不要在这里像群娘们儿似的唧唧歪歪拖老子的后腿！”

说到后面班长已经是声色俱厉，他用力拍着身下那片混合着大量弹片的土地，鲜血猛然从他被弹片划穿的手掌上绽放，班长放声厉吼：“滚，快滚！”

“小媳妇”呆呆地望着全身都是鲜血，到处都是弹片，到处都是伤痕的班长。

就是这个班长，一次次在训练中，狠狠踢他的屁股；就是这个班长，一次次用刻薄的话，来讽刺他身为一个男人的自尊，并为他起了“小媳妇”这样一个绝对称不上光荣的绰号；就是这个班长，带着冰冷的笑容，一次次在把他打倒后，又喝令他重新站起来。

但是同样的，又是这个班长，晚上查哨的时候，帮他盖上了踢开的被子；就是这个班长，在他接受生存训练时大腿受伤，需要用淡水清理伤口时，毅然把暴露在零下二十度空气中十几个小时的军用水壶放进了怀里，直到用自己的体温，把水壶里的坚冰一点点融化……不知道在什么时候，“小媳妇”早已把这个班长当成了自己的大哥！

“班长大哥，对不起了！”“小媳妇”猛然发出了一声痛极、悲极的狂号，用力一挥手臂，嘶声叫道，“我们走！”

第二十章 强者无泪

凝望着几个士兵的身影消失在第二道防线的战壕里，聆听着越来越近，已经震耳欲聋的坦克履带碾压在大地上发出的声响，这位班长用缓慢的动作，一点点地扭开了那一束手榴弹中其中一枚的保险盖，然后把拉火环套到了自己的右手小尾指上。

“哧……”

一股白烟猛然在手榴弹木质的弹柄中喷出，班长抱着怀里那一束手榴弹，他抬起了头，看着一辆九七式轻型坦克从他头顶的战壕上掠过。在这个时候，这位班长的眼睛中，猛然扬起了一种无悔此生的飘逸。他用留恋的眼神，眺望着“小媳妇”他们隐藏的那条战壕，低声道：“‘小媳妇’，你们一定要代替老子，好好地活下去啊！”

“轰！”

冲天而起的火焰混合着班长的血、班长的肉、班长的骨、班长的魂，狠狠撞向坦克的底盘。那辆刚才还耀武扬威的坦克，瞬间失去了行动力，再也不能耀武扬威了。

坐在坦克里的驾驶员和车长，还没有搞明白是怎么回事，在坦克疯狂的颤抖中，他们戴着坦克帽的脑袋就重重摔到了坚硬的内壁上。他们的眼前猛然蒙上了一层灰红相间的色彩，在头晕眼花中，他们的四肢瞬间都在这过度严重的撞击中暂时失去了力量。他们捂着自己像是钻进了几百只蜜蜂的脑袋，眼睁睁地看着坦克里各种短路的电器上不断有蓝色的电蛇在轻快地跳舞。他们眼睁睁地看着腾腾燃起的火焰不断在舱内群魔乱舞，以惊人的速度扑向了坦克的每一个角落。

当火焰终于席卷了坦克的弹药仓，坦克车长的眼睛里猛然扬起了一丝疯狂的绝望，他嘶声惨叫道：“不……”

“轰！轰！轰！……”

80发57毫米口径高爆弹，40发57毫米高爆穿甲弹，3525发7.7毫米口径重机枪子弹，在这个时候被一起彻底引爆。面对如此可怕的爆炸，面对如此摧枯拉朽的毁灭性力量，这辆九七式坦克就像是一个纸做的玩具，在瞬间就被撕扯成无数碎片，纷纷扬扬地撒向了这个世界。

躲在这辆坦克后面的日本士兵，发出了一阵歇斯底里的尖叫。天知道有多少弹片，有多少到处乱窜的子弹，打进了他们的身体。他们的身体看起来就像是做工粗糙的筛子，到处都是破洞，到处都在冒着鲜血和被弹片生生炸成碎片的内脏。这些已经必死无疑的日本士兵，丢掉了手中的枪，用力地吼，放声地叫，他们用自己的身体，做出各种千奇百怪的动作，任由他们身上的鲜血不停地喷溅出来，形成了一道又一道美丽到极点的血泉。

集束手榴弹爆炸的声响在中国军队守护的阵地上此起彼伏。每一次这种连大地都要跟着狠狠一颤的可怕轰鸣响起，马兰的眼角就会狠狠一颤，因为每一声这样巨大的爆炸，都代表着一个虽然受了重伤，但是凭借他们受过的最严格求生意志训练，仍然可以生存下去的兄弟，用自己的身体和怀里的手榴弹，为自己身边的兄弟，换取一条通向胜利的路！

“我的……兄弟啊……”

在这个时候，马兰只觉得胸口憋闷得几乎要爆炸了。她的嘴唇不断颤动，她只觉得自己的眼角在不停地跳动，她只觉得一股酸楚的感觉在自己心头挥之不去，可是她已经涌到眼角的泪水，却怎么也无法在眼眶里凝聚起来。直到这个时候，马兰才知道，身为一个军人，在获得了平凡人不可想象的强大力量的同时，她也失去了一些身为人类，尤其是身为一个女人最宝贵的东西。

她已经被训练成一台彻彻底底的战争机器。当她还在战场上的时候，无论她如何悲伤，她也无法再哭出哪怕是一滴眼泪！

直到这个时候，马兰才真正明白，为什么强者是无泪的。因为在战场上，他们根本没时间去哭，他们是所有人的表率，是所有人的精神支柱。

他们更不能去哭！

因为他们一哭，就代表着有更多相信他们，愿意跟随他们的兄弟，将付出鲜血的代价！

在长达八个小时的战斗中，马兰带领她的连队，连续击退了日军五次进攻。当天色阴暗下来，日军的轰炸机受到环境影响不能继续参战，他们才终于获得了宝贵的喘息时间。

空气中充满了硝烟和血腥的味道，在黑暗的天幕中不时拉起几枚照明弹，强行映亮了那一片天与地。每当一枚照明弹冉冉升起，就会传来一阵零零星星的重炮轰鸣和枪响，但是当照明弹的光芒陷入到黑暗当中后，枪炮声也会跟着戛然而止。

在长达两个月的时间里，双方军队用沙袋、战壕、铁丝网、雷区甚至是尸体架构成的防御线，彼此犬牙交错，再加上一些半永久机枪堡垒，已经形成一个个足以吞蚀任何进攻者的火力纵深网。无论是中国军队还是日军，都清楚地明白，想从正面攻陷这些战壕，已经成为一种需要填入太多生命，几乎不可能再完成的任务！

虽然到了晚上，还有几分危险的骚动，还有局部战场的交火，但是在这片土地上恶战了两个多月，中日双方的军队都已经打得筋疲力尽，再没有多余的力量和精力，徒劳地在晚间发动大规模突袭式作战了。

所以当太阳西下，黑暗重新笼罩大地的时候，无论是中国军人还是日本军人，都会轻轻吐出肺里过于炽热的气体，慢慢坐下来，去享受一下难得的安静与和平，感受活着的滋味了。至于明天……这样遥远的事情，就让那些坐在指挥室，远离战场最前沿的军官去考虑吧！

特务营一连的所有军人都坐在铺满弹片和尸体的掩体里，默默地啃着压缩饼干。就是在这种死一般沉寂的氛围中，他们迎来了第一支后勤补给队伍。

看着一名军官，指着几名士兵从几百米外小心翼翼停靠的汽车里，抬下一个金属箱子，马兰不由皱起了眉头。他们现在打光了所有的轻重机枪子弹，投光了几乎所有的手榴弹，他们需要大量的弹药补充，他们需要药品，需要食物，这支姗姗来迟的补给队伍，竟然只给他们抬过来一个箱子？

那名军官是一位少校，他借着还算皎洁的月光，打量着这支经历了一天血战，依然牢牢扎在这片轴心战场上的中国部队。看到自己到来，竟然没有得到应有的欢迎，这个军官勉强压抑住内心的不满，低声问道：“谁是这里的负责人？”

看到竟然是一个女军官弯下腰，顺着战壕潜伏到自己面前，直到躲进一堵还没有炸塌的水泥墙壁后才挺直了身体，这位少校眼睛里不由得闪过了一丝诧异。但是他没有多说什么，直接问道：“你这里还有多少人？”

马兰回头看了一眼他们激战了整整八个小时，洒满了他们兄弟鲜血的战场，低声回答道：“五十七个！”

第二十一章 碧血蓝天

那个少校略略点头，对着身后的士兵做了一个手势。那只被他们小心翼翼抬过来，明显分量不轻的金属箱被打开了，少校弯下腰，从箱子里取出些什么，箱子里发出一阵哗啦哗啦的声响。看着少校似乎要把什么东西交给自己，马兰下意识地伸出了手。

一叠硬硬的、沉甸甸的东西，递到了马兰的手里。马兰低头一看，一叠银圆，在月光下闪烁着点点晶莹的光芒。这位少校递给马兰的，竟然是整整十枚银圆！

少校带来的几名士兵，在一位中尉的带领下，已经摸进阵地，按人头发放银圆。马兰这个连长领到了十块大洋，她手下还幸存的铁壁身为排长，领到了五块大洋，其他的人无论是班长还是普通的士兵，都领到了两块大洋。

“好好守住了，明天我会再过来给你们发放赏金。”

听着这位少校善意的鼓励，随意掂弄着手里那十块银圆，发出叮叮当当的轻响，马兰的嘴角不由得扬起了带着几分无奈的苦笑。现在除了中央军校教导总队，就连一些中央嫡系部队，都只能领到一半军饷，这在战场上的卖命钱，给得倒是挺痛快的。不过……马家大小姐的命，怎么也不是区区十块大洋就能买到的吧？

他们激战了一天，盼到的补给队，给他们送过来的，竟然是冰冰冷冷，既不能吃也不能装进机枪打进敌人胸膛里的银圆。全连已经阵亡了三分之二的士兵，武器弹药更是所剩无几，马兰真的无法想象，他们明天用什么去守！

少校不用问也知道马兰他们的处境。他叹了一口气，低声道：“你也知道我们现在的情况，补给线不停被日本人的飞机轰炸，投入几十万部队，战线拉得这么长，又打了这么长时间，上头已经快顶不住了。到处都缺食物缺弹药缺药品，可是我们这些人也是巧妇难为无米之炊啊！你们这里还算好，有些最早进入上海的部队，现在鞋子磨破了都没有地方换，士兵只能打着赤脚或者干脆从死人的脚上去剥。那些部队的指挥官，只能派人拿着这些银圆到市区甚至市区外边，从老百姓的手里去筹集粮食。派出去十个人，最后往往只能回来三四个，其他人也不知道是当逃兵跑了，还是被日本人抓住或击毙了……”

马兰知道这位少校说的是实情。在两个月的时间里，她单枪匹马转战各地，早已经用自己的眼睛看到了很多她以前没有见过，甚至无法想象的东西。

上海保卫战打到现在，一线部队得不到粮食，没有弹药，没有药品，没有服装补给，很多部队就算是今天筹到了粮食，但是为了明天，为了在战场上一直坚持下去，他们每顿饭也只敢给士兵发一个没油少盐的饭团。

最惨的还是那些无法抬下火线，更得不到救治的伤兵。不要说是战场急救设备，现在火线上的部队，就连最基本的医用酒精都没有。负了轻伤的士兵还好一些，把盐巴放进水里调开，然后用这种盐水对伤口进行清洗，虽然痛得全身发颤汗如雨下，但是总算还能保住一条命。

但是那些受了重伤的士兵，就只能绝望地躺在战壕里，静静地感受着钻进自己身体里的子弹或者弹片，引发伤口慢慢感染。一到晚上双方终于偃旗息鼓，再也没有了炮火连天的巨响，那些伤兵痛苦的呻吟声就在整个阵地的上空不断飘荡。不知道有多少伤兵，因为无法忍受这种绝望的痛苦，抓起步枪对着自己扣动了扳机。

最惨的还是那些连抓起武器自杀的力量都没有了的重伤员，连马兰自己都记不清楚，当她在夜间从那些阵地上穿过的时候，听到过多少句……

“求求你，帮我，给我一枪！”

面对曾经朝夕相处的兄弟，面对这些在战场并肩作战现在却重伤垂死，只能发出小动物般无助哀鸣的战友，就算是铁血的军人，又有几个人能狠下心，去举起他们手中的武器？！

掂着手里那叠沉甸甸的银圆，马兰最后把它们珍而重之地放回了那个少校的手里。

“我拿着钱也没有用了，如果可以的话，等抗战胜利了，用它们给我们修个碑吧。”

在这个时候，马兰笑了。她凝望着远方已经被日本军队占领的中国土地，她那在黑暗中熠熠生光的双眸，仿佛已经透过层层历史的迷雾，看到了遥远的明天。她轻声道：“这个纪念碑不用修得很高，只要能让我们的后人，在经过它的时候，知道在这个叫上海的城市里，为了保家卫国，曾经发生过一场如此惨烈，已经有几十万兄弟阵亡的大会战；这个纪念碑不用修得很华丽，只要有一个地方，让那些躺在九泉之下的兄弟，在偶尔重新睁开眼睛的时候，可以清楚地确定，他们的血，他们的汗，他们的泪，没有白流，他们已经在历史中留下永恒的一页，他们也会笑着再次陷入长眠；这个纪念碑上的字，也不需要写得多，只要四个字就够了，我只希望我们的后人，看到这块碑的时候，能够牢牢记住——勿忘国耻！”

那个不断辗转于战争最前线，早已经见惯生死，自以为已经学会漠视一切的少校，身体不由自主地狠狠一震。他用难以置信的目光，看着眼前这个拥有了太多思想，拥有了太多梦想，拥有了太多骄傲与希望的女军人。在这个时候，她就像是集结了战争与智慧的雅典娜女神，全身上下都散着一种灿烂到宇宙极限的美丽。

在这个时候，他看着这个女军人的目光中，除了尊敬，还是尊敬！

“修纪念碑的话，也算我一个。”

铁壁不知道什么时候，已经走到他们身边。他大手一伸，将自己那五块银圆，也放到了少校的手掌里。

发出去的奖金，一块块地重新回到了少校的手里，最后少校必须用两只手，才能捧住这些沉甸甸的银圆。在这个时候，少校的双手因为无法承载如此沉重的分量，而微微发颤。他轻轻吸着气，他的目光慢慢从这个战场上的每一个人脸上掠过，过了很久很久，他才轻声道：“好！”

第二十二章 英雄（上）

“求求你们，退吧！你们已经做得够好，做得够多了，真的，你们就算退了，大娘也不会怪你们，大家都知道你们已经尽了全力！”

一位年逾花甲，却和其他上海市民一起偷偷摸上战场的大娘，慢慢跪倒在战场上，面对眼前这一切，她终于忍不住失声痛哭。

被炸得支离破碎的铁丝网上，到处都挂满了鲜血与残破的布片，更有几片风干的碎肉在上面随风飘荡，还没有熄灭的火焰与翻滚腾起的浓烟中散发着一股股令人作呕的味道。伸脚踏下去，这片几乎被炮弹烤熟的阵地上，撒满了弹片、子弹壳，却是如烂泥般黏黏腻腻的松软，没有人愿意想象，这片土地究竟吸纳了多少鲜血，才能变成这个样子。

看着那一个个半躺在坑道里，早已经没有半点人样的中国军人，看着他们那除了还有一口气，胸膛还微微起伏之外，和死人就没有太大分别的身体，所有冒着生命危险，把食物送上战场来犒军的上海市民，嘴角都在不停地抽动。

没有人回答，听到这位大娘的哭喊，在这片阵地上还活着的士兵，勉强转动着自己的瞳孔。当一股与战场上鲜血、硝烟、燃烧金属截然不同的蒸包子味道，顺着微风缓缓地飘过，突然间所有人的鼻子一起耸动起来。当他们终于看清这批趁着他们再一次打退了敌人的进攻，带着食物摸上阵地的上海市民，每一个人的眼睛都发出了绿色的光芒。

他们在这里整整守了四天，他们没有食物，没有药品，没有弹药。随着不断战斗减员，他们甚至不能像其他部队一样，派人出去采购收集粮食。他们早已经丢掉代表身份的冲锋枪，抓起了那些他们平时根本看不到眼里，打一枪就必须重新拉动一次枪栓的老式步枪。

没有了手榴弹，打光了所有的机枪子弹，但是他们硬是用最简陋的武器和上面的刺刀，死死守在这样一个营才能防守住的阵地上，整整打退了敌人二十八次进攻！

他们还活着，还有十四个人仍然坚守在这片战场上。

援军不知道为什么，直到现在还没有来。他们更不知道，为什么在最后两天，在这个轴心战场上，日本人气势汹汹的进攻突然开始减弱，弱得就连一些普通的市民，也能在战斗空隙中，背着食物冒死走到战场的最前沿。

“吃吧！”

那位大娘从竹筐里抓起一个还冒着热气的包子，颤声道：“孩子们，吃吧，快来吃吧！白菜猪肉馅的包子，还热着呢！”

所有人都盯着那个冒着热气，终于让他们找到一点活着感觉的白菜猪肉包子，每一个人的喉结都在上下涌动，他们都在用力吞着口水使劲耸着自己的鼻子。但是面对已经送到阵地上的食物，没有一个人擅自离开自己的战斗岗位，他们抓着手中的武器，把自己的目光，投向了他们的连长马兰。

她只是木木地坐在由尸体堆成的掩体里，任由鲜血在她的身上不断凝固。不要说什么军事技术，不要说什么个人反应能力，更不用说什么坚韧的生命力，能活到这个时候的人，都是一种命运恩宠的奇迹。

她戴的钢盔上，到处都是子弹和炮弹片狠狠撞上来留下的印痕。她在这个时候，真的必须感谢那个疼她、爱她的爹，如果没有她爹亲手披到她身上的防弹衣，她至少已经中了三四发子弹！

在她的面前，放着三十多支打空所有子弹的枪。这其中有她自己的冲锋枪，有从阵亡的机枪排兄弟手里抢过的轻机枪，有M34重机枪，有在他们前面防守这片阵地的中国军人留下的中正式步枪，有从日本士兵手里缴获的三八式步枪和九一式轻机枪。

在马兰的右手边，手榴弹的拉环积成了一个小小的堆，而她亲手打出来的子弹壳，几乎要把她给淹没了。

在她的右手边，一柄天皇御赐的军刀，就插在这片几乎被炮弹烤熟的战场上。它那狭长而优美的刀身，在痛饮鲜血不知道收割了多少生命之后，更加显得骄傲而危险起来。

马兰的手中仍然死死捏着一支还有三发子弹的三八式步枪，她只是目光呆滞地默默坐在那里。她一动不动的身体似乎说明她根本就听不到，看不到，闻不到，感觉不到，已经变成了一块永恒的化石。

突然马兰犹如石像般呆痴的眼睛中，爆出一缕锋利到极点的光芒。她用流利到让人心中发毛的动作迅速抬枪，她的目光，步枪的准星，被她锁定的目标，三者还没有形成一条直线的时候，就毫不犹豫地扣动了扳机。

“砰！”

一声清脆的枪响在再次陷入寂静的战场上响起，一枚子弹壳欢快地跳出枪膛，在空中划出一道优美的弧线。同时，一个在对面阵地上，不小心露出半个脑袋的日本士兵，还没有搞清楚是怎么回事，脑袋上就炸起了一片漫天的血雨。

日军士兵，一个月训练中按照规定，要至少射击150发步枪子弹，300发机枪子弹。坦率地说，他们就是用子弹“喂”出来的，所以在日本军人当中，有1/3都是一级射手。而中国部队，一个普通的士兵，一年才只有15发子弹的训练量。而少得可怜的一级射手，都是本身就拥有天赋，又得到上峰的认可吃了“小灶”。

就是凭这样的射击技术和高达百分之三十的一级射手，日本军人就在世界强国的陆军舞台上，闯出了一片属于自己的天。可是今天，在这片战场上，日本军人终于遇到了他们的天敌！

直到这个时候，马兰那双犹如石像般没有半点情绪波动的脸上，才缓缓扬起了一丝属于人类的微笑。她拔出刺刀，在一块两尺多长半尺宽的木板上，又重重地画下了一道。她一边画，一边侧起脑袋，似乎在用力想着些什么，想了很久很久，她才用干涩的声音，喃喃自语：“一百……三十八！”

连天的炮火，不断阵亡的兄弟，飞溅而起的鲜血，身为一名指挥官把所有兄弟带进这种绝望战场的自责……这些交织在一起的感情，是那样地强烈，每天都在不停地深深刺激着她，在这个时候，马兰早已经杀傻了。她不吃不喝不言不动，除非是有战斗，否则她就和一个死人没有任何差别。

马兰当然没有注意，她身边的兄弟也没有注意，不知道什么时候，在他们身后，已经多了一批全副武装的职业军人，他们的营长邱起楼带着副营长谢玉泉，走到了这片战场上。看着如此惨烈的战场，看着躺在尸体堆中的士兵，邱起楼的脸上扬起了一个复杂到极点的表情。

看着呆呆坐在那里的马兰，邱起楼心里涌起的究竟是愤怒，是怜惜，还是尊敬？连他自己都不清楚。

第二十三章　英雄（下）

邱起楼营长默默地走到了马兰的面前，看着马兰脸上那已经干涸的鲜血。现在这些鲜血干涸后收缩，她的脸上一定就和戴了一层太紧的胶皮面具般，压抑得难受吧？

邱起楼轻声叫道：“马兰！”

马兰仍然呆呆地坐在那里，似乎她的身躯中，只剩下杀戮的本能与冲动，再也没有了其他的什么。

邱起楼深深吸了一口气，突然厉声喝道："起立！"

"哗啦……"

随着邱起楼营长一声令下，在绝不可能的情况下，马兰竟然真的从一堆枪支和子弹壳中间……蹦起来了！

"敬礼！"

邱起楼在暴喝声中，他的右手狠狠划向了自己的帽檐，几乎在同时，马兰的右手也在无意识中，对着面前的长官，做出了一个标准的军礼。

邱起楼接过了那个老大娘手中的白菜猪肉馅包子，把它递到了马兰手里，厉声喝道："吃！"

接到命令，马兰二话不说低头就吃，转眼间那个白菜猪肉馅包子就消失在她的手中。站在邱起楼身边的老大妈，眼睛里露出一丝欣喜的神色，只要还能吃得下东西，这闺女就还有救！

这位老大娘迅速打开一个盛饭的铝盒，从里面倒出一碗汤，递给邱起楼后，又对着马兰做出了一个"请她喝"的手势。

一只铝碗送到了马兰的面前，邱起楼的命令还是那样简单而有效："喝！"

浓浓的、热热的汤灌进了马兰的嘴里，香香的，还带着一丝微甜和苦涩，一冲进胃里，更扬起一股暖暖的热力，这竟然是一碗不知道炖了多久的参汤。

当第一口参汤喝进胃里时，马兰的动作就明显慢了起来。她慢慢地喝着，慢慢品味着这汤中的温暖和亦苦亦甜的滋味。慢慢品尝着活着的滋味，马兰在这一碗普普通通的参汤中，竟然意外地找到了一种属于妈妈的味道。

一碗参汤喝完后，马兰苍白的脸上出现了一丝血色，她呆滞的双眼，也因为这一碗参汤，总算有了几分生气。

望着伤痕累累的马兰，看着她胸前那枚德国特种部队教官亲手给她戴上去的二级铁十字勋章，邱起楼在这个时候，真想对着马兰狠狠扇上几个耳光，来教训一下这个不听命令擅自行动，把整支连队都彻底拼光的浑蛋。可是望着孤独地站在那里，依然骄傲地挺起自己胸膛的马兰，看着她手边那柄沾满鲜血，更加显得杀气腾腾的天皇御赐军刀，邱起楼更想用力把马兰抱进自己的怀里，用自己温暖而宽厚的胸膛，一点点磨平马兰身上的冰冷。

可是邱起楼什么也不能做。他沉默了半晌，才缓缓说出一句话："撤退，你们的任务完成了！”

“撤退？”

听到这个绝对意外的命令，看看邱起楼身后那十几个全副武装的士兵，马兰努力睁大自己的双眼，她的目光在四下巡视着，她傻傻地问道：“我们的援军来了吗？那么我应该把阵地转交给哪一支部队？！”

“不会再有援军，这里也不需要再派兵驻守了！”

面对马兰那双呆滞中带着孩子般执着的双眼，邱起楼侧过了头，在这个时候，他真的不忍心再看着马兰，再对着她这张脸。

邱起楼的眼睛里扬起了一丝异样的波动，他轻声道：“四天前，日军集中第3、第13、第101师，在轰炸机和重炮的支援下，对我21集团军发起连续猛攻，在庙行和陈家行之间突破守军阵地，攻占庙行和大场。苏州河北岸的数十万中央军腹背受敌，他们已经接到命令，放弃北站和江湾阵地，向苏州河南岸战略转移。”

战略转移？！

几十万中央军的转移，放弃北站和江湾阵地……抛开一切字面上的意义，抛开华而不实的辞藻掩饰，说白了就是在和日军浴血奋战将近三个月，付出二十多万兄弟的代价后，中国军队还是败了！

这真是一场彻彻底底的大败，惨败！

随着几十万中央军撤出匣北地区战场，他们已经失去上海这个美丽城市至少三分之一的领土控制权！而失去了匣北战场，日军已经可以对整个上海形成合围之势，他们已经在这场投入上百万军队的大战役中，彻底失败了！

马兰呆呆地站在那里，她在努力消化邱起楼带给她的情报。突然间一抹疯狂的笑意从马兰的脸上扬起，突然间她再次泪流满面，突然间全身都开始不能抑制地颤。

“哈哈哈……”

疯狂的大笑猛然撕破了这片战场上的宁静。马兰伸手指着这片被兄弟们鲜血浸透了的大地，指着那一具具仍然保留着他们生前英姿，不愧于军人天职的兄弟，放声地狂笑。

直到这个时候，马兰才知道，为什么他们第一天就战斗减员三分之二，却能死死守住这片阵地长达四天时间；直到这个时候，马兰才知道，为什么他们这样一支连队守在这个轴心战场上，整整四天没有援军，没有后勤补给；直到这个时候，马兰才知道，为什么这个轴心阵地就像是被人彻底遗忘了一样，任由他们这批自以为是守护在这里的军人，成了真正的弃卒！

原来，这个轴心战场，这个绝不能有失的防御线，在四天前就失去了真正的战略意义，成了一块在整个大战略中无足轻重的鸡肋！

如果她带领的不是中央军校教导总队特务营的军人，如果不是她有邱起楼这样一个好上司，在这种投入了上百万兵力，每天都会有上万人阵亡的大会战中，又有谁会在意他们这样一支小小连队的生死？

在这个时候，马兰想起来被她用机关枪重新逼回这片必死战场上的那个连长，想到了他那张绝望而透着疯狂的脸，想到那颗随风飘过来的眼泪。

马兰想起了在四天前还有血有肉，能够大声说话，能够用力大笑的兄弟。在国家需要、在军队需要的时候，她带领自己的兄弟，毫不犹豫地冲到了战场的最前沿，他们唱着无悔的战歌，顶着敌人的狂轰滥炸，打退了日军一次又一次进攻。

可是直到这个时候，她才知道，原来他们拼尽一切防守的，竟然已经是一块再也没有多少意义的“战略要地”；原来他们这支自投罗网，笨得放弃了安全撤出战场的机会，扑到战场最前沿的部队，竟然已经成了最可悲，最可怜，只能自生自灭的弃卒！他们这样拼命死守在一片已经被遗弃的战场上，又有什么意义？！

“砰！”

在这个时候，马兰再也无法支撑自己过于沉重的身体，不由自主地双膝一软，重重跪到了这片土地上。马兰这个在战场上流血流汗却没有掉下一颗眼泪的军人，终于忍不住放声哭泣。

“是我，是我把兄弟们带进了这个战场。我以为我们就算是死，也死得其所；就算是死，也可以重于泰山，死得有了自己的价值，可是……”

马兰伸出手，从地上抓起了一把泥土，她用力把手中包含着太多弹片和鲜血的泥土狠狠抛撒出去。她嘶声哭叫道：“我错了，我错了，我错了！兄弟们，是我对不起你们啊！我怎么这么傻，我怎么这么笨……”

邱起楼走到了马兰的身边，他用复杂的目光，看着这个跪倒在地上的女人。从进入中央军校教导总队开始，无论面对什么，她都没有弯下自己的腰，她都没有哭过，她硬是用属于自己的坚强，在强者为尊的世界中，闯出了自己的一片天地！

可是现在她哭了，她哭得声嘶力竭，她在为自己的兄弟哭，在为上海这个即将失守的美丽城市哭，为二十五万已经在这片土地上长眠的兄弟哭，为中国更加不可预测的未来哭！

伸手轻轻抚摸着马兰的肩膀，邱起楼轻声道："马兰，你真的以为，自己做的是傻事、笨事吗？你听，你竖起自己的耳朵仔细倾听，他们正在对你欢呼呢！"

"英雄！英雄！英雄！英雄！英雄……"

在马兰的身后，那些冒死把食物送上阵地的上海市民，都在对着马兰放声欢呼。当马兰带着满脸的眼泪缓缓地转过头时，面对这个在战场流血流汗却没有流过一滴泪的女军人，面对这个哭得绝望，哭得悲伤的大女孩，狂风骤雨般的掌声突然响了起来。

到处都是狂热的欢呼，仿佛中国军队已经在这场保家卫国的大会战中，取得了最后的胜利，将入侵者驱逐出自己的国土。而在他们的眼里，马兰和她带领的这些军人，就是一群走在凯旋之路上，接受万众欢呼的盖世英雄！

"是的，你带领全连兄弟，用命死死防守住的，的确是一个失去战略意义的阵地。"

邱起楼望着眼前这些就站在阵地上，却挺直了身体，放声地吼，用力地叫，几乎拍烂了他们双手的上海市民，轻声道："可是你仔细地看看，你认真地听听，你已经用自己的实际行动，证明了自己，更赢得了真正的尊敬。马兰，我谢谢你，你为我们的军队赢得了我们在漫长的十年中，由于不断退缩，不断忍让，而不断流失的民心！如果说非要我对你擅自决定的这场战斗作出一个评价，那就是有功有过，功大于过！"

第二十四章　百战虎将

搜索整个战场，还能用自己的力量重新站起来的，全连只剩下十四个人。除了马兰这个连长，只剩下铁壁一个排长，而他的双眼，在两天前已经被炮弹炸瞎了。当铁壁知道自己全排的士兵已经全部阵亡后，他拎起了一支还有子弹的步枪，摇摇晃晃地站了起来。

这个全身军装都破破烂烂，双眼已盲，鲜血渗透了蒙在眼睛上面布巾的男人，重新站立起来的时候，他的胸膛依然高高挺起，依然带着铜墙铁壁般的坚强。他当着所有人的面，慢慢走向了敌人的阵地。他将身上最后几发子弹填进了枪膛里，扭开了最后一枚准备和敌人同归于尽的手榴弹保险盖。他一边走，一边喃喃自语："兄弟们，等等我，我来了！"

面对这一幕，所有人都惊呆了。他们张开嘴，但是他们发现，自己根本不知道应该说上一些什么，他们更不知道，他们要用什么去阻止铁壁这种飞蛾扑火的行为。

"呛！"

马兰突然拔出了那柄深深插在地上的战刀。她高高举起这把从日本海军陆战队司令官手里缴获的武器，指着对面敌人的阵地，放声厉喝："我们已经接到撤退命令，这块阵地马上就要落到你们的手里了。但是你们不要得意，你们给我记住了，无论要经历多少时间，无论要付出什么样的努力和代价，我们还会回来，取回属于我们的土地，让你们偿还欠下的血债！"

面对马兰这样一个全身都散发着腾腾战斗火焰，犹如雅典娜女神般高高举起手中长刀，把他们死死卡在这里长达四天的军人，同样尊敬英雄，敬重英雄，更信奉武士道精神的日本军人，没有开枪。

"铁壁，我明白你现在的心情，也认可你的行为，我一向认为，身为一个军人，在战场上死得轰轰烈烈，那是一种幸福和幸运。如果你一定要死，我不会拦着你！"马兰沉声道，"但是我希望你能勇敢地活下去，我要你带着全排阵亡兄弟们的希望活下去！我要你用自己的'眼睛'，去见证我们堂堂正正重回这个城市的那一天，去见证我们把这群侵略者赶出自己祖国大地的那一天！到了那一天，你就算是死了，也是含笑九泉，也是带着我们全连兄弟的骄傲与自豪，走得无悔此生！"

铁壁的身体狠狠一震，他的脚步终于停下了，他终于慢慢垂下了手中的那支步枪，任由身边的兄弟架起他的双臂，把他带离了这片战场。

邱起楼惊愕地望着如此疯狂，又是如此气势逼人的马兰，看着她就像是一个面对惊天骇浪，吹起无畏号角的舵手，浑身上下散发着属于强者的光芒，引导着每一个相信她，追随她的人，在最黑暗的大海中，找到了通向希望彼岸的路！

邱起楼思索了良久，才终于为眼前的马兰找到了一个合适的称呼——虎将！

她就是那种勇冠三军，可以通过以自己的行为为榜样，将身边每一个士兵的不屈不服不败的疯狂气血激发到极限，进而创造局部战场胜利的虎将！像她这样的人，天生就应该是一个军人，就应该是一个热血激昂的英雄！

“中央军校教导总队特务营一连全体官兵听令，”马兰深深吸了一口气，反手挥出军刀，指着他们身后的方向，放声喝令，“向南进攻！”

就是因为马兰的这个命令，特务营一连包括铁壁在内的十四名军人，是在向前进攻，而不是仓皇地撤退甚至是逃跑。特务营一连的十四名军人，在走出这个战场时，他们依然保持了身上那种有若实质的可怕杀气，保持了一种不可预测的攻击与反击力。

同样是因为马兰的这个命令，跟在他们身后小心翼翼地占领了这个再没有实质意义的阵地的日本军人，神色复杂地目送这支仅仅剩下十四个人，已经彻底打散打残的小部队，慢慢离开了这片双方已经倾洒了太多鲜血的战场。

马兰带着自己仅仅剩下的十四个兄弟，跟在邱起楼的身后慢慢走着。她一边走一边啃着那位老大娘硬塞在她手里的白菜猪肉包子，默默感受着这些食物在进入自己的胃里后，慢慢转化为身体必需的养分，再通过她血管里奔腾不息的热血，把这些营养与力量源源不断地传送到全身上下每一个细胞。

马兰的脚步突然停止，她猛地转头，她的目光就像是两支利剑，狠狠刺到了邱起楼的脸上。

因为在这片中国军队早就应该撤光的匣北区战场上，她听到了如爆豆般密集的枪响。而头顶那几架在空中排成三角形掠过的日本中型攻击轰炸机，更说明在某一个区域，惨烈的战争还在继续进行。

邱起楼和马兰相处了四年时间，他当然清楚地知道马兰心里正在想些什么："那是八十八师五二四团的副团长谢晋元，带领该团一个加强营在四行仓库狙击日军，掩护大部队西撤。”

谢晋元？

听到这个名字，马兰的嘴角微微上挑，扬起了一丝引以为傲的微笑。

马兰认识谢晋元，虽然他们相处的时间并不长，但是在马兰的眼里，谢晋元就是一个纯粹的军人。他正直而勇敢，更难的是他还富有谋略，更具备了少壮派军人的激进精神，当真称得上是一个顶天立地的大丈夫。

用邱起楼营长的话来说，谢晋元也是一个虎将！一个智勇双全，比马兰更成熟，也更富有实战经验的百战虎将！

谢晋元，字中民，毕业于黄埔军校第四期政治系，毕业后参加过北伐，是一个从排长、连长、营长、参谋主任、中校团长，一步一个脚印走上来的优秀职业军人。打开谢晋元的个人档案，无论是谁，看到他在战场上创造的战绩，都会忍不住对谢晋元刮目相看。

谢晋元善攻。

在淞沪会战还没有正式爆发前，谢晋元就亲自潜入日本虹口租界，在那里收集到了必要的资料，并策划实施了名震中外代号为"出云号"的奇袭行动。

中国工兵营的勇士利用载满炸药的小火轮，强行冲撞停泊在黄浦江面的日本海军旗舰出云号。虽然驾驶这艘小火轮的勇士，面对日军战舰万炮齐发，最终没有把小火轮成功撞到日军旗舰上，但是那种飞蛾扑火式进攻的惨烈杀气，那种放弃一切，只求舍身成仁的彪悍，仍然狠狠刺中了在场每一个日本军人的心脏。

第二天上海《申报》用这样的文字，报道了这次奇袭带来的结果："汇山码头发生大火，谢同志的计划虽未全部达成，但已震撼敌军，其后敌酋不敢再在出云舰驻节，而黄浦江内敌舰，也远向杨树浦以东江面移动，舰炮射击一时陷于沉寂……"

如果说奇袭"出云号"只是牛刀小试，谢晋元随后又组织策划了一场更激进，更大胆，也更张扬的"铁拳"突袭行动。

在淞沪会战已经开始，双方军队陆续投入战场的情况下，谢晋元硬是将一个加强营六百多名官兵，通过化装分批潜入的方法，成功渗入敌人的后方大本营——虹口租界。

1937年8月17日凌晨五点钟，中国炮兵阵地突然重炮齐鸣，日军占据的虬江路阵地在瞬间就变成了一片钢铁与火焰交融的死亡炼狱，所有工事和建筑物都遭到了最猛烈的打击。

就在日本海军陆战队被打得焦头烂额的时候，谢晋元亲自带领六百多名中国军人组成的突击队，对着日本海军陆战队驻上海司令部，发动了最猛烈的攻击。

就是在那一天的凌晨，单枪匹马闯进上海的马兰，无意中参与了这场震惊中外的"铁拳"军事行动。这两个素未谋面的中国军人，联手冲进了日本海军陆战队司令部，追杀在海军陆战队员保护下仓皇逃窜的日军司令官，并亲手缴获了天皇刚赐给海军陆战队司令官的军刀。虽然这一战未竟全功，但是已经打出中国军人的士气！

谢晋元的攻击就犹如他亲自制订的“铁拳”计划，他总能将自己最强的力量集中到一点，对敌人进行穿透性打击。

但是熟悉谢晋元的人都知道，谢晋元更善守！

谢晋元带领的五二四团，一直镇守在战场的轴心上，在历时两个多月的惨烈战斗中，由谢晋元负责指挥的阵地竟然没有一次失陷！就是因为有这样一块硬骨头死死卡在咽喉阵地上，八十八师在长达三个月的攻防战中，几乎寸土未失，被日军称为“可恨之师”。而谢晋元亲自率领的五二四团，更被日军称为“匣北可恨之敌”！

像谢晋元这样一个攻守兼备，智勇双全的人物，并没有跟随大部队一起撤退，而是带领一支以加强营为编制，却对外打着五二四团名号，留在匣北地区的战场上继续狙击敌军的进攻，掩护几十万大部队向西撤退。

马兰回头看了一眼自己身后的十四名士兵。她必须承认，如果他们仍然守护在轴心战场上，如果日军还保持第一天的狂猛攻势，他们能在战场上支持两天，就已经是一种奇迹。马兰真的不愿意想象，谢晋元带领区区一个加强营的普通部队，究竟能在四面楚歌，孤立无援的战场上，面对狂风骤雨般攻击过来的日军坚持多久……

“谢晋元……”马兰遥望着苏州河的方向，聆听着密如爆豆般的枪响，低声道，“你一定要努力活下去啊！”

马兰的目光，不经意落到街角，不知道为什么，她仿佛又看到了那个带了一条“狗”，带着一脸平淡，孤独地坐在街边，面对一条再也不可能有行人的大街，静静地摊出一只破碗的大男孩。

事实上，马兰真的不相信，像他那样一个男人，会成为一个只知道向行人伸手渴望得到施舍的乞丐。因为乞丐的身上，不会有那么重的……杀气！

第四卷

北方的狼

第一章 文明

一夜之间，几十万中国军队似乎全部都从上海消失了。

日本军人踏着满地的狼藉，小心翼翼地向前，再也没有了枪声，没有了抵抗，没有了中国军人愤怒的狂吼和咆哮，没有每踏出一步就必须付出的鲜血。当这些日本军人小心翼翼地占领了一个又一个阵地，“攻陷”了一个又一个战略要地，他们回头看着自己走过的路，这些日本军人的脸上露出的，再也不是那种趾高气扬、不屑一顾的笑容。

无论是装备了德式武器，火力得到了几倍提升的德械师，还是那些拿着二十年前的老套筒，面对坦克竟然光着膀子，用刺刀对着这些钢铁战争堡垒拼命猛刺的川军，都给这些日本军人留下了太深的印象。

面对外辱，中国是会有很多贪生怕死卖国求荣的汉奸；是有那些面对他们，就像狗一样温驯，面对中国同胞就露出狼一样凶恶牙齿的烂货；是有那些就算是老婆被人当面欺辱也只能躲在一边发出小动物般无助哀鸣的孬种，但是在同时，中国也绝对不缺乏该出手时就出手的铁血男儿！

面对那些用刺刀和坦克对战的中国军人，面对那些在地毯式炮击和轰炸下，依然顽强守卫在阵地上的中国军人，还有谁敢大言不惭地说，中国人就是东亚病夫，又有谁还敢继续鼓吹他们三个月就能攻占整个中国的宣言？！

面对再没有任何抵抗的战场，几乎每一个日本战地指挥官，都在抓着步话机的话筒，对着上级放声狂叫：“报告，报告，报告！中国军人逃跑了！他们全部都逃跑了，我们胜利了！大日本帝国万岁！天皇万岁！胜利万岁！”

在这个时候，日本军人真的要疯了。他们放声地叫，用力地笑，他们又蹦又跳又笑又叫，他们挥舞着手中的步枪，他们举起还沾着鲜血的刺刀，在随军记者的指挥下，站在这片属于中国的土地上，拍下了一张又一张照片，留下了一个又一个发自内心的笑容。

在快门的闪动中，这些抓住历史片断的画面，必然会和“大日本帝国又一次伟大的胜利”“支那军全线溃败”之类的宣传文章混合在一起，在整个日本再次形成一股铺天盖地的宣传浪潮。

就是在这样的鼓动下，就是在英雄的“文明”美化之下，不知道会有多少日本青年，抵受不住成为英雄的诱惑，穿上军装拿上了杀人的武器，踏上成为侵略者的征途。

更不知道会有多少花季少女，自愿在这些青年走出国门之前，通过集体婚礼的形式，成为他们的妻子，在短暂的“蜜月”，可能已经在这些女人的身体里种出下一代的种子后，这些女人会集中在港口，目送自己还陌生的丈夫，踏上追求日本帝国未来的辉煌之路，并默默期待他们最后能够活着返回这片土地。

这是一个生活在到处都是地震和火山的狭小国土上，在军国主义思想鼓吹下，已经彻底疯狂的民族！

太阳旗迎风飘扬在中国军人曾经死战不退的战场上，在它那白色的底布上，一轮红得妖艳，红得诡异的血色太阳，在空中尽力舒展自己的身体。

上海市民看着空荡荡的街道，看着几十万大军在匆匆撤出时留下的印痕，他们都惊呆了。直到日本士兵端着明晃晃的刺刀，大摇大摆地出现在大街上，用一种肆无忌惮的目光打量着这个城市，打量着身边每一个中国人，这些上海市民才真的相信，这场持续了整整三个月的血战已经结束了，而中国军队已经输掉了这场战争，更输掉了上海这个被称为“东方巴黎”的美丽城市！

对全世界宣称，自己的行为绝对不是侵略，而是要教导野蛮的中国军队，将文明礼貌，将“大东亚共荣”带进中国的日本军人，终于可以向全世界骄傲地宣布，他们占领了整个大上海。

文明的日本军人，把他们的太阳旗，挂满了整个城市的每一个角落。他们开始在整个上海搜索，只要看到身体孔武有力有军人气质的男人，一概捕抓；只要看到右手食指长了老茧，可能是经常摸枪的男人，一概文明地捕捉。

我们真的要“感谢”日本军人，是他们将现代的、文明的、科学的户籍制度带入了上海，并通过文明的手段，将这种科学的户籍管理制度“发扬光大”。

无论男女老幼都要登记在册，如果突然发现一户的人数增多或减少，那么全家一概以中国几千年秦朝就已经出现的连坐法律，用现代而文明的手段全部捕捉。

就是在文明的宣言中……

日本人文明地追炸客车。

日本人文明地把中国市民集中到一起，无论男女老幼，一概要在大腿上像骡子一样盖上侵略者的烙印。如果拒绝这种文明的邀请，如果拒绝抛弃中华民族五千年的“野蛮”，“文明”的日本军人，“开明”的日本人，“爽朗”的日本人，撒谎能撒得白日见鬼的日本人，就会用斯文的态度，和善的表情，温柔的手法，把刺刀捅进你的身体里，任由你的鲜血连带着属于中国人的野蛮与不文明，顺着他们手中代表文明与友善的刺刀，流淌出来。

面对如此文明，又如此热情地帮助中国人民上进，懂得礼义廉耻的日本军人，上海市民真的傻眼了。他们都呆呆地望着远方，他们都在想着相同的问题……

我们的军队真的撤出了上海？

我们真的败了？

我们真的只能任由日本人，在我们的土地上为所欲为？

望着那一面面冉冉升起“被正义的子弹打出一个血洞”的太阳旗，望着那些手持武器，在中国的领土上耀武扬威的文明之师，看着他们推翻了国父孙中山的塑像，看着他们把膏药旗挂到了一个又一个角落，不知道什么时候，所有中国人已经泪流满面。更不知道有多少中国人，在不停地喃喃自语：“我们上海完了，我们的国家完了，我们的民族完了……”

看看吧，我们的国家集中了七十五万军队，仍然没有抵抗住日本军队的抢滩登陆，在付出了近三十万军人阵亡的代价后，仍然没有挡住二十五万日本军人的进攻。

面对拥有如此强大的海军，如此恐怖的空军，如此训练有素装备精良的陆军，中国还怎么抵抗这个强大侵略者的铁蹄？中国又如何在未来的历史长河中，找到属于自己的路？

经历了三个月战火的上海，再次震动了。不知道有多少中国人，逃离了日本虹口租界和匣北区，抛弃了自己一辈子辛苦经营的家，他们伸手捂着脸，拎着自己的行李，经过外白渡桥，涌入了英国租界。

第二章 难民营（上）

虽然要受到白眼和歧视，虽然在英租界为中国人划出的难民营里，每天只能喝到三碗稀饭，一大群人挤在难民营里，连自由活动的权利都没有，但是头顶的异国国旗，能给予这些难民最重要的一样东西——安全的感觉！

你在走进难民营，躲在米字旗下，接受英国政府保护之前，必须先接受一次全身搜查，保证你的身上没有携带包括指甲刀在内的任何武器；你还得像用集装箱运输的动物一样，轮流走进消毒间，在浓重的消毒水味中，把身上的跳蚤之类的东西一次性清理干净，以免在难民营中，这些因为不卫生而携带的小东西到处乱窜，形成一场可怕的传染病。至于那些长相凶恶，让人一看就觉得不是好东西的家伙，更得小心翼翼地配合审查，一五一十地向工作人员交代清楚自己的来历。其中被政府通缉的罪犯不收容，身上带着鸦片或烟枪的瘾君子不收容，中国军队中被打散的溃兵不收容……

事实上，大卫真的想一个也不收容！

相信任何一个三十多岁的人，不远万里跑到中国来淘金，最后却混得到了月底口袋里总是没有几个子儿，还要面对数以万计的难民，心情都不会太好。

看着眼前排得一眼望不到头的难民队伍，大卫的心情就更差了。他一边把两块方糖丢进咖啡杯里，一边挥舞着手臂，用赶猪猡一样的态度，指挥那些中国人脱掉自己的衣服，老老实实地走进男女分开的消毒室里。

不知道是谁带的头，每一个从大卫身边走过的中国人，都会对他鞠躬行礼。大卫懒洋洋地端起了咖啡杯，嗅着热咖啡混合了鲜奶散发出来的香味，大卫的脸上总算略略挤出了一丝笑意。就在他准备把杯子中的液体送进嘴里时，大卫的注意力突然被一个男人吸引了。

这个男人身高足足有一百八十多厘米，在黑眼睛、黄皮肤的东方人当中，这种身高已经称得上鹤立鸡群。但是最吸引大卫注意的是，在这种情况下，这个男人的头仍然是高高抬起的，和一群垂头丧气、死气沉沉的中国人挤在一起，他想不引人注目都难！

当大卫的目光落到这个男人的手臂上时，他不由得微微皱了一下眉头，这个男人受伤了。他的左臂上缠着厚厚一层用布条做成的绷带，伤口里流出来的鲜血已经渗透布条，一滴滴地落到了地上，可是这个男人的表情，仍然很平静。

当这个男人顺着人流，慢慢走到了大卫面前，并开始一件件脱下身上破破烂烂的衣裳时，四周响起了一片倒抽凉气的声音。直到这个时候大卫才明白，这个男人为什么伤口一直淌着血，还能一脸的淡定从容。

“MY GOD！”

大卫忍不住发出了一声惊叹。他站起来走到这个男人的身边，小心翼翼地打量着他胸口将近两尺长，呈四十五度角斜斜划过大半个胸膛的四道爪印。大卫伸出自己的手掌，比对了一下大小后，猛然瞪圆了眼睛：“你这是熊爪拍到身上，留下的伤！”

来到中国这么多年，大卫已经能说一口流利的中文，“在英国我最喜欢的休闲活动，就是和朋友一起去打猎。我曾经见过被熊爪拍到的动物，它们身上留下的伤痕和你身上的伤痕一模一样。而且看这个爪印的宽度，如果我没有猜错的话，攻击你的还是一头体重超过四百公斤的成年公熊！”

他没有说话，算是默认了对方的判断。

“我真的很好奇，你竟然没有被它一爪子拍死！”

大卫看着这个男人胸膛上的爪印，就像是突然看到了一头体重超过四百公斤，却长了一对翅膀，甚至还能够飞起来的成年公熊！他啧啧叹息着：“我只能说你这个中国小子的运气实在是太好了，你竟然还能活着出现在我的面前。告诉我，你究竟是用什么方法，在挨了成年公熊的一爪子后，还能逃过它的追杀？”

逃？！

他下意识地伸手轻轻抚摸着自己胸膛上的那四道爪痕，就是这样一爪子生生拍断了他两根肋骨，让他的胸口整整痛了半年！回想着那场虽然短暂，却绝对惊心动魄的惨烈战斗，他开口说话了。也许是平时很少和别人交流的缘故，他的声音有一点嘶哑，更带着一股群山风起的粗犷，狠狠撞进了在场每一个人的耳朵里：“它饿了想吃我，我快饿死了，也想吃了它，我为什么要逃？！”

“也想吃了它……”

大卫必须承认，他真的被这个理由惊呆了。

看这个男人身上那五花八门、横七竖八的伤痕，这其中印有动物爪子留下的划伤，又有牙齿留下的齿痕，还有一些也许是锋利的刀子造成的划伤，更有大片的灼伤……这些伤痕上套着伤痕层层密布，仿佛在他的身上套了一层怪异绝伦的网格装，更在默默向任何一个人诉说着主人不平凡的经历。

突然，一股绝对的凉意突然击中了大卫。

这个男人身上的伤，都是在一次次和野兽近距离战斗后，留下的属于男子汉的勋章！难道他从来都不知道用枪吗？难道他就是用冷兵器，在大山里和那些猛兽，发起了一场又一场鲜为人知的惨烈战斗？难道这个男人快要饿死了，就是拎着一把刀，面对着一头体重超过四百公斤，一爪子就能拍断一棵大树的成年公熊，发起了攻击？！

大卫喜欢打猎，也喜欢听一些和打猎有关的精彩故事。他曾经在请一位老猎人喝酒时，听说过用冷兵器对付公熊的方法。

在公熊胸口，有一片月牙形的白毛，那片白毛的下面，就是公熊的心脏。一些经验丰富的老猎人，在遇到公熊后，他们会摘下自己头上的帽子，或者把其他东西丢给公熊。而公熊这种动物，出于本能的习惯，总会把猎人投到自己身上的东西拾起来，看个清楚。而那些猎人就会趁着这个机会，突然冲刺，把早已经准备好的，足足两尺长的猎刀，刺进公熊的心脏。

这一套理论说起来虽然容易，但是想想看吧，又有几个人，敢面对一头体重超过四百公斤的成年公熊，抓住它低头拾取东西并仔细观看的瞬间，把一柄两尺多长的猎刀，刺进公熊的心脏？！

如果动作不够迅速，出手不够精准，力度不够强大，不能一刀刺穿公熊的心脏，那么这位猎人要面临的，必然就是公熊能生生拍断一棵大树的可怕重击！

就连那位一辈子和大山为伍的老猎人，也不敢用一把两尺长的猎刀，去对付一头成年公熊。

可是眼前这个看起来还不到二十岁的男人，却做到了，而且把这样的事情说得理所当然。看着他那双孤独的，几乎没有任何情绪波动的眼睛，看着他布满了老茧的双手，看着他身上那一条条、一道道在日复一日年复一年，为了生存而搏杀中留下的伤痕，看着他胸口那公熊留下的爪印，大卫的喉结不断上下蠕动。

公熊的爪子在他胸口上留下的爪痕早已经愈合。大卫暗暗猜测着这个男人的年龄，估计着这些伤口已经拥有的历史，大卫简直不敢想象，当年这个男人在独自面对一头成年公熊时，他的年龄究竟有多大！

十五岁，十六岁，还是十七岁？

在这个年轻的男人身上，大卫终于明白了什么叫作大自然的强存劣汰，终于明白了达尔文生物进化论背后那最残酷的含义！

大卫轻轻地吸着气。他沉默了很久，才伸手指着消毒室隔壁，一个专门为有身份的中国人准备的特别通道，道：“坚强的男孩，带上你的伙伴从这里进去吧，你不用经过这个消毒室了。”

大卫指的伙伴，是静静卧在这个中国男人脚下的那条“狗”。大卫这一辈子打过那么多次猎，见过不知道多少拥有名贵血统的猎犬，可是他真的没有见过这样一条气势比狼更凶悍的狗！

那个男人深深看着眼前这个为他敞开了另外一条通道的英国人，看着大卫那双犹如大海般蔚蓝的双眼，沉默了半晌，终于用力点了点头。

眼看着那个大男孩带着脚下的狗，在其他中国人怪异的注视下，慢慢走向特别通道，大卫知道他这辈子再也不会忘记这个全身上下，带着一种孤狼气息的中国人。他放声道：“坚强的男孩，能告诉我你的名字吗？”

“雷震！”

他的名字，就像他这个人一样，带着一种属于大山的朴实与狂野。默默地望着这个叫雷震的男人，走过了特别通道，大卫在心里发出了一声叹息：“真是可惜了。”

如果雷震是一个英国人，在这样一个到处充满了战争与危险，同样也充满了机遇与挑战的世界里，拥有一个强大的国家在背后支撑，也许这样一个拥有野兽危险气息的男人，真的有机会去创造一个传奇！

第三章　难民营（下）

现在就连负责管理难民的大卫都算不清楚，为了躲避战祸，究竟有多少中国难民涌入了难民营。

他们这些人就像失去了灵魂，没有了希望，没有了目标，只是机械性地活着，呆呆地坐在那里一动不动，除了他们的心脏还在跳动，他们真的和死人没有多大区别！

只有到了派发救济粮的时候，在那些穿着童子军军服的孩子，用行军锅煮出大锅的稀饭，闻着诱人的饭香，他们的眼睛里才会慢慢恢复几分神采。

手里捧着一只瓷碗，排队领到一碗稀饭。这可真是一碗稀饭，稀得几乎连人影都能照得出来，稀得只要你愿意，都可以数出里面的米粒，但是它毕竟是一碗可以勉强让人饿不死的稀饭！

把它们灌到自己的胃里后，这些难民又爬回到自己原来的位置上，继续对着空气发呆。

在这种情况下，一个一边喝着稀饭，一边小声嘀咕的声音，就显得非常清晰起来："我家没了，店铺也被日本人烧了，每天睡在这样一个破草棚子里，喝这种猪才会喝的东西，政府应该给我赔偿才对！"

听着这样的抱怨，雷震的眼睛里，缓缓扬起了一丝讥讽。

雷震就坐在这个难民营距离所有人最远，没有人愿意过来的一个偏僻角落里。他从来不主动和别人说话，只是默默地用他那双几乎没有情绪波动的眼睛看着所有人，以一种旁观者的姿态，冷眼打量着他们的一举一动。

事实上，真的没有人愿意和雷震靠得太近，更没有人愿意和他成为朋友。

雷震的目光实在是太冰冷了，最可怕的是，他的瞳孔似乎是散光的，就算你坐在他的面前，你也无法通过他的眼神来判断，他究竟是看着自己，还是把注意力落到了其他的角落。

拥有如此可怕的一双眼睛，雷震却不懂得什么叫作适可而止，更不懂得什么叫礼貌。一旦有人走近他的身边，他的目光就那么没有任何掩饰，直勾勾地落在别人的脸上。迎着那双闪动着幽幽冷光，更没有半丝情绪波动的瞳孔，任何一个面对他的人，都会不由自主地感到全身涌起一阵凉意。最终的结局是，没有一个人能顶住雷震的目光，在他的身边待上五分钟！

但雷震并不是孤独的，他的"儿子"就乖巧地趴在怀里，闭着眼睛幸福地享受雷震右手从它光滑的背脊上轻轻抚过带来的舒适感。而它也伸出自己的舌头，在雷震拆掉布条的左臂伤口上，舔啊舔的，用属于狼的方式，帮雷震处理着伤口。

"日本人的虹口租界伙食好，你怎么不找他们去要吃的？是日本人烧了你的店铺，现在他们已经占领了上海，到处都有日本兵，你怎么不找他们要赔偿去？"

一个清脆的声音突然撒遍了整个难民营，一个看起来只有十七八岁的女孩子大踏步走进了难民营，一股火一样的热情，随着她轻快的脚步，一起扑进了这个太过于死气沉沉的难民营。那个刚才还出言抱怨的难民，不由得哑然。

这个女孩子大约有165厘米高，身上裁剪合体的童子军军装和那顶有着几分美国西部牛仔风格的军帽，让她看起来越发显得挺拔不凡。而她那双明亮而坦荡的眼睛，更让她自然而然拥有了一种巾帼须眉的坚强，让人不由自主地在心里生出一种和她亲近的想法。

当她走进难民营的时候，无论是正在四处忙碌，为难民们提供各种服务的童子军，还是躺在难民营的上海市民，或者是英国政府派过来视察的官员，都对这个女孩子露出了友善的笑容。很多人向她亲切地打着招呼："喂，杨惠敏，你来啦？"

杨惠敏回应每一个人的问候，整个难民营的空间突然被她的笑容，她的自信，她的声音彻底填满了。

望着这样一个热力四射的女孩子，就连他的眼睛里，都忍不住扬起了一丝淡淡的温暖。这个叫杨惠敏的女孩子，似乎天生就拥有一种不受约束的活力与张扬，可以带着身边每一个人和她一起快乐，一起飞翔。

"我要告诉大家一个好消息！"

杨惠敏跳到了一个水泥制成的台子上，在把所有人的注意都吸引到自己身上后，她把两只手合成了喇叭的形状，放声叫道："大家听啊，就在苏州河对岸，我们的军队还在战斗！我们的军队还没有放弃上海！"

听到这个消息，难民营里的人一起侧起了耳朵，小心聆听着远方隐隐传来的密集枪声，所有人的眼睛都亮了。没有经历过这种乱世的人，就绝对不会明白，自己国家的军队，对于一个普通的市民来说，所代表的意义。

"我们可敬的军人，正在和十倍、百倍的敌人浴血奋战！"

"我们的勇士被日军三面包围，他们缺乏食物淡水，他们需要药品。我们虽然不能在战场上和他们并肩作战，抵御外辱，但是我们一样可以为这些英雄奉献出自己的力量。至少，我们绝不能让自己的英雄，在流血流汗和敌人拼命的时候，还要忍饥挨饿！"

杨惠敏用力一挥手，放声道："协助地方治安，援救难民，帮助军队做好情报和后勤，就是我们童子军的工作。但是现在在打仗，我们的人手紧张，所以我希望能有一些志愿者站起来，为那些仍然在和侵略者浴血奋战的勇士找到足够的粮食和淡水！"

所有人都面面相觑，但是过了很久很久，迎着这个才十几岁的女孩充满期盼的目光，这些刚才听到还有中国军队在上海继续浴血奋战的难民，硬是没有一个人站起来。

但是，真的不能怪他们。想想看吧，逃进难民营里的人，又有几个是不怕死的？就算是有，在难民营里几个月时间的漫长等待中，无聊的枯坐已经磨光了这些人身上的血性，从中国军队的连连退让，到中国军队全线撤出上海，这一系列的军事失利，更让这些难民对未来的前途失去了希望。

而且，一旦他们走出难民营，重新回到已经被日本人占领的其他区域，去做这种支持国军的工作，他们就必须要面对日本士兵的刺刀，他们就必须去冒生命的危险！

杨惠敏静静地站在高台上，注视着台下足足几千名难民。这里有这么多人，有这么多年轻的本来应该血气方刚，现在却像行尸走肉一样坐在那里，宁可去期待得到上天垂青，也不愿意面对命运奋起反抗的男人。

直到最后，这么多的人，也没有一个站起来，自愿和她一起完成这项有意义的工作。

“日本人跑到我们的家园，就是因为这群强盗，所以我们才无家可归。难道我们就只能坐到难民营里，一边抱怨政府，希望他们能给自己补偿，一边任由那些强盗在那里继续烧杀抢掠、为所欲为？”

杨惠敏提高了声音，道，“我们不是军人，所以我们不能在前线和那群强盗浴血奋战，但是我们可以为仍然在前线抗战的勇士们送运粮食、淡水、弹药和药品啊。这样的话，打进那些强盗身体里的子弹，有一部分就是我们射出去的，炸毁他们坦克的手榴弹，有一部分就是我们投出去的。我们与其坐在这里发呆，为什么不能站起来，去做一些力所能及的有意义的事情呢？！”

还是没有人站起来，所有人仍然呆呆地坐在那里，每一个人都在下意识地低下头，避开了杨惠敏太过炽热的目光。

杨惠敏的目光突然定格在难民营中最偏僻的一个角落。一个孤独的身影就像是一杆标枪般直直挺立在那里，对着她举起了一条手臂。

终于还是有人站了起来，响应了杨惠敏的号召！

看着那个骄傲而孤独，与这个死气沉沉的难民营显得太过格格不入的身影，看着他脚下，那条显得太过强悍的狗，杨惠敏的双眼中，突然扬起一股快乐到极限的光芒。那种毫无保留的炽热与开怀，那个犹如百合盛开般灿烂的笑容与美丽，在瞬间让雷震有了片刻的失神。

杨惠敏大踏步走过来。她将自己右手的食指、中指和无名指紧紧并列，大拇指按住小指屈于掌心，对着雷震认认真真地敬了一个童子军的三指军礼。

在雷震的心里，她真的不需要这样，更不需要用这样开心与感激的目光看着自己。雷震认识这个全身上下就像是一团火焰般炽烈而热情的女孩子。如果不是杨惠敏的帮忙，违反规定带着一条“狗”的雷震，根本没有资格住进难民营里。

仅凭这一点，在杨惠敏渴望得到帮助时，雷震就不能不站起来！

当杨惠敏敬完军礼后，她竟然又把自己勾起小尾指的右手伸向了雷震。看到雷震像根木头似的站在那里，对自己的礼节没有一丝反应，杨惠敏不满地轻轻撇了撇嘴。她干脆直接抓起了雷震的右手，挑出里面的小尾指，然后用自己的小尾指和雷震的紧紧勾在了一起。

杨惠敏用自己右手小尾指，带着雷震的手臂上下晃动，用这种夸张的动作，来显示两个人勾在一起的手指，是多么的牢不可破，而她的嘴里还在嘀嘀咕咕，念念有词：“拉钩上吊，一百年不许变！”

再狠狠晃了那么两下子，杨惠敏的脸上扬起了一个大大的笑容。她终于松开了雷震右手的小尾指，欢声道：“仪式结束！”

仪式……结束？！

他们刚才进行了什么样的仪式？！

望着雷震一向呆板的脸上终于无法自抑地扬起了一丝愕然，杨惠敏笑得更灿烂了。她踮起脚尖，用力拍了一下雷震的肩膀，笑着叫道：“从这个时候起，你就是我们童子军的编外特别人员了。记住，男子汉大丈夫，答应了别人还发了誓，就要努力去完成工作，就要一言九鼎、驷马难追，就要接受我的领导，服从我的命令，绝不许悔过！否则食言而肥，就不是大丈夫，而是小豆腐了！”

看着年龄应该和他差不多，带着一脸笑意的杨惠敏，再看着自己刚刚签订了卖身契的右手小尾指，雷震除了苦笑之外，他还能干什么？

第四章　童子军（上）

小时候满月抓抓到了一把用玉米秆做成的枪，这代表了雷震这一辈子注定要与枪、与军人这个职业有了千丝万缕的联系。只是雷震真的没有想到，他加入的第一支军队，竟然是童子军！而他的直属上司，就是一位刚刚年仅十七岁，还得用“拉钩钩”这种仪式，来绑定手下忠心度的女童子军成员！

而雷震跟着杨惠敏做的第一件事情，就是出去为那些仍然在前线和日本人浴血奋战的勇士募捐。

在雷震看来，所谓的募捐，说白了就是自己口袋里没有钱，却偏偏要从别人的手里，抠出来一大笔最紧缺的物资，以慷他人之慨的方式，再转赠给那些军人。

“我们需要两百箱饼干，两百桶可以直接饮用的淡水，两百支手电，一百张毛毯……如果能有新鲜的水果，那就更好了。”

杨惠敏手里捏着一份长长的物品清单，带着雷震东奔西走。听到这个女孩子提出来的要求，那些被杨惠敏死死缠住的商贾权贵一个个无可奈何地连连摇头。当他们听到杨惠敏甚至要求募捐新鲜的水果，这些人的表情更是精彩得有若见鬼。

这个丫头的口气真是不小，她知道自己提出来的这些物资，所代表的价值与含义吗？

在上海投入上百万军队的大战役已经整整进行了三个月，杨惠敏要的饼干、毛毯都是最紧俏的准军用物资；西药尤其是止疼药和消炎药，价格更是比战前整整提高了二十多倍；至于水果这种东西……更是太过昂贵的奢侈品。

面对这样绝不合情理的要求，大家都在用力摇头。有人被杨惠敏缠得急了，干脆对杨惠敏说出了这样的话：“原来当难民这么舒服，竟然还能每天吃到水果啊，那我也去当难民好不好？”

难民？！

直到这个时候，杨惠敏才醒悟过来。她带着雷震风风火火地乱跑，她抓住别人的衣袖，不管三七二十一就在那里猛读募捐的物资清单，她甚至没有告诉对方，她为什么需要这些物资！

当杨惠敏带着雷震走出这家公馆后，她深深吸了一口气，突然狠狠一挥手臂，对雷震道："我们回去，重新去刚才已经拜访过却没有掏腰包的人那里募捐！"

雷震不由得瞪大了双眼。

但是这一次杨惠敏显然是有备而战。她一找到自己的目标，在对方的眉头还没有皱起来之前，就指着苏州河的方向，放声叫道："您听，您仔细听啊，在那里我们的勇士身陷重围，但是还在和十倍、百倍的敌人浴血奋战！

"看在大家都是中国人的分上，求求您帮帮他们啊！

"我们的勇士在包围圈里和敌人战斗，他们已经没有了援军，没有了突出重围的希望，但是，至少他们还有我们！

"求求您为这些勇士奉献出自己的力量，让我们用实际行动告诉他们，他们并不孤独！"

……

杨惠敏在不停地说着，泪水从她的眼睛里不停涌出。面对这样一双犹如浸泡在葡萄酒里黑宝石般美丽的双眸，聆听着远方隐隐传来的枪响，感受着这个只有十几岁的小女孩内心深处那火一样的热情与关怀，几乎没有人能再狠心拒绝杨惠敏的要求。

募捐清单上的物品被一项项地划掉，而在杨惠敏的手臂上，也慢慢多出一片被她自己用指甲生生掐出来的伤痕。当雷震坐在一幢没有了主人的别墅门前台阶上就着凉水啃着烧饼时，杨惠敏却坐在那里，卷起自己的衣袖，对着青紫一片的左胳臂，小心翼翼地吹着气。

看着坐在自己身边的杨惠敏紧紧皱起眉头，因为伤口太疼，她不停地倒抽着丝丝凉气，两颗大大的泪珠，就在她的眼眶里转啊转的，却一直没有流淌出来。杨惠敏现在胳膊上的伤口一定痛极了，否则像她这样一个开朗又坚强的女孩子，怎么可能对着雷震这样一个还算是陌生人，流露出软弱的模样？

但是雷震真的没有办法，对这个女孩子表达任何同情。因为杨惠敏胳膊上那青一块紫一块的伤痕，都是她在募捐时，自己偷偷掐上去的！要不然的话，为什么杨惠敏的眼泪，就像是安装了水龙头的自来水一样，说流就流，要停就停？

"你认为我这样做，是错的，是利用别人的同情心，欺骗了他们？"

雷震虽然没有说话，甚至他的眼睛里仍然是一片平淡，但是杨惠敏却捕捉到了雷震内心的想法。女人的直觉，在某些时候，就像是挣扎在旷野中的那些野兽一样，拥有一种奇异的能力。

“你以为我喜欢去募捐吗？

“你以为我喜欢去看那些有钱人不屑又不耐烦的目光，你以为我喜欢像个乞丐似的，追在别人身后，渴望获得别人的施舍吗？

“从这场战争一开始，就有大量难民涌进了英租界。虽然每天英国政府都会为他们提供救济，但是仅仅靠几碗稀饭是远远不够的，他们需要更多的食物。现在天气一天比一天冷，他们更需要足够的保暖物品，否则他们都会因为缺乏食物，无法抵抗寒冷而生病；日本人的飞机不停地轰炸，每天都有无辜的市民受伤，他们要活下去，就必须接受最基本的治疗，而这又需要大量的药品。仗打了这长时间，西药的价格，尤其是消炎和止痛类药品，比原来涨了二十多倍……这些东西都需要钱！可是我们都是一群孩子，都是最无足轻重的童子军，我们唯一的办法，就是走出去厚着脸皮，向那些有钱的人去募捐！如果我们不走出去募捐，很多明明能活下去的人就会死掉。如果我们努力一点，不要脸一点，就能挽救这些人的生命，我们为什么不去做？！”

雷震默默地点了点头。他也做过乞丐，他明白杨惠敏的感受，这个女孩子拥有的自尊心，绝对不会比任何一个男人差！

杨惠敏抬起了头，她的脸上扬起了一个骄傲的笑容。她伸手指着上海这个美丽的城市，曾经发生过最激烈战斗的方向，道：“上海就是我们童子军的总部，在这场战斗中，有一百多位童子军，深入到火线最前沿，为了这场战争而流血流汗，更有四位伙伴献出了自己的生命。和他们相比，我这个只能躲在后方的家伙，唯一能稍稍自豪一点的，就是我比任何一个人都会募捐，我总是有办法，从别人的手里，硬抠上一点东西出来。”

雷震没有说话，他在静静地听着。他知道现在杨惠敏需要的，只是一个合格的听众，而他正在努力扮演好这样一个角色。

第五章 童子军（下）

“募捐的次数多了，时间长了，我从成功和失败当中总结出一套规律。”杨惠敏轻声道，“去募捐时，人数不能太多，我们都是小孩子，谁都想表现自己，谁都想通过自己的努力获得成功，结果人多嘴杂，没有一个足够响亮的声音，只会让我们最后把对方吵得头昏脑涨，客气地把我们送出来。所以，一次只要两个人就足够了！”

雷震点头，他虽然没有募捐过，但是他明白，这可是经验之谈。

“女孩子比男孩子更容易成功；漂亮的女孩子比丑的女孩子更容易成功；能说会道的女孩子比木讷的女孩子更容易成功；开朗的女孩子比内向的女孩子更容易成功；会哭的女孩子，比会笑的女孩子更容易成功！”

杨惠敏盯着就坐在身边侧耳倾听的雷震，她的脸上扬起了一丝无奈的苦笑，“我知道楚楚可怜，脸上还带着眼泪的女孩子，更容易打动人。可是你不觉得，把这一切放在一起，真的太矛盾了吗？

“我就是喜欢笑，我就是不喜欢哭！我小时候就算是摔倒了，摔痛了，我也会一声不吭，一个人努力爬起来，现在我无论受了什么委屈，更不会去哭。大家都说我像个男孩，实际上那是因为在我看来，眼泪是一种最没有用的东西。

“可是在募捐的时候，如果我哭了，我就更容易成功，更容易为那些需要得到帮助的人获得各种宝贵的物资。在这种情况下，我为什么不去哭？！”

看着杨惠敏伤痕累累的手臂，雷震一向平静的眼睛里闪过了一丝复杂的情绪。直到这个时候他才明白，在这个叫杨惠敏的女孩心里，竟然拥有一个如此坦荡，又是如此温柔的胸怀。

“我们童子军是严家麟老先生在1912年借鉴了欧美已经成熟的童子军模式，在武汉一手创立的。当时我们中国就已经多灾多难、风雨飘摇，所以我们这支童子军在成立之初，就更多地强调‘尚武’的训练，我们学习英语，学习急救护理，学习治安指挥。”

杨惠敏擎起了自己的右手屈起大拇指和小尾指，对着雷震比画出一个童子军三指礼，“还记得在难民营里，我对你敬的这个军礼吗？”

雷震当然记得，雷震真的没有见过只用三根手指头，敬出来的军礼。

“我竖起的食指、中指、无名指，分别代表了仁义、理智与勇敢这三种人类最高尚的品德。它们紧密排列在一起，是在提醒我们，身为一个童子军，我们必须同时兼备这三种品德，更在要求我们，每一个童子军都要同心同德共同合作，不可分散。”杨惠敏的目光缓缓从自己右手的五根手指上掠过，昂然道，“而我的大拇指压在小尾指上，代表着我们要以强扶弱，为比我们弱小的人提供力所能及的帮助和保护；更代表着，我们要以小助大！”

“我今年刚刚满十七岁，所以我只能加入童子军，做一些力所能及的事情。我时常在想，要是我早出生几年就好了，那样的话，他们就不会用我还只是一个孩子这样的借口来搪塞我，我就可以做更多的事情，帮助更多的人了。”

望着这个因为自己年龄太小而有点自怨自艾的女孩子，雷震真的不明白，为什么她这么热心，这么喜欢去帮助别人。杨惠敏在这里东奔西走，受尽了别人的白眼，可是那些呆呆坐在难民营里，连精神都彻底麻木的人，又有几个能记住杨惠敏这个人，记住杨惠敏为他们做的一切？就算他们能记住又能怎么样，当杨惠敏快要饿死的时候，他们的感激，能变成让杨惠敏继续活下去的食物吗？当杨惠敏快要冻死的时候，他们的感激，能变成柔软的动物毛皮吗？当杨惠敏受到重伤的时候，他们的感激，能变成可以止血的草药吗？！

“时常有人说我太笨了，日本人和我无冤无仇的，我干吗要这样和他们作对？我爹更时常骂我，他认为抵抗外敌这种事情，让男人去做，让军人去做就行了，而我这样抛头露面地东奔西跑，危险不说，他更担心我跑野了，以后再也没有一个男人敢娶我了。我还小，有很多事情我还无法想明白。可是我真的不懂，明明知道日本人就是一头饿极了眼，随时可能对我们发起攻击的豺狼；明明知道它闯到我们的家里，就是要撕吞我们来填饱自己的肚子，我们为什么非要自己的亲人死了，被他们杀了、烧了、抢了，真正失去了、痛了、恨了，才懂得奋起反抗？我们为什么不能在他们还没有对自己的家，对自己的亲人造成伤害的时候就拿起武器，一起齐心合力地奋起反抗？！”

雷震沉默着，但是他的双手已经紧紧捏到了一起，骨节的爆响从他的双手间不断响起，但是在杨惠敏注意到之前，雷震很快又放松了自己的身体。

曾经带着自己的“儿子”，在大山里相依为命生存了相当长一段时间的雷震，清楚地明白，食物对生存的重要性。大山和“儿子”教会了雷震很多东西，其中有一项，就是绝不轻易浪费自己的体力。

你什么时候见过一条，没有猎物又没有追敌，就在旷野中无聊奔跑，来消耗自己体力的狼？！

“我爱我的爹，我爱我的娘，我爱我的朋友，我喜欢身边的每一个人。我真的不希望他们受到任何伤害。而且，就算我现在是独自一个人，没有亲人没有朋友，我也会倾尽自己的力量，去对抗敌人。”

杨惠敏伸手支撑起自己的头，支撑起了她那双包含着太多梦想与希望的眼睛。在这个时候，她遥遥望着远方，她似乎已经看到了一个并不遥远的未来。

“因为我以后长大了，还会认识很多很多志同道合的朋友。我也会嫁给一个喜欢我，我也喜欢他的男人，组成我们自己的家。这个家不用很大，只要够我们和自己的孩子一起快乐地住在一起就行了。这个男人也不必拥有太大的成就，他只要能够一辈子爱我们亲手组建的家，当他带着工作一天的疲惫，回到家里掀开餐桌上的罩子，脸上能露出幸福的笑容，我就会很满足了。”

“就算是为了我未来的朋友和家人，我也一定要和敌人拼死作战，因为我希望他们能够生活在一个幸福而自由的世界里啊！”

拾起脚边的一粒小石子，把它抛出去，杨惠敏重重吐出一口长气。她伸手指指自己，再指指雷震，最后她张开了自己的双臂，面对着大街上那些匆匆走过的人，做出了一个拥抱的姿势。她轻声道：“我相信只要我们能够紧密团结起来，少一点一盘散沙，少一点各人自扫门前雪，多一点相互的关怀，我们一定能赶走侵略者。到了那个时候，大家都会好起来，我们都会幸福的！”

杨惠敏嘴里的这个大家，显然也包括了雷震。

雷震还是没有说话，但是他抓起了自己那个用竹筒做的水壶，把这些水倒在一块还算干净的布上，然后用这块布，帮杨惠敏擦拭着左臂上的伤痕。在杨惠敏压抑的倒抽凉气声中，雷震将一把不知道从哪里采的树叶丢进嘴里，嚼碎后小心地敷到了杨惠敏的左臂上。

一股清凉的感觉，从杨惠敏左臂的伤口上传来，大大冲淡了伤口上那股火辣辣的疼痛。

“记着……”今天雷震终于第一次开口说话了，“下次掐得轻一点，至少，不要对着同一个位置连掐上好几次！”

听着雷震略带责怪的话，看着雷震那过于硬朗的脸部线条，看着在他深深的眼眶下，那双明亮动人的双眼中，流露出来的专注与认真，看着他用一种熟练的手法，给自己治疗手臂上的掐伤，不知道为什么，杨惠敏真的有点痴了。

第六章 死士（上）

说实话，雷震真不相信，那些内斗有方御敌无术的中国军队，在全线撤退后，还能有一部分留下来，坚守两天时间。他没有受伤之前，一直在战火连天的上海市飘荡。虽然他不是一个军人，但是他已经对日本军队占据绝对优势的轰炸有了相当的了解。除非是有奇迹发生，否则的话绝对没有一支军队，能在顶着重炮反复轰击的情况下，打退日本军人一次又一次狂风骤雨般的攻击。

在苏州河畔，密如爆豆的激烈枪声此起彼伏，日军的轰战机和战斗机在空中就像是渴望食物的秃鹫一样来回盘旋，但是阵地一直牢牢掌握在中国军人的手中！眼前的这一切，让雷震不得不信奇迹真的发生了！

站在英租界相对安全的位置，瞪着这片铁与血交融的战场，观察了很久很久，雷震才低声道："这个人很……厉害！"

雷震嘴里说的这个人，就是指挥中国军人进行阵地防御战的指挥官。

杨惠敏用力点头。她的脸上扬起了一个引以为傲的笑容，她大声道："这是当然了，指挥这场战斗的，可是八十八师五二四团的谢晋元！"

雷震不知道谢晋元是谁，但是他就是知道，这个人真的很厉害！

雷震的眼角在不停地跳动。雷震这一辈子没有当过兵，当然更不懂得什么军事、兵法，但是犹如野兽般的本能，在一次次死中求生的惨烈搏杀中慢慢培养出来的敏锐直觉，仍然让雷震捕捉到了这场战争胜利的来源，更让他嗅到了来自中国阵地上，那一股股让他感到全身血液都要跟着一起燃烧的气息。

雷震清楚地知道，只有在那些受到致命重创，已经失去了生存的希望，要在临死前拉着对手一起完蛋的野兽身上，才会猛然迸射出如此危险，如此疯狂的杀气！

这是一批已经放弃生存希望的死士！

……

"从你部中选派一位坚定果敢的军官，率领一支小部队利用游击战术，担任掩护任务。该军要努力坚持一定时日，彰显国军仍然未放弃上海守卫之责，以争取即将召开之九国公约会议，谴责日本侵略行径，同时可预期国际舆论对中国抗战的关注、同情和声援！”

这就是在中国军队撤出上海战场之前，司令部下达到八十八师的一个作战指令。

换句话来说，留守的这支小部队，就是一支为了掩护主力撤退，注定要成为弃卒，注定要被敌人团团包围的敢死部队！没有超强的统帅能力，没有丰富的实战经验，没有坚毅果敢遇强则强的斗志，没有对国家民族的绝对忠诚，没有做好舍生取义准备的军人，绝对无法胜任这样一个任务！

所以留下来指挥这场阻击战的，是那个策划了奇袭“出云号”，实施了“铁拳”行动，既拥有鹰派军人的果敢与狠辣，又拥有了龟派军人钢铁防御步步为营的百战虎将谢晋元！

上海苏州河北岸老匣桥北端，在那里竖立着一座原来是大陆银行的四行仓库。它之所以叫作四行仓库，是因为这座仓库由四家银行联手建成，用来存放各种贵重物品。

这样一座建筑物由于在建设时资金充足，足足有七层高，这在上海都非常少见。最重要的是，整幢大楼通体都是由钢筋混凝土制成，墙体厚实坚固，就算是日本军队动用坦克上口径小的主炮，也必须反复轰击才可能炸穿，至于日军普通的步兵炮，更无法对这样一幢大楼造成实体伤害。

因为四行仓库拥有如此强大的防御能力，在淞沪会战开始时，八十八师的师指挥部就设在四行仓库，所以四行仓库中，除了存放了几千袋粮食、黄豆等可以直接用来堆制防弹掩体的物资外，更堆放了能够支撑相当长时间战斗的弹药。在这里面，甚至还有和外界保持联络的电话与通水管道。

攻守兼备拥有丰富实战经验的谢晋元，没有根据上峰的命令，率领五二四团一营的官兵，在匣北地区通过游击战来拖住日军前进的步伐。在他看来，那是不切实际的幻想。仅仅在匣北地区，就有9万名日军，他们更可以随时要求火炮支援，再加上侦察机的辅助，根本没有打游击战必需的迂回空间！

所以，谢晋元干脆带领五二四团一营全体官兵，撤进了四行仓库。

在很多人的眼里，谢晋元仅仅有一个加强营的兵力，却放弃了小股部队游击骚扰战术，而选用了最笨、消耗最大的阵地防御战的这种举动，无异于是自掘死路！

想想看吧，一旦停泊在黄浦江上的日本海军舰队万炮齐发，就算四行仓库通体由钢筋混凝土浇灌而成，就算它的墙体厚实，但是面对战列舰舰炮这种最纯粹，就是为了破坏，就是为了杀戮而存在的战争武器，它唯一的下场也是土崩瓦解，成为谢晋元和身边所有勇士的坟墓！

但是别忘记，他是谢晋元！

真正让谢晋元选中四行仓库作为阻击战场的最大原因是四行仓库和英国租界仅有一桥之隔，越过新匣北桥就会进入英租界。如果站在四行仓库的顶层，仅凭肉眼就能清楚地看到迎风飘扬的英国米字国旗，看清楚英国军人建立的岗哨和机枪堡垒。

而在几十米外的老匣桥南侧，还耸立着一个巨大煤气筒。这样一个巨大的煤气筒，就像是一根避雷针一样高高耸立在那里，绝对是容易遭到炮击和轰炸的S级目标。而这样一个建筑物，一旦遭到炮击或轰炸就会倒塌，就会对英租界造成不可估量的可怕破坏！

四行仓库和英租界不过是几十米的距离，一旦产生误射，就会将英国这样一个现在日本军队还不能去惹的强国拉入这场中日战争当中。把炮弹打进了英国租界，就无异于向英国本土开炮，向英国宣战！

试问在这种情况下，谁他妈的还敢指挥停泊在黄浦江上的海军舰队，扬起黑洞洞的炮口，对着四行仓库来上一个万炮齐发？！

第七章　死士（下）

不能动用停泊在黄浦江上的战舰重炮，但是日本军人还有已经占据了绝对优势的空中力量，他们有轰炸机，有战斗机！

面对屹立在那里的四行仓库，面对几十米外那个实在是太高、太粗、太容易成为攻击目标的煤气筒，面对匣北桥那里正在飘扬的英国米字旗，那些在中国的天空中耀武扬威，不知道随随便便就投下了多少发重磅炸弹，扫射出多少发机关炮炮弹的日本空军驾驶员，全部都在摇头。

他们面对的问题和海军战列舰上的炮兵一样，炸弹丢下去容易，只要按键一按就可以甩出去一串，但是一旦有哪一发炸弹，突然间抽了疯，发了癫，不顾弹道学，不理会物理学，不听从设计师、工程师的安排，在惯性、动能、势能的影响下，翻着幸福的小跟头，一路呼啸着直直冲向了英国租界，炸起一朵漂亮的小黑云，那他们闯下这种大祸应该怎么办？

是不是应该根据武士道精神，去切腹自尽了？问题是，能好好地活着，谁他妈的有毛病，愿意一心去寻死啊？！

据说九国会议马上就要开始了，中国政府之所以在上海拼死力战，说白了不就是指望利用上海在国际上的特殊地位和影响力，利用九国公会来制造舆论优势，通过各国压力，用谈判的方法，来迫使他们大日本帝国的军人从上海撤退吗？

在这种关键的时刻，不要说是把一枚炸弹丢进了英国租界，就算是弹片乱飞，扎中了英国巡逻的士兵，砸到了英国租界的花花草草，破坏了生态平衡也是不好的，也会另起事端啊！

抱着这种顾虑，也难怪已经两天时间了，几架战斗机、轰炸机就像是渴望吃到死尸肉块的秃鹫一样在四行仓库上空盘旋，却一直强忍着没有冲下来。

日本军人在进攻中国时，还从来没有遇到过这样投鼠忌器、束手束脚的场面！

也许是接到了上峰的命令，也许是自作主张的尝试，一直盘旋在四行仓库上空的一架轻型攻击轰炸机，突然在空中划出一道美丽的俯冲弧线直直冲向四行仓库。看它的样子，竟然是要直接用战斗机上的机炮攻击四行仓库。

机炮能不能打穿通体都是钢筋混凝土结构的四行仓库，这架九四式战斗机的驾驶员不知道，当然他更不知道自己一串子弹打下去，究竟能对据守在四行仓库里的中国军人造成什么样的打击，但是他知道，自从进入中国作战以来，他还从来没有遇到过这种束手束脚的感觉！

这架日本三菱重工出产的九四式战斗机，带着巨大的轰鸣声，以惊人的高速做出了一个近乎完美的俯冲射击动作。就在这位战斗机驾驶员带着一脸的轻松，手指已经搭到了红色机炮发射键上，准备把机炮倾射到四行仓库上时，四行仓库一直沉默的房顶，突然活了！

在放声狂吼声中，几名中国军人一起用力，掀开了伪装用的帆布，推倒了堆在四行仓库最顶端的一堆竹架和纸箱。

在稀里哗啦的声响中，在竹竿乱跳、纸箱乱滚的一片混乱当中，两架高射机枪，面对已经开始俯冲，再也无法改变自己航线的日本九四式战斗机，露出了它们狭长而危险的枪身。那整整齐齐紧密排列在子弹链上的子弹，看起来就像是鲨鱼的牙齿般美丽而危险，更在阳光的照耀下，散发着幽幽的光彩。

一名不知道在帆布下面藏了多久，负责操纵高射机枪的老兵，一脚踢飞了身边两三个已经打开的罐头盒。这两天他必须一动不动地躲在帆布下面，每顿饭他吃的就是罐头。在战争期间这绝对是一种奢侈的享受，但是为了不暴露目标，他就连大便也拉在罐头盒里，却又不敢把这些罐头盒推到外边，帆布里面的味道可想而知。

望着直直俯冲下来的九四式战斗机，这位高射机枪手一边迅速调整枪口，一边狠狠吐掉一口口水，叫道："妈的，怎么这个时候才过来，老子早等不及了！"

当日本飞行员终于看清楚眼前的一切，在心里迅速计算出双方的位置和角落以及火力对比后，他猛然在心里发出一声惨叫："我的天哪！"

"嗒嗒嗒……"

两挺高射机枪一起怒吼，大弹壳欢快地跳动着，高射机枪子弹在空中划出了两道肉眼可见的弹道，就像是两支最狂放的雷神之剑，狠狠射向那架实在太轻敌，实在太自以为是，而把自己送到了高射机枪枪口上的九四式战斗机。

九四式战斗机，在重机枪子弹的洗礼下，发出"吱吱啦啦"的可怕声响。而坐在这架战斗机中的驾驶员，他的身体更是在瞬间被三四发高射机枪子弹同时打中。这位手中沾染了太多中国军人的鲜血，欠下了累累血债的日本战斗机驾驶员，不敢置信地看着自己犹如被五马分尸的身体，猛然发出了一声痛到极点的绝望惨叫。

你知道高射机枪这种口径超强的重型武器，射出来的子弹打到人的身体上是什么样子吗？

简单来说，那种大口径高贯穿性高停滞力的子弹，打到战斗机上就是一个洞，打到日本陆军那种犹如铁皮罐头般又轻又薄的装甲车上还是一个洞，而打到人的身体上，那就是……打哪碎哪！

鲜血在战斗机驾驶舱口里不断迸射，各种黏黏腻腻的东西，在瞬间就沾满了整个机舱。而整架九四式战斗机，机身上更是被高射机枪子弹打得千疮百孔，被打得五花八门。当一发高射机枪子弹，终于打进了这架战斗机的发动机时，整架战斗机猛然在空中炸成了无数碎片，纷纷扬扬地散向了这片属于中国的土地。

疯狂的欢呼猛然在四行仓库内响起，而操纵重机枪的中国军人，更对着仍然在头顶盘旋的日本飞机，倒竖起充满不屑意味的大拇指。不能投掷炸弹，不能呼叫战舰炮击，仅凭战斗机上的机炮和他们这两挺重机枪对射，那些只是用一层铁皮包裹着自己，在低空乱飞的日本飞行员都不怕，他们这些头顶蓝天脚踏大地的人，又怕什么？！

看到这一幕，杨惠敏的巴掌都快要拍烂了。她放声地叫，用力地笑。

“看到了吗，你看到了吗，他们打下了一架飞机，他们打下了一架日本人的飞机！”杨惠敏望着雷震笑着叫道，“看到了没有，日本人现在根本不敢开炮，也不敢投掷炸弹，现在就连他们的战斗机也被打下来了。他们的法宝用完了，他们如果想攻下四行仓库，那就得用人命来换！”

雷震也在用力点头。看着横七竖八倒在四行仓库正前方的日本军人尸体，雷震下意识地伸手摸了摸自己左臂。杨惠敏已经在他的伤口上，绑了厚厚几圈止血绷带。杨惠敏真的没有注意，望着那些日本军人的尸体，看着他们丢在地上的太阳旗，雷震一向没有任何情绪波动的双眼中，缓缓扬起了一丝危险的血红色。

据说一头孤独而善战的狼，在和死敌狭路相逢必须决一死战时，它们的眼睛，就会变成这种颜色。

第八章 国魂（上）

欢快的笑叫声还在雷震的耳中回荡，杨惠敏脸上的笑容突然彻底凝滞了。因为当她的目光追着那些仍然在四行仓库上空的日本飞机乱转时，杨惠敏清楚地看到，在四行仓库的北面、西面、南面，到处都挂满了日本的膏药旗。这些被上海市民们称为“被正义的子弹打了一个血洞”的旗帜，正在那里对着四行仓库耀武扬威。

在这个中国军队已经撤出的城市里，已经找不到一面还在高高悬挂的国旗，放眼望去到处都是日本军人的膏药旗。在这样一个环境里，守护在四行仓库里的中国军人就像是一个孤独的战士，面对潮水般蜂拥而至的敌人，绝望地一次次挥动手中的利剑，直到自己用尽所有的力量，弹尽粮绝地倒在敌人的铁蹄之下。

镇守在四行仓库里的最高指挥官谢晋元当然早就注意到了这一点。他清楚地明白，自己带领的这支部队，已经身陷到几万敌人的重重包围圈当中，突围已经绝不可能了，他们的生路已经被彻底掐断了。

谢晋元走到一面墙壁前，用一根木炭，在龙蛇飞舞的挥洒中，留下了自己的遗书，更挥洒出一个中国军人的心声："我们是中华民族的子孙，志士仁人无求生以害仁，有杀身以成仁。我们存在一天，绝与倭寇拼命到底!"

写到这里，谢晋元沉默了。他伸手轻轻抚摸着面前这堵注定要见证历史，注定要被中国的男人、勇士、烈士鲜血溅满的墙壁，感受着厚重墙壁带来的冰凉与安全，想着如果自己为国捐躯后，妻子凌维诚带着两个孩子奉养着二老所要度过的辛苦岁月，浓浓的歉意和刻骨的柔情在谢晋元的心里反复回荡，最后化成了一声幽幽长叹："对不起了，维诚，希望你不要怨我！永别了……吾爱！"

在阻击战开始的第一天，四行仓库内的供水管道就被日军派出工兵炸断了。没有了淡水，面对仓库里大量的白米和黄豆，却无法做成可以吃的食物，炊事班的司务长急得就像是热锅上的蚂蚁。为了节省不多的资源，在连续高强度作战的情况下，谢晋元却不得不狠下心肠，下达了"每人每天能领到半壶水，吃上一顿饭"这样一个命令。

幸运的是，四行仓库底层深深埋在地下的电话线并没有被日军的工兵发现，谢晋元还能通过这条细细的电话线和外界保持联络，甚至是接受记者的采访。

看着仍然据守在仓库里，脸上已经露出疲态的士兵，谢晋元心里明白，在这种情况下，体力的消耗尚在其次，身陷重围的压力，更迅速地消耗着每一个士兵的斗志与体力。

同时精通攻击与防守，从黄埔军校第四期毕业的谢晋元，清楚地知道在战场上士气的重要性，如果不能改变这种状况，不能拿出一种方法有效地激发每一个士兵的斗志，部队的战斗力就会不断下滑，这样下去也许很快四行仓库就会失守了。

丢掉手中的木炭，谢晋元大踏步走到四行仓库底层的电话机旁。略一思索后，他拨通了一个电话号码。

就在这天晚上，一位不愿意透露姓名，却绝对拥有相当身份地位的德国妇女，亲自驾驶着一辆卡车，穿过了租界内的英国军营，在夜色的掩护下，冒着被日军攻击的危险，将两百箱饼干，两百桶淡水，两百支手电筒，一百张毛毯和一批价格昂贵的西药送到了四行仓库的下方，并把它们交到了中国军人的手里。

"不用谢谢我，这些东西都是一个叫杨惠敏的小姑娘为你们募捐到的。我只是应那个小姑娘的请求，开了一趟卡车，把它们送过来罢了。"

这位年近四十岁的德国女人，用关切而温柔的目光看着站在自己面前这个可能刚刚年满二十岁，却已经是一个顶天立地男子汉的士兵，她微笑着道，"这是你们国与国的战争，本来我是不应该介入的，但是，你们全是勇士，我们德国人最尊敬的就是真正的勇士！对了，那个叫杨惠敏的小姑娘请我转达给你们所有人一句话——你们并不孤独！”

啃着饼干，几个人分吃着一只苹果，默默回味着“你们并不孤独”这句话，四行仓库里的每一个中国军人，都觉得心里缓缓地涌起了一股暖意。他们现在最大的遗憾，就是没有看到杨惠敏这个女孩子，没有亲口向她道谢。

杨惠敏没有来，是因为她接到了上海童子军总会的命令。就是在那位可敬却没有留下名字的德国妇女把卡车开到四行仓库下方的同时，已经用自己的实际行动验证了自己身为一个中国人忠贞与勇敢的杨惠敏，带着雷震，来到了上海商行总会。

一个穿着便装，但是全身都散发着军人刚强气息的男人，就静静站在商行总会的大门外。他用审视的目光，上下打量着快步走过来的杨惠敏和不紧不慢跟在她身后的雷震，似乎正在心里对这两个大孩子做着评估。

迎着杨惠敏那双因为兴奋而神采飞扬，在黑暗中熠熠生光的双眼，迎着她也许是因为激动，也许是因为走得太快，走得太急，而涨红了的脸，感受着杨惠敏身上那种年轻女孩子特有的热情与活力，过了好半晌，这个男人才沉声道：“我是张柏亭！”

他的话不多，却铿锵有力，更带着一种说不出来的骄傲与威严。面对这样一个男人，杨惠敏眼睛亮了，失声叫道：“张柏亭？你是八十八师的参谋长张柏亭？”

杨惠敏猛然用手按住了自己的嘴巴，如果眼前这个带着长期手握重权气势的男人，真的是被日军称为“可恨之师”的八十八师参谋长，在国军全线撤退的情况下，他出现在这里，本身就代表了一个绝对的机密，更冒了被日伪特务发现的危险！

看到杨惠敏的反应，张柏亭点了点头。这个女孩子拥有火一样的热情，看起来大大咧咧却又有足够的机警，应该给她打上一个八十分！

当张柏亭的目光落到静静站在杨惠敏身后，整个人自然而然隐藏在一片黑暗当中的雷震身上时，这个见惯风浪又一身是胆的军人，仔细打量着雷震手臂上裹了一层又一层的绷带，看着雷震犹如一杆标枪般笔挺而坚韧的身体，突然笑了：“看来你有一个相当不错的同伴啊！”

相当不错的同伴？

听到张柏亭的评价，杨惠敏略略撇了撇嘴。说句实在话，杨惠敏对雷震的感觉还不错，但是单纯从工作角度来说，她真的看不出来，雷震在哪里不错了。

雷震这个家伙，根本就是一块大大的榆木疙瘩！

她为什么要找这个家伙做搭档？

不就是因为在募捐的时候，需要两个人一唱一和，通力合作，才能想方设法地从那些有钱的富商显贵手里，抠出那么一点点物资吗？

结果呢，这个人似乎天生就不喜欢说话，在募捐的时候板着一张没有任何表情的脸，就像是门神似的往那里一杵，任谁看到他都觉得碍眼。所以杨惠敏只能一个人孤军奋战，只能在那里拼命掐自己的胳膊，从自己并不发达的泪腺里挤出几滴温温热热的东西。

直到她把自己的胳膊掐得快要变成一根石墨条了，这块大木头才后知后觉地从口袋里摸出几张天知道从哪里搞到的树叶，为她敷一下。就这样一个只知道默不作声跟在她屁股后面的家伙，也能称得上是“一个相当不错的同伴”？！

看着活力旺盛个性张扬的杨惠敏，再看看站在黑暗的角落里，就犹如一头厌倦光明的野兽般沉默与隐忍的雷震，张柏亭不再迟疑，沉声对他们道：“你们两个跟我来！”

第九章 国魂（下）

商行总会的大门被打开了，杨惠敏跟在张柏亭身后，大踏步走进商行总会。当商会大厅里的灯光亮起，光明再次占据了这个世界时，杨惠敏抬起头，顺着那个军人的方向向前观望。

突然间，杨惠敏惊呆了。

就是在这个沦陷的上海，就是在这个到处都是异国的旗帜在飘扬，到处都是侵略者耀武扬威的天与地之间，就是在这间商行总会的大厅里，一面巨大的国旗，正静静地挂在墙上！

它那犹如最热情的岩浆又犹如血管里奔腾不息的血液般的红色底布，它那代表青天白日朗朗乾坤的国徽，它那仍然散发着染料味道的躯体，似乎都在向每一个面对它的人，默默诉说着属于中华民族的坚毅与不屈。

“国旗代表了一个国家的尊严，更代表了军人的骄傲！”

张柏亭深情地望着眼前这面巨大的国旗，沉声道，“我留在上海，就是要以外援的形式，来帮助谢晋元防守四行仓库。今天下午，我接到了他的电话。谢晋元团长为了能够长期战斗，为了能够奋振上海全市的民心，为了向全世界展现出中国军人宁死不屈的风骨，他要求我们想办法送一面国旗过去，把它在被敌人团团包围的四行仓库的上空升起来！在上海我们已经没有可用之兵，所以我找到了这家商行总会，商行总会找到了童子军总部，而童子军总部又向我推荐了你！”

杨惠敏的两只眼睛，死死盯着那面悬挂在墙壁上的国旗，她真的已经痴了。

张柏亭霍然转头，直直地盯着杨惠敏，厉声喝道：“杨惠敏，告诉我，你愿不愿意接下这样一个危险的任务，把这面国旗送进四行仓库，并且亲眼看着它在四行仓库的上空扬起？！”

杨惠敏张开了嘴，可是在这个时候，她突然发现，自己已经不会说话了。没有再掐自己的手臂，可是眼泪却不停地从她的眼睛里疯狂地涌出来。痴痴地望着那面国旗，痴痴地望着站在自己面前，眼睛里包含了太多严厉与希望的军人，杨惠敏在这个时候，只能拼命地点头，唯恐他误解了自己的意思。

“你必须要清楚地明白，这是一项军事任务！想要完成这样一个任务，你必须要游泳渡过被日军封锁，还有炮艇不断巡逻的苏州河。一旦在执行任务的时候被日军发现，你就会立刻遭到机枪甚至是火炮的攻击！你就算是死了，也不会有人替你去收尸，更不会有人因为日军攻击平民而去为你主持公道。”

张柏亭提高了声音：“我最后再问你一次，杨惠敏你愿意不愿意接这样一个危险的任务？”

“谢谢，谢谢，谢谢，我太开心了，我……太兴奋了……我……”杨惠敏真的不敢相信，会有这样一个艰巨而光荣的任务交到她的手中，在这个时候，因为过度激动，杨惠敏真的是泣不成声，“我谢谢您能信任我，把这样一个光荣的任务交给了我！”

“这是一面足足十二公尺长的国旗，如果它真的能在四行仓库的上空扬起，就算是在一千米外，也能清楚地看到它！记住，你一定要给我保护好它！”

聆听着张柏亭的声音，杨惠敏在拼命地点头：“我愿意倾尽我全部的力量来完成这个任务，即使是牺牲了，我也会保护好国旗，就算是死了，我也要把这面国旗送进四行仓库！”

杨惠敏现在真的是晕了，她已经开始满嘴说胡话了。一个人已经死了，又如何把国旗送进四行仓库？

但是听着这样的话，张柏亭满意地点了点头。只有像张柏亭这样见惯生死的职业军人才明白，在很多时候，热血的英雄与失去理智的疯子只有一线之隔！

一面足足有十二公尺长的国旗，它真的是够大了，把它一层层地折起来，也会有厚厚的一叠。

张柏亭捧着这样一面代表了军魂、国魂、民族之魂的国旗，把它小心地交到了杨惠敏的面前。当两双手在空中以这面国旗为桥梁，紧密连接到一起的时候，一种水乳交融的动人感觉，在瞬间袭上了两个人的心头。

“你去吧，如果你真的有了意外，我会去通知你的家人。告诉他们，你是为这个国家为这个民族而牺牲的。”张柏亭沉声道，“我们会记得你……”

张柏亭没有再说下去，死亡这样的话题，对于一个只有十七岁的小女孩来说，真的是太沉重了一些。

杨惠敏望着张柏亭，张柏亭也看着杨惠敏，当那面足足十二公尺长的国旗，终于完全交付到杨惠敏手中时，也许是心有灵犀，两个人一起轻声道：“保重！”

目送着杨惠敏和雷震这两个大孩子迅速消失在夜色的黑暗当中，张柏亭就那样静静地站在门口。他的脸上写满了苦涩，他真的不希望把这样一个太过艰巨，几乎就是拉着死神跳舞的工作，交给一个十七岁的小女孩。

但是童子军总会向张柏亭推荐了杨惠敏，让她这样一个只有十七岁的女孩子来完成向四行仓库献旗的军事行动，一方面的确是因为在上海除了谢晋元带领仍然在四行仓库和日军血战的军人，已经再也找不到可用之兵，另外一个方面，也因为杨惠敏在完成这个任务方面，有一项得天独厚的优势。

杨惠敏爽朗，杨惠敏好侠仗义，杨惠敏……美丽！把这些优点加在一起，使她就像是一个发光体，总能轻而易举地吸引别人的注意，引起别人的好感。在淞沪战争一开始，杨惠敏就一直在英租界里和同样为童子军的伙伴四处奔走，为那些涌进英租界和公共租界的难民募捐。

时间长了，英国租界里的军人有一大半已经认识了这样一个牙尖嘴利，总能想方设法从他们口袋里抠出几张钞票的小女孩。

按照英租界的规定，进入租界的中国难民，不能走出他们划定的难民营，到了晚上不允许随意走动，更不能进入他们划定的军事管制区！而要进入四行仓库，无论是从匣北桥上走过去，还是从苏州河里游过去，都必须要通过英租界的军事管制区！

第十章 你就是我的道具（上）

杨惠敏挽着雷震的手臂，走进英国租界最靠近军营，同时也最接近四行仓库的茶叶大厦，轻车熟路地转进了一个俱乐部。

所有人看着态度如此亲昵的杨惠敏和雷震，都露出一个怪异的表情。有几个唯恐天下不乱的英国大兵，更是当众对着杨惠敏吹了几个响亮至极的口哨。就连几位带着女伴的军官，也在对着杨惠敏点头微笑。

这是一个建在租界里，专门为英国士兵服务的俱乐部。为了能够让这些英国军人在俱乐部里找到回到英国的感觉，俱乐部的老板显然在装修方面下了一番苦功。整个俱乐部的墙壁上都贴了一层原木皮，到处挂满了代表战士光荣与责任的剑与盾。而那在灯光下闪闪发亮的黄铜浮雕和大块的兽皮，还有那个大大的壁炉，都让这间俱乐部拥有了一种古典的欧式风格。

而俱乐部里那些标志性的啤酒桶，几个站在俱乐部中间的擂台上，随着音乐不断扭动腰肢的舞娘，更是将酒精、暴力、色情这几个元素完美融合到一起，形成了一个属于男人的天堂。

就在这个时候，留声机里传出来的音乐，突然变得强劲而高亢。那几个穿着旗袍刚才还在表演中国舞蹈，充分将中国古典美学展现出来的舞娘，当众脱下了自己的外衣，露出了她们里面暴露，挂满小铃铛的网格装。而她们脸上那种典雅娴熟的笑容，更是在瞬间就变成了绝对张扬狂放的火焰。

在强烈音乐的刺激下，她们的身体突然就像是响尾蛇的尾巴一样，开始以一种让人目瞪口呆的速度，带着全身每一块可以活动的肌肉一起颤动，而且越晃越快，几百个小铃铛随之一起发出叮当叮当的细密声响。

在这个时候，俱乐部里的男人们都要看疯了。他们瞪着大大的眼睛，举起手里的酒杯，用力在桌子上猛敲。一时间充满情欲的狂野呼喊和有节奏的沉闷声响，充斥在整个俱乐部里。一个已经喝得两眼发直的英国大兵已经冲到擂台边的护绳下面，他一边伸手抓住一个舞女的大腿猛亲，一边将钞票塞进了被他抱住的舞女高跟鞋里，顺利地压制住了那个舞女的反抗。

杨惠敏看着那几个在舞台上为了赚到钞票，而让全身上下每一块肌肉都在高速颤动，将自己的身体毫不羞涩地暴露在众目睽睽之下的同胞，她的眼睛里闪过了浓浓的不屑。她斜眼看了一看雷震，她满意地发现，雷震似乎也不喜欢这样的节目，因为他的眉头已经皱起来了。

就因为这一点，杨惠敏在心里，给雷震加了十分！

说句实在话，雷震真的不喜欢这种地方，他甚至没有仔细去看那几个穿着暴露，身材不错，更带着一种最原始挑逗美感的年轻女人。

雷震，不喜欢这里浓重的酒精和雪茄气味，不喜欢这里的嘈杂，不喜欢那一股股廉价的刺鼻香水味，他更不喜欢别人紧擦着自己的后背走过去。要知道，在大自然中，如果把背后轻易亮给另外一只拥有强大攻击力，距离自己又太近的陌生动物，那只会有一种结局——受到攻击！

所以雷震拽着杨惠敏的胳膊不停地走着，直到他找到一个墙角，把自己的身体都贴在墙壁上，才缓缓地吐出一口长气。

但是最让雷震感觉到浑身不舒服的是，为了包装他这个临时“男朋友”，天知道杨惠敏在那么短的时间里，用什么方法，从哪一个男孩子身上，剥下来一件男式童子军的军装！

这件童子军的军装，洗得干干净净，上面还能闻到一股肥皂的清香，而且可能它的主人，每天都会用装着开水的罐子，把它一点点地烫平熨展，所以它就算是已经不知道穿了多久，仍然带着硬朗的边线。

再配上一顶有着几分美国西部牛仔风情的军帽，和一条雷震怎么看都像是一条绳子的领带，硬是在雷震的身上，勾勒出一种属于军人的强健与硬朗。而他那犹如大理石雕像般坚硬的脸庞，和他那双几乎没有情绪波动，却在灯光下反射着幽幽光彩的双眸，更让他看起来浑身上下多了一种充满危险的魅力。也难怪换上这身童子军军装的雷震浑身别扭地走出来时，就连杨惠敏的眼睛都忍不住一亮。

只可惜……雷震现在已经足足有180厘米高，就算杨惠敏的点子再多，认识的朋友再广，也没有办法让那些小了两三号的衣服突然变得大起来。

“道具，这只是任务的道具，你懂不懂什么叫作道具？这套道具又不是为你量身定做的，尺寸稍稍不合适，也是在可以容忍的范畴之内吧？！又不要你去杀人放火，也不要你跑到码头上去扛麻袋包，衣服小一点又有什么了不起的，凑合一下忍忍就过去了。”

在把这一套小了两三号的衣服硬塞进雷震手里后，杨惠敏又补了一句话：“记得这套军装可是我向别人借的，你千万小心不要把它撑坏了，还有，也不要弄脏了。”

套着这样一身就连大腿都不敢用力迈，完事后还要还给人家，怎么也不好意思撑出十七八个裂口的童子军军装，也难怪雷震的动作就像是穿着西装的猩猩一样，束手束脚，让别人看着都替他难受。

俱乐部侍应生带着一脸笑容，快步走了过来。杨惠敏可是这里的常客了，三天两头就会带着一群童子军往这里跑。他见多了杨惠敏这个小丫头跑到这里为难民募捐，为难民请愿，听多了杨惠敏那虽然还有点稚嫩却胜在情真意切的演讲。在“国家兴亡、匹夫有责”的号召声中，就连他这个小小的只能为英国人端盘子的侍应生，都被杨惠敏晓以民族大义，硬是被她从口袋里“剥削”走了几张钞票。

现在这位小姑奶奶竟然是以顾客的身份光顾，甚至还大模大样地把自己的男朋友也领到了这里，看着他们之间“亲昵”的动作，也难怪这位侍应生的笑容会这样亲切，投向雷震的目光又是那样地暧昧。事实上，现在已经到了凌晨十二点三十分，一个出落得亭亭玉立性格又开朗中带着几分张扬的女孩子，和一个看起来颇有几分英武气息的大男孩，没有回家仍然泡在俱乐部里，本身就是一件非常值得人深思，非常暧昧的事情了。

杨惠敏为雷震点的饮料送上来了。雷震端起面前的杯子，借着头顶的灯光，仔细打量着这种在灯光下呈现出黄绿色，不停冒着诡异的气泡，甚至最上面还漂浮着一层白沫的液体。

杨惠敏抬起了下巴，用玩味的眼神盯着端着酒杯略略有点迟疑的雷震。

在杨惠敏玩味的注视下，雷震慢慢地把酒杯送到了嘴边。

看到雷震喝得不动声色，杨惠敏问道：“你以前喝过啤酒？”

“没有！”

“那就奇怪了。”

杨惠敏支起了下巴，饶有兴趣地看着雷震用一种钟表齿轮般稳定而有节奏的动作，慢慢将啤酒送进自己的胃里，“我身边的朋友，第一次喝啤酒，都不会习惯它的味道。很多人甚至告诉我，这种难喝的东西根本不是酒，而是马尿！”

雷震再次仔细打量了一眼杯子里的液体，点头道：“它看起来，的确是有点像马尿。”

“不过马尿，喝到嘴里，是咸的，而且还带着一股令人舌头发麻的骚味。就是因为这股味道，在刚刚喝马尿的时候，我还要顶着这里……”

雷震伸手指着的位置，是自己的胃，“要不然的话，也许我就会把好不容易喝进去的马尿全部吐出来。当然了，在喝马尿方面，我还有一点小小的窍门，你要有兴趣的话，可以自己去试一试。”

杨惠敏睁大了双眼，她必须承认自己看不懂雷震这个人，至少现在她就无法分辨，雷震到底是在和她开玩笑，还是真的想教她学会点什么。

“在冬天的时候，你可以先找几块石头，把它们轮流送进自己的嘴里，直到把舌头冻得麻木了，尝不出什么味道了，再把准备好的马尿，用最快的速度灌进自己的肚子里，这样既能哄饱肚皮，也能喝得顺口。”

“对了，如果有机会的话，你可以去南方的深山中，收集一种叫作‘甜藤’的树根。这种东西放进嘴里，嚼起来比黄连还要苦，但是多嚼几下，习惯了之后把嚼烂的树根吐掉，你再喝泉水感觉都是甜的。你深深吸上一口气，都会发现，空气里有股甜丝丝的味道。”

雷震举起了手中的酒杯，轻轻晃动着里面的液体，淡然道：“在那种情况下，哪怕是喝马尿，味道都会相当不错！”

杨惠敏真的听呆了。

看着雷震再一次将杯子里的啤酒送到嘴边，看着雷震舌头轻轻探出，将唇角的一点酒渍卷入自己的嘴里，不知道为什么，杨惠敏只觉胃里一阵翻涌。她不由自主地伸手，紧紧顶住了自己的胃，试图压抑住自己呕吐的欲望。

雷震的眼睛里，突然飘过了一丝淡淡的笑意，只可惜，在杨惠敏发现之前，雷震又恢复了原来的模样。

第十一章 你就是我的道具（下）

“我听教官讲过，一般的人在凌晨三点钟左右，是最容易睡着、反应最迟钝的时候，所以我们就在凌晨三点钟正式行动。”

杨惠敏伸手蘸着怎么看都有点像马尿的酒汁，在桌子上画了一个简单的地形图。她压低了声音，道：“到时候我会借口去解决个人问题，溜进女厕所。”

用厌恶的眼神打量了一眼站在俱乐部中央的擂台上还在那里对着一群英国大兵拼命颤动身体的舞娘，杨惠敏道：“俱乐部没有为这些女人专门准备休息室，所以她们经常在厕所里吸烟，为了通风在那里有一扇窗户，虽然有点小，但是足够我钻出去了。”

杨惠敏选的位置相当不错。女厕所外边的位置，就在茶叶大厦最隐蔽的一个角落，租界里的英国巡逻兵一般都不会光顾这个没有任何军事价值的死角。

“我顺着茶叶大厦墙角的铁丝网一路向前爬，如果我没有记错的话，在前方不远处，就有一个两尺多宽一尺多高的缝隙，从这里钻出去，我就可以脱离租界的军事管制区，到达苏州河边了。”

“只要我的运气不太差，我可以不惊动任何人爬到苏州河南岸，虽然河里有日本人的炮艇，但是我的潜泳技术不错，我完全可以在水下直接游到河对岸。只要我能顺利地摸到四行仓库下面，我们就算是完成了任务。”

“至于你的任务嘛……”

说到这里，杨惠敏沉吟了一下，继续道：“就是掩护我从茶叶大厦溜出去后，继续待在这里，等到七点钟天亮后，在不引起任何人注意，更不能让他们发现我失踪的情况下，顺着原路返回尼姑庵难民营。等着我回来后，一起去喝豆浆吃小笼包，来庆祝任务顺利完成！”

雷震沉默着，但是他发现，似乎自己在这场“军事行动”中，都扮演了一个可有可无的角色。

“喂，不要太小看自己噢！”

杨惠敏似乎看出了雷震的郁闷，伸出手拍了拍雷震的肩膀，试图安慰自己的这个搭档，“你想想看，我是一个女孩子啊，我虽然和这里的人都很熟，但是如果没有你这样一个男朋友陪着，我又怎么可能一个人在这些全是英国大兵的俱乐部里玩到凌晨几点钟？只要能够顺利掩护我溜出茶叶大厦，你就已经立了大功！”

“我是真的想让你陪着我一起进入四行仓库，去近距离认识一下那些真正的勇士，但是你会游泳吗？你能在有日本人炮艇四处巡逻，可能根本没有换气机会的情况下，一口气潜游到对岸吗？”

杨惠敏轻轻摇晃着自己的手指，道：“如果你能真的能做到这一点，我很欢迎你陪我一起游一次苏州河。”

雷震闭紧了自己的嘴巴，在大山里他是一条狼，在水里他就是一只不折不扣的旱鸭子。

直到这个时候雷震才明白，原来他在这场任务中起到的作用，就是一个比较重要，但是只要是个男人，就能胜任的道具。说白了，他这个道具起到的实质意义，就和乞丐手中那个缺了口的破碗，说书先生手中的那块惊堂木，有着异曲同工的妙用。虽然意义不大，但是就算是为了应个景儿，也必须有他这样一个跑龙套的家伙存在。

“咣咣咣……”

俱乐部里那个比杨惠敏还要高的自鸣钟里传来三声沉闷的钟鸣，现在已经是凌晨三点钟了。俱乐部里的人已经走了一大半，擂台上的舞娘早已经被一些英国大兵用花花绿绿的钞票带到了某个旅馆里，开始了他们的一夜温情。

留声机里传来了一阵软绵绵的音乐，连带着让那些仍然继续留在这里的人，也显得无精打采起来。杨惠敏一个人悄悄站起来，穿过了俱乐部大堂。看到仍然站在俱乐部大门边，勉强还在支撑着眼皮的侍应生，杨惠敏对他做了一个“我要去方便一下”的手势，然后当着这位侍应生的面，扭过头对着雷震招了招手。

坐在俱乐部阴暗角落里的雷震无奈地轻轻摇头，杨惠敏的意思很明白：你看，我的男朋友还在那里坐着呢，我当然不会跑了。

小时候就爬过大树掏过鸟窝，打起架来就连男孩子都要退让三分的杨惠敏，轻而易举地顺着洗手间的窗户，爬出了茶叶大厦。

一股久违的清凉空气，夹杂着苏州河的水汽扑面而来，再没有了俱乐部里的喧哗与浓重的雪茄味道，杨惠敏只觉得精神一振。

抬头深深呼吸着这清新的空气，看着头顶被黑暗彻底笼罩的天幕上，就好像是星星点灯，到处闪烁着点点晶莹，站在这片突然广袤的天与地之间，沐浴在银色的月光之下，似乎就连心胸都会跟着开阔起来。

一队英军巡逻队士兵从茶叶大厦附近经过，他们几双皮靴整齐地抬起又同时踏在地上，发出“扑扑”声响。

杨惠敏让自己尽可能藏在茶叶大厦后面的阴暗角落里。一阵微风袭过，那些栽种在茶叶大厦后面的垂柳随之飘动，似乎是一群夜之精灵，正在自己的黑暗世界中，以一种奇异的节奏，围着杨惠敏欢快起舞，更在用自己的双眼偷偷打量着杨惠敏这个突然闯入它们世界的来客。

而就在铁丝网相隔的苏州河对面，七层高的四行仓库，就像是一个坐在黑暗当中陷入沉思的巨人，正在用冷厉的眼神，打量着上海这个已经沦陷的美丽城市。突然一阵枪声传进了杨惠敏的耳朵。

“难道是巡逻的英军士兵发现我了？”

看到在自己右方不远的地方，就是一个在夜间没有人防守的战壕，杨惠敏连滚带爬地跳了进去。躲在这个战壕里，聆听着越来越密集的枪声和自己激烈得犹如重鼓狂擂的心跳，足足过了两三分钟，杨惠敏才敢确定，这些枪声并不是针对她的。

杨惠敏悄悄在战壕里露出了自己的小半个脑袋，小心翼翼地四下张望。在黑暗的天幕下，红色与绿色的火舌在空中交织，子弹在空中划出一道道暗红色的流光，在空中来回穿插，形成了一片不断闪烁的死亡之网。过了好久杨惠敏才终于明白，原来这是日本军队在白天损失了一架战斗机后，为了挽回丢掉的颜面而组织的一场夜袭！

随着代表突袭失败的枪声响起，日军迅速将偷袭转为强攻，架设在不同位置的三架探照灯同时亮了，这种在近距离可以把人生生烤干的强力探照灯，射出来的光柱在四行仓库上不断扫动。

虽然这三盏探照灯射出来的灯光，并没有实质杀伤效果，却可以引导那些射击技术精湛的日本士兵，狙击在四行仓库上的机枪手。但是最可怕的，还是这几道强烈的灯光，狠狠射在那些已经习惯了黑暗的中国军人脸上，极度黑暗与强力探照灯照射那种视觉上的绝对差异，足够让任何一个没有受过针对性训练的军人视力受到影响。

眼看着那些日本士兵在探照灯和轻重机枪的掩护下，弯下腰迅速向四行仓库接近，而四行仓库却在对方的压制下陷入了沉默，杨惠敏急得几乎要失声惊呼。

冲得最快的敌人，已经快摸到四行仓库下方的时候，突然上百道光束，一起从四行仓库的各个位置亮起。

面对这绝对意外的一幕，看着那些就在自己身上乱晃的灯光，已经冲到四行仓库下方，根本来不及再寻找掩体的日本军人，眼睛里都流露出了绝望。

“嗒嗒嗒……”

密集的枪声响起，彻底暴露在枪口正前方的日本军人，齐刷刷地倒下了一片。躲在战壕里，隔着苏州河小心翼翼观战的杨惠敏，脸上猛然扬起了骄傲到极点的笑容。

就是在昨天，杨惠敏掐着自己的胳膊，用一个女孩子的眼泪，为这些仍然坚守在四行仓库的中国军人，募捐到一批宝贵的食物和两百支手电筒。那些四行仓库的守军，就是用这两百支手电筒，绑在竹竿上，制造出一批简易的探照灯。

当日本士兵冲到四行仓库下方的时候，躲在各个角落的中国军人，就把这些绑在竹竿上的手电筒探到了窗户外边。这些手电射出来的光柱，当然不可能比得上军用探照灯，但是已经足够让他们看清楚已经近在咫尺的日军士兵。

可以说，这一次夜间阻击战的胜利，绝对有杨惠敏的功劳。她终于用自己的实际行动，验证了自己曾经说过的话……

“我们不是军人，所以我们不能在前线和那群强盗浴血奋战，但是我们可以为仍然在前线抗战的勇士们送运粮食、淡水、弹药和药品啊。这样的话，打进那些强盗身体里的子弹，就有一部分就是我们射出去的，炸毁他们坦克的手榴弹，有一部分就是我们投出去的。”

第十二章　成长的代价

不知道过了多久，枪声终于沉寂了下去。直到自己过于激烈的心跳渐渐恢复了平静，杨惠敏才爬出了战壕，在黑暗的掩护下，悄无声息地潜入了苏州河。从小在海边长大，精通水性的杨惠敏只用了一口气，就用潜泳的方式，游过了苏州河，爬上了这片在两天时间里，已经承载太多硝烟与鲜血的土地。

当她翻过四行仓库东侧，一道用沙袋垒成的临时战壕时，杨惠敏突然瞪大了双眼。

一个日本士兵，就斜靠在沙袋上用止血绷带处理自己身上的伤口，发现杨惠敏翻进了战壕，这个训练有素的职业军人，在第一时间就端起了手边的步枪。

这是一个在夜袭四行仓库时，右腿被手榴弹炸得血肉模糊，刚才晕倒在战场上，又因为位置太偏僻，没有被带离战场的伤兵。

谁也没有想到，在这种情况下竟然还会遇到敌人，两个人就这样坐在战壕里呆呆地对视着。

杨惠敏不敢动，对方手里的步枪应该还有子弹，她鼓足勇气冲过去当然可以，但是她的任务就无法完成，紧紧缠在她腰上的国旗，就会随着她的尸体，一起倒在了距离四行仓库不足100米远的地方。那样的话，她就算是死了，又有什么脸面去见那25万已经在这片土地上长眠的中国勇士？！

那个日本士兵没有开枪。他是一个老兵，他清楚地知道，这里距离四行仓库不到一百米远，不要说是那些中国军人手中的几十挺轻重机枪和迫击炮，他们居高临下，那些力气够大的士兵甚至能把手榴弹丢到战壕里面。

只要他一扣动扳机，几秒钟之后，这条战壕就会被机枪射出来的子弹彻底覆盖。他和眼前这个穿着童子军军装的中国女孩，就会一起完蛋！

两个人就这样呆呆地坐在那里，谁也没有吭声，一时间这个战壕里，陷入了一种绝对诡异的宁静。

静，真静。

静得这两个人彼此可以听到对方急剧的心跳。

近，真近。

近得他们在这样晕黄的月光下，能够清楚地看到，在对方皮肤上慢慢滑动的汗珠。

日本士兵轻轻地拉动枪栓，在尽可能不发出声音的情况下，竟然当着杨惠敏的面，退出了步枪的子弹，然后把这些子弹小心翼翼地放进自己口袋里。他是一个谨慎的人，他绝对不希望自己把填装了子弹的步枪放到一边后，被那个中国女孩拾到手里。

看到这绝对意外的一幕，杨惠敏不由得瞪大了双眼，可是很快她就明白了，这个日本士兵究竟想要干些什么。

日本士兵慢慢从刀鞘里拔出一柄足足有一尺多长的刺刀，狭长而优美的九五式军用刺刀在月光下散发着银色的光彩。抓着手里的刺刀，看着眼前这个已经发育得相当不错，长相也是上上之选的中国女孩，这个日本士兵不由自主地舔了舔嘴唇。

他来到这片注定要被他们大日本皇军征服的土地上，已经整整两年时间。连他自己都不知道，他曾经用这柄刺刀，杀死过多少个中国人了。

他们在训练场上训练刺杀格斗时，教官命令他们用抓回来的中国人做靶子，据说这样可以让他们迅速适应战场，甚至是喜欢上屠杀与死亡。当他第一次把刺刀捅进那个绑在木桩上，眼睛还用黑布条罩住的中国人时，他当场就吐了。

后来他习惯了。像他们这样的军人，离开自己的家，离开自己的祖国，在这样一个陌生的土地上四处转战，时间长了，他们需要一些方法来发泄自己积压下来的情绪。用刺刀来招呼那些像小绵羊一样无害的中国人，似乎就是一个相当不错，又不会有什么害处的方法。

到了最后，他喜欢上了杀人。

他喜欢用一种高高在上的姿态，看着那些比他还要强壮的中国男人，面对刺刀时表现出来的可怜样。这些可怜虫根本不敢反抗，只是浑身发颤，任由他把刺刀捅进自己的身体。他更喜欢听那些把贞操看得比生命还要重要的中国女人，在他的身体下面不断挣扎时，发出的绝望而痛苦的哭叫声。尤其是当着她们的亲人，甚至是她们丈夫的面去强奸，她们的叫声就更完美了……

他几乎已经看到自己把刺刀捅进面前这个中国女孩胸膛时，她在血泊中不断挣扎扭曲的样子。在他的心里甚至还产生了一丝遗憾，真的是可惜了，也许她还是一个处女呢！最可惜的是，他甚至必须伸手紧紧捂住这个女孩的嘴巴，这样连她临死前的呻吟与哀鸣都听不到了，要知道这可是他最喜欢的一种享受啊……

就在这个时候，他突然看到一道身影，就像是一头疯狂的母狼，狠狠撞到了他的身上。在绝不可能的情况下，那个手无寸铁看起来没有任何危险的中国女孩，竟然抢先对他发起了进攻！

杨惠敏清楚地知道，就算是这个日本士兵已经身受重伤，可是和这样一个训练有素的职业军人相比，她仍然是弱小得根本不堪一击。如果她还想活下去，如果想继续去完成自己还没有完成的任务，她就必须把自己变成一个彻头彻尾的疯子！

杨惠敏根本不再理会那把随时会对自己发起致命一击的刺刀，她用自己的十指在这个日本士兵的脸上猛抓。她张开自己的嘴，露出两排细细密密的洁白牙齿，对着面前这个日本士兵的身体拼命狠咬。她抬起自己的腿，用自己的膝盖对着面前这个日本士兵被手榴弹炸得血肉模糊的大腿，就是一阵歇斯底里的猛撞狠踹。

那个日本士兵真的被打蒙了。就算是在战场上，他也没有见过这样疯狂的进攻！杨惠敏的膝盖一次次重重撞在他的伤口上，每一次撞击都会痛得他全身发颤。杨惠敏的十根手指头就像是十把小刺刀，在他的脸上不断乱刺，那种劈头盖脸的感觉，竟然让他不由自主地想到了重机枪扫射。

"咔啦……咔啦……"

在这个时候他痛得全身都在发颤，他的手腕说不定都被眼前这个疯子给生生咬断了，要不然怎么会发出犹如木棒折断般的可怕声响？当他再也无法忍受这种剧烈的痛苦，下意识地张开嘴放声惨叫时，他才惊讶地发现，不知道在什么时候，因为太疼太痛，他的牙齿已经生生咬断了自己的舌头！

他吐到空气中的声波，只是勉强发出了几声嘶哑的，犹如小动物般的哀鸣。

"你放开我！"

他从嘴里挤出的声音中已经透出几丝哭意，他扬起自己的左拳，对着杨惠敏的脑袋狠砸。

到了最后，杨惠敏干脆用自己的两条腿死死绞住了对方受了重伤的大腿。她一边拼命又扭又榨又磨又压，任由从他伤口里流淌出来的炽热鲜血浸透了自己的衣服，一边用脑袋顶在对方的下巴上，对着他的胸膛继续猛咬。

而她的两只手，却死死抓住了那把刺刀的刀身，任由对方的拳头，一拳接着一拳砸到自己的头上。他的拳头可真重，每一拳砸下来，杨惠敏的眼前都会炸起几十朵金色的星星，她的耳朵里更像是钻进去一群蜜蜂，在那里嗡啊嗡地响个不停。

在这个时候，杨惠敏的心里只有一个非常单纯的想法："只要你抢不走刺刀，你就打不死我！"

嵌在大腿里的弹片，随着杨惠敏双腿的不断扭动，传来一阵强过一阵的剧烈痛苦，已经让他大半个身体陷入麻木状态，他的眼前更是一阵接着一阵的晕黑。感受着鲜血和生命力，顺着自己大腿的伤口不断向外流淌，他清楚地知道，自己就快要死了。

他右腿受伤根本没有办法站起来，战壕里空间又实在太狭小，他已经没有力量再推开这个死死绞在他身上的女人。

作为一个军人，尤其是一个踏上其他国家土地，进行征服的军人，他知道自己很可能活不了多久，但是他真的没有想到，自己竟然会死得这么惨。杨惠敏的攻击虽然疯狂，却没有足够的杀伤力，但是她死死咬住对方的身体，再加上剧烈的挣扎与搏斗，已经足够让这个日本士兵流出来的鲜血，达到了死亡的标准。

在精神恍惚中，他仿佛看到了一张张似曾相识的脸。

他们有男人也有女人，有老人也有小孩，相同的是，这些脸上无一例外地都写满了痛苦与不甘。在他面前不断飘动的每一张脸，都代表了一条曾经存在却在他手中熄灭的中国平民的生命。这些脸的主人，都静静地望着他，似乎在邀请，又似乎在等着他也踏上这一条相同的不归之路。

他不由自主地狠狠打了一个寒战。如果人死如灯灭的话，当然是一了百了，可是如果人死了，真的有魂魄的存在，真的有十八层地狱的话，在这片土地上沾了太多血腥，结下太多冤仇的他，会得到什么样的判决，他又应该如何去面对那些死在他手中的冤魂？

他最后就算是死，也没有闭上自己写满了恐怖与痛苦的双眼。而杨惠敏就坐在他的尸体旁边，不停地干呕，最后却什么也没有吐出来。她想放声痛哭，可是她却拼命咬着自己的嘴唇，任由大颗大颗的眼泪无声地从脸庞上一串串滑落，混合着那个日本士兵溅到她脸上的鲜血，一起狠狠坠落到这片早已经被钢铁和血肉铺满的沉重大地上，发出了扑哧扑哧的声响。

如果这就是成熟，这就是一个爱国者，在乱世中生存下去，必须经历的成长与考验的话，那么杨惠敏付出的代价，真的是太大了一点。

第十三章　男人，哭吧

杨惠敏不知道呆呆坐在战壕里过了多久，就连脸上的泪痕和鲜血都在冷风的吹拂下，变成了一层干涸的东西。这些东西让杨惠敏觉得自己的脸上，就像是戴了一个胶皮外套，绷得让她浑身难受。她忍不住伸手一次次狠狠擦着自己的脸，直到她脸上的皮肤被生生擦破，鲜血从里面慢慢渗出来，她才觉得好受了一点点。

在这个时候，杨惠敏真的没有注意到，在寂静的黑暗中，隐隐传来的锋锐物体刺入水囊般的声响和被迅速压制住的哀鸣。

当杨惠敏终于鼓足勇气，继续向四行仓库前进，爬过了其他战壕的时候，她又看到了一个个倒卧在地上的日本士兵，幸运的是这一次她再没有遇到一个活着的，还能对她发起进攻的障碍。

杨惠敏实在是太紧张了。她真的没有意识到，这些日本士兵无论在进攻四行仓库时，受到了什么样的重创才没有及时撤出战场，现在他们的身上，都无一例外地多了一记贯胸而过的刀伤，或者是喉管被野兽锋利的牙齿生生咬断。

但是杨惠敏的注意力，仍然被一个看起来年龄只有十八九岁的日本士兵给吸引了。他就仰天躺在战壕里，他的眼睛睁得大大的，至死也没有闭上。他似乎刚刚死掉没有多久，在这么近的距离，杨惠敏能够清楚地看到，在他失去焦距的双瞳中，还残留着对生存的希望，两道委屈的泪痕顺着他正在渐渐变凉的脸庞，缓缓地不断向下淌落。

他在临死之前，似乎想用力抓住什么似的，两只胳膊仍然僵硬地伸在半空中。而他僵硬地伸在半空中的右手掌上，不知道被什么锋利的武器给划破，现在还在向下缓缓渗着鲜血。如果是一个实战经验丰富的老兵，一眼就可以看出来，这个日本士兵曾经和敌人进行了短暂的角力。对方绝对拥有压制性力量，他就是先用一只手紧紧捂住这个日本士兵的嘴巴，然后在他绝望而徒劳的反抗中，慢慢将一把狭长的武器一点点推进了这个日本士兵的胸膛。

杨惠敏终于顺利地爬到了四行仓库东侧，在一个偏僻的位置上，一根用炭粉涂成黑色的绳子，就紧贴着墙壁垂挂在那里。除非是走到这里仔细寻找，否则谁也不知道，防守在四行仓库里的中国军人已经在这里用绳索架起了一条简易的通道。

杨惠敏把这根绳子绑到了自己的腰上。当她按照张柏亭告诉她的暗号，拉动这根绳索后，早已经等在二楼的几名士兵迅速拉动绳索，把杨惠敏拉进了四行仓库的二楼。

看着从堆着沙包的窗户外边小心翼翼钻进来的杨惠敏，借着仓库里晕黄的灯光，几个中国士兵都愣住了。他们真的没有想到，这样一个穿越英国军营，游过苏州河，冒死进入四行仓库的人，竟然只是一个十几岁的女孩子。

这里就是四行仓库，她终于活着进入了四行仓库！无论这里将来会变成什么样子，至少，现在这里属于中国，还有中国军队在这里防守，在这里浴血奋战！

抱着这样的想法，杨惠敏用一种近乎虔诚的态度，打量着四行仓库，看着她视线之内每一个能看到的人。

杨惠敏真的没有想到，激战了两天时间，四行仓库里面仍然这么……整洁！没有战场上的混乱，没有面对死亡的惊慌，这里一切都被收拾得有条不紊。

在打退日本军人的夜袭后，几名士兵正在把他们刚刚打出来的子弹壳收集到一起，并把它们装进了早已经准备好的麻袋里面。已经装满了半袋子的子弹壳彼此碰撞，发出一阵叮叮当当的清脆声响。

这些和日军浴血奋战，打退了他们一次又一次进攻的军人，他们明明脸上已经露出疲惫的神色，但是他们竟然还要分出多余的时间和精力，来打扫这个注定要洒满鲜血的战场。

杨惠敏真的不懂，他们为什么要这么做。当她听到一连串快速向她走过来的脚步声，下意识地转头时，杨惠敏的目光直接被一个男人吸引了。

抛开军装上代表身份与地位的官阶，抛开众星捧月般的烘托，在这个一片忙碌，空气中充斥着硝烟和血腥气味，更隐隐传来几声压抑呻吟的世界里，最醒目，最让人无法忽视，不由自主被吸引的，还是他！

他长得并不算高大，也不算魁梧，但是任何一个人看到他，都会认为他是一个非常有力量的人；他的脸庞有几分清秀，绝对称不上凶悍，但是他的眉毛却挺拔如剑；他的目光很温和，他在望向杨惠敏时，嘴角甚至还微微上挑，扬起了一丝淡淡的笑意，但是当他的目光淡淡扫过来，一种带着穿透力的东西让杨惠敏的心里不由得产生了一种自己彻底被他看穿的感觉。

不用问他的名字，杨惠敏就清楚地知道，他就是谢晋元！那个策划了奇袭“出云号”，主导并亲自参加了“铁拳”行动的百战虎将谢晋元！

杨惠敏脱掉了自己那件沾满鲜血的童子军军装，一层层地解开了缠在她腰间，被苏州河的河水和她的汗水彻底浸透的国旗。

杨惠敏双手高高举起，她踮起了自己的脚尖，尽自己所有的力气将这面国旗尽可能地展现在谢晋元面前。她已经没有办法再向谢晋元敬上自己的军礼，她就这样高高举着国旗，放声叫道：“童子军杨惠敏，向长官报到！”

隔着国旗，杨惠敏没有办法再看到谢晋元的脸，当然也不知道谢晋元团长，现在是什么样的表情。

谢晋元沉默着，他似乎根本没有听到杨惠敏说的话，他的目光就那样静静地落在那面国旗上。

突然，杨惠敏被一双有力的臂膀圈住。在她还没有搞清楚是怎么回事之前，她就连同自己手中的国旗一起被带进了一个宽厚的怀抱。

谢晋元紧紧抱着怀里的女孩子。杨惠敏老老实实地趴在这样一个陌生却温暖的怀抱里，任凭这个男人用下巴顶在自己的头发上，任凭他用一种父亲或者兄长的动作，轻轻拍打着她的肩膀。偷偷聆听着一个男人有力的心跳，感受着这样一个身体的血管里那奔腾不息的灼热鲜血，杨惠敏真的有些痴了。

突然，一点温温热热的东西，慢慢地渗到了杨惠敏的脸上。

英雄的谢晋元，智勇双全的谢晋元，宁死不屈的谢晋元，犹如神话故事中的英雄般光芒万丈的谢晋元，竟然哭了。就是在这片朦胧而晕黄的灯光之下，就是在这片注定要载入中华历史长河之中的宽厚大地上，谢晋元这个男人竟然哭了。他哭得一塌糊涂，他就站在那里抱着怀里的女孩，无声无息地哭泣，任由自己的眼泪不断从他那双盛载了太多睿智，又包容着太丰富情感的双眸中不断地奔涌而出。

“疼吗？”

谢晋元看着杨惠敏在和那个日本士兵生死相搏时脸上留下的伤痕，他从口袋里摸出了一块还算干净的白手帕，在杨惠敏的脸上轻轻擦拭着，一点点将血污和泥土擦掉。在这个时候，谢晋元不是一个军人，而是一个小心呵护自己女儿的父亲。但就是这样小心翼翼的温柔动作，仍然让杨惠敏痛得不停倒抽着丝丝凉气。

就连杨惠敏也不知道，在那场虽然短暂却绝对激烈的生死相搏中，那个该死的受到重伤的日本军人，究竟在她的脸上砸了多少拳。总之她的脸上青一块紫一块，就像是发面一样高高隆起，比平时至少肿大了两圈。

她现在的样子，看起来就像是马戏团的小丑，带着一种说不出来的诡异与好笑。只有她那双犹如暗夜星辰般闪闪发光的双眼和她唇角边上那高高扬起的骄傲笑容，让谢晋元在她的身上，找到了属于杨惠敏的真正美丽。

第十四章 坟墓

在这些天，杨惠敏不只一次暗中猜想过，这些镇守在四行仓库里，一次又一次打退了日本人进攻的英雄究竟是什么样子。

杨惠敏还只是一个十七岁的少女，她听多了古希腊英雄的神话故事，她总是喜欢用自己还带着几分梦之迷茫的猜想，为那些英雄身上罩上一层梦的羽裳。而今她真的站在了四行仓库里面，站到了谢晋元的面前。

谢晋元的确有资格成为一个白马王子般的英雄。在他的身上，杨惠敏能找到一种近乎完美的特质，但是当她在谢晋元的带领下，参观整个四行仓库时，杨惠敏却不由自主地有点失望了。

杨惠敏认为，英雄都是铁血的，都是光芒万丈的，这个道理就好像是金子都可以发光似的。

可是出现在杨惠敏面前的，只是一张张朴实的、年轻的，还带着污垢的脸。连续两天不间断的战斗，一次次打退了日本军人的进攻，每一个士兵的脸上和眼睛里都写满了疲倦。当跟着谢晋元团长参观到第四层时，杨惠敏被安置在仓库一角的伤员给吸引了。

无论是不是英雄，他们被子弹射中都会受伤，几个重伤员躺在毛毯上，正在不停地呻吟。由于受到环境的限制，就连打进身体里的子弹和弹片都没有办法通过手术取出来，只能在敷上一层消炎止痛的药物后，再进行简单的包扎。

而一些伤势较轻的伤员，却围坐在了一起，靠在一堆弹药箱上，帮机枪连的士兵往弹匣里填装子弹。

看着这些军人身边已经倒空的子弹箱和他们脚下整齐排放在一起，重新填满子弹的弹匣和子弹链，明明知道这很可能是军事机密，但是杨惠敏仍然忍不住问道：“你们打算守多久？”

一名正在往重机枪子弹链上插子弹的中尉，头也不抬地回答道：“守到死！”

只是这样简单有力的回答，就注定了这一支中国军队的最后结局。

杨惠敏真的听呆了。望着这些往弹匣里填装子弹的伤兵，看着他们每个人身上无一例外挂在腰间的一颗手榴弹，她突然明白为什么这些四行仓库里的军人，在连续激战的情况下，仍然把这里打扫得干干净净收拾得有条不紊，就连子弹壳都专门收集到了一起。

他们已经把这里当成了自己的坟墓，他们根本没有打算再活着从这里走出去！

杨惠敏这个只有十七岁的女孩子还喜欢做梦，还喜欢用自己的理解，去美化英雄，甚至梦想着出现一个光芒万丈的英雄，挥动手中的宝剑，扫尽万里尘埃，还这个世界一个朗朗乾坤太平盛世。直到这个时候，杨惠敏的梦才醒了，因为她在这群看起来再平凡不过的男人身上，终于读懂了什么叫作真正的英雄！

杨惠敏哭了，她静静地站在那里，呆呆地望着这些身负重伤，却在用自己的方式继续和敌人战斗的军人，任由自己无声的泪水顺着脸颊不断滑落。

“我想留在这里，陪你们一起战斗！”

杨惠敏的目光落到了谢晋元的脸上。她是真的想留下来，如果能陪伴在这些英雄的身边，和他们一起含笑面对死亡，一起踏上黄泉之路，那应该也是一种幸福而光荣的享受！

“我学过简单的护理，我可以给伤员包扎伤口，我也可以和他们一起填装子弹。”

“不，你必须活着回去，你还有更重要的工作去做！”

面对杨惠敏的请求，谢晋元用力摇头。他将一封早已经准备好的信放到了杨惠敏的手里，“这是一份军事情报，我们和外界联络的电话线很可能已经被日本人监听了，所以我必须要找一个可以信赖的人把它送出去。杨惠敏，你告诉我，我可以信任你，把这份比我性命都要重要的情报，交到你的手中吗？”

在这个时候，杨惠敏除了点头，她还能再做些什么，她又能再说些什么？！

可是看着那些中国最可敬的男人，看着他们带着一脸的专注在那里做自己的工作，感受着他们面对死亡的淡定从容，杨惠敏觉得她真的应该为这些最可敬可爱的人再做一些什么。

“那么……把你们的名字，把你们所有人的名字都告诉我好不好？求求你们，把你们的名字告诉我！万一你们牺牲了，至少也让全国的老百姓知道你们的名字！还有……”

杨惠敏扬起了手中谢晋元亲手交给她的那份情报，大声叫道：“你们有什么要留下的话，要寄给亲人的信，还有什么没有完成的心愿想留下来，都可以交给我，我就算是拼上这条命，也会把它们一封不少地寄到你们的亲人手里。”

听到杨惠敏的话，所有人的眼睛突然都亮了，他们一起把目光投到了谢晋元的脸上。他们是军人，他们已经做好了马革裹尸、把四行仓库当成自己的坟墓，为国捐躯的准备，但是他们哪一个不是爹生娘养的，哪一个没有自己的牵挂和不舍，又有哪一个没有想留给自己亲人最后的话？

谢晋元沉默了半晌，他借着手电筒的光，看了一眼自己手腕上的手表，手表的时针已经指向了凌晨四点三十分。谢晋元转头对身后的传令兵下令道："通知仓库里所有人，在三十分钟内写好给家人的信，不识字的，让排长代写！"

杨惠敏举起了自己的手，放声叫道："我会写字，你们有什么想对家人说的，有什么想留下来的话，可以告诉我，我来帮你们写！"

望着这个眼睛还蕴含着泪水却又热情如火的杨惠敏，感受着她那种想要为这里所有人做点什么的急切期待，谢晋元终于点了点头。

"哗啦……"

大家一起拥了上来，瞬间杨惠敏就被军人们给包围了。一时间不知道有多少只手高高举起，更不知道有多少双热切的眼睛，投向了杨惠敏这个只有十七岁的女孩。

当杨惠敏在几个弹药箱堆积起来的"书桌"上铺好了纸，借着手电筒和蜡烛的亮光抓起笔，示意排在第一个的士兵说出自己想留下的遗言时，那个看起来只是二十岁出头的大男孩，呆呆地站在杨惠敏的面前，他的嘴唇不断嚅动，可是望着杨惠敏，望着平铺在弹药箱上的那张纸，不知道有多少话在这个士兵的嘴边在他的心里不断转动，足足思索了一分钟，这个大男孩在自己的遗书中，只留下了一句话……

"娘，俺想你！"

突然间第四层仓库里一片寂静，不知道什么时候，整齐地排在杨惠敏面前的那些流血流汗不流泪的军人，已经是泪流满面。

第十五章　英雄无名

1937年10月29日，清晨五点钟。

在远方黑暗的天幕中，已经露出了一丝鱼肚的白色。远方吹来的风中，带来了海水的潮湿和入秋后的丝丝寒意，更带来了四行仓库正前面那浓重得几乎化不开的血腥味道。

就是在这样一个黑暗中透着几丝苍白，清新中带着浓重血腥和硝烟气息的世界里，几十名中国军人站在四行仓库的顶层默然肃立。每一个人都抬着头，凝望着那一面足足有十二公尺长，迎着冷冽的秋风冉冉升起的国旗。

没有口令也没有指挥，但是在场的所有人，包括杨惠敏，都对着这面来之不易的国旗，默默敬上了自己的军礼。

在这个时候，没有庄严的国歌演奏，没有华丽的排场，更没有仪仗队的喧哗，就连旗杆都是用两根竹竿临时扎在一起制成的。但是杨惠敏清楚地知道，她这一辈子休想再忘掉这一刻，休想再忘掉这群用生命捍卫着整个民族尊严的英雄，更休想忘掉这一刻庄严与神圣的气氛和那单调而悲壮的场面。

在这里，一面画着青天白日，足足十二公尺长的国旗孤独地扬起了自己不屈的身躯，更支撑起了中华民族已经久久没有再重新高高昂起的头颅！

当初晨的阳光倾洒到上海这个美丽的城市每一个角落，当上海市的市民揉着睡眼惺忪的双眼，开始慢慢在这个曾经投入上百万军队，舍生忘死地厮杀了三个月之久，被打得千疮百孔的城市街道上，无意识更没有目标地四处游荡的时候，当他们把自己的目光向远方延伸，跳过了那一面面过于刺眼的太阳旗，落到某一个位置上的时候，所有人都惊呆了。

越来越多的上海市民走向了苏州河岸。他们拼命揉着自己的眼睛，没错，在四行仓库的顶层迎风招扬，尽力舒展自己像火焰一样热情与尊严的旗帜，在无声地呐喊的那面旗帜，就是中国的……国旗！

这是在整个大上海，最后一面属于中国的国旗！它升起来的地方，是整个大上海，最后一片仍然在中国军人的手中，没有沦陷的土地！

无论是平民还是曾经的达官显贵，无论是住在租界的难民营，还是在这种情况下仍然享受着舒适生活的人，他们都静静地站在那里，静静地看着那面国旗。

不知道有多少人，摘下了自己的帽子，慢慢地对着这面国旗，弯下了自己的腰。不知道有多少人对着这面国旗，热泪盈眶。不知道有多少人对着这面国旗，在喃喃自语。

越来越多的上海市民自发自觉地集中到了苏州河沿岸，没有喧哗，大家只是静静地看着那面国旗。

“砰！砰！砰……”

突然一阵清脆的枪响，打破了这片奇异的宁静。

开枪的是驻守在租界区里的英国军人。在一名军官的指挥下，大约一个连的英国军人，排着整齐的队列，就站在苏州河南岸，把自己手中的步枪，斜斜指向天空，在指挥官的口令中，他们一次次扣动手中武器的扳机。

这些目空一切的英国军人，正在用自己的方法，对防守在四行仓库里的中国勇士和那面迎风招展的国旗，致上了属于军人的礼节。看着那些正在对天鸣枪的英国军人，站在四行仓库顶层的谢晋元，抬起自己的右手，对着他们遥遥回敬了一个军礼。

带领部队向中国国旗致敬的英国军官，是一位年轻的上尉。他凝望着那面火焰般奔腾不休的国旗，在他犹如辽阔的大海般蔚蓝的双眸中，闪动着一种复杂的光芒。他沉默了很久，扭过头对身后的士兵沉声道：“我们可以看不起软弱的中国，但是我们不能看不起这样的中国军人！他们是勇士，都是无畏无惧的真正勇士！”

站立在四行仓库顶层的杨惠敏骄傲地昂起了头。她痴痴地凝视着在头顶不断飘动的国旗，她何等有幸竟然接到了护送国旗的任务，她又何等幸福，竟然能够亲眼见证了这些注定要名垂青史，永远载入中华战神榜的热血男儿，升起了这面代表着中华不屈不挠精神的国旗？！

就在这个时候，五二四团的文书跑上四行仓库的顶楼，将一份墨迹未干的名单，交到了团长谢晋元的手中。

看着眼前这位自己最尊敬的长官，再看看冒着生命危险，将国旗带到四行仓库的杨惠敏，文书张开嘴，似乎想说些什么，但是迎着谢晋元团长那双黑得黝然，黑得明亮的双眸，看着他对自己微微摇了摇头，这位文书最后只能发出了一声无奈的轻叹。

谢晋元带进四行仓库的军人，有三个步兵连，一个机枪连，一个迫击炮排，总计只有四百二十三人，但是文书根据谢晋元的授意，临时赶制出来的这份名单上面，足足有八百多人！

这八百多个名字当中，不但有四百二十三位勇士的名字，更有许多在五二四团，曾经登录在册却在淞沪会战中，失去自己宝贵生命烈士的名字。换句话来说，这是一份为了迷惑敌人而制作的假名单！

就算是以后抗战胜利了，也没有人能真正区分出来，究竟哪些人曾经在一个叫作四行仓库的地方，面对9万日军的重重包围浴血奋战至死无悔！

捏着那份匆匆赶制出来的假名单，谢晋元深深地吸了一口气。他大踏步走到杨惠敏面前，将这份假名单和423封匆匆赶写出来的遗书，一起交到了杨惠敏的手中。

如果守护四行仓库死死把日寇进攻的脚步拖住，让他们“三天攻占整个上海”的话成为最大的笑话，是一份巨大的光荣，那么这份光荣应该属于25万为了保卫上海而长眠于此的中国军人。

如果纪念碑和史册上，无法同时记载25万个名字，那么他宁可在四行仓库英雄纪念碑上，没有任何名字！

在这一点上，无论是中央教导总队特务营的马兰，还是八十八师五二四团的副团长谢晋元，他们的看法都惊人的相同。要知道，在这种大战场上，倾洒了几十万兄弟热血的战场上，英雄……本来就是无名的。

第十六章 四方云动（上）

面对这面在四行仓库上飘扬的国旗，中国同胞为之欢呼，英国租界的军人为之肃然起敬，而日本军人看着这面国旗，他们却快要被气疯了。如果目光也能成为武器的话，那面迎风飘扬的国旗，一定已经被日本军人的目光撕成了无数碎片。

想想看吧，他们日本军人已经征服了整个上海，已经逼得中国几十万军队西撤，谁能想到他们竟然在一个小小的四行仓库面前，被一支小小的中国军队，硬生生地阻挡了三天，甚至让他们越战越勇，还大模大样地升起一面国旗！

他们在淞沪战役开始前，西装笔挺的外交官，就带着一脸自信的笑容，面对世界媒体，煞有其事地夸下“三天之内就能攻陷上海”的海口。可是现在，他们集中优势兵力，对一座已经陷入重围的四行仓库发动攻击，三天时间过去了，四行仓库却依然在中国军队的手中。这样的战果对日本军人而言，简直就是一种尖锐的讽刺。

日本战地指挥官真的要气疯了。他抓起了电话，在接通航空舰舰长室后，也不管是谁接的电话，放声嘶吼道："给我进攻！进攻！进攻！听到了没有？我要你们在最短的时间，把那面支那人的破布给我打下来！我知道四行仓库上面有高射机枪，可是就那么大的地方，他们能竖起几挺高射机枪？我不管你们用什么方法，哪怕是用战斗机去撞，你们必须把那面国旗给我打下来！否则的话，我们大日本帝国皇军的脸，就要丢光了！"

停泊在黄浦江上的航空母舰再一次开始忙碌起来，九六式舰载战斗机在巨大的轰鸣声中，一架接着一架地陆续飞上了蓝天。它们在空中排出了一个攻击队形，一路上横冲直撞地直直冲向四行仓库。

聆听着战斗机群在空中飞行发出的沉闷轰响，一名站在四行仓库顶层，手里拿着望远镜仔细观察天空的士兵放声叫道："报告，发现敌机，一、二、三、四、五、六，一共有六架战斗机！"

谢晋元抬起头，遥望着肉眼依稀可辨的六个犹如秃鹫般的黑影，在远方的云层下，以迅雷不及掩耳的惊人高速向四行仓库直直扑过来。这六架九六式战斗机，在即将飞临四行仓库上空的时候，他们的阵形突然散开，竟然分成了三支作战小组，从三个方向一起狠狠扑向四行仓库顶层那高高竖起的旗杆。

战斗机还没有冲过来，在几百米外就响起了十几声沉闷的炮击声，十几发日本陆军部队装备的小口径火炮狠狠打在了四行仓库的墙壁上。一时间弹片和钢筋混凝土的碎片在空中呼呼乱飞。而日本军队架设在一排民房上，试图压制四行仓库火力的机枪更是一起开始扫射。

就在这六架战斗机从头顶一起狠狠扑过来，面前炮弹和子弹就像狂风骤雨般倾泻过来的战场上，谢晋元却笑了。"一次就出动了六架战斗机，又是炮轰又是机枪扫射，他们还真是够给我谢晋元面子了。"

谢晋元的声音并不大，但是在这片枪炮齐鸣的战场上，每一个人都听得清清楚楚。如果说谢晋元给杨惠敏的第一个印象是一个带着军人的刚健却仍然不失温柔的男人，那么现在，他就是一个面对惊天骇浪，却依然可以坦然自若，傲立在船首吹响了战斗号角的无畏水手，带领着他身边的每一个人，一次次越过死亡的巅峰。

"不要慌！"

谢晋元伸手指着从三个方向一起向四行仓库扑过来的六架九六式战斗机，放声喝道，"日本人的这次行动，就是冲着我们这面国旗来的！他们的迫击炮打不到这里，他们的机枪子弹也打不坏我们的国旗，他们真的攻势只有一个，那就是他们的战斗机！”

“嗒嗒嗒……”

架设在四行仓库顶层的两挺重机枪，和六架从四行仓库上空高速掠过的战斗机几乎同时开始疯狂地怒吼。双方对射出来的子弹在空中划出了一道道火热的弹痕，在彼此交织之中，形成了一道看起来如此美丽，又是如此残酷的死亡之网。

战斗机上射出来的子弹，一遍遍从四行仓库的顶层犁过。子弹狠狠打到地上，炸起来的泥土、飞溅起来的碎石片四处飞溅，在扑哧扑哧的声响中，这一道道的弹痕以迅雷不及掩耳的惊人高速向前推进，狠狠打到机枪手的脸上，带出一股股火辣辣的痛感。

站在谢晋元身边的一名连长跨前一步，低声道：“团长，这里危险，我们赶快撤到下面吧！”

谢晋元看了一眼这位连长，他伸手拉住杨惠敏，走到了连通仓库的大门前，并把杨惠敏推到了安全的位置。就在所有人以为谢晋元也会跟着躲进四行仓库时，谢晋元的脚步却突然停下了。

谢晋元转过头，在这个时候，他的双眼中似乎有两簇火焰在熊熊地燃烧。他沉声道：“我不动，谁敢退？”

看着站在门口堵住了通道的谢晋元，熟悉谢晋元的军人都惊呆了。

在这片弹雨纷飞的战场上，他们只能凭借两挺高射机枪来阻挡敌人。任何战术和指挥技巧都失去了作用，再也不需要去审时度势，不需要下达一个个作战指令的谢晋元竟然在这种情况下走神了。

谢晋元想到了一个人，他是工兵营的一位营长，同时也是奇袭“出云号”行动中驾驶装满炸药的小火轮，直接冲击日本海军旗舰“出云号”的勇士。

现在谢晋元还清楚地记得这位勇士那张平凡的脸，更记得他在执行那场必死的任务时，对自己说过的话。

“如果我成功了，我希望身体炸出来的灰，能飞落到你家的屋顶上。”

“如果我失败了，我希望身体炸成的灰，能一直飘在空中。”

“如果我连小火轮上的炸药都没有成功引爆，你事后又能找到我的尸体的话，我希望在被埋到地下之前，你能用一块布蒙在我的脸上。因为我没有脸，去见我们的列祖列宗！”

谢晋元抬起了头。现在这片苍穹的天与地之间，应该还飘动着那位工兵营兄弟的骨灰和他那缕无法归去，更无颜重新落到这片宽厚大地上的忠魂吧？！

谢晋元轻轻地吸了一口气，仿佛要把那位兄弟身上那种无畏生死的魂都吸进自己的肺里，融入自己的血液当中。谢晋元突然伸手指着国旗，沉声道：“如果这面国旗最后还是要倒下，在它下面垫着的，就是我们的尸体！”

第十七章　四方云动（中）

“啪！”

在四行仓库的顶层，突然传来了一声木棒折断的声响。所有人一起霍然转头，就连那些在苏州河沿岸越聚越多的上海市民也齐齐发出了一声惊呼。

六架战斗机在四行仓库上空不断盘旋，不停地扫射，在弹雨纷飞中，终于有一发子弹，成功地打中了旗杆！

在众目睽睽的注视下，那根支撑着整个大上海最后一面中国国旗的棋杆，不断发出吱吱呀呀的声响，最后终于带着不甘心的叹息，斜斜倒向四行仓库的顶层。

谢晋元沉声喝道：“护旗！”

站在四行仓库顶层的所有中国军人，一起冲向了那面即将倾倒的国旗。只有谢晋元仍然静静地站在那里，只是用自己的双臂卡住了整个大门，把杨惠敏死死拦在了相对安全的通道里。

“你让我出去，国旗是我送过来的，我要和大家一起战斗！”

杨惠敏真的急了。眼前这个并不高大，双臂尽力伸开的男人，大部分注意力放在了那面即将坠落的国旗上面，在这种情况下，她明明用尽全力就能冲开封锁，她只要一低头，就能从他的双臂下面钻过去，但是不知道为什么，就是这样一个头顶蓝天脚踏大地的男人，就是这样一双手臂，硬是给了杨惠敏再也无懈可击，只能乖乖听他命令的软弱感觉。

一个看起来最胖的军人，却冲在了最前面。就算是在奔跑的时候，他的头都高高昂起，死死盯着那面摔向地面的国旗，他的两只手更是不由自主地伸起。

“嗒嗒嗒……”

一架九六式战斗机，突然从空中直冲下来，用几乎是要撞到四行仓库上的高度，对着倾倒的国旗直冲过来。在它的机身两侧，两挺七点七毫米口径八九式机枪一起疯狂地扫射。八九式机枪射出来的子弹在四行仓库的楼顶，狠狠犁出了两道肉眼可见的弹痕，携着战斗机在空中掠过所拥有的惊人高速，以两条平行线的状态，迅速向前延伸，狠狠斩向了那个冲在最前方，试图用自己的双手接住那面国旗的中国军人！

看着肉眼可辨的弹痕，杨惠敏忍不住失声尖叫：“小心！”

面对这架战斗机射出来的两排子弹，如果是马兰那样受过最严格训练的特殊军人，一定会迅速转变自己奔跑的方向，凭借娴熟的军事动作，避开这样致命的攻击；如果是一名久经战火考验的老兵，也可以迅速卧倒；就算是一名普通的没有受过军事训练的人，面对这种危险，在本能的驱使下也会蹲下来，用自己双手抱住头部，让身体受到攻击的概率大幅度降低。

可是这名中国军人，就好像没有看到那架迎着自己的方向直直冲过来的战斗机，没有看到在火舌下，两排七点七毫米口径机炮打出来的弹痕一样。在这个时候，他就像是中古时代一位最无畏的骑士，带着疯狂的呐喊，唱着心中最无畏的战歌，对着百倍于己的敌人，发起了最疯狂的进攻。

那架九六式战斗机的驾驶员狠狠一拉手中的操纵杆，战斗机呼啸着从四行仓库的顶层险险掠过。而从机枪里射出来的两排子弹，就像是两把无形的重剑，狠狠从那位中国士兵的身体两侧斩过。

这位中国士兵竟然从两排子弹中间钻了过去，他还在奔跑，他竟然真的在国旗坠落到地面之前，跑到了国旗的下方！

可是他没有伸手去接住这面国旗。他只是深深地吸了一口气，任由用竹竿拼接成的旗杆和那面足足有十二公尺长的国旗，重重砸到了他的肩膀上。

呆了，在这个时候，所有人都惊呆了。

他们都呆呆地看着那个用肩膀顶起了国旗的士兵，看着他被机枪子弹生生打断，就抛落在四行仓库顶层的两条手臂，看着他一路奔跑，倾洒在这片战场上的两条用鲜血画出来的……路！

身体无法再承受旗杆坠下来如此沉重的打击，这个士兵只觉得双膝一软，“砰”的一声重重跪倒在了地面上，但是他仍然拼命挺直了自己的腰。他抬起头痴痴地望着谢晋元，在这种身负重伤双臂都被机枪子弹打断的情况下，他竟然笑了。

他的表情，就像是刚刚做了一件值得自豪的事情，急着向自己的老师或者父亲表功的孩子，他的声音中更带着一种说不出来的沙哑和缥缈："团长……国旗……我接住了……没倒！"

谢晋元在这个时候全身都在颤抖，他看着那个士兵不停地用力点头。迎着谢晋元那双微微闪动着晶莹光芒的眼睛，这个士兵咧开嘴，露出一个单纯到极点的笑容。

就在笑容彻底从他的脸上绽放，扬起一种如此美丽，竟然可以同时包容了鲜血与死亡的灿烂时，他的头也慢慢地垂了下来。

可是这个士兵的身体依然死死地顶立在那里，死死地支撑起了那面国旗！他终于用自己的生命，执行了他最尊敬的团长下达的命令："如果这面国旗最后还是要倒下，在它下面垫着的，就是我们的尸体！"

"哇……"

杨惠敏眼睁睁看着这一幕，看着那个中国勇士临死前的笑脸，终于忍不住失声痛哭。

看着那架耀武扬威，继续在空中像秃鹫一样盘旋，随时都可能再狠狠扑下的战斗机，看着那个就算是死，也没有让自己的身体倒下，没有让国旗坠落到地面上的兄弟，那些为了躲避战斗机扫射，不约而同趴到地上的中国军人，眼睛都红了。

"妈了个巴子的，老子手下的兵都可以不怕死，我为什么要怕死？！"

在疯狂的嘶吼声中，一个班长跳起来，他狠狠甩掉脸上的泪水，扑向了那面就压在自己兄弟肩膀上的国旗。他扛起了那面旗杆被打断了一半的国旗，对着头顶的蓝天和那几架依然在四行仓库上空盘旋的战斗机拼命舞动。他嘶声狂叫道："兄弟们，小日本要打掉我们的国旗，我们偏不让他们如意！"

话音未落，这位班长的身体就狠狠一颤，他伸出手摸了摸突然从自己胸膛里喷溅出来的炽热液体。看着手上那鲜艳的红色，这位班长深深地吸了一口气。他似乎想再放声叫喊一些什么，但是他张开了嘴，却什么也没有叫出来，他的肺叶已经被机枪子弹给打爆了！他抱着手中的国旗，努力想让自己站直了身体，可是他仍然不由自主地向前倾倒。

但是这位班长和他死死抱在怀里的国旗，没有摔在地上，他被十几双手同时给拉住了！这位班长睁大了眼睛，直到这个时候他才发现，自己竟然躺在了排长的怀里。他伸出了自己的手，所有人顺着他的手指一起回头，他指的方向，赫然就是那根从中间被机枪打断的旗杆！

第十八章　四方云动（下）

“我知道国旗代表了我们的尊严与骄傲，可它毕竟是死的，又有什么东西比人命更重要啊！”杨惠敏拼命推着谢晋元的手臂，嘶声哭叫道，“他们都是你的手下，你为什么要这么狠心，你为什么明明知道他们中间一定有人会死，仍然不允许他们撤退？！你为什么要命令他们留在这里，你快下令，让他们都躲进来啊！”

如果说谢晋元在一开始给杨惠敏的印象，就是一个睿智冷静更有大家风范的温文儒将，那么现在他就是一个在战场上可以带领每一个信任他的人，对敌人发起最疯狂冲锋的无畏勇将！谢晋元狠狠一扬手，指着那根被敌人机枪子弹拦腰打断的国旗，厉声狂喝道：“兄弟们，把国旗给我重新扬起来！”

“在带你们进入四行仓库之前，我就清楚地告诉过你们，我们要留在这里死守，我们要在这里拼到最后一兵一卒，这座四行仓库就是我们所有人的坟墓！在这场战斗中，我们死得壮烈不壮烈并不重要，我们能打死几个敌人也不重要，我们已经完成了掩护大部队撤退的任务，能再多支撑几天也不重要！”

说到这里，谢晋元深深地吸了一口气，放声道，“几百年前，英雄文天祥就留下了‘人生自古谁无死，留取丹心照汗青’这样的不朽篇章。现在值此国家生死存亡之际，我们就是要用这面国旗向全世界宣告，只要我们能把这股不屈不服的斗魂在每一个人的心里点燃，只要能让这些火焰在我们每一个中国人的心里薪火相传，无论面对如何可怕的强敌，无论是过上五十年、一百年还是一千年，我们中国，都不会亡！”

“恨不能生在汉唐盛世，恨不能扬我国威。但是马革裹尸战死沙场，对于我们军人来说，未尝不是一种幸福！”

杨惠敏真的听傻了。她不停地喃喃自语：“笨蛋！笨蛋！笨蛋……”

对，他们就是笨蛋！

谢晋元这个指挥官是个笨蛋，但是他这样一个笨蛋，偏偏拥有最可怕的统帅力，连带着让所有人都成了笨蛋。在谢晋元的狂喝声中，那面弹痕累累、旗杆也被拦腰打断的国旗，竟然被他们重新竖起来了！

两挺架设在四行仓库顶层的高射机枪，在绝望地怒吼着。那名操纵高射机枪的老兵，一边拼命将子弹倾泻到空中，一边嘶声怒吼着："我操你妈的小日本，你们来打我啊！爷爷我就在这里对你们不停射击呢！你们来对着我扫射啊，对着我轰炸啊！"

虽然弹雨如梭，虽然高射机枪里跳出来的子弹壳不停地飞落，但是面对六架战斗机组成的三支战斗小队，面对这些舰载战斗机在头顶不断高速盘旋，面对一群训练有素拥有丰富飞行实战经验的日本飞行员，在腹背受敌、顾此失彼的情况下，他们的攻击显得这样的苍白无力。

战斗机一次次从四行仓库的顶层掠过，从它们机身两侧射出来的七点七毫米机枪子弹，更是在四行仓库的顶端，划出了一道又一道高速推进的弹痕。就是在这种情况下，围着那面重新竖立起来的国旗，围着那根被拦腰打断的旗杆，二十几名中国军人竟然牢牢抱成了团。其中一个士兵更是踩着这些兄弟的肩膀，爬到了所有人的身上。

看着他从自己的身上解下了一根止血绷带，杨惠敏和那些站在苏州河沿岸观战的上海市民才知道，原来这个士兵竟然要将那根被机枪子弹拦腰打断的旗杆重新接起来！

在这个时候，苏州河沿岸已经站了几万名上海市民，一些接到通知的报社记者，更是像发疯了似的向这里云集。而站在租界边上观战的英国士兵也越来越多。但是在这种情况下，整个苏州河沿岸静悄悄的。大家都闭紧了嘴巴，在静静地观看着这场用身体和战斗机进行的最惨烈战斗！

战斗机驾驶员可以清楚地看到那一层层叠起来的阶梯，可以清楚地看到，那一面依然屹立，依然迎风招展的中国国旗。在这个时候这些战斗机驾驶员愤怒了，他们真的没有见过这样的中国军人！

中国军人不是都像兔子一样胆小而懦弱吗？中国军人面对他们的战斗机，这些缺乏必要的防空武器，就连轻机枪都少得可怜的家伙，不就是应该抱头鼠窜吗？一支由东亚病夫组成的军队，不就是应该苍白无力吗？可是这一批中国军人究竟怎么了？他们为什么要用身体，用生命死死护住那一面国旗，任由他们把子弹一串串地倾泻过去？

难道他们不怕吗？难道他们真的这么想找死吗？难道那面国旗真的就那样得珍贵，值得他们用命去保护吗？！

……

停泊在黄浦江上的航空母舰舰长室，再次接到了地面陆军部队指挥官的电话。

“不用攻击了，让他们回去吧。”

“为什么？”没有接到飞行员的报告，航空母舰的舰长清楚地知道，四行仓库的国旗还没有被打掉，任务还没有完成。

“再用战斗机攻击，也没有什么意义了。”不知道为什么，陆军部队指挥官的声音中竟然透着几分敬佩和一丝苦涩，“你听……”

电话的话筒被人举了起来，指向了苏州河方向。作为一名高级军官，这位陆军部队的指挥官当然不会因为一个小小的四行仓库而深入到前线。所以，他只是找了一个能够直接用望远镜观察的位置，距离四行仓库超过了一千米远。但是隔着这么远的距离，一阵阵疯狂的呐喊，仍然通过电话机的话筒，划过了他们之间的长空，传到了航空母舰舰长的耳朵里。

“中华民族万岁！”

“中华民族万岁！”

“中华民族万岁！”

……

遥遥望着那面在弹雨和鲜血飞溅中依然屹立不倒的国旗，望着一个个倒在了机枪扫射下却一个又一个前仆后继爬起来，用止血绷带试图把旗杆重新连接起来的中国军人。那些默默观望，因为中国军队一次次忍让、一次次失败而渐渐麻木的中国人，他们意外地发现，不知道什么时候，一种酸酸楚楚的东西已经充斥了他们的眼眶，不知道什么时候，不知道是谁起的头，他们开始放声狂呼。

一开始还只是几个人在狂呼，但是越来越多的人加入他们的行列，到了最后，站在苏州河畔，站在英国租界的上海市民，都加入到这个行列。他们在渐渐统一的节奏中，每一个人都在用力地吼，放声地叫，似乎每一个人都要用这种方法来表达对眼前这些中国勇士的尊敬；用这种方式，来慢慢唤醒自己的自信，来慢慢体会原来在他们的身体里同样流淌着炽热的血液。

能成为一名日本航空母舰的舰长，当然必须拥有非凡的见识和智慧。舰长仔细聆听着那一阵接着一阵，一潮高过一潮的狂热欢呼，他的眉毛在不停地跳动。

到了这个时候，这位舰长已经知道那些中国军人，在面对绝对优势的帝国航空兵时，必然做出一些惊人之举；同时他也非常清楚地明白，为什么陆军指挥官会要求他停止攻击。

如果他们坚持攻击下去，那面国旗当然最终还是会被他们打下来，那些保护国旗的中国军人更会死伤惨重。但是每一个中国军人的死亡，都会在那些中国人已经渐渐滚烫的血液中再狠狠推进去一针兴奋剂。

那些中国军人，已经用实际行动，在四行仓库的顶层和几万上海市民的心里，竖起了一面再也不会被击倒的精神信标。

在这种情况下，他们再继续进攻下去，还有什么意义？

第十九章　精神领袖（上）

“我会立刻下令战机返航！”

航空母舰舰长沉声道，“记住，绝对不能让四行仓库的支那军人，尤其是他们的指挥官，活着离开那个地方。”

“我明白！”

陆军指挥官通过手中的望远镜，凝视着四行仓库顶层那面已经重新接好旗杆的国旗。这位指挥官的眼睛里猛然扬起了一缕炽热的火焰：“作为支持帝国向支那开战的军人，我读过他们的《孙子兵法》，也了解他们的孔孟之道，还专门研究过他们的历史。他们这个民族自诩拥有一种绵里藏针的特性，平时软绵绵的以和为贵，但是当外界的压力达到临界点时，他们就会暴露出针的锐利和危险。其实……这只不过是他们往自己脸上贴金的一种说法罢了。”

“中国人的教育方式，尤其是他们出于政治需要一直提倡的儒家学说，更是束缚了他们的思想和双手。一个行为处事必须小心翼翼的民族，他们在过度压抑的情绪支配下，更喜欢做一些小动作。在开拓心不足的情况下，他们只能通过自相残杀来满足一个男人的征服欲望。所以支那人是一个最喜欢内斗的种族，用一盘散沙来形容他们，绝对是最贴切的形容！”

航空母舰舰长连连点头，中国的《孙子兵法》有云：“知己知彼，百战不殆。”他们这些高级指挥官一直把中国作为他们的最大敌人，只有征服了这个拥有广阔土地和资源的民族，他们才有向外扩张的可能。研究中国人的习性，研究中国人的兵法，研究中国现有的军事、科技、政治情报，是他们每一人必做的功课。但是这位舰长仍然忍不住提醒道：“你别忘了，支那人拥有五千年的文明，如果没有自己的特色，没有强大的种族繁衍生命力，他们的文明早就消失在历史中了。”

“是，他们的确有强悍的一面，可惜……他们的这种强悍只属于极少一类人。如果说绝大部分支那人都是棉花，都是不成气候的散沙的话，那极少一部分人，就是这些棉花中能够刺伤人手指的钢针，是能让这些散沙凝聚到一起，形成一个真正整体的精神领袖。”

陆军指挥官沉思着道，“这些人都是那种能够打破支那人传统的教育和思想，用自己强大的人格魅力，把周围每一个人吸引到自己身边，形成一个兼顾整体的领袖人物。支那人的民族特性中，还有盲从这一项，从他们‘三人成虎’这样的成语中就能看出这一点。而这些拥有盲从心理的支那人，一旦凝聚在强而有力的精神领袖身边，就会受到精神领袖和团队氛围的影响。在这种情况下，就算是懦夫，也会变得勇敢起来。带领支那人，推翻他们几千年封建社会建立了一个三民主义世界的孙中山是这样的精神领袖；带领一群没有接受过任何军事训练的农民，靠打游击战，不断骚扰我们帝国军队，还能越战越强的共产党最高领袖毛泽东，也是这样的人；而我们面前这个负责四行仓库防守，仅仅用一面国旗，就能让几万个支那人从懦夫变成勇士的指挥官，同样是这样的人！”

说到这里，陆军指挥官略略顿了一下，才继续道：“想要征服支那这个民族，军事攻占是一个必要的手段。但是更重要的是，把拥有这种精神领袖特质，能够把一盘散沙的支那人凝聚成一团的精神领袖彻底清除，才是最重要的工作。”

航空母舰舰长听到这里突然笑了。他们和支那军队最大的不同，不仅仅是他们的军人拥有武士道精神可以悍不畏死，也不仅是因为他们拥有先进的武器和火力支援，更重要的是，他们大日本帝国在经过明治维新后，无论是在政治、经济还是军事方面，都得到了充足发展。这样的基础，已经足够支持他们像德国一样，通过不断学习、研究，在投入了天文数字的资金后，成功建立起一个完善成熟的军官团培养体系。

在这种情况下，他们指挥官之间拥有非常接近的观念，彼此配合之下，当然会事半功倍！在这场会战中，只要看看支那军队各自为战，只知道正面拼命抵抗，僵硬缺乏弹性的战术，就可以看出他们和支那军人在指挥体系上的差异。

“祝，武运长久！”

交流到这里，两位指挥官已经不需要再多说什么，电话挂断了。

日本陆军指挥官凝望着四行仓库，轻声道：“我不管你是谁，以一个武士的立场，我尊敬你这样的对手。但是以一个军人的立场，我必须要消灭你。像你这样一个拥有精神领袖特质，又拥有丰富战争经验的军人，对我们大日本帝国来说，实在是……太危险了！”

“团长！”

负责监视敌人的士兵向谢晋元放声报告道，“前方发现大量敌军开始集结，人数大约有……两千人！”

“报告，大约一个营的敌军进驻南方阵地。”

“报告，大约一个营的敌军进驻西北方阵地。”

“报告……”

听着这一个个犹如狂风骤雨般涌过来的情报，谢晋元却笑了，现在他可真是插翅难飞了。谢晋元突然一把抓住了杨惠敏的手腕，一边大踏步向楼下走，一边道：“你立刻走。看来这一次敌人是铁了心，要把四行仓库打下来了。他们已经集中优势兵力先把我们困死，再用车轮战不停地攻击，你再不走就走不了了。”

杨惠敏低声道：“不……”

“别忘了，亲手把那份情报交到张柏亭参谋长的手里。还有那些信件，也要麻烦你了！”谢晋元当然知道杨惠敏在想着什么，他只是三言两语就轻而易举地打破了杨惠敏的反抗。谢晋元直接把杨惠敏带到了四行仓库的底层，在那里有一条他们挖出来的地道。

“为了防止阵地被敌人从正面攻破，仓库的大门已经被我们用麻袋塞死了。你立刻从这条地道撤出去！地道的出口就在东边那个两层的小阁楼里，你从那里出去后，千万不要回头，直接跳进苏州河里，一口气游到对岸。”

就在这个时候，在最前方已经传来了零落的枪声和手榴弹爆响的轰鸣，那是日本军人在试探苏州河岸的民房里是不是埋伏了中国军人。聆听着越来越近的枪声，看到杨惠敏竟然还呆呆地站在那里，谢晋元真的急了。他伸手狠狠一推杨惠敏，厉声喝道："快走，跳进苏州河，千万不要回头，一口气游到对岸，这是命令！"

谢晋元这一下推得可真重，杨惠敏不由自主地向后连退了几步，重重撞在地道的墙壁上，杨惠敏在和那个日本兵搏斗时，全身留下的伤口在同一时间发出了痛苦的呻吟。摸着背后的军用背包，再看看已经声色俱厉，眼睛里却带着关切的谢晋元，杨惠敏再次哭了。连她自己都不知道，在进入四行仓库这短短的几个小时里，她究竟哭了几次。

虽然知道谢晋元已经立下了死志，虽然知道这个四行仓库已经注定要成为这几百名中国勇士的坟墓，但是在泪眼模糊中，杨惠敏在扭头冲向地道的彼端时，谢晋元仍然听到了她的祝福与希望："无论如何，请你带领大家……努力活下来啊！"

地道里传来了一个女孩子放声哭泣的回响，谢晋元缓缓地对着地道口，敬上了一个自己的军礼。他沉默了片刻，低声道："永别了，杨惠敏，我会记住你的。"

第二十章　精神领袖（下）

穿过那条几十米长的地道，杨惠敏从四行仓库东侧两层高，同样通体由钢筋混凝土制成的小阁楼里爬出来。就在这个时候，站在这座并不高的阁楼上，杨惠敏已经可以清楚地看到，密密麻麻的日本军人以前所未有的高密度向四行仓库发起了进攻。

杨惠敏拼命跑向了几十米外的苏州河，就在她跳进一条拦在自己面前的战壕时，一发子弹紧贴着杨惠敏的头皮飞过，狠狠地打在了她对面用麻袋垒成的战壕上。那种子弹在空中高速飞行所带起的灼热感，让杨惠敏的全身每一个毛孔都在瞬间倒竖而起。她还没有来得及爬起来，又有一串机枪子弹从她旁边扫过。

已经有日本军人发现了杨惠敏。虽然杨惠敏穿的只是一套童子军的军装，虽然杨惠敏只是一个还没有成年的女孩子，但是这批军人从最高指挥官那里接到的命令是："绝不能让一个人活着离开四行仓库！"

子弹打在头顶的麻袋上，发出扑扑的声响，杨惠敏根本不敢抬头，在这样的精确射击下，她一抬头就会死！

就在这个时候，重机枪扫射特有的沉闷轰鸣就在身后扬起，一个声音对着杨惠敏嘶声厉叫："快跑，我们掩护你！"

是负责守护小阁楼的那位排长，在他的指挥下，一挺重机枪、两挺轻机枪，对着几百米外的日本军人拼命扫射。明显感受到压力大减，杨惠敏飞跳起来，继续向苏州河的方向猛跑。

在这个时候，杨惠敏能清楚地听到自己剧烈的心跳。在这个时候，明明知道自己必须要用最快的速度冲进苏州河，只有这样才可能有一线生机，但是不知道为什么，杨惠敏只觉得自己呼吸急促，连带着双膝都有点微微发软起来。

她毕竟只是一个十七岁，从来没有接受过正规军事训练，更没有上过战场的女孩子。一个正常人，突然面对机枪子弹的扫射，突然发现死神已经拉住自己的手，和自己一起跳舞。因为精神高度紧张而导致体力下降，这是很正常的现象！

"杨惠敏，你快跑啊！快跑啊！"

在这个时候，那个排长一边用手中的重机枪拼命扫射，一边放声嘶吼。就在这个时候，天空中突然响起了一道尖锐到极点的呼啸。

"排长，小心！"

一个士兵扑过来，试图将排长按倒，"是迫击炮！"

"滚开！"

排长手肘用力向后一挥，将那个扑过来试图将他按倒在地上的士兵狠狠砸得退了四五步。几乎在同一时间，那发在空中拉出一道尖锐呼啸的迫击炮弹、也狠狠砸在了小阁楼上。通体是钢筋混凝土结构的小阁楼，就像是被一柄万钧巨锤重重砸到一般，猛然发出一声痛苦到极点的呻吟，一时间整间小阁楼里充满了飞溅而起的灰尘和浓重的硝烟味道。

就是在这种情况下，那挺架设在小阁楼上的重机枪依然在疯狂地扫射。在这种弹雨纷飞的天与地之间，那位排长的声音，仍然清楚地传进了杨惠敏的耳朵里："记着，千万不要回头！跳进苏州河，不要露头一口气游过去！只要游到了对岸，他们就不敢开枪了！杨惠敏，你快跑啊……"

突然在日军阵地上响起了排炮的轰鸣，迫击炮、七十五毫米山炮、七十五毫米野战炮射出的炮弹，在空中拉出了一道又一道不同的弧度，却是相同目标的轨痕，狠狠撞向了那座孤立在四行仓库东侧的小阁楼。

这座小阁楼虽然通体也是钢筋混凝土结构，虽然它的墙体也足够支撑重机枪的扫射，但是它毕竟不是四行仓库！在排炮的轰鸣声中，整座小阁楼在痛苦地呻吟，它的支架，它的身体，都在发出垂死前的哀鸣。就是在这种弹片飞舞，整个阁楼都要倒塌的情况下，架设在阁楼上的那一挺重机枪仍然在疯狂地轰鸣，仍然在将子弹一遍又一遍地扫向日本军人。直到整个阁楼都轰然倒塌，才陷入了永远的宁静。

“浑蛋！浑蛋！浑蛋……”

杨惠敏在心里不停地骂着，任由眼泪狠狠从她的眼睛飞溅出来，在空中拉出了一道道晶莹的水痕。在这个时候，就连她自己都不知道，她究竟是在骂自己，还是在骂那些可恨的侵略者。当杨惠敏再次跳出一个战壕时，已经可以清楚地看到苏州河，看到在苏州河对岸向她拼命招手的中国同胞。就在苏州河近得她几乎用力一跃，都可以跃进河水里的时候，她突然听到了一个熟悉而又陌生的厉喝：“趴下！”

这个声音中似乎有一种无形的力量，足以让杨惠敏在明白过来之前，就已经用最狼狈的动作直接趴在了地上。几发机枪子弹，狠狠打在杨惠敏身边的大地上，那飞溅而起的细砂和石子打在杨惠敏的脸上，带出一种火辣辣的疼痛。当杨惠敏下意识地寻找这些子弹的来源时，她真的惊呆了。

不知道在什么时候，一艘日本军队的巡逻艇已经开到了距离她不足一百米远的苏州河面上。杨惠敏已经可以清楚地看到，在这艘巡逻艇的重机枪前，那个身材矮小的日本军人和他脸上扬起的那缕混合了兴奋与残忍的笑容。

血液，这个时候几乎在杨惠敏的身体里凝滞了。有这样一艘巡逻艇，她根本不可能再冲进苏州河，只要她一站起来，架在那艘巡逻艇上的重机枪就能把她打成一个筛子。

“砰！”

一声清脆而孤单的枪声响起。那个摆弄着巡逻艇上重机枪的日本军人，正抱着猫戏老鼠的心态，看着趴在岸边的杨惠敏，心满意足地欣赏着这个中国女孩脸上露出绝望而苍白的表情时，他的身体突然狠狠一颤。

他不敢置信地低下了头，不敢置信地望着自己大腿上那个突然多出来的弹洞。只是一枪，对方就打断了他的大腿。他不敢置信地看着自己掉落在甲板上的半截大腿，不敢置信地看着自己的血液，连同他的生命力，从被子弹打穿的断肢中飞快地流逝。

这个日本士兵一头栽倒在甲板上，在他还没有扑倒在地上之前，就因为绝对剧烈的疼痛陷入了晕迷。可是当他重重摔在甲板上时，那种震动又让他重新恢复了神志。一声凄厉的惨叫，猛然划破了苏州河的河面。

这个日本士兵不顾苏州河沿岸有几万个中国人正在观战，他伸手死死抱着自己被打断的大腿。他一边在甲板上滚动，一边发出歇斯底里的惨叫，任由自己的鲜血不断从伤口喷溅出来，洒满了巡逻艇的前甲板。

第二十一章　朋友，再见（上）

这个日本士兵的心里，反复转动的只有一个想法："不可能！"

要知道这里可是在苏州河面，地势的落差足以形成火力死角，那些镇守在四行仓库里的中国军人，根本不可能打中他！

一粒打穿他的身体，又打到船甲板上的弹头，带着轻微的声响，慢慢地滚到了这个受到致命重创的日本士兵身边。侧着头看着这枚打断了自己半截大腿的子弹头，这个日本士兵就算已经痛得全身汗如雨下，就算已经痛得眼泪和鼻涕涂满了整张脸，可是在他的脸上，仍然露出了浓浓的不敢置信的神色。

因为打中他大腿的，是一发三八式步枪子弹。他太清楚这种三八式步枪射出来的子弹了。这种子弹的贯穿性极强，在近距离打到目标后，往往会直接打穿身体。因为弹头的瞬间停滞力太差，往往只能在目标身上留下一个并不大的弹洞，又不需要做摘取弹头的手术，所以被这种子弹打中，只要不是受到致命伤，康复的可能性很大。

但是这一发子弹，直接把他的大腿连肉带骨头的一起彻底打断。它和普通的子弹唯一的不同就是，有人用刺刀，在弹头上生生锯出来一个十字形的交叉口。射出这发子弹的人，就是用这样简单却实用的方法，增加了子弹的杀伤力。

杨惠敏猛然瞪大了双眼。

她不敢置信地揉着自己的眼睛，她在这个时候表情真是精彩得有若见鬼。但是，趴在她左侧二三十米战壕里，手里端着一支不知道从哪里找到的三八式步枪，还穿了一套至少小了两号童子军军装的身影，不就是那个口口声声不会游泳，现在早应该按原路返回难民营的雷震吗？！

雷震一拉枪栓，一发子弹还冒着袅袅白烟的子弹壳，从步枪的枪膛里欢快地跳出来，在空中拉出了一道短短的弧线。

“砰！”

清脆的枪声响起，跑到甲板上，试图帮助同伴的第二个日本军人，一头栽倒在地上。这一次雷震没有再攻击第二个士兵的大腿，贯穿力极强的三八式步枪子弹，在仅仅一百米的距离，直接打中了对方的头部。杨惠敏可以清楚地看到，一道红白相间的血箭猛然从那个蹲在伤员面前的男人头颅两侧飚射而出。

再次一拉枪栓，轻轻吹掉落在自己面前的那颗子弹壳里，冒出来已经影响了自己视线的白烟。雷震头也没有扭，只是死死盯着停泊在苏州河中，距离他们只有一百米远的巡逻艇，沉声道：“快走！”

看着雷震那一双稳定得无懈可击的手，看着他那精确得令人叹为观止的枪法，看着他平淡得甚至没有一丝情绪波动的脸，杨惠敏真的惊呆了。

“砰！”

雷震再次扣动了扳机，第三个日本军人一头栽倒在甲板上，到了这时候，那艘巡逻艇的甲板上，已经倒下了两具尸体和一个注定要一辈子和拐杖为伍的伤兵。

“砰！”

知道在岸上埋伏着一位超级射手，一冲出船舱就会被狙击，所以没有第三个日本军人从船舱里冲出来，但是雷震开了第四枪！从步枪枪膛里射出来的子弹，精确地打中了那个为了不发出声音，几乎连自己牙齿都生生咬断的伤兵。

第四发子弹打中了那个伤兵另外一条完好无损的腿，这一发子弹雷震没有在弹头上做什么手脚，所以这一发子弹，只是在那个伤兵的腿上打出了一个弹洞，所以那个伤兵并没有因为过度剧痛而眩晕过去。

那个伤兵虽然已经拼命压抑和忍耐，但是第二发子弹打到身上，让他仍然忍不住发出了一声压抑的惨叫。

雷震轻轻舔了舔自己的嘴唇，他在继续等着。等了几秒钟后，看到船舱里还是没有人冲出来，雷震略略皱起了眉头。当着杨惠敏和苏州河对岸几万名中国人的面，雷震竟然对着那个倒在血泊中，全身都在不停地发颤，脸上的表情更是狰狞得有若厉鬼的日本伤兵，再一次扣动了扳机。

“唔……”

又一道血箭从那个伤兵的身上飞溅而起，这一次雷震射出来的子弹打中了他的右臂。那个伤兵浑身一颤，他好不容易拔出来的刺刀跌落到船甲板上，发出“当”的一声脆响。他似乎想用这把刺刀自杀，可是雷震没有给他机会。

“砰！”

雷震射出来的第五发子弹，又打中了这个伤兵的左臂。在这个时候，这个伤兵已经被打断了一条大腿、两条手臂。他虽然全身血流如注，但是受的伤都不是致命的，他只能全身抽搐地倒在甲板上，猛然发出了一声绝望到极点的哭号：“求求你们，不管是谁，杀了我吧！”

雷震没有给步枪更换弹匣，他从那些夜袭四行仓库，因为受伤没有及时撤出战场的日本军人身上，缴获的可不只是一支步枪。雷震随手丢掉打空子弹的步枪，又抓起了早已经准备好的第二件武器。

“砰！”

第六颗子弹壳在空中欢快地翻滚，再也无法忍受同伴在血泊中挣扎哀号，自己却只能躲在安全角落的第四个日本军人，端着一支已经拉起枪栓的步枪，刚刚冲出船舱，就一头栽倒在甲板上。

杨惠敏只觉得全身一片冰冷。她呆呆地看着那个倒在血泊中，拼命扭动身体的伤兵，她终于明白为什么雷震没有一枪击毙这个敌人。他就是用这个伤兵为诱饵，吸引躲在船舱里的日本军人，一个接着一个地冲出来。如果他们受到死亡的威胁，不愿意再露面，雷震就慢慢地，一枪接着一枪地攻击那个还活着，还能发出惨叫的士兵。

只要还有一点血性的男人，谁能眼睁睁地看着自己的战友和伙伴，被敌人一枪接着一枪，用最残酷的手段凌迟？

躺在血泊当中，全身中了四发子弹的那个日本士兵，突然拼尽全力勉强扬起了自己的上身，然后在众目睽睽之下，狠狠砸向身体下面坚硬的甲板。

“吱啦……”

犹如木棒折断般可怕的声响，从那个日本士兵磕到甲板的下巴上响起。为了不让自己再发出惨叫，为了不让其他同伴再一次飞蛾扑火般地冲出船舱，这个士兵竟然生生磕碎了自己的下巴，连带咬碎了自己的舌头。

“连舌头都咬碎了？”

趴在战壕里的杨惠敏，清楚地听到了雷震的自言自语，“那我要你，还有什么用？”

“砰！”

那个早已经没有了半点人样的日本士兵，身上再次溅射起一道血箭，他被打得千疮百孔的身体，猛然收缩成一只大虾米般的形状，然后又缓缓地放松。雷震这一枪，终于打中了他的要害。

在走向死亡的时候，这个全身都是鲜血，脸上还涂满了眼泪和鼻涕的日本军人，脸上竟然扬起了一丝平静的微笑。他……终于解脱了。

眼看着日本军人一个接着一个倒在甲板上，苏州河沿岸一片寂静。那些刚才还放声狂呼为中国军人打气的上海市民，都呆呆地站在那里。这样直接把人性中崇高而伟大的“友情”当成武器，一次次用卑鄙而残忍的手段打击敌人，看着那几具血淋淋的尸体，在场的中国人，真的没有人能再发出欢呼。

第二十二章　朋友，再见（下）

“骗人的吧？”

杨惠敏真的不愿意相信，这个只能用冷血屠夫来形容的男人，就是那个在她最需要支持的时候，在一片冷漠与麻木的世界中，骄傲地举起了右手，成为她助手的大男孩。他虽然不喜欢多说话，他虽然脸上从来没有什么表情，只知道默默跟在她的身后，但是在那个时候，他至少还让人觉得他是一个活生生的人。

杨惠敏还能清楚地记得，雷震蹲下身体，为她小心地治疗胳膊上的伤痕时，他的脸上微微流露出来的温柔。他当时是那样地专注，专注得就连他的眼神都变得温柔起来。可是现在，那个大男孩不见了。

当雷震扭过头，迎着他那双冷漠得几乎不可能包容任何情绪波动的双眼，杨惠敏的身体不由自主地微微一颤。

“收起你还不值一个铜子的眼泪吧！不，不好意思，我说错了。你长得还不错，去拿个破碗讨饭的话，掉上几滴眼泪，还真能比我多骗上一两个铜板。现在你应该知道，我们两个谁才是没一点用处，只能当什么道具的傻瓜了吧？”

感受到杨惠敏的变化，雷震的眼神变得更加冷漠起来。他抬起了自己的下巴，指着苏州河，沉声道："不想被日本人捉住，不想被他们像死狗一样拖回去，活活强奸到死的话，就用你的好水性，趁早夹着尾巴滚回去！快点滚，不要像条癞皮狗似的，在这里拖累我！"

怪不得他从来不说话，原来他一开口，就是这样的阴损刻薄。

"雷震，我恨你，我恨死你了！"

杨惠敏真的受伤了，这一辈子还从来没有人用这样的语气对她说过话，更没有人用这样不屑的眼神盯着她。杨惠敏捂着自己的脸，跳出那条战壕，她一边哭一边冲向了已经近在眼前的苏州河。当她狠狠一跃，终于跳进了苏州河，任由从自己眼眶里喷涌而出的泪水和苏州河水混合在一起的时候，杨惠敏用尽全身力量拼命拍打着身边的河水，用一种自己从来没有达到过的惊人高速，从水面下通过潜泳直直游向苏州河的彼岸。

当杨惠敏终于游到了苏州河的对岸时，她还没有爬到岸上，就被几百个冲到河边的中国人给团团围在一起，而地面上的日本军人和那一艘就停泊在苏州河面上的巡逻艇都没有再对她发起攻击。杨惠敏终于安全了。

当杨惠敏下意识地回头，去寻找应该也跳进苏州河，游到安全区域的雷震时，杨惠敏突然看到，在苏州河的对岸，站在战壕里的雷震正对着她，挥起了自己的手臂，似乎正在向她道别。

杨惠敏呆呆地望着雷震，呆呆地看着那条趴在雷震身边露出一个脑袋，太过凶悍又太过温驯的狗。当她的目光略过雷震胸前的日本九五式军用刺刀时，杨惠敏猛然伸手捂住了自己的嘴，发出了一声无法压抑的悲鸣："天哪！"

直到这个时候，杨惠敏突然想起来，在她刚刚经历了一场生死相搏，呆呆地坐在战壕里面对一具尸体无声的哭泣的时候，她依稀听到了几声压抑的惨叫和牙齿撕裂肉块般的声响。杨惠敏更想起来，她看到的那个只有十八九岁的年轻日本士兵，脸上仍然在缓缓向下流淌的眼泪和那一记直接贯穿整个胸膛的刀伤。

明白了，一切都明白了。

杨惠敏终于明白，为什么刚刚经历了一次激战，战场上却只有一个伤兵，那是因为雷震带着他的儿子，就在她坐在那里呆呆哭泣的时候，用手中的刺刀，为她打开了一条通向四行仓库的路！默默注视着她一个人，爬进了四行仓库，经历了人生中最幸福也最庄严的一次升旗。

而他，在完成了这一切后，没有一个人撤回英国租界，只是默默地等待着她。

可是……

他为什么不跳进河里？

他为什么不游过来？

他难道不知道，错过了这个机会，他就再也没有办法逃回来了吗？

雷震伸手指了指苏州河，然后又摇了摇。

杨惠敏现在还清楚地记得，当时雷震说过的话：“我不会游泳。”

“苏州河不宽，我抱上一块石头，可以直接从河底走过去。”

“走你个头啊。”听到这样的话，杨惠敏当真是又气又急，“拜托你用自己又笨又蠢的脑袋，好好想一想行吗？这一段苏州河看起来是只有二三十米宽，但是下面全是淤泥，更不知道堆积了多少大家丢进去的垃圾和两岸工厂排进来的废品，水黑得就像是刚刚洗过煤炭。像你这样根本不懂一点水性的旱鸭子，在大晚上抱着一块石头，走进苏州河，只要一脚踏错，就会陷死在淤泥里。你要非抱着块石头强渡苏州河，我看你还不如直接买上一块豆腐直接撞死算了，这样至少不用当一个淹死鬼，而且还死得干脆！”

杨惠敏真的没有想到，雷震最后真的抱着一块石头从苏州河下面，一步步地走到了四行仓库的对岸。现在面对已经逼迫过来的敌人，面对那艘一旦没有人压制，就会对着苏州河面，倾泻下一排排弹雨的巡逻艇，雷震根本没有机会，也没有时间，再抱着一块石头，走过苏州河。

遥遥望着在苏州河对岸，已经哭倒在地上的那个女孩，雷震伸手抚摸着儿子的头，轻声道：“杨惠敏，我们两清了。”

再看看那些越逼越近的日本军人，雷震轻轻地吁出一口长气，再次举起了手中的步枪，把步枪的准星套到了一个日本军人的身上。依稀中，透过步枪的准星，雷震似乎又看到了娘和两个姐姐温柔的笑容。

“娘，姐，你们是来接我的吗？”雷震在心里发出了一声低语，“对不起，我不能再为你们继续报仇，也不能杀光所有的鬼兵了。我在走出村子之前，就对自己发了誓，我雷震这一辈子，绝不要再躲在女人的背后！娘，姐，你们……不要怪我！”

就在雷震要再次扣动扳机的时候，他突然听到背后传来了一声呼喊：“小子你他妈的犯傻啊，一个人在前面装什么英雄？！”

雷震霍然转头，在一幢刚刚被日本军队用排炮轰塌的小阁楼废墟里，一个全身是血，怀里还抱着一挺重机枪的排长，正伸长了脖子对他放声狂吼，“还不快点跑过来，我们掩护你。就算你一心想要找死，过来陪着我们一起完蛋，路上也他妈的能有一个伴！”

看到在这种情况下，雷震竟然还傻愣愣地趴在最前方的战壕里，这个排长真的急了，他放声怒喝道：“你一个人在前面就拿着那么一条破枪，几百个日本人一起冲过来，他们的机枪扫射的话你连头都抬不起来，能在那里支撑上三分钟，我他妈的就认你当爹！我们这里有重机枪，子弹多得可以拿去当鞭炮玩。我们有手榴弹，有砍刀和刺刀，有饼干有水，还能得到仓库里的火力支援。在被日本人打成一个蜂窝正式完蛋之前，你小子凭那一手马马虎虎的枪法，至少也能多拼死几个狗日的……”

这位排长的怒吼戛然而止，因为他已经看到了一个丢掉手中所有的武器，拼尽全力向他们这个方向跑过来的一个人和一条“狗”。

这位排长呆呆地看着雷震和身边那条撒腿一起狂奔的“儿子”，在这个时候，他的心里只有一个想法：“这小子跑得真他妈的……快！”

第二十三章 野兽本能

在这个时候，无论是那一个排的中国军人，还是站在苏州河畔观战的上海市民，他们都呆了。他们眼睁睁地看着雷震抛掉了身上所有的武器，在双方还没有正式开火的零落枪声中，狂冲向四行仓库的方向。他的速度，让所有人不约而同地想到了“迅雷不及掩耳”这个成语。

雷震的双脚一次次重重踏在脚下这片包容了太多鲜血与硝烟的大地上，直直踢起一连串半尺高的泥浪。在他有力跳动的心脏中，带着大量新鲜氧气的血液源源不断地输送到了他的全身，让他充满爆炸性力量的肌肉一次次收缩，又一次次地全力绽放。他身上那一套明显小了两三号的童子军军装，更是发出了一阵吱吱啦啦的可怕呻吟，天知道在这个时候，雷震把衣服撑出了多少个裂口。

在这个时候，雷震跑得就像是一头看到了红布的西班牙斗牛，带着一种令人目瞪口呆的惊人高速，冲向了四行仓库东侧的小阁楼。突然有人指着雷震，又蹦又跳地放声狂叫道："看啊，你们快看啊，这个小子竟然跑得比身边那条狗还要快！"

如果没有能够追上野兔，追上野山羊的惊人的腿力，雷震和自己的"儿子"，早就他妈的饿死在那片大山中了！

雷震突然向前一扑，狠狠趴在了地上。就在他的身体和沉厚的大地对撞在一起，发出"噗"的一声闷响时，一串轻机枪子弹狠狠打到了他的身边。

"吧嗒……"

在苏州河畔观战的上海市民，下巴跌落的声响响起了一片。

这个狙击巡逻艇上的日本军人时就像是一头嗜血的狼，奔跑时比烈马还要快的男人，这样一个全身上下都充盈着不可预测的力量，更散发着一种浓浓的杀气，无疑应该接受过什么特种训练的男人，竟然当着所有人的面，表演了一招绝对正宗的懒驴打滚。在地上用最难看甚至可以说最滑稽，却依然保持了相当速度的动作，连滚了几个跟头后，雷震双手一撑，就在所有人以为他会表演一招什么鲤鱼打挺之类的功夫时，竟然又手脚并用，用爬的动作，向前蹿出了十七八米。

那些和日本人在战场上激战了三个月，也没有退让一步的老兵，在这个时候也不由自主地瞪大了双眼。他们每一个人的心里都转动着一个相同的念头："我操，这小子是不是属狗的，爬得可真是快啊！"

只有那位排长的双眸猛然危险地眯起，因为他清楚地知道，以这个男人那看起来足够迅速却绝不成熟的闪避动作，他根本不可能及时闪开背后轻机枪的扫射！

而他真的闪开了，这样的结果只有一个解释——这个男人在轻机枪子弹射出枪膛之前，他就已经下意识地做出了闪避的动作。

一个词语突然出现在这位排长的脑海——直觉！

对，就是直觉，敏锐的直觉，野兽般的直觉！

眼前这个没有受过严格军事训练，却拥有A级射击技术的男人，之所以能躲开从背后射来的那一串机枪子弹，就是因为他拥有像野兽一样对危险绝对敏锐的直觉！

他就是在对方扣动扳机之前，已经本能地发现了危险，在他的大脑做出判断之前，他的本能已经驱使他的身体，做出了最难看却绝对有效的规避动作。如果要这位排长对眼前这个跑得比狗还要快的男人做出一个评价的话，他就是杀手，一个天生的杀手！

“这个闪避动作，绝对不是偶然。在这个世界上，没有那么多意外，更不会出现那么多奇迹！”

排长手中的重机枪也响了，重机枪子弹狠狠射向了日本军人。他一边扫射，一边狂喝道：“小日本你们看清楚了，爷爷我才是你们的对手，你们的那一双狗眼在看哪儿呢？！”

重机枪子弹狠狠划破了400米的距离，落到了日本军人的身上。面对这种绝对意外的进攻，日本军人就算是再训练有素，也产生了一阵轻微的骚乱。几百名几乎已经训练成战争机器的士兵，根据训练教程，几乎在同一时间卧倒在地上，就连那一挺正在向雷震扫射的轻机枪，也出现了片刻的间隙。

趴在废墟周围的士兵都瞪大了双眼，呆呆地望着抱着重机枪，对着敌人疯狂扫射的排长。

日本人把小阁楼轰塌了，以为他们已经全军覆没。只要他们静静地等到敌人进入150米范围再突然发起袭击，就算日本军人训练有素，对如此近距离的火力扫射，也必须要出惨重的代价。

“我这样一开火，暴露了目标，不能再突然发起袭击，至少要少打死十几个日本兵。”

那位排长抱着手中的重机枪，一边拼命扫射，一边瞪着向自己这个方向连滚带爬又蹦又跳，却偏偏能比他们进行百米赛跑时跑得还快的雷震。他猛然发出一声嘶吼：“臭小子，你他妈的快跑啊！我就是要和老天赌上一把，看看你是不是能比这十几个日本人的脑袋更值钱！”

只用了几秒钟，雷震就在敌人轻机枪的扫射下，强行冲过了将近一百米的距离，手脚并用地爬进了小阁楼的废墟后面。

“给我！”

雷震劈手抢过了一名士兵手中的步枪。看着他用一种绝不标准的动作抬起了步枪，几乎所有人都在暗中摇头。敌人可是在三百多米远的地方，这样的距离虽然在中正式步枪的射程之内，但是你见过谁，连拿步枪的姿势都不对，甚至没有把枪托顶在自己的肩胛部位取得足够的稳定，还能打中距离如此遥远的目标？！

“砰！”

雷震就是用这种绝不正确的动作，扣动了手中步枪的扳机。随着一声清脆的枪声响起，几百米外的一个机枪手，脑袋上猛然炸起了一团血花。那个刚刚打完重机枪子弹的排长，放声狂喝道：“干得漂亮！”

“可是……”排长扭过头看着雷震，“你一直在向我们这个位置跑，你从头到尾都没有回过一次头，能不能告诉我，你是怎么知道是谁在对你开枪？”

“我不知道谁开枪打我。”

虽然不喜欢和陌生人打交道，似乎更讨厌这些人身上的军装，但是面对自己的救命恩人，雷震仍然保持了必要的礼貌。他盯着远方那个倒在血泊当中的日本军人，伸出舌头轻轻舔了舔自己发干的嘴唇，淡然道：“不知道为什么，我就是想打他，我就是想杀死他！”

第二十四章　生存法则（上）

那个排长笑了，他用力一拍雷震的肩膀，道：“好小子，我喜欢，你叫什么名字？”

雷震还没有来得及回答，天空中就猛然响起了几声尖锐的呼啸。两个人一起霍然抬头，几发用肉眼都能看到的迫击炮炮弹在空中划出几道漂亮的小弧线，对着他们的头顶狠狠砸过来。在心里计算着这几发炮弹的着弹点，那个排长猛然瞪圆了眼睛，叫道：“我操！”

这种迫击炮弹在空中飞行，会有尖锐的呼啸，它的飞行速度并不是很快，用肉眼都能看到，只要反应迅速，一般的老兵都能躲开这样的炮击。但问题是，这位排长现在正抱着一挺马克沁水冷重机枪，坐在一堵断墙的后面，他已经没有足够的时间站起来，再做出军事规避动作。

“这下可真的要完蛋了……”

这个念头刚刚在排长的脑袋里扬起，雷震抬起脚就重重踢到了他的屁股上，一股势不可当的力量狠狠传过来，竟然把他连人带重机枪像踢皮球似的，一脚踢出了十几米远。

“轰！轰！轰……”

排长人还在地上不断翻滚，几发迫击炮弹狠狠砸在了小阁楼的废墟上，一股金属燃烧般的气息，夹杂着大量碎弹片狠狠撞过来。逃过这一场大难的排长，呆呆地望着再次被炮弹洗礼的小阁楼。他的全身除了屁股就像是被公牛撞中般传来一阵火辣辣的疼痛之外，侥幸没有受伤。但是他的心脏，在瞬间落到了谷底——雷震救了他，可是他自己却没有来得及逃出来！

“小子，怎么样，死了没有？”

雷震没有回答，一个仍然待在那堆废墟后面，连续被几发迫击炮弹轰击的人，又怎么可能安然无恙？！

那位排长趴在地上，呆呆地望着已经被硝烟彻底覆盖的废墟，一种酸酸楚楚的感觉猛然袭上了这个军人的心头。他是真的喜欢雷震，是真的想帮这个男人，所以他才对雷震这样一个陌生人提出了并肩作战的邀请。现在，他竟然连对方的姓名还不知道……

一阵夹杂着苏州河湿气的风狠狠吹过来，带走了浓重的硝烟。当这位排长的目光带着不能掩饰的焦急，在那堆废墟中寻找时，他正好迎上了一双黝黑得发亮的双眼。

是雷震，他竟然没有死，他竟然在绝不可能的情况下，成功地避开了几发迫击炮弹的炮击。

看着躲在墙角，尽可能地紧贴在墙壁上，把身体受到攻击的面积尽可能降到最低的雷震，这位排长忍不住露出了一个如释重负的表情：“没事就好，你可真厉害啊，这样都炸不死你……”

“我操，你他妈的都干了些什么？！”

望着全身都缩在墙角的雷震，呆了，所有看着雷震的人都惊呆了。粗重的呼吸声，一下充斥在这片风雨欲来的战场上。

如果不是雷震刚刚救了他一命，如果不是雷震的手臂上还在汩汩流着鲜血，明显是被炮弹片划伤，如果不是雷震并不是他的手下，这位排长一定会二话不说，直接拔枪毙了眼前这个浑蛋！

面对几发迫击炮弹如此近距离的爆炸，雷震却没有受到任何致命重创，最重要的原因绝不是他及时缩到了墙角，而是在炮弹爆炸的瞬间，雷震顺手抄起了一具地上的尸体，把他当成盾牌，直接挡到了自己的身上。

看着那具早已经气绝，却又遭到迫击炮弹再次轰炸，已经变得惨不忍睹的尸体，这个排长的眼睛红了。那可是他的兄弟，是一位刚刚在保家卫国的战争中，奉献了自己生命的英雄、烈士！而眼前这个浑蛋，为了能够在炮击中活下去，竟然把这具遗体，当成了保命的盾牌！这在把荣誉看得比生命还重要的军人眼里，绝对是最大逆不道，最不可原谅和饶恕的罪行。

排长望着一脸平淡，仿佛做了一件再平常不过的事情，丝毫没有惭愧的雷震，他的嘴唇上下不停地哆嗦。他伸手指着鼻子，在这个时候他真想放声喝骂，但是雷震就是为了救他，才没有及时避开炮击，他又有什么资格，又要用什么立场，去斥骂这样一个为了救他而受伤的男人？

这位排长瞪圆了眼睛，感到一股闷气就硬生生地卡在胸口，怎么也无法吐出来，他就这样趴在地上，直直地瞪着雷震。直到他狠狠吸了几口带着浓重硝烟味道的空气，才终于缓过气来，嘶声叫道："浑蛋，浑蛋，我他妈的宁可你刚才没有救我！"

"知道了。"

雷震放下手中那具嵌满了弹片，被炸得支离破碎的尸体，拾起他刚才丢到地上的步枪，一边拉开枪栓检查里面是否损坏，一边淡然道："下次我不会再救你。"

"你……"

排长呆呆地望着眼前这个说得一脸认真的男人，他真的不知道雷震的脑袋里到底在想着什么。他这一辈子随着部队走南闯北，也算是见多识广，但是还真他妈的没有见过雷震这种绝对不能用常理来推测的人物。

怪不得这个跑到哪里都带上一条狗的浑蛋小子，能拥有野兽般的本能与敏锐的直觉，敢情他纯粹就是一个未完全进化的北京周口店类人猿！

用充血的眼睛，瞪着眼前这个浑蛋小子，再看看那些越来越近，马上就要对四行仓库再次发起猛攻的日本军人，这位排长再次狠狠喘了几口气，才嘶声叫道："小子，你给我听好了，我救了你一次，你也救了我一次，我们之间扯平了，谁他妈的也不欠谁了。等我们打退了日本人这次进攻，你就给我有多远走多远，不要让我再看到你！听到了没有？！"

雷震没有回答。他伸出自己被炮弹片划伤还在不停流血的胳膊，让自己的儿子伸出舌头在那里舔了几口，把伤口周围的泥沙和钢铁碎屑全部舔干净，算是消了毒。看着胳膊上足足半寸多深的伤口，看着伤口周围向外绽开的肌肉和不停流淌出来的鲜血，雷震不由得皱了皱眉头。

雷震从口袋里摸出了一个童子军为了帮助难民，身上必备的针线包，从针线包里挑出一卷黑色的棉线和一根钢针。在众目睽睽之下，雷震竟然硬是在日本军人发起进攻前不到两分钟的时间内，用这样一套缝补衣服用的针线，对自己手臂上的伤口，进行了一次绝对粗糙却有效的缝纫手术。

眼睁睁地看着那根粗大的钢针，飞快地一次次穿过雷震手臂上的肌肉，眼睁睁地看着雷震拽着那些粗糙的棉线，在自己手臂上翻起的肌肉里穿行。由于战斗马上就要开始，他缝补得太急，拉动这些棉线时太用力，棉线在空中绷直后，甚至会发出轻微犹如弹棉花般的声响，随着雷震大手大脚的动作，更带出大颗大颗的血珠。看着眼前这绝对非人的一幕，所有人只觉得牙齿发酸。虽然雷震手中的针线并没有穿进他们的身体里，但是他们的眼角在跳个不停。

雷震在伤口上打了一个绝对没有任何美感的绳结，扯下脖子上那根他怎么看都像是条绳子的领带，把它当成止血绷带，死死缠住伤口，让它不会再绷裂。做完这一系列工作后，雷震尝试着舒展自己的手臂，虽然伤口的鲜血很快就渗透了那条领带，但是雷震仍然满意地点了点头。

直到这个时候，雷震才抬起了头，回答道："嗯，知道了。"

第二十五章 生存法则（中）

杨惠敏没有回家，她就站在苏州河畔，望着对岸被战火彻底覆盖的四行仓库。看着炮弹像下雨一样，一发发落在四行仓库上，听着那密如爆豆几乎再没有空隙的枪声，杨惠敏真的痴了。

雷震就在对岸！那个从来不喜欢多说话的男人，那个脸上就像是涂了一层石膏般几乎没有什么表情的男人，那个在专注时眼睛里偶尔也会流露出几丝温柔的男人，就在对岸，就在和敌人浴血奋战！

杨惠敏真的不知道，雷震他们现在还有没有子弹；杨惠敏也不知道，他有没有受伤，或者说他已经永远地躺在那片土地上，再也无法睁开自己的双眼。

那些站在苏州河畔一幢高楼上观战的上海市民也惊呆了。他们居高临下，可以清楚地看到，一支又一支日本军队不断在四行仓库附近集结。他们可以清楚地看到，一支部队撤出战场后，立刻又有一支新的部队重新对四行仓库发起猛攻。他们就是用这种车轮战的方法，从早晨九点钟开始，一连进攻了五个多小时！

到了这个时候，所有人都清楚地知道，这一次日本人是真的发狠，要拔除四行仓库这个眼中钉了。在这种情况下，雷震他们这支孤立在四行仓库之外，得不到支援，也得不到补给，却卡在四行仓库右翼的小股部队，被迫依托苏州河沿岸的民房，抵挡日本军人一波接着一波的疯狂进攻。

再也没有了马克沁水冷重机枪扫射时特有的沉闷轰鸣，再也没有了那种覆盖性的火力压制，四行仓库右翼的战场上一片寂静，只剩下排长嘶哑的声音，在阵地上不停地回荡："记住，敌人没有进入三十米距离，没有听到我的命令，绝对不许开枪！"

就算没有排长不停地重复，无论是久经战火的老兵还是刚刚补充到部队里的新兵蛋子，都清楚地明白，现在子弹对他们而言代表着什么。一旦他们打光了所有的子弹，又不能从敌人的手里得到补充的话，他们就必须和受过严格刺刀格斗训练，又被武士道精神洗脑的日本军人展开格斗战。到了那个时候，他们这一支只剩下十几个人的小部队，在几分钟之内就会全部死在敌人的乱刀之下！

在这个时候，四行仓库里的谢晋元当然也明白他们这支小部队的处境，大量弹药被四行仓库里的军人像不要钱的垃圾一样，从二楼的窗户里抛下来。但是在这种弹雨纷飞的战场上，就算是趴在那里，随时都有被子弹打中的危险，又有谁能在敌人不停发起进攻，到处都是A级射手的情况下，将沉重的弹药箱扛回阵地上？！

在这种一片混乱的战场上，每个人都拼命握紧了手中的武器，都在心里默默计算着自己还剩下几发子弹。他们都瞪大了双眼，寻找一切可以利用的机会，从死人的身上补充自己的弹药。

至于雷震，那位排长真的已经对他无话可说了。

排长必须承认，雷震是他们中间杀人最多，偏偏又是受伤最少，消耗弹药也是最少的。这位排长还必须承认，雷震使用的那种集变态、无耻、下流、卑鄙于一体的战术方法，真让他大开了一回眼界。

雷震早已经甩开了所有人，用缓慢的动作，向前慢慢潜伏了一百多米，脱离了防御战场。就凭他这种孤军深入的胆量，就能让人对他伸出一根大拇指，可惜……雷震手里连枪都没有拿。最过分的是，雷震竟然穿了一身从日本士兵身上扒下来，还带着两个弹洞的军装。

穿着日本军装的雷震，就躺在一堆死尸中间一动不动，就连一个正在对四行仓库发起进攻的日本士兵，无意中用皮靴重重踏了雷震的手掌一下，雷震都可以老老实实躺在那里，显得稳若泰山、无懈可击。

但是当战场上的日本军人遭遇四行仓库的顽强狙击，付出了相当的代价，接到命令终于开始后撤，而第二支替补部队还没有登上战场的时候，雷震就立刻复活了。相信如果不是排长拼命对着四行仓库里的兄弟做着手势，雷震早就被四行仓库里的中国军人打成一具真正的死尸了。

雷震拎着刺刀在日本士兵的尸体上爬来爬去，看到还活着的，还有口气的，身体还能微微动弹的，雷震一概先补上一刀。仅凭这一点，雷震亲手“击毙”的敌人数量，就顶得上排长这边十几号人又是重机枪扫射，又是手榴弹轰炸赢得的战果总和。

这还不算什么……

雷震从日本士兵的尸体上翻找出还没有丢出去的手榴弹和子弹袋，但是他绝对没有把这些弹药送到排长那边，帮助他们解决燃眉之急的念头。带着这些东西再往回爬一百多米，先不说体力要消耗多少，仅仅从风险上来考虑，雷震就绝对不会这么做。

雷震只是用布条把这些手榴弹、子弹匣紧紧绑在一起，再把它们重新塞到尸体堆里，然后自己老老实实地再爬到一个相对安全的位置上，继续老老实实地装死。

至于雷震的儿子……如果不是排长大人亲眼看着这头四条腿走路的东西，刚才还能蹦能跳又跑又窜，转眼间就四肢僵硬，就连尾巴都直挺挺地翘在那里，躺在地上一动不动的样子，他绝对不会相信一条狗，不，应该说是一匹狼，也可以像他的主人那样，装死装得这么像！

当又一支新的日本部队投入到战场上，四行仓库上方的轻重机枪再次扫射，双方交火的枪声混成一团的时候，躺在死尸堆中的雷震，趁着没人注意，轻轻舒展一下自己隐藏在另外一具尸体下面的右手，顺手再把那根绑在一枚手榴弹拉环上的布条，狠狠一拽罢了。

“轰！轰！轰……”

十几枚手榴弹，外加绑在上面的一两百发子弹一起被引爆。在猝不及防之下，走到尸体堆旁边的日本士兵齐刷刷地倒下了一片。这样的爆炸当然是惊人的，但是谁敢保证，这次大爆炸不是四行仓库里迫击炮造成的杰作？谁又会怀疑一个躺在几十米外，全身都是血，军装上还有两个大大的、醒目的弹洞的“自己人”？！

“轰！轰！轰……”

在某一堆尸体下面，又产生了一场大爆炸，日本军人又齐刷刷地倒下了一片。唯一不同的是，这一次并不是雷震拉响了手榴弹，而是他的儿子，偷偷咬住一根早就准备好的布条，用力拽了一下罢了。

看着装死也能装得如此登峰造极的这一对父子，看着他们用这样的方法，周而复始地不断伏击日本军人，大大缓解了敌人的进攻压力，那位排长只能连连摇头苦笑，在心中叫道：“高，高，实在是高，真他妈的高到喜马拉雅山去了！”

排长发现自己真的不能理解雷震这个人，他真的无法分辨，雷震这个浑蛋小子，究竟算是勇敢，还算是无耻。

或者是兼而有之？！

根据这位排长的计算，在长达五个小时的激战中，雷震和他的儿子，抛开用刺刀刺杀已经中弹的伤兵不算，仅仅用装死引爆手榴弹的方法，就至少炸死了一百个日本士兵。虽然他的手段是无耻了一点，是下流了一点，是卑鄙了一点，但是仅仅从战果上来说，是绝对辉煌的。

第二十六章 生存法则（下）

下午两点三十分，日本军人突然停止了对四行仓库犹如狂风骤雨般的进攻。虽然地道仍然没有被打通，但是一直守在四行仓库右翼，已经弹尽粮绝的小股部队，终于得到了宝贵的喘息机会。他们爬到四行仓库下面，在随时可能遭到日本A级射手狙击的情况下，小心翼翼地搬回了大量弹药补给。

上面的兄弟，甚至为他们抛下来一个用棉花包裹住的医药箱。打开这个医药箱，一直死死守在战场右翼的排长首先看到的是一张信纸。谢晋元用他刚劲有力的字，在上面写道：“不离不弃，生死与共！”

在这两句话的下面，甚至还有一首诗。这时谢晋元竟然在激战的空隙当中，挥毫写下了一首诗：

勇敢杀敌八百兵，抗敌豪情以诗鸣。

谁怜爱国千行泪，说到倭奴气不平！

这一首诗绝不算工整，甚至还有些不押韵，但是在字里行间，透着一股属于铁血军人的角铮狂鸣之气。

在嘴里反复品味着这首诗，一个大大的笑容突然在这个排长的脸上扬起。他环视全场，放声狂喝道：“兄弟们，看到了没有，这是谢晋元团长写给我们的信！大家再支撑几个小时，等到天黑，我们就可以想办法回家了！”

已经爬回阵地的雷震，就坐在一幢房屋的废墟后面。他看着这些经过几个小时激战，还要不停地在战场上爬来爬去，拼尽一切力量往阵地上搬运弹药的士兵。他们真的已经很累了，疲惫已经清楚地写到了每一个人的脸上，但是他们发出了一片沙哑却有力的回应。看着这些士兵突然发了光的双眼，雷震默默将“谢晋元”这个名字记在了心里。他真的不知道，这位排长嘴里的谢晋元是一个什么样的人物，仅仅用一封信、几句话就能让这样一支几乎被打残，更伤痕累累的部队，恢复了士气。

下午两点五十分，日本外交官，面对世界各国媒体记者，发出了如下宣言：“我们不排除动用任何一种手段，来打击可恶而野蛮的敌人！本着人道立场，我们希望在四行仓库附近观战的市民可以远离战场，以免受到波及。”

下午三点十分……

刚刚从四行仓库下面搬回一箱机枪子弹的排长，狠狠喘着粗气。就在这个时候，他的身体突然凝滞了。

“不可能吧？”

排长揉了揉自己的鼻子，他再次吸了一口气。没有错，那夹杂着苏州河的水汽吹拂过来的风中，的确已经多了一股奇异的味道，一股猛然闻上去有点像大蒜却比它更刺鼻的味道。排长的双眸猛然缩成了最危险的针芒状，他放声狂喝道：“我操他妹子的，小日本用毒气了！大家快用水把棉布打湿，盖在自己的鼻子上面！”

所有人都面面相觑，他们身上连水壶都没有带，又哪来的水？那个排长看到这一幕，又气又急，放声喝道：“还像一堆木头似的傻愣在那里干什么，没有水的话，就用自己的尿啊！”

排长伸手从自己的内衣里撕下两块棉布，先丢给雷震一块，然后把剩下的一块反复折叠后，放到了自己的身体下面。十几个还活着的中国军人都趴在地上，齐刷刷地解开了自己的裤腰带。

可是他们已经连续激战了五个小时，滴水未进，汗水更是不停地从他们身上流淌出来。面对日本军人不顾一切，只能用丧心病狂来形容的毒气攻击，就算他们知道如果尿不出来，他们就得完蛋，可是在这个时候，除了少数几个人之外，绝大部分人就算是憋得涨红了脸，也只是勉强从身体里挤出了几滴发黄的尿液，就连那个排长也没有因为这里他官最大，而得到例外。

有些人尝试着把几层叠加在一起的棉布直接盖在了鼻子上面，但是这种没有用水浸湿的棉布实在太粗糙了，显然并不能有效过滤毒气，刺鼻的味道仍然不停地冲进他们的鼻腔。

手里捏着那个排长在第一时间丢给自己的棉布，雷震突然拔出了身上的九五式刺刀，对着身边一具在半个小时前还和他们一起并肩作战，刚刚闭上眼睛不久，身体还带着几丝温热的尸体狠狠刺下去。

“噗……”

九五式刺刀深深没入了尸体的胸膛，面对这绝对意外的一幕，所有人都惊呆了。雷震拔出刺刀，直接将那块棉布按到了尸体的伤口上，然后双手用力，使劲按压这具尸体的胸腔。在这种外在的压力作用下，鲜血猛然从尸体上喷溅出来，浸透了那块盖在伤口上的棉布。

“啪！”

那个排长还没有搞清楚是怎么回事，那块被鲜血浸透的棉布就盖在了他的脸上。嗅着棉布里那股浓重到极点的味道，就连他的舌头也品尝到了一点甜味，排长的眼睛在瞬间就瞪得滚圆，他咬紧了牙，拼尽全力狠狠打一拳。

这一拳直接打到了雷震的脸上，把雷震打得连退了六七步。排长甩掉脸上那块沾满鲜血，却可以为他过滤毒气的棉布，又在上面狠狠踏了几脚。他指着雷震放声狂吼道：“小子，你他妈的不要太过分了！你别以为所有人都会和你一样，为了能够活命，就连脸都可以不要了！死有什么好怕的，我他妈的早就做好了战死沙场的准备。我现在就是烂命一条，我宁可是被日本人毒死了，也好过用阵亡兄弟的血来保住这条烂命！我、我、我、咳咳……我他妈的……毙了你这个浑蛋！”

雷震从自己的内衣上扯下一块棉布，他掉转刺刀，对着自己的胳膊狠狠刺下去。他这一刀刺得可真重，鲜血猛然从他的手臂上迸射而出，瞬间就浸透了他手中的那块棉布。在所有人目瞪口呆的注视中，雷震竟然把这一块沾满自己的鲜血的棉布，再一次盖到了排长的鼻子上。

雷震盯着眼前这个排长，沉声道："我不是你的兄弟，我也没有死，用我的血，不丢人！"

不再理会已经彻底愣在那里的排长，雷震回视全场，放声喝道："不想死的话，就用自己的血把棉布浸湿！"

说完这句话，雷震竟然又拾起了那块排长刚才甩在地上，又狠狠踏了几脚，沾满阵亡烈士鲜血的棉布，在众目睽睽的注视下，把它分成了两半，一半盖在了自己的脸上，一半盖到了儿子的鼻子上。

看到这一幕，排长脸上的肌肉在不停地抽搐。但是他看着一个个拔出刺刀，用鲜血浸透棉布，在用力呼吸下脸上终于露出平静笑容的手下，这位排长瞪了半天的眼睛，最终还是没有说什么。

日本军人在四行仓库战场上竟然动用了毒气弹！

这个消息一经传开，当真是一石激起千层浪。但是做出如此暴行的日本军方，只是受到了欧美诸国无关痛痒的谴责。而几乎在同时，中国政府也接到了上海公共租界当局用词强厉的通告……

"为了防止战斗进一步激化，影响到公共租界的安全，为了防止流弹击中竖立在距离四行仓库仅仅几十米的煤气筒，为了租界内数以万计的居民的人身安全考虑，我们希望贵国政府务必下令四行仓库的守军撤退！我们愿意帮助四行仓库内的守军，通过租界安全撤退。"

欧美诸国的态度再一次证明，面对强权，正义和公理也仅仅是一块无足轻重的尿布罢了。

第二十七章 狼之残

在战场上的那位排长和雷震，当然不知道外界发生了什么。他们坐在地上喘着粗气，他们只知道，他们虽然胸口发闷，鼻腔和口腔里更是传来一阵阵火辣辣的疼痛，但是他们终于在日本人的毒气攻击中活下来了。

雷震和那个排长就并肩坐在一堆废墟的后面，两个人的目光都落在那个就算是已经为国捐躯，仍然被雷震狠狠捅了一刀的尸体上面。不知道过了多久，排长突然问道："小子，刚才你想帮我，我却重重在你脸上打了一拳，你还是要继续帮我，为什么？"

雷震淡然道："因为刚才你想都没想，就先分给我一块棉布。"

排长瞪大了双眼，他真的没有想到，雷震毫不犹豫地拔出刺刀，对准自己的手臂狠狠刺下去，理由就是这么简单！

排长扭过头看着雷震那张几乎没有任何情绪波动的脸。过了好半晌，他才轻声道："我现在才知道，你既是一个英雄，也是一个浑蛋！你知道吗，当时我真的被你气疯了，实在是手里没有带枪，否则的话我一定会二话不说，先一枪把你毙了再说！"

"别人认为我是浑蛋还是英雄，和我又有什么关系？"

雷震把自己的双手枕在脑袋后面，用一种最舒服的姿势放松了身体。他打开了一包从四行仓库里面抛下来的饼干，如果没有猜错的话，这一包饼干还是他和杨惠敏一起出去募捐到的成果。

因为毒气刚刚被吹散，日本人暂时还不可能发起进攻，所以雷震吃得很从容。他把饼干放进嘴巴里，却并不咀嚼，直到他嘴里的口水把饼干泡软泡烂了，他才慢慢将嘴里已经变成一团面糊的食物咽进自己的胃里。雷震甚至还有心情，把饼干上面沾的糖粒一点点小心地刮下来。

雷震把那些好不容易收集到一起的小粒冰糖全部丢进一个钢盔里，然后倒转他那把已经不知道沾了多少鲜血，收割了多少生命的刺刀，用刀柄在钢盔里不停地磨着，直到那些碎小的冰糖粒，在钢盔里全部变成了粉末状。

看着雷震解开手臂上那根充当止血绷带的领带，抓起碾磨成粉状的冰糖，把它们一点点小心敷到了伤口上，再重新用领带把伤口扎紧，那个排长真的惊呆了。

"这种东西，可以让我的伤口复原得更快。"

重新处理完自己的伤口，雷震就那样和排长并肩坐在一起。他们彼此听着对方粗重的呼吸，嗅着对方身上浓重得几乎化不开的血腥、汗水和硝烟混合在一起的味道，彼此静静感受着对方带给自己的安全感。不知道过了多久，从来不喜欢多说话的雷震，突然开口了："你见过离开了狼群，独自在深山和草原上流浪的孤狼吗？"

排长摇了摇头。他从小在农村长大，他见过狼，而且对狼这种总是会咬死家禽的动物深恶痛绝，但是他看到的狼总是三五成群。

在这个时候，雷震犹如鹰隼般锐利的眼神，突然有点迷离了。

雷震望着他的儿子，现在它正低着头，在专心地啃着一包饼干。雷震轻声道：“孤狼远离了狼群，为了能够找到活下去的食物，它必须不停地去流浪，用它的爪子，走过一座又一座大山，面对一个又一个敌人。”

“为了活下去，为吃到一块已经发臭的肉，它就必须和那些一爪子就能拍断一棵大树的狗熊去战斗，去和那些动作比它更灵活，力量比它更大的猎豹去战斗。就算是受伤了，它也不可能得到任何帮助，只能独自躲在一个黑暗的角落里，用舌头去慢慢舔着自己的伤口，期待着在自己饿死之前，能够重新站起来，重新找到能够支撑它继续活下去的食物！”

“如果它真的什么也找不到，眼看着就要饿死在路上……”说到这里，雷震的声音突然嘶哑了，“它会直接啃咬自己的爪子！它会不顾一切地用自己的牙齿撕扯自己身上的肉，就算是爪断了、没了，它再也不可能像原来那样快速奔跑去追杀猎物，去向比它更强大的敌人挑战，它迟早还会活活饿死，或者是因为失血过多而倒在路上，成为另外一只孤狼的食物，但是至少……它在拼命让自己活下去！”

迎着雷震的双眸，感受着雷震在说这些话时从身体里散发出来的丝丝冷意，回想着雷震在战场上做出来的一切，几粒大大的汗珠慢慢从排长的额头淌落。排长伸手拭掉了正在自己额头上慢慢淌落的汗水。直到这个时候，这位排长才注意到，不知道从什么时候开始，他的手竟然在微不可察地轻轻颤抖。

就算知道雷震现在已经认可了自己，绝不会对自己发起进攻，但是聆听着他淡淡的诉说，不知道为什么，这位排长的心里，还是忍不住涌起一股接着一股的绝对寒意。

因为在这个时候，坐在他面前和他静静对视的，不就是一头曾经在大自然中孤独地行走，孤独地战斗，一次次受伤，又一次次躲在黑暗的角落里，独自等待伤口愈合，让他可以重新回到深山中，为了生存而继续战斗的……孤狼？！

就是因为他是一头孤狼，所以他才会拥有了狼的坚毅与残忍，一旦出手就必然是赌上了自己生命的最狂烈攻击；就是因为他是一头孤狼，所以他才会为达目的不择手段，就连同类的尸体也会成为他的道具和武器；就是因为他是一头孤狼，所以他虽然单纯而率性，更懂得知恩图报，但是他的特立独行成了无形的壁垒，让他到现在为止，都没有一个可以并肩作战，可以把自己后背交付给对方的战斗伙伴！

“可是……你毕竟是一个人，而不是一只狼！狼只是为了活着而活着，我们人应该有自己的目标！”

“对，我是有自己的目标！”

雷震望着远方战场上，那一具又一具日本军人的尸体，他一字一顿地沉声道，“我的目标，就是不停地杀，直到杀光所有的鬼兵，或者直到我死在他们的枪下！”

这个排长真的不想问雷震的身上曾经发生过什么，他的眼睛里突然闪过了一丝淡淡的同情，但是很快又消失了。因为他知道，同情这种东西，对一头已经在大自然中磨利自己的牙齿，坚定了自己的意志，必然要在生命终结之前，面对一场又一场战争的孤狼来说，是一种最无用甚至是可笑的东西。

“我叫李正，大概我老爹在生我的时候，就希望我做一个堂堂正正的男人吧。你可以直接叫我的名字，也可以像我手下的兄弟一样，叫我一声李大哥。”

那位排长把手伸向了雷震，微笑道，“我们并肩作战了这么久，被你救了两次，我到现在还不知道你的名字呢。”

“雷震！”

雷震凝视着李正伸到他面前的手。他不喜欢这种肢体上的接触，但是他发现，自己有些喜欢眼前这个叫李正的男人。是因为在李正的身上，有一种他曾经拥有现在却已经失去的坦坦荡荡？还是因为他在这个男人的眼睛里，在他嘴角的微笑里，敏锐地捕捉到了一种理解与认可？！

雷震真的不知道，但是他慢慢地尝试伸出了自己的右手。当两只同样有力的大手在空中紧紧相握的时候，一股淡淡的暖流，在雷震的心底缓缓升起。

第二十八章　军之魂（上）

李正躲在一堆废墟后面，用步枪小心翼翼地顶起了一个钢盔。钢盔刚刚在废墟上面露出了三四寸高，就猛然发出“当”的一声脆响。看着被打得多了一个弹痕的钢盔，李正不由得破口骂道：“我操！”

天知道在几百米外，日本军人的阵地上，究竟躲藏了多少个A级射手。他们虽然可以利用地形变化，将四行仓库下面的弹药搬到阵地上，但是如果他们敢用绳索试图爬进四行仓库，他们就会成为这些A级射手最好的枪靶。

一个站在小阁楼废墟里，指挥几个士兵试图重新挖开地道口的班长，对着李正摇了摇手。两层高通体都是钢筋混凝土结构的房屋整体倒塌下来，他们手中又没有足够的工具，在短时间内，这些连续激战了几个小时，又因为吸进去少量毒气，每一次呼吸都觉得喉咙里传来火辣辣感觉的军人，绝不可能在这一片废墟里面重新打开一条回家的路。

到处都是对他们虎视眈眈的敌人，在远方隐隐传来了坦克履带碾轧在坚硬的地面上，发出来的可怕声响。不用问也知道，在使用毒气后，日本军人正在准备下一波更猛烈的进攻。

就在这一片苍白的天与地之间，一阵劲风刮过，带着那面仍然高高悬挂在四行仓库上空的国旗猎猎飘舞。而在阴霾的天空下，几片不知道从哪里吹过来的树叶，正在不断盘旋飞舞。

感受着这片天与地之间的肃杀，呼吸着空气中蕴含的苏州河水的潮气，环视着那些躺在战场各个角落，在连续几个小时的激战中，已经被压榨出最后一丝力量的士兵，李正不由得发出了一声低低的叹息。

只有撑到黑色的天幕笼罩整个大地，他们才有机会回到四行仓库。问题是，他们这支注定要替四行仓库死死挡往右翼进攻的小部队，究竟还能不能支撑到那个时候。

看了一眼就坐在自己身边，抱着一支步枪闭目养神的雷震，李正沉默了半晌，突然道："雷震，我想请你帮我一个忙。"

雷震没有睁开眼睛，只是略略点了点头。

"如果我死了，我希望你能带领我手下的兄弟，活着返回四行仓库！"

李正低声道，"现在连我在内，我们这里还有十三个人。扣去三个受到重伤，已经失去战斗力的伤员，余下的十个人当中，只有我和蒋班长是有经验的老兵，其他人都是因为部队在匣北战场上激战了三个月不断减员而补充进来的新兵蛋子。你别看他们在战场上打得像模像样，和敌人拼得够凶够狠，那是因为有我和蒋班长在这里顶着。一旦我们两个阵亡，失去了军官的指挥，他们这群新兵立刻会暴露出最大的弱点，变成一群没头苍蝇！到了那个时候，我们所有人就会一起完蛋！”

“而你和他们不同！你是我这辈子在战场上见过的最可怕的战士！不用问我也知道，你从没有走进过军营，没有接受过任何正规训练，你甚至连拿枪的动作都不对。我真的不知道，你是如何让自己变成了一个神枪手，我更不敢想象，你到底还拥有多少可以发挥的潜力。

“你就是那种无论面对什么情况，都能保持必要的冷静，都绝不会放弃希望，可以赌上所有的希望，和强敌拼死一战的天生的军人！假如……你能跟在谢晋元团长的身边，从他的身上学习各种指挥技巧，能够接受系统的军事训练，能够对各种武器了解得更多一点，你……也许真的能完成杀光所有鬼兵这样一个目标！”

李正望着雷震的眼睛中猛然扬起了一股火焰般的光彩：“雷震，你给我听好了，如果我和蒋班长都阵亡在这个战场上，再没有人统帅那些新兵蛋子的时候，我要你站起来！我要你接替我们没有完成的任务，把所有的人重新凝聚在一起，带领他们继续坚持下去！

“你不是军人，我不敢，也不能要求你和阵地共存亡，你没有这样的责任，更没有这样的义务。但是就算是同舟共济，就算是为了能让你自己和更多的人活下来，我也要拜托你，在我和蒋班长都倒下去的时候，能够挺身而出，带领大家坚持到天黑！只要能够坚持到天黑，日本人的进攻就会停止，我的兄弟就能有机会活着撤入四行仓库，你也可以活着渡过苏州河，远离这片战场！”

“雷震！”李正放声喝道，“告诉我，你会去做！只要你尽力了，无论最后的结果是什么，我李正就算是死了，也会感激你的！”

迎着李正那双发亮的眼睛，感受着他身上那种再无保留，就连生命都要为之一起燃烧的炽热，一股说不清楚的感觉缓缓在雷震的心底扬起。

就是因为鬼兵的缘故，雷震从小就讨厌军人。当他在大山中孤独地生活了那么久，终于和自己的儿子一起渐渐地长大，渐渐地变强，终于可以带着儿子，带着满身的伤痕，走出了大山，重新返回人世间的时候，他更用自己的双眼看多了那些保国无术、扰民有方的所谓的军人，看多了那些在战场上和日本人一触即溃，集中在一起，却能比鬼兵更凶残、更贪婪，所过之处血流遍地、寸草不生的流兵！

可是在这个时候，雷震的想法变了。就是眼前这个三十多岁，看起来长得再平凡不过，却拥有着一颗绝不平凡之心的军人，在雷震的面前，展现出了另外一种雷震平时绝对没有接触，更没有了解过的军人形象！

看着雷震终于缓缓地点了点头，李正笑了，他真的笑了。

他虽然和雷震相处的时间只有短短的几个小时，但是李正已经清楚地明白，像雷震这种全身都带着一种犹如大山般粗犷而纯朴的男人，一旦他点头答应了，一旦他同意了，那么就必然言出如山，绝不悔改！

就在这个时候，远方的日本军队阵地上，再次传来了一阵小口径排炮轰鸣的声响，十几发迫击炮弹，在空中带着尖锐的呼啸，狠狠砸向这片已经千疮百孔的战场。在使用了毒气却没有达到预期的效果后，日本人的进攻终于又开始了！

第二十九章　军之魂（中）

这一次日本军人终于认真了。

他们已经被四行仓库这样一个小小的战场拖住了太长时间；他们已经在这个局部战场付出了太大的代价；那面还在迎风招展的国旗，更是无异于在所有日本军人脸上狠狠扇了两记耳光。

日本军人竟然兵分两路，从正面和右翼，对四行仓库发起了进攻。这说明，他们的指挥官已经开始用面对主战场的眼光，来打量四行仓库这样一个中国军人在上海最后的阵地。而且指挥这次攻击的指挥官，更已经知道，在右翼的战场上，还有一支小股部队，走出了四行仓库，正在战场上和他们进行正面对抗。

李正清楚地明白，他们这支小部队最大的挑战已经来临了。面对从两个方向同时包抄上来的敌人，据守在四行仓库里面的兄弟，已经不可能再为他们提供太多的火力支援。

李正从自己的口袋里小心翼翼地摸出了一个封皮已经被汗水浸透，变得皱皱巴巴的笔记本。打开这个笔记本，李正珍而重之地从里面取出了一张两寸大小的黑白相片——这是一张全家福。

李正已经很久没有回家了，这是一张有了相当历史的相片。那时候，他的女儿还不会说话，只能老老实实躺在小棉被里面。因为正在午睡，却被人强行摇醒的缘故，这个小小的丫头在快门闪动的时候，脸上还带着晶亮的泪痕，和抱着她的妈妈脸上的笑容搭配在一起，形成了一种鲜明的对比。

在那个时候，虽然日本人已经侵占了东三省，但是在中央政府刻意忍让之下，他们总算还享受了几年的平静。而在那个时候，李正还是一个从来没有上过战场，没有真正品味过生离死别滋味的新兵，所以他在伸手把自己的妻子和女儿一起拥入怀里的时候，他还可以嘴角微微向上挑起，露出一个憨厚而心满意足的微笑。

至于李正的父母，他们就端端正正地坐在椅子上，摆出了一个自以为很严肃，也很认真的表情。但是李正现在还记得，在拍照之前，他的老爹一脸紧张，拉住他的手臂说出来的话："我不拍！我听说拍照那个什么灯一闪，就会把人的一个魂魄摄进纸里。要不然这东西弄出来的画，怎么和真人就一模一样呢？！"

当时为了拍下这张全家福，李正当真是费了九牛二虎之力，才勉强把老爹和老娘按到了照相机前面的椅子上。李正小心翼翼地把这张相片，别到了面前一堵断墙的缝隙里。他用留恋的眼神看着自己的妻子和现在已经可以满地乱跑，帮着她娘去打酱油，顺便再用几个铜子给自己买上一串糖葫芦的女儿；他用留恋的眼神，看着一脸严肃地坐在那里，却连眼角的眉毛都微微斜挑起来的爹和娘。

在这个时候，日本军人在太阳旗的指引下，唱着他们心中无悔的战歌，对着阵地发起了进攻。在这个时候，那面依然在四行仓库的顶层高高悬挂的国旗，突然像一簇篝火般猎猎飘舞。

在这个时候……起风了。

李正抬头望着在这片依然阴霾，依然一片苍白的天空下，几片不知道从哪里刮过来的树叶，正在空中自由自在地盘旋飞舞。李正用近乎贪婪的动作，深深地吸着随风送过来，带着苏州河潮湿感觉的空气。他清楚地知道，这可能是自己这一辈子，最后一次吸到这种没有被战火和鲜血浸染，还算干净的空气了。

"你们已经占领了我们的东三省，你们已经得到了比自己国家还要大几倍的领土，我们已经一退再退，一让再让，为什么你们还不满足，为什么你们还要一次次挑起战火，一次次得寸进尺？难道你们非要把我们全灭了，非要占领整个中国，非要让我们妻离子散，非要我们全部趴在你们的脚下，成为你们的奴才，你们才会满意吗？！"

李正愤怒的咆哮在战场的上空回荡，紧接着他手中的那一挺马克沁水冷重机枪也开始轰鸣了。

站在四行仓库三层，用望远镜观察着整个战场，不断对传令兵下达各种指示的谢晋元，声音突然低沉了下去。他通过望远镜，清楚地看到，李正手中的那一挺重机枪，在不停地怒吼。就是因为这一挺重机枪，日本军人必须小心翼翼地前进，必须一次次趴在地上，躲避重机枪倾射过来的子弹。也正是因为这一挺重机枪，让李正成为右翼战场上最醒目的目标！

就算是站在四行仓库上面，谢晋元仍然可以感受到李正受到的压力。

在这个时候当真弹雨如梭，双方对射出来的子弹，在空中划出了一道道火热的弹痕，在彼此交织之中，形成了一道看起来如此美丽，又是如此残酷的死亡之网。子弹一遍遍从重机枪架设的废墟上犁过，发出扑哧扑哧的声响。子弹狠狠打到地上，炸起来的泥土、飞溅起来的碎石片四处迸射，它们狠狠打到李正的脸上，带出一股股火辣辣的痛感。

在这个时候，李正就像是一个中古世纪最无畏的骑士，带着自己的骄傲与尊严，面对看似不可撼动的强敌，发起了一次又一次绝望而悲壮的进攻。

没有闪避，没有退缩，鲜血不停地从李正的身上飞溅出来。无论敌人的弹雨如何向阵地上倾泻，李正就像是一个根本打不死，打不残，打不废的幽灵。他只是拼命瞪大了自己的双眼，拼尽全力让手中的重机枪射得更稳，打得更准，将子弹不停地对着日本军人倾射出去。

一个因为手臂受伤，已经无法再开枪，临时给李正充当了弹药手的士兵眼睛里满含着泪水。他望着李正不停地叫着："排长，不要打了，不要打了，你会死的！你真的会死的！"

"放屁！"李正瞪圆了眼睛，放声怒喝道，"做好你自己的工作，快换子弹！"

突然有人指着远方发出了一声惊呼。不能使用重型火炮，不能用轰炸机投放重磅炸弹，使用了毒气弹却没有收到预期的效果，日本军队终于用了他们最后的杀手锏。

在隆隆的声响中，在这个绝不适合坦克作战的战场上，一辆九七式坦克和一辆九八式装甲车一起出现在右翼战场上。面对这种最纯粹的战争武器，那些刚刚补充进部队，几乎还没有什么战斗经验的新兵，举起手中的武器对着它们就射。子弹打在坦克的钢甲上，发出叮叮当当的声响，但是小口径的步枪和捷克式轻机枪，又怎么可能打穿坦克？

看着坦克和装甲车排成了一排，以相同的速度向前轧压，而在它们的身后，更躲藏了几十个日本士兵。看着他们无论如何射击，由坦克和装甲车组成的钢铁护壁，仍然在继续向前挺进，那些刚刚走上战场的新兵都慌了。

就在这个时候，他们突然听到了排长李正的一声怒吼：“我操你妈的，把乌龟壳拉出来就了不起了？！你们的坦克够硬，老子是打不穿你，但我就不相信，你们的狗屁轻型装甲车也敢这么牛逼！你们这种比拖拉机更像拖拉机，顶多是在身上罩了一层薄铁皮，就连我外婆都能用手指戳穿的破货，也敢拿到战场上丢人现眼？！”

第三十章　军之魂（下）

李正调转马克沁水冷重机枪的枪口，对着那辆九八式轻型装甲车，就是一阵长时间的扫射。重机枪子弹狠狠打到那辆轻型装甲车的钢甲上，只能抵挡轻机枪火力和小口径炮弹碎片的装甲车，面对如此密集，不同口径不同贯穿力的机枪子弹，它的装甲板上溅起一串又一串亮丽的火花，更发出一阵令人牙酸的可怕声响。

那辆跟着九七式坦克耀武扬威，自以为在这片战场上就是天、就是地、就是上帝、就是主宰的轻型装甲车，面对号称步兵死神的马克沁重机枪如此近距离的密集扫射，终于呻吟着、尖叫着、叹息着，在的刺耳声响中，停止了自己前进的步伐。

由坦克和装甲车组成的钢铁壁垒，终于出现了无可弥补的漏洞，面对这绝对意外的一幕，一群小心翼翼躲在坦克和装甲车后面的日军士兵都傻眼了。

坦克不是号称步兵的天敌吗？装甲车存在的意义，不就是在保证高速机动的基础上，为步兵提供有效的防护力量吗？

他们进攻的敌人，没有大口径野战炮，甚至连最基本的反坦克火箭筒都没有，他们用一挺重机枪就敢在正面硬撼坦克和装甲车组成的金属洪流。而最让人感到不可思议，最他妈荒谬的是，这群中国军人竟然成功了！

失去了装甲车的保护，再也没有了金属活动掩体的日本士兵，还没有来得及卧倒，李正调转枪口，重机枪子弹，就像是一把金色的雷神之剑，顺着金属墙壁不可避免出现的漏洞，对着这群士兵进行了一次绝对华丽的腰斩。

“干得漂亮！”

李正放声狂喝道，“哈哈，怎么样，看到了没有，你们看到了没有？我早就说过，他们的装甲车就是垃圾，就是废物，就是罩了一层薄铁皮的拖拉机！他们的九七式坦克又有什么牛逼的，只要给老子一门火箭炮，我就能一炮掀开了他们的乌龟壳！你们看看他们的破坦克吧，还坦克呢，你们见过口径只有五十七毫米的坦克主炮吗？你们见过只有四点七吨重的坦克吗？哈哈哈……”

远方突然传来一声厉呼：“小心！”

“怎么？”

李正下意识地转头，正好迎上了雷震的眼睛。在雷震的眼睛里，他看到了绝对的震惊甚至是惊惶，他看着雷震丢掉手中的武器，不顾一切地向自己这里扑过来。李正真的无法想象，究竟是什么事情，能让雷震这样一个人物，露出如此惊惶的表情。李正霍然转头……不知道在什么时候，那一辆九七式坦克已经停止了前进。

停止前进的九七式轻型坦克，距离李正的位置，仅仅只剩下不到150米远，而它的炮塔已经指向了李正的方向，李正甚至已经看到了坦克主炮那黑洞洞的炮口。面对这一幕，李正的脸上猛然扬起了一丝绝望的神色。

“轰！”

在巨大的轰鸣中，一条两尺多长的火焰猛然从九七式轻型坦克57毫米口径的主炮炮口狂喷而出，带得这辆作战状态下也不过只有15吨重的坦克全身都狠狠一颤。

眼看着那枚只有57毫米口径的榴弹几乎是笔直地打到了李正面前的废墟上，雷震只觉得自己的心脏被一个什么锋利的东西狠狠刺中了。他只觉得一股火辣辣的东西在自己的胸膛里翻滚不休，顶得他全身发颤，顶得他呼吸困难。

马克沁水冷重机枪静静地倒卧在一片废墟上，在它泛着金属光泽更带着一种尊严与骄傲的枪身上，那慢慢流淌下来的，就是曾经在李正身上奔沸不息的热血！

就在这个时候，天空中突然传来了一声尖锐到极点的呼啸。一枚从四行仓库三层射出来的82毫米口径迫击炮炮弹，带着中国军人的愤怒，带着中国军人的悲伤，在空中划出一道漂亮的弧线，狠狠砸到了那辆九七式坦克装甲防御力最薄弱的炮弹顶层。

“轰！”

一团炽热的、疯狂的就连金属都为之燃烧起来的硝烟，夹杂着数以万计的钢铁碎片，以那辆净重只有4.7吨重，按照欧美诸国的标准，连轻型坦克都算不上的坦克炮塔为核心，狠狠向四周迸射。就在一片惨叫、一片混乱、一片鲜血飞溅当中，那些在空中又飞又弹又跳又旋又转的弹片，深深地没入了躲在坦克后面的日本士兵身上。

李正就静静地躺在这片在战火中微微发颤的沉厚大地上。他痴痴地望着头顶的天空，任由他的鲜血，连同他的生命，一起飞速从身体的伤口上流淌出来。他头顶的这片天空依然阴霾得一片苍白，但是在李正的眼睛里，在这片天与地之间，突然多了一种美丽的粉红色，更有一些犹如小精灵的东西，在他的眼前不断盘旋飞舞。而那个给李正充当弹药手的士兵，正在痛哭流涕。在李正的眼睛里，就连这个士兵脸上还在不断流淌的眼泪都是粉红色的。

“我终于知道了……”在全身是血，就连双臂都被炮弹生生炸断的情况下，李正竟然笑了，“原来天堂的颜色，竟然是粉红的。呵呵，好娘娘腔的颜色啊！”

“排长！排长！排长……”

那个士兵看着已经变成了一个血人，身上的军装还冒着缕缕轻烟，嘴角却扬起了一个比哭还要难看还要诡异的笑容的李正，他已经被吓傻了。他真的不知道在这个时候，李正为什么会笑。他只知道呆呆地坐在李正的面前，一边痛哭流涕，一边喊着带领他们打退了敌人一次又一次进攻，如今却再也站不起来的这个男人。

但是李正什么也没有听到。他只看到那个士兵的嘴在一张一合，他只看到子弹和不知道从哪里飞过来的弹片狠狠打在他头顶的废墟上，炸起一朵又一朵小小的浪花。他仿佛正在看一场没有声音，画面中到处充斥着粉红与艳丽的电影。

就在这个时候，李正突然看到了一双明明还很年轻，却带着浓浓的沧桑与坚忍的双眼。

“呵呵……”

李正忍不住又笑了，因为他竟然在这样一双带着孤狼的坚毅与不屈的双眼中，看到了一缕再也无法掩饰的悲伤。

“雷震……”

李正张开了嘴巴。在这个时候，他只觉得自己的喉咙里一片火辣辣的疼痛。他真的不知道自己的声带，是不是已经在那一轮注定会要了他的命的炮击中受到了损伤。李正的心里突然涌起了一阵不能自抑的惊慌，他不怕死，但是他还有话要对雷震说。

“你能听到我的声音吗？”

李正说这句话的时候，一定拼尽了全身的力量。他的声音就像是一枚从炮膛里射出来的炮弹，更带着一种犹如在火焰上炙烤过的沙哑，随着他这样拼尽全力的呐喊，鲜血加速从他的伤口里流出来。

看到雷震连连点头，李正终于再次放松了。

“吱啦……”

雷震狠狠撕碎了他身上那件杨惠敏从别人手里借过来，还应该还给人家的童子军军装。他双手飞快地扯着，将那一块碎片，扯成了一根根布条。就在这个时候，雷震突然再次听到了李正的声音。也许是终于放心了，李正的声音这一次很平静：“雷震，你告诉我，如果我死了之后，日本人又用了毒气，你会不会用我的血来保住你的命？”

雷震的动作猛然凝滞在了那里，然后他用力摇头。

“你为什么不用我的血呢？要知道一匹孤狼，为了生存下去，不但会吃同类的尸体，甚至连自己的爪子和身上的肉都会撕扯下来，先吞进肚子里再说。”

雷震再次呆住了。

而李正，却再次笑了。

可能是因为失血过多的缘故，现在李正身上的伤口已经不那么痛了，所以他可以笑得很坦然。他甚至觉得全身都轻飘飘的，仿佛他只要能够再用上一点力气，就可以飞起来似的。李正遥望着头顶粉红色的云朵，悠然道：“你不能对我下手，那是因为你在心里，已经把我当成了一个朋友，当成了一个并肩战斗的兄弟！我不知道你曾经经历过什么，也不知道你从狼那里学到了一些什么东西，但是，你毕竟是一个人，一个男人，一条响当当的汉子！一个有血有肉，有爱有恨，受了滴水之恩都会想着涌泉相报的真爷们儿！”

第三十一章　龙之吼（上）

李正就安静地躺在他们脚下这片如此厚重的大地上。他看起来就像是睡着了，似乎正在做着一个甜美的梦。否则在他的脸上，为什么会扬起一个如此安详，又是如此宁静的笑容？！

“能活着谁会傻得想死啊？你以为我喜欢拿着一挺重机枪扫射，让自己成为一个最醒目的目标？！可是我们人这么少，如果重机枪一停止扫射，敌人立刻就会冲过来，到了那个时候，我们大家就得一起完蛋。我宁可被乱枪打死，被他们一炮炸死，也不想被他们七手八脚地按住，然后用武士刀一刀砍下了脑袋！这样的话，据说……死了都不能转世投胎！”

“雷震，实在不行的话，你就逃吧。装死也行，套上那件日本人的军装，装傻充愣地混在他们的队伍里，最后再跑也行……”

李正的话，仍然在雷震的脑海中一遍遍回荡，刺得他全身不停地发颤，刺得他只觉得心里不停地翻腾着一种酸酸楚楚的东西。虽然他们两个人只相识了几个小时，但是李正已经成了雷震的朋友。

突然在战场上传来了一个带着哭腔的声音：“班长！”

再没有了四行仓库的火力支援与掩护，面对敌人占据绝对优势火力的攻击，抱着一挺捷克式轻机枪不停扫射的班长也一头栽倒在了地上。开战仅仅十分钟时间，这一支防守在四行仓库右翼的小部队，已经失去了所有的军官和老兵。

看着躺在废墟后面，再也不可能重新站起来的排长李正，看着身体仍然微微抽搐，鲜血就像是喷泉一样从胸膛里喷溅出来的班长，那些刚刚调入部队，就必须要面对如此可怕战争的新兵，都惊呆了。

再没有了军官和老兵的呼喊和指挥，面对气势汹汹，不断向阵地迫近的日本士兵，突然有一个士兵丢掉了手中的武器，不顾一切地抱着自己的脑袋往苏州河的方向跑过去。他一边跑一边放声叫道：“不要开枪，我不想死，不要开枪啊……”

只要游过了苏州河，就可以进入英国租界，就可以远离这片被子弹掀翻了一遍又一遍的战场，就再也不用去面对日本军人一波接着一波的攻击。但是这个士兵，又怎么可能在弹雨乱飞，敌人有三分之一都是A级射手的战场上，硬冲进苏州河？他只跑了两三步，他的身体就狠狠一震。他不敢置信地看着自己的胸膛，一发三八式步枪子弹打穿了他的身体，鲜血从他被打穿的身体上不停地涌出来。这个在战场上因为没有了军官和老兵的带领终于做了逃兵的军人，猛然发出了一声绝望的哭喊：“好痛啊！”

一句话还没有说完，一连串轻机枪子弹就狠狠打到了这个士兵的身上。他的身体就像是触电一样不停地颤抖，艳丽的血花不断从他的身上绽放。当这个士兵终于一头栽倒在地上时，他的心脏已经停止了跳动，但是他的眼睛仍然盯着看起来就近在咫尺，似乎只要撒开腿跑上几步，就能跳进去的苏州河。他真的以为，雷震可以在敌人的射击下强行冲到排长李正的身边，他也可以冲到苏州河岸！

看着那个放弃武器抱头逃窜，几秒钟内就被打得千疮百孔的逃兵尸体，突然间在右翼战场上，他们这批中国军人防守的阵地陷入一片死一样的寂静。任由敌人射出的子弹不断打在他们身边，任由上百名日本军人唱着他们心中无悔的战歌，继续向他们发起了冲锋。

站在四行仓库三层指挥防御作战的谢晋元知道，军官全部阵亡，还在右翼战场上的那一支小部队已经失去了军队最基本的凝聚力，他们已经注定要面临全军覆没的结局。

“嗷……”

就在这个时候，一声凄厉到极点的怒号猛然在战场上扬起，狠狠划破了这一片苍茫的天与地，紧接着马克沁水冷重机枪扫射时特有的沉闷轰鸣，又开始在右翼战场上回荡。以为已经占据了绝对上风，再也不会受到有效抵抗的日本士兵，虽然训练有素，但是在猝不及防之下仍然付出了相当的代价。

已经放弃了右翼战场的谢晋元迅速掉转手中的望远镜，他清楚地看到，那一挺重机枪竟然又活了！一个穿着童子军军装的男人，正在抱着那一挺马克沁水冷重机枪对着已经冲过大半距离，有些人甚至已经取出刺刀，准备格斗的日本士兵狠狠扫射过去。

这个抱着重机抢不停扫射的人，当然就是雷震！

他拔出刺刀，一刀狠狠插在了自己身边的弹药箱上。他飞起一脚踢翻了那个还在不停哭泣的士兵，放声狂吼道：“哭个屁，准备子弹！”

雷震一边扫射，一边在心里狂叫着：“李大哥，你要我带领你的兄弟，一起杀出一条回家的路。可是我这样一个在大山里长大的小子，能做得了什么？我不懂得如何指挥，我不懂得战术，我甚至连这里还活着的人的名字都叫不出来。在这个时候，我只能做好自己能做、会做，可以给所有人做一个榜样的事情，就是……杀人！”

就是因为重机枪的轰鸣，让右翼战场上那些因为基层军官全部阵亡，而开始慌乱的士兵又勉强恢复了镇静。他们虽然不是身经百战的老兵，但是他们毕竟是八十八师的兵，是跟着谢晋元团长，跟着李正排长的兵！他们至少明白，在这样的战场上，放弃抵抗就是死，丢掉武器逃跑就是死，举起双手向已经杀红眼的日本军人投降，还是死！

他们都明白就是应该拼死抵抗，他们只是需要一个精神信标，让他们可以依赖，哪怕只是有一个榜样，让他们可以去效仿就足够了！

已经沉寂下去的枪声，再次在右翼战场上响起。

面对这绝对意外的一幕，面对这样一个太让自己意外的童子军，谢晋元当机立断："命令机枪连，立刻抽调两挺轻机枪，协助右翼战场进行火力压制！无论如何一定要把右翼的敌人给我打回去！"

第三十二章　龙之吼（下）

面对重新怒吼的马克沁水冷重机枪这种最纯粹的杀人武器，面对四行仓库居高临下，对着他们实施火力压制的两挺捷克式轻机枪，面对右翼战场上那些躲在废墟后面，躲在临时控制的战壕里面，躲在被迫击炮、手榴弹不断轰炸，终于慢慢出现的弹壳里，不断向他们打着冷枪的中国军人，已经几乎要冲到中国军人阵地上的日本士兵，终于被压制在了战场上。

面对这种只要再稍稍努力就可以攻入敌人阵地，逼中国军人进行刺刀格斗的战况，日本军队的指挥官也下了狠心。他一拳重重砸在面前的地图上，放声狂吼道："我还没有见过我们帝国军队的铁拳砸不开的阵地！如果这一次还攻不下支那人的阵地，他们就全死在战场上好了，我们军队里不需要这样的窝囊废！"

就在不到五十米的距离，中国军人和日本军人趴在到处都是弹坑，到处都是尖锐弹片的战场上彼此对射。在这个时候，日本军人没有接到撤退的命令，所以他们不能撤。在这个时候，守在右翼战场上的中国军人都清楚地明白，他们根本没有地方可以撤退！

在这个时候，在四行仓库右翼，这个绝对无法投入过多兵力进行会战的局部战场上，中国军人和日本军人就像是两个在独木桥上进行舍命决斗的勇士。这个时候，在场的每一个人都清楚地知道，在这么近的距离，无论谁先撤退，先退让，谁就等于是亲手把自己的脑袋送到了死神的口袋里！

十对一百，这是一个绝不公平的近距离决斗！

在这个时候，要不是雷震手中的马克沁水冷重机枪和四行仓库上面那两挺捷克式轻机枪在不停地扫射，日本士兵早就一鼓作气攻进了中国军人防守的阵地。

那些试图用精准的枪法直接狙击掉机枪手的日本军人很快就发现，他们这一次的对手绝不相同！雷震重新调校了重机枪的位置，那些填满了泥土，垒在重机枪前面的子弹箱，更成了他最好的防御堡垒，再加上雷震拥有的野兽般的直觉，想要打中他已经非常困难。只要一枪打空，重机枪的反击立刻就会倾泻过来。

看着一个又一个A级射手死在了和重机枪的对射中，那些趴在地上的日本士兵都在心中狂骂：“我操，究竟是哪个王八蛋在操纵重机枪，竟然可以打得这么准？！”

双方就在这样的胶着战中不知道对射了多久，那一直压制着整个局部战场的重机枪轰鸣突然戛然而止。望着已经打空的帆布子弹链，雷震放声狂喝道：“弹药手，子弹！”

没有人回应，也没有人再冲上来为重机枪更换子弹链。直到这个时候，雷震才发现，那个因为手臂受伤，不能再开枪，而临时成为重机枪弹药手的军人，已经倒在了几十米外的战场上。看着那些空空如也的子弹箱，看着那个倒在阵地上，身上还背着几条子弹链的弹药手，雷震才知道，在这样绝对激烈，后退一步就是死、重机枪一被打哑还是死的战场上，他已经打光了准备的所有子弹。那个弹药手，不知道从什么时候开始，要爬回到四行仓库下面，去寻找四行仓库的兄弟们丢下来的子弹链，再把它们运送到雷震的身边。

再没有了重机枪的轰鸣，那些日本士兵疑惑地抬起了头。一名头脑灵活的中尉猛然发出了一声狂呼：“大家冲啊，他们的机枪没有子弹了！”

雷震瞪圆了眼睛，伸手指着那个躺在几十米外，身上还背着几条子弹链的弹药手，猛然发出了一声狂喝：“儿子，子弹！”

一条灰黑色的身影，就像是一道黑色的闪电，狠狠射向那个倒在半途中的弹药手。

是一直跟在雷震身边的那条狼！它飞扑到那个弹药手的身边，用自己的牙齿咬住两条插了二百五十发子弹的帆布弹链，撒开腿就向雷震的方向狂奔。两条插满子弹，显得过于沉重的帆布子弹链，随着它的全力奔跑不断磕磕碰碰，发出一阵阵金属的轻鸣。

突然，雷震的儿子前爪被它咬在嘴里的子弹绊住，明明它松开嘴，就可以凭借自己矫健的身手，想办法恢复自己的平衡，可是在这种情况下，它仍然死死咬住嘴里的子弹链，用最狼狈的动作，狠狠倒撞在到处都是炮弹片的大地上。

鲜血猛地从它的嘴角扬起，一块锋利的炮弹片划伤了它的嘴，但是在跳起来后，它不顾一切，咬着那两条子弹链，继续向雷震狂奔。它是一条狼，它当然不知道为什么雷震要参加这场战斗，它更不知道为什么雷震要面对数量如此众多的敌人，但是它清楚地知道，雷震需要这些子弹。如果没有了这些东西，如果它不能尽快把这些东西送到雷震的手边，雷震就会死！

“干得漂亮！”

雷震从儿子嘴里接过那条还沾着弹药手鲜血的帆布子弹链，狠狠一拍儿子的脑袋，然后转过头，在把子弹链送进重机枪里之后，“哗啦”一声，狠狠一拉重机枪的枪栓。

“嗒嗒嗒……”

在帆布子弹高速传送中，马克沁水冷重机枪再次开始疯狂地轰鸣。刚才一直被雷震扫得几乎抬不起头，终于得到了喘息的机会，终于准备一鼓作气攻进中国军人阵地的日本士兵，再次齐刷刷地趴到了地上。

“嗷唔……”

雷震的身后传来了一声熟悉的哀鸣。雷震霍然转头，突然一股绝对的冷意袭上了雷震的心头，他的眼角更是被生生睁裂。他的儿子又冲到了那个弹药手的身边，咬起了他身上最后两条子弹链。但是在这个时候，它已经引起了日本军人的注意。就在它磕磕碰碰地向回狂奔时，一个趴在地上的老兵，举起了手中的步枪。随着一声清脆的枪响，一发三八式步枪子弹准确地打中了它的身体。

正在高速飞奔的狼，被这一颗子弹打得在地上连续翻了几个跟头，在它翻滚过的土地上，留下了大片令人触目惊心的鲜血。看着挣扎着要重新站起来的狼，雷震嘶声狂吼道：“儿子，怎么样？”

突然间雷震惊呆了，站在四行仓库三层，用望远镜观战的谢晋元也惊呆了。因为在这种情况下，就算是身体被子弹打穿，但是雷震的儿子，仍然咬着那两条足足有五百发子弹的帆布子弹链，没有松口。

它竟然咬着这两条子弹链，挣扎着又跑向了雷震。

“儿子，告诉我，是谁打伤了你？！”

雷震的儿子当然不会说话，但是它的目光，狠狠划破了上百米的距离，落到了一个手中步枪还在冒着缕缕白烟的日本士兵身上。

一种被死神扼住喉咙般的窒息感，狠狠撞中了那个日本士兵的心脏。他突然发现，那条中弹的狼，发绿的双眼在盯着他，而那个操纵着重机枪，不知道打死了他们多少兄弟，现在也没有倒下的机枪手，同样发绿的双眼，也在狠狠盯着他。

“你他妈的！我儿子咬掉我手上一块肉，我都没有舍得打它，你竟然敢对它开枪！”

雷震猛地发出了一声犹如受伤野狼般的长号，他手中的重机枪再次开始轰鸣。在弹壳狂跳中，那些同时包容了弹药手和他儿子鲜血的子弹，犹如狂风骤雨般地狠狠打到了那个日本士兵的身上。

疯了，雷震在这个时候真的疯了！

就是这个浑蛋，竟然开枪打了他的儿子，打了他在这个世界上最后的、唯一的亲人！

第三十三章　虎之威（上）

呆了，所有人都惊呆了。

如果说以前的雷震是一个残忍与狡猾的杀手，是一匹善战而不受任何道德规范约束的狼，那么现在他就是一头虎，一头已经被气得发了疯，一头已经彻底发了狂的怒虎、狂虎、战虎！在这样近距离交火的战场上，在这种就靠雷震手中那一挺马克沁水冷重机枪对近在咫尺的敌人进行高强度火力压制的战况下，在这种已经几乎打光了所有重机枪的子弹，竟然需要靠一条狼去帮他运送子弹的绝境中，雷震竟然对着那个趴在地上，开枪打伤了他儿子的士兵，打出了子弹链上剩下的所有子弹！

趴在那个日本士兵身边的人，绝对经历了一次最可怕的地狱旅行。大片的鲜血，大块黏黏腻腻天知道是什么被打爆了、打炸的东西，从那个日本士兵早已经被打成一堆碎肉的尸体上不停飞溅。在这个时候已经不用说什么鲜血如同喷泉般涌出，也不必说什么多少发子弹打到了他的身上，打成了什么狗屁的千疮百孔，因为在这样近的距离，被至少他妈的一百发马克沁水冷重机枪子弹进行了一次密集到极限，只能用惨无人道来形容的扫射，他整个人，包括他的脑袋都被彻底打碎了，打没了！

“哇……”

无论日本士兵如何训练有素，如何在武士道精神的洗脑下变得悍不畏死，但是趴在那个日本士兵身边的人，闻着浓重到极限的血腥味，感觉着那些黏黏腻腻还带着一股温热，又红又白又黑的东西，在自己的身上，在自己的脸上不断滑动，他们就算知道这是在战场上，就算他们已经见惯了生死，但是又有谁见过这样被重机枪子弹活活打成一堆碎肉的场面，又有谁见过雷震这样为了报复，就放弃了一切，再也不管战场的变态和疯子？

不知道是谁带的头，十几个距离那堆碎肉最近的日本士兵，终于忍不住开始放声呕吐。

射光了子弹链上所有的子弹，雷震趴在那一挺虽然运用了水冷技术，枪管仍然发烫的马克沁重机枪上。刚才大惊大怒，刚才的疯狂射击，消耗了他太多的精力。但是在这个时候，没有人再向他开枪，包括在右翼战场上的中国军人在内，所有人都被雷震刚才疯狂的举动给惊呆了，直到现在还没有恢复过来。

感受到有人在用力拉扯他的裤脚，雷震扭过头，看到了一张沾满了鲜血和泥土，已经狼狈不堪的脸。但是在这张脸上，那双绿得幽然，绿得深邃的眼睛里面，透着一丝难以掩饰的得意，甚至还带着几分撒娇邀宠的天真。

看着眼前这张被炮弹片划破，还在冒着大颗大颗血珠的脸，看着它那沾满了血丝，已经被涂染成粉红色的牙齿，看着它微微发颤的身体，在这个时候，雷震真想抱着它放声痛哭。

他的儿子，那一条身体被三八式步枪子弹打穿，鲜血仍然止不住从伤口里流出来的狼，它明明知道，它已经受了重伤，按照狼的天性，在这个时候它应该立刻逃跑，立刻寻找一个安静而又安全的地方，用舌头舔着伤口，慢慢用时间和口水来治疗创伤。

可是它竟然没有逃跑。它竟然在这种情况下，仍然拖着受了重伤的身体，咬着那两条插着五百发重机枪子弹，对它来说实在够沉重的帆布子弹链，把它们一点一点地拖到了雷震的脚下。

有人说，狼就是养不熟，随时可能反咬主人一口的狗，那是因为他们不懂狼。

狼不是狗，狼为了生存，是会不择手段，但是狼和狗比起来，这些永远不会驯化的野兽，拥有了狗这种动物绝对不会拥有的尊严！它们绝对不会把你当成自己的主人，它们绝不会因为你丢给它们一根骨头，就可以凭由你狠狠踢它们一脚，还对你拼命摇着尾巴。它们敢爱敢恨，只要你做得不对，做得过了火，它们就可能对你露出锋利的牙齿，扬起它们锋利的爪子。但是一旦它们真的动了感情，真的认可了你，真的把你当成了可以信赖的伙伴，那么它们也可以在面对危险的时候，为自己的伙伴拼死一战！

这就是狼的天性与尊严！

雷震轻轻吸着气，从地上拾起了一条新的，已经被鲜血浸透的帆布子弹链。他没有去给自己的儿子包扎伤口，只是伸手指着一个相对安全的角落，用异样的声音，用沙哑的声音，用带着一丝颤动的声音，对自己的儿子轻声道："儿子，乖乖的，躲到那里，不要再乱动了……好吗？！"

目送着儿子走到废墟的一角，乖乖躲进了一个最安全的角落，开始用舌头在伤口上舔啊舔的，雷震总算轻轻舒出了一口气。那一发子弹虽然贯穿了儿子的身体，但是这样的伤，还不足以让一头狼之王再也无法爬起来。

将新的子弹链挂到了马克沁水冷重机枪上，雷震深深地吸了一口气。勉强压抑住在自己内心深处翻腾不息的东西，在"哗啦"一声中，他重新拉起了重机枪上的枪栓。

看着那一挺再次开始怒吼的重机枪，谢晋元必须承认，他真的惊讶了。

谢晋元这一辈子走南闯北，连他自己都不知道，到底参加过多少场战斗，什么样的军人他没有见过？！但是雷震就是让他惊讶了，雷震身边的那条狗也让他惊讶了！

就算站在四行仓库里，谢晋元也能清楚地感受到，那条跑来跑去为雷震送运子弹的狗，在中弹后，从雷震身上迸射出来的那股再无掩饰的疯狂杀气！

谢晋元简直无法想象，一个人要经历多少场险死还生的战斗，要经历多少次鲜血的洗礼，要亲手覆灭掉多少生命，才可能拥有如此强烈的杀气！最让谢晋元无法想象的是，这样一个杀气满溢的角色，身上竟然穿的是一套童子军的军装！

要是中国的童子军也能这么厉害，日本军人早被他们这些正规军打回姥姥家去了！不，相信如果真的是这样，日本这个小小的岛国，一百年，一千年，也不会再萌生什么进攻中国、覆灭中国的想法。他们就算是做梦，也不敢在梦里说出什么三个月攻克中国的天大笑话！

当谢晋元手中的望远镜不由自主地再一次落到雷震身上时，他突然瞪大了双眼，发出了一声低语："不好！"

谢晋元眼睁睁地看着一个精通潜伏技巧的日本军人，脱离了右翼战场。他肯定是一个受过严格训练，又有相当经验的老兵。他在紧紧贴着苏州河岸，顶着被苏州河畔观战的上海市民投过来的无数垃圾，迂回了一个相当的距离后，竟然慢慢爬到了雷震身后。

第三十四章　虎之威（中）

"小心，小心，有人摸到你的背后了！"

在这个时候，不知道有多少人，隔着苏州河对雷震放声呐喊。为了阻止那个日本兵，不知道有多少人把自己手中的东西，狠狠砸向了那个日本士兵。这些没有多少杀伤力的"武器"，有那些上海市民手中的毛巾，有他们放在怀里不知道珍藏了多久，打算带给自己儿子的苹果，有他们紧紧握在手中，现在又被揉成一团尽量变硬的报纸，有他们从地上找到的并不大的石块。绝大部分"武器"还没有落到那个日本士兵的身上，就带着主人不甘心的叹息，纷纷扬扬地落到了那条不知道过了多少年，依然蜿蜒转折，流动不息的苏州河上。

谢晋元紧握了自己的拳头，他在心里发出了一声低吼："快回头啊！我不相信一个连子弹都能躲开的人，会发现不了一个活生生的人已经摸到了你的身后。"

可是雷震没有发现，他真的累了。

长时间的激战，不间断地用一挺马克沁水冷重机枪扫射，已经让他消耗了绝大部分体力。重机枪扫射时那沉闷的轰鸣，影响了雷震的听觉。最重要的是，眼看着在几年时间里，第一个看懂了自己，愿意接受自己的男人，安详地闭上了双眼；眼看着自己的儿子，为了帮他运送子弹而被敌人一枪击中，那种从内心深处迸射出来的愤怒，带着雷震整个人都要燃烧起来。

就是因为这样，雷震竟然没有发现，致命的敌人已经避开了正面战场，利用他精湛的潜伏技巧，成功迂回到了后方。

在金属与皮革轻微而压抑的摩擦声中，一柄二三十厘米长，以日本武士刀为原型制造的九五式刺刀，缓缓从刀鞘中滑出。

那个日本士兵向前迈一步，他有力的左手狠狠扼住了雷震的喉咙，带得雷震不由自主地向后翻倒，几乎在同时，他右手紧握的九五式刺刀也斜斜刺向雷震的后背。

眼看手中的刺刀在空中划出一道短暂的斜线，从后背斜斜刺向雷震的心脏，这个日本士兵的眼睛里，猛然扬起了一股必胜的火焰。他清楚地知道，雷震已经绝对不可能再避开他这一刀！

就在刺刀眼看就要刺进雷震身体，穿过肋骨的骨缝，刺进他的心脏时，一道黑色的身影，就像一道闪电狠狠弹射过来，在它划破的虚空中，洒出了一条细细的、用鲜血铺成的空中桥梁。

在凄厉的狂嗥声中，它大嘴一张，就死死咬住了那把就要刺死了它的父亲的刺刀，然后连着那把刺刀，一把狠狠撞到了雷震的身上。

“唔……”

雷震的儿子从喉咙里挤出了一声压抑的低哼，它整个身体和雷震重重撞在一起。它身上被步枪子弹打穿的伤口，就像是小孩子玩的滋水枪一样，喷溅出两道血泉，那温温热热的液体瞬间就浸透了雷震后背的衣服。

在这个时候，它感觉自己真的要死了，疼痛已经让它全身发麻，因为缺血而造成的眩晕更在一次次狠狠撞击着它的大脑。但是在这个时候，它却拼命睁大了自己的双眼，拼尽全身最后一丝力量，死死咬住了那柄一咬上去就让它觉得牙齿发酸，全身上下更觉得心惊肉跳的金属物品。

它就是死也不松口，因为它清楚地知道，只要它一松嘴，它的父亲，它最喜欢的人，它唯一的同伴——雷震，就会死！

那个日本士兵瞪大了双眼，看着突然间硬生生插在他和雷震中间，死死咬住他手中刺刀的那条狗。这条狗不是已经中枪了吗？它不是已经身负重伤，应该连站起来的力量都没有了吗？为什么它还能有这么迅速的动作，还能用这样疯狂而凄厉的眼神恶狠狠地瞪着他？！

一只有力的爪子狠狠从那个日本士兵紧握刺刀的右手手腕上划过，带出了几道深深的血痕。

那个日本士兵真的愤怒了。他用力狠狠一甩自己的右臂，可是他惊讶地发现，这只狗咬得可真紧，紧得他这样用力抡动手臂，明明已经可以听到它牙齿发出的吱啦的声响，但是它竟然还是没有松口！

“砰！”

一记有力的肘撞，狠狠地砸在那个日本士兵的身体上，撞得他不由自主地倒退了四五步。雷震霍然转头，当他正好看到那个日本士兵抛掉了手中再也无法使用的刺刀，对着自己的儿子一脚狠狠踏上去的时候，他的双眼中突然变得一片灰黑，变得一片死一样的沉寂。

“儿子，怎么样？”

雷震的儿子勉强扬起头，对着雷震发出了一声小动物般的哀鸣。刚才那个日本兵正好踢中了它身体的伤口，它现在已经动不了了。

雷震轻声道：“你好好地躺着，不要动，看我给你报仇。”

在这个时候，枪声突然在雷震的耳朵中消失了；那些没有了重机枪的压制，已经蠢蠢欲动的日本士兵，从雷震的眼睛里消失了。因为在这个时候，他的眼睛里只剩下一个人，他的耳朵里只剩下这个男人的呼吸。

雷震对面的那个日本军人是一个军曹，是一个老兵中的老兵。他可以清楚地感受到，在雷震看似平静的身体里，疯狂的杀气正在不断地聚集。他不由得略略皱起了眉头，沉声道：“好强的斗志，可惜你遇到的是我藤原端木……”

藤原端木竟然能说一口流利的中文，但是他的话还没有说完，他就猛然听到了一声痛极、疯狂的怒号，他就看到了一条不顾一切地向他狠狠飞撞过来的身影。

雷震对着眼前这个敌人，发起了最狂风骤雨的进攻。他用牙咬，用头顶，用膝盖撞，用肘砸，他张开自己的手指，像是一个泼妇似的对着那个敌人的脸乱抓。在这个时候，雷震根本就不是一个人，而是一匹愤怒的狼，一只发疯的虎，一头看到了红布的西班牙斗牛。

面对雷震的进攻，藤原端木脸上却带着轻松而冰冷的笑容。他的双手一伸，轻而易举地避开了雷震的进攻，抓住了他的双臂，然后用力一扭。雷震还没有搞清楚是怎么回事，只觉得身体一轻，就被人狠狠抡到了地上。

“砰！”

雷震和沉闷的大地狠狠对撞在一起，他全身上下的所有骨头在同一时间发出了痛苦的哀鸣。他更不知道有多少小块的炮弹碎片，随着这样的撞击，嵌入了他的身体。仿佛什么也没有做，就轻而易举把全力攻击的雷震甩到地上的藤原端木，双手仍然死死扣住雷震的手臂，整个人突然轻巧地跃起，以两个人扣在一起的胳膊为轴心，做出了一个漂亮的侧空翻。

雷震没有任何办法反抗，不由自主地被藤原端木带得一起斜飞而起。紧接他腹部传来一阵剧痛，藤原端木在空中又一脚把雷震蹬得倒飞出去。

眼看在眼前不断放大的地面，雷震只来得及举起自己的双臂护在脸上，他的身体就毫无花哨地重重撞在那一片坚硬的废墟上。

第三十五章　虎之威（下）

“喀啦……”

在这个时候，雷震真想放声哀号，真想又跳又蹦又哭又叫。就算不用手去摸，他也清楚地知道，自己撞在一块突起角落上的肋骨已经折断了，否则的话他怎么可能会这么痛？！

雷震在这个时候只觉得头晕脑涨，他全身的骨头都在呻吟，但是他仍然飞快地跳了起来。当他睁大了双眼，努力寻找那个该死的敌人时，他正好看到藤原端木一个箭步就冲到了他的身边，速度快得让雷震连反应的时间都没有。雷震只发出一声闷哼，就被这一脚踢得再次倒撞到身后那堆废墟上。

雷震已经退无可退。他狠狠晃晃自己的脑袋，刚刚勉强把一阵天旋地转的感觉驱散，藤原端木的攻击就犹如狂风骤雨般地倾泻下来。在这个时候，雷震只能伸手死死护住自己刚刚被撞断肋骨的位置，任由藤原端木两条腿轮番踢出一套无懈可击的组合技。

直到这个时候雷震才知道，藤原端木的双腿竟然比正常人的双臂还要灵活，而且踢得更狠，更准，更变幻无方、难以捉摸。

在雷震的身上传出一阵“噼噼啪啪”的声响，藤原端木每一脚重重踢到雷震的身上，他就会吐出一口鲜血，在这个时候他觉得就像是有十几个人拎着木棒在对他围殴。天知道在短短的十几秒钟时间里，藤原端木就在雷震的身上踢出了多少脚。最后藤原端木的身体再次跃起，他的右腿就像是一条鞭子狠狠甩出，在空中划出一个二百七十度大回旋，携着最可怕的惯性，带着破风的锐啸，狠狠砸到了雷震的头上。

雷震被他这一脚踢得在空中做出一个三百六十度大旋转，就像是一只被人倒空的麻袋般，重重落到了地上。

“弱，太弱了！”

藤原端木望着倒在血泊中，陷入了晕迷的雷震，他的眼睛里闪过了一丝失望，冷然道：“你比我想象的还要弱！不过，我想那些垃圾明明没有了希望也没有了军官，在这片战场上还没有崩溃没有向我们投降，就是因为有你这个连我外婆都打得倒的人存在吧？”

藤原端木转身从同样陷入晕迷的那条狗嘴边，拾回了自己的刺刀。他一步步走到雷震面前，望着雷震在晕倒前脸上留下的扭曲和痛苦，淡然道：“我会用你的脑袋，来结束你们支那军人徒劳的挣扎！我在加入军队之前，就是一个有名的武道家，能死在我的手里，是你的荣幸！”

藤原端木双手握住刺刀，对准雷震的胸膛狠狠刺下去。就在这个时候，就在绝不可能的情况下，他突然看到了一双明亮到极限，似乎连他自己的影子都能看清楚的眼睛！他听到了一声嘶哑中却透着强大压迫力的声音：“是吗？！”

是雷震！

是那个早已经被他打得失去了抵抗能力，早应该失去了意识，在很长时间内也不可能用自己的力量，重新爬起来的雷震！

看着雷震那双眼睛，一种冰冷的感觉在瞬间刺中了藤原端木的心脏。一个在战斗中失败，马上要被刺刀贯穿胸膛的人，绝对不会拥有这样的眼睛，在他的眼睛里，藤原端木看到了一击必杀的自信！

右腿上突然传来了一阵撕裂般的疼痛，一股力量猛地从脚下传过来。面对这种猝不及防的变化，就算是武道家出身的藤原端木，也无法再保持身体的平衡，不由自主地一头栽倒，重重撞在了雷震的身上。

在雷震与藤原端木叠加在一起的身体中间，传出一声利器刺破水囊般的沉闷声响。鲜血迅速渗透了他们两个人的衣衫。

在这个时候，藤原端木的身体凝滞了。

在这个时候，雷震却笑了。

就在那把刺刀几乎要刺入他胸膛的时候，雷震闪电般地探出左手，死死抓住刀锋，把它带向了一边，而他的右手狠狠一扬，将一块足足有四五寸长的炮弹片，刺入了藤原端木的胸膛。就在藤原端木做出任何反应之前，雷震紧紧捏着那块炮弹片的右手又狠狠一扭，一阵疼痛得让人根本没有办法晕倒的痛苦，狠狠撞进了藤原端木的大脑，在瞬间就抽干了他所有的体力和可能的反击。

藤原端木拼尽自己全身最后的力量扭过了头，他真的想知道自己为什么会输。当他的目光落到让自己在最重要的关头一败涂地的右脚时，他的脸上不由得扬起了一丝比哭还要难看的苦笑。

还是那条该死的野狗！

它在自己要对眼前这个敌人发起必杀一击的时候，竟然飞扑过来咬住了他的脚踝，然后拼尽全力向外狠狠一拽。胜与负、生与死，距离原来就是这样的近！

“可是它受了那么重的伤，又被我狠狠在伤口上补了一脚，明明已经痛得晕倒了啊。为什么它还能保持着这样的力量，还能抓住我唯一的破绽，为眼前这个小子赢得了最后的胜利？难道说……”

想到这里，藤原端木猛然瞪大了双眼。

“没错，你猜得没有错，我们两个都用装死骗了你一回！”被藤原端木压在身体下面的雷震终于开口了，“我没有兴趣去打倒你的外婆，我只想杀了你！”

“一条挨了打，会立刻装晕、装死的狗，配合它那个更会装晕、装死的主人，通过精湛的演技终于诱使我在面对胜利时暴露出最不可原谅的破绽，然后联手对我发起了致命的一击。”

望着那条死死咬住自己脚踝的狗，回想着它为了救自己的主人，咬住刺刀绝不松口时，所展现出来的狠劲与疯狂，藤原端木终于想通了，“没错，一个能在战场上以身作则，激起所有人拼命气势的人，一条在战场上被子弹打穿，仍然可以坚持着把子弹送回主人身边的狗，只要没有被我攻中要害，又怎么这么可能被我轻易打倒？你们从一开始，就利用你们之间的默契，利用你们的坚强和我的轻敌，为我设下了这个必杀的陷阱！”

“我……”

一口气喘不过来，藤原端木只觉得眼前一阵迷离，一片混乱，就连近在咫尺的雷震，在他的眼中都变得缥缈不定起来。随着鲜血和生命力不停从身体的伤口里涌出来，藤原端木知道自己就要死了。一阵前所未有的无力感袭上了他的心头，而那夹杂着苏州河水汽的微风，也变得冰冷刺骨起来。他一边打着寒战，一边喃喃自语地道：“我好……不甘心啊……我……辱没了……武道家这个称号……我……辱没了家族的荣誉，父亲大人……请您……能够……原谅我！”

“我不知道你说的武道家是什么玩意。”

雷震瞪着眼前这个拥有相当力量，却终于注定要死在他手中的敌人，冷声道，“我想告诉你，以一个‘人’来说，你的动作是够快，踢得也够狠够重了。但是和大山里那些成年公熊的爪子比起来，你的攻击仍然太弱太弱了；和那些喜欢爬到几丈高的大树上，等到有猎物走进陷阱，就从上面直接跳下来，一下砸断猎物脊椎，再狠狠对准喉咙补一口的猎豹来说，你的动作仍然太慢，下手太软了！”

第三十六章　狡狐（上）

当雷震重新扑到重机枪前时，在四行仓库的右翼战场上，已经没有了枪声。没有了重机枪火力压制，那些已经近在咫尺的日本军人终于顶着四行仓库上两挺轻捷克式轻机枪的狙击，成功冲进中国军人那不是阵地的阵地。

二十多个训练有素的日本士兵，几乎同时卸掉了步枪里的子弹，装上了足足一尺长的九五式刺刀。

“嗞啦！”

一名站在这片到处都是尸体，到处都是弹痕，到处都洒满鲜血战场上的日军上尉，猛地拔出了自己的武士刀。他用中文嘶声狂吼道：“是你们这群浑蛋杀了我的弟弟，是你们这群浑蛋，当着我的面用重机枪把我弟弟打成了一堆碎肉！我的弟弟昨天才过了二十岁的生日啊！我要你们血债血偿，我要你们后悔，为什么要出生在这个世界里，为什么要试图阻挡我们皇军的铁拳！”

望着那些斜斜举起手中的步枪，任由刺刀散发着幽幽冷光的三十多个日本军人，在右翼战场上还活着的中国军人都惊呆了。就算是没有上过几次战场的新兵蛋子，又有谁没有听说过，日本军人的刺刀格杀技术和足以让一个正常的人变成嗜血野兽的武士道？！

就算是抛开刺刀格斗技术，抛开人数上的劣势，抛开在意志和斗志方面的差异，用他们手中的中正式步枪，和日本军人的三八式步枪对拼刺刀，从“一寸长一寸强”的角度来讲，也无异于是在找死！

就在这个时候，一声愤怒到极限的狂吼，狠狠撞向了每一个人的耳朵。“你的弟弟死了你要报仇，那么你告诉我，我亲眼看到我的娘为了保护我姐死了，我亲眼看到我的大姐被几把刺刀同时刺穿，我亲眼看到我的二姐死了，我的家没了，我的亲人死光了，我又要找谁报仇？！”

丢掉了那挺再也不能扫射的重机枪，迎着那个眼睛里几乎要喷出火焰的上尉，雷震大踏步走出那片废墟。雷震站到了所有中国军人的最前面，伸手指着那个上尉的鼻子，放声狂吼道：“你们跑到了我们的村子里，你们烧了抢了，也就算了。你们见男人就杀，见女人就抱，反抗就杀。就你有亲人吗？就你有兄弟姐妹有朋友吗？！我也有，这里每一个站在你们面前的人都有啊！”

看着全身上下沾满了鲜血，犹如一个刚刚从十八层血池地狱中挣扎着爬出来重返人间的雷震，听着他歇斯底里的狂吼，所有能够听懂中文的日本军人都惊呆了。

“李正大哥在临死之前，要我带领大家，活着坚持到天黑，那样的话，我可以趁着天黑游过苏州河，你们也可以活着回到四行仓库。”

雷震抬起了头，在远方的天幕中已经透出了一丝灰暗，一直半遮半掩地散发着光芒的太阳，大半个身体已经没落在远方，天马上就要黑了。

不知道什么时候，在四行仓库正面战场上的枪声已经零落起来；不知道在什么时候，这个右翼战场已经成了最后的主战场。

四行仓库上没有再开枪，他们一开枪，就很可能会打到自己人。

日本人也没有再派增援部队，如果二十多个训练有素的帝国军人，在格斗战中还不能消灭七个中国人，他们也没有再存在的必要。

“我不是你们的长官，我更不知道如何带领你们作战，我也不知道能不能完成对李大哥的承诺，我只能告诉你们……”

“你们身上不是还有手榴弹吗？把盖子给我扭下来，当你们的身体被刺刀捅穿了，已经活不下去，却想为自己报仇的时候，就拉掉手榴弹的拉环，拼命抱住对方的身体，一起完蛋！这样就算是死了，你在黄泉路上也有一个垫背的，可以让你一路打，一路踢，一路骂。如果你觉得这样还是不过瘾，就抢过牛头马面手里的铁链，给我把这群狗日的往死里砸！我就不相信，牛头马面会向着这群跑到我们的家里，又烧又抢又砸又杀的浑蛋！”

雷震当着所有人的面，缓缓扭开了身上一排手榴弹的保险盖，把其中一枚手榴弹的拉环套在了自己的手指上。他一字一顿地道：“打退他们，我们就一起活着退回四行仓库；打不退他们，就拉响手榴弹，大不了和他们一起完蛋。这样的生意，我们稳赚不赔！”

雷震真的不知道如何去带领其他人一起战斗。他也不会说什么激励人心的话语，更不知道如何把自己放到一个相对的高度去审时度势。他只知道儿子能为他去拼命，是因为他愿意为儿子去拼命。

所以在这个时候，雷震先拿出了自己的命，把他和身后六个士兵，牢牢绑在了一起。所有还能站起来，端起步枪的中国军人，都用痴痴的目光望着雷震，看着他往那里一站，带着大山般的沉稳与纯朴，似乎能在这个世界上为任何人支撑起一片天空的雄伟身躯。

那个日军上尉，三十多名以为冲上阵地就可以稳操胜券的日本士兵神色全变了。

他们突然发现，一股惊人的杀气，以雷震为核心，猛然从这些中国军人的身上疯狂释放。在这个时候，那六个刚才还全身微微发颤的中国士兵，身体已经不抖了。在这个时候，那六个犹如待宰羔羊一样的软弱动物已经不见了。

重新站在他们面前的，就是一群猛兽！

如果说，中国人真的是一盘散沙，必须要由精神领袖来凝聚到一起的话，雷震就是他们新的精神领袖。如果说中国人的性格过于散漫，需要受到引导受到启发的话，现在跟在雷震身后的就是一群狼，一群面对敌人，会“嗥嗥”乱叫扑上去的狼！

站在这个已经成为万众瞩目的舞台上，不知道有多少双眼睛在看着他们，不知道有多少颗心脏，在随着他们这些头顶蓝天脚踏大地的勇士而跳跃不息。雷震深深吸着这片大地上浓重到极点的血腥与硝烟气息，似乎要把自己也沉沦到这片天与地之间。他猛然从牙缝里挤出了一声嘶哑的低吼：“战吧……快趴下！”

刚才还杀气腾腾，摆出敢死队的姿态，似乎要和敌人拼个鱼死网破的中国军人，以他们有生以来最快的速度，齐刷刷地扑倒在地上。

这些根本没有受过多少训练，就被送上战场的新兵蛋子，有好几个人因为扑得太急，还呛进去一嘴烂泥。在中国军人的阵地上，猛然响起了一片压抑的咳嗽声。

二十多个日本军人，连那个上尉在内，看着刚才还杀气腾腾，让他们暗暗心折，怎么看都是一个不折不扣真英雄的雷震，第一个扑倒在地上，用近似于懒驴打滚的动作，连滚带爬地窜进了一个安全的角落，他们都傻眼了。

第三十七章 狡狐（下）

“嗒嗒嗒……”

这些日本军人还没有搞清楚是怎么回事，马克沁水冷重机枪扫射时特有的沉闷轰鸣就猛然在这片战场上再次响起。面对这种绝对意外，手里端着上了刺刀的步枪，已经排成了一行，摆出拼刺刀姿态的日本军人，就像是被推倒的骨牌，又像是站在那里，等着被枪决的死刑犯般，毫无反抗齐刷刷地倒下了一片。

“八格牙路！八格牙路！八格牙路！”那个日本军队的上尉趴在地上，放声怒吼，“浑蛋，你们全是浑蛋，你们这群卑鄙无耻的浑蛋，竟然污辱了神圣的武士道精神……”

侥幸没有被重机枪打死的日本军人迅速抬起了手中的步枪，步枪里发出了“嗒”的一声轻响。直到这个时候，这些士兵才猛然想起来，按照训练和作战惯例，他们在刺刀格斗战之前，已经把步枪里的子弹都卸下来了！

就在他们手忙脚乱地重新往步枪里填装子弹的时候，那个精通中文还能出口成章，引用上几个成语的日军上尉，就在重机枪对着他们不停轰鸣和他不停的咒骂声中，猛然听到了雷震的一声低吼：“给我用力砸，就算是炸不死他们，也要先把他们砸个半死！”

六七颗手榴弹带着呼呼的破风声，从各个角落里投出来，以近乎直线的轨痕，划破了两支军队之间短短的十几米距离，狠狠砸到了那些日本军人身上。

“轰！轰！！轰……”

在这个时候，雷震和那六名中国军人把自己的身体努力缩在相对安全的位置，把他们身边的、手边的，所有能找到的手榴弹，全部一股脑都投到了敌人的脑袋顶上。当最后一枚手榴弹在日本军人的中间爆炸，扬起一团袅袅黑烟时，在如此近的距离，遭受了如此高强度打击的日本军人，已经没有一个能再用自己的力量重新站起来了。

雷震扭过头，对着一个连支撑自己身体的力量都没有，只能趴在马克沁重机枪上喘着粗气的中国军人，竖起了一根大拇指，油然道："干得漂亮！"

那个中国军人也抬起了左手，对着雷震回应地竖起了一根大拇指，他的脸上在同时也扬起了一个大大的笑容。就在他笑得最灿烂，笑得最开怀的时候，他瞳孔中兴奋的光芒慢慢地淤散，最后终于化成了缥缈的虚无。

就算是面对死亡，他的嘴角仍然带着一个开怀的笑容。套用雷震的一句话，反正他已经死定了，干吗不拼上一下，现在他绝对是够本有赚了。

这个突然出现在重机枪阵地上，对日本军人进行了致命攻击的人物，赫然就是那个因为右臂受伤，不能再开枪，而临时担任弹药手，为了寻找子弹在阵地上爬来爬去，而被敌人一枪打中的中国军人。

雷震拎着刺刀，慢慢走到了齐刷刷倒了一片的日本军人身边。他意外地发现，那个上尉还没有断气。他看到了雷震，竟然还能瞪圆了双眼，断断续续地道："你这是偷袭……是最无耻的背叛！虽然是你杀了我弟弟，但我敬重你是一个英雄……可是……你根本不配成为一个军人，你……污辱了神圣的武士道精神……"

"英雄？军人？"

雷震翻了翻自己身上那套已经变成了十几根布条的军装，还好军装上的标志还在。雷震直接把这个标志，送到了那个上尉的眼前。

看着近在眼前，那个虽然被硝烟和泥土弄得够脏，却仍然可以分辨出来的标志，日军上尉猛然瞪大了双眼。他的嘴唇哆嗦了半天，直到他心脏停止跳动，也没有再说出一个字。这个日军上尉当真是死不瞑目，他就算是死，心中都在想着一个问题："难道杀了我们这么多兄弟，又诡计百出的人，竟然只是一个……童子军？！"

眼看着那个日军上尉慢慢停止了呼吸，雷震才低声道："我们只有七个人，你们却有二十三个人，傻子才会笨得和你们去拼刺刀！再说了，你们的武士道精神又关我屁事？要照你说的去做，是不是我在面对黑熊时，就应该抡起拳头和它的爪子对拼，被野狗咬了一口后，我就应该趴下和它嘴碰嘴地对咬？！"

那个上尉当然不可能再回答。

现在黑暗的天幕，已经慢慢笼罩了整个大地，隔着几十米远视线已经有了几分朦胧，四行仓库前，终于陷入了一片平静。六个还能凭自己力量站在战场上的中国军人，都听到了雷震说的话。

虽然他们都很尊敬雷震，虽然他们都很感谢雷震，让他们坚持到了天黑，这样至少他们还能在四行仓库里多活几天，可是他们仍然不约而同地撇了撇嘴。

看过雷震在战场上最疯狂的一面，突然听到他愤怒到极限的一声狂吼，看着他杀气腾腾地往那里一站，当真是头顶蓝天脚踏大地。谁不认为他就是那种“风萧萧兮易水寒，壮士一去兮不复还”的真英雄？

崇尚武士道精神的日本军人，尊重他这样的英雄，给了他说话和发挥的空间，让他可以留下自己的遗言，让他可以带着剩下的人，在绝望的战场上打出最灿烂的一战，又有什么错？！

当雷震率先扭开了身上手榴弹的保险盖时，在场的所有中国军人，还真他妈的信了九成。有些人的心里，甚至已经想到了自己身中十七八刀，却能大笑着抱住两三个鬼子，拉响了手榴弹，硝烟随之在他们身上扬起，然后就是黄河在咆哮，北风在呜咽，万年常青的松柏在他们的坟墓上不断飘动，美丽的少女在他们的坟前流下了伤情的泪水，任由火焰喷噬了她们亲手写给英雄们的情书……

结果……

这六个中国士兵很快就发现，雷震一边说着正义凛然、气势如虹的豪言壮语，一边把自己的双手放到了身后，在日本军人看不到的位置上，先指着挂在腰间，已经扭开保险盖的手榴弹，然后做出了一个用力投掷的动作。

紧接着，雷震又撮起了右手的食指、无名指，把它们压在中指上，弄出了一个奇怪的造型，然后在那里像抽风似的抖啊抖。

看了半天，这些中国军人恍然大悟……这样一个中指探出像是一根枪管，另外两根手指围护成一圈的造型，这样不停一前一后地剧烈抖动，不就是代表了那挺不停扫射的马克沁重机枪嘛！

一旦有了这个认识，再看雷震那个平铺在那里，随着那挺马克沁水冷重机枪扫射不停打抖，仿佛刚刚被子弹打成了一个筛子的左手，所有人就不由得彼此交换了一个诡异到极点的眼神。

至此，雷震发出的豪言壮语，在这些家伙体内掀起的什么热血，引发的什么为国为民舍生取义的觉悟，在一瞬间都烟消云散。听着雷震这个几乎从来不开口的人在那里夸夸其谈，讲自己的村子，讲自己的家人，从气势上压住了对方，每一个人都在心里想道：“编，使劲编！”

有了雷震的表率和教导，这六个中国军人都照猫画虎，虽然没有学足十分，但是一个个凛然而立，竟然也把那种铮铮铁骨的气势表现出了八成，当真是把对面的日本军人唬得一愣二愣的。但是在这个时候，每个人的眼珠子已经开始缓慢却的确存在地不断转动。他们的心里更在转动着一个惊人相似的念头："我操，这么近，要是重机枪扫射，不小心打到我怎么办？！"

从必输必败的绝境突然扭转为大获全胜，再看看头顶黑色的天幕，这种绝境逢生的喜悦，席卷了在场的每一个中国军人。

他们在这个时候真的没有注意，在一片朦胧中，雷震已经抱着自己的儿子，走到苏州河边，但是他没有渡河。

雷震就静静坐在河边，双手抱着儿子，不知道在想着什么。聆听着那不断流淌的河水在自己脚下奔涌时发出来的荡漾，在依稀中，雷震仿佛看到了在他家门前经过的那条小河，仿佛看到了带着他一起光着脚丫子，在水里翻找螃蟹的二姐和大姐。而他的娘，这个时候正在家里为他们准备晚饭。就算不用去看，雷震也知道，在饭桌上，一定有一颗香喷喷的冒着热气的荷包蛋。

轻轻的，轻轻的，雷震发出了一声低语："娘，大姐，二姐……你们还好吗？"

在一片黑暗，一片朦胧中，雷震高高昂起了自己的头，任由眼泪在自己的眼眶里不断颤动，任由迎面吹来的夜风，将他眼睛里和心中的软弱，一点点地吹干，最终再也没有剩下一丝印痕。

第三十八章　命令与抉择（上）

"为什么还坐在这里，想家了？"

一个温和中却带着一种金属般坚强质感的声音，突然在雷震的身后响起。

雷震霍然回头，死死盯着这个已经走到自己身后不足十米远的男人。同时他在心里迅速反省，也许他是真的累了，也许因为沉浸在回忆里让他有了片刻的失神。但是无论如何，他让一个陌生人走到了自己的身后，这对于一个孤独地在大山里生活了几年，用自己的双手去和风霜雨雪，去和各种猛兽战斗的人来说，就是一个不可原谅的错误！

突然出现在雷震身后的，是一个陌生人。面对满脸警惕的雷震，他慢慢把双手摊开，对着雷震露出了一个充满善意的笑容。

这个男人没有强大的肉体，更缺乏野兽般的敏锐与爆发力，他双手空空没有携带任何武器。但是面对这样一个男人，出于动物般的敏锐直觉，雷震知道，他绝对是一个非常有力量的人！

是因为他身上那股在平淡中却透着一种兵戈气息的风度，还是因为他身上那种长期手握生杀大权，自然而然培养出来的领袖气势，还是因为他那一双敏锐得几乎能看透人心的双眼？

雷震真的不知道。

但是迎着这个陌生男人的双眼，雷震竟然在绝不应该的情况下又出现了片刻失神。这一双眼睛实在是太明亮了，在黑暗中散发着炯炯的光彩，更带着一种开天眼观凡尘的飘逸。就是这样一双眼睛，让雷震不由自主地想到了他小时候，每到夜深人静，偷偷从家里溜出来，躺在山坡上舒服地枕着自己的狼娘，仰面望着天空时，看到的那一颗最明亮、最耀眼的星星。

“噢，我明白了。”

那个人道：“你和那条狼都受了重伤，根本不能再碰这么冷的河水，更不可能再凭自己的力量渡河。可是你为什么不回去，找那些和你并肩作战的伙伴，告诉他们你的状况，让大家一起帮你想想办法？最起码，你也可以和大家一起回到四行仓库。虽然我不知道四行仓库还能守多久，但是至少在那里可以帮你和那条狼先处理一下伤口，吃点东西补充一下体力。”

雷震真的诧异了：“你知道我的儿子是条狼？”

“儿子？”

那个人听到雷震的话，他再打量打量了一眼那条趴在雷震的怀里，用警惕的眼神盯着他的狼，突然笑了，“一条被人驯服的狗，就算再强悍，又怎么可能有像它那样野性十足，甚至可以说是杀气腾腾的眼睛，又怎么可能有它那种随时都会对猎物发起进攻的危险？”

“我一开始还奇怪呢，像这样一条眼带怒状，又明显在大自然中经历过最残酷战斗才生存下来的狼，拥有最纯粹、宁折不弯的坚硬性格，我们杀死它容易，但是绝不可能再驯服它。现在我终于明白了，原来你从一开始，就把它当成了自己的亲人和朋友，用心去和它交往。”

说到这里，那个男人的声音略略一顿，他又上下打量了一眼雷震，然后继续道："看来你一定和它在一个远离人烟的地方，相依为命地生活了相当长的时间。难怪我一直觉得，在你身上有一种狼一样的气息。"

如果说这个陌生男人一眼就断定雷震的儿子是一条狼，给雷震的是惊诧的话，现在他给予雷震的，就是绝对的震惊！在这个男人的身上，雷震感受到了一种和强悍的肉体、锋利的爪子绝不相同，但是比马克沁重机枪更可怕的力量。

雷震终于忍不住问道："你是谁？"

"我姓谢，名晋元，字中民！"

谢晋元对着雷震伸出了自己的右手，"我是来谢谢你救了我手下兄弟的命！谢谢你和大家并肩作战，保住了我们四行仓库和外界唯一的通道。现在我还要代表四行仓库里面的所有人，邀请你到我们那里去做客。"

谢晋元？

穿过四行仓库前面那一片可能还有受伤日本士兵打暗枪的战场，出现在雷震面前的人，就是那个带领"八百勇士"死守四行仓库的谢晋元？他就是那个让杨惠敏赞不绝口，让李正大哥就算是提起名字，脸上都会忍不住露出骄傲与尊敬神色的谢晋元？！

"我知道你不喜欢和太多陌生人接触。"

谢晋元伸手指着那些在战场上来回穿梭的士兵，他们正在将找到的中国军人尸体通过那一条被废墟掩盖了十几个小时，终于重新打通的地道，运回四行仓库，道："一个小时后，我们会在四行仓库里举行一个为阵亡兄弟送行的葬礼。我想，李正也希望你能去送送他吧。"

雷震没有再说什么。他走到一个士兵的身边，默默接过了他手中李正的尸体，跟在谢晋元的身后，走进了那条地下通道。当雷震从地道里钻出来的时候，上百双眼睛一起落到了他的身上。

在这里，没有故作姿态的掌声，也没有特别的欢迎，每一个人都对雷震点头致意。当他背着李正，从这些人身边走过的时候，那些人都会伸出手，在雷震的肩膀上轻轻一拍，低声道："谢了，兄弟！"

这绝对是一场最简单，却最肃穆的葬礼。

在这场葬礼中，没有芬芳的鲜花，没有成排的花环，没有音乐，有的只是一排排走到这里，轮流向烈士们敬上一个军礼，然后又返回自己工作岗位的军人。

九具尸体，被整齐地放进了四行仓库底层的一个角落。

没有必要再去挖什么墓穴，因为一旦四行仓库失守，他们就会引爆早已经准备好的炸药，把整个四行仓库变成自己的坟墓！每一个人的脸上，都盖上了一张白色的布单，唯一能够证明他们存在的，就是在他们身边的墙壁上，那用木炭写上去的名字。

在李正最靠近心脏位置的口袋里放着一张照片，他的全家福照片。那真的是一张很老的照片了。那个时候的李正，脸上的线条还有一点柔和，没有像现在这样坚硬，但是他笑得很灿烂，很开怀。

在李正的身边，还放了一把武士刀。那是雷震从敌人身上找到的战利品，也是他们在四行仓库右翼战场上，坚守到最后的证明。

相信带着这样两份礼物，李正就算是死了，也可以含笑九泉了吧？

就在这个时候，设在四行仓库底层的电话机突然响了，一名士兵飞快地跑过来，在谢晋元的耳边说了些什么。

半个小时后，一辆挂着英国国旗的汽车，在穿过英国租界的军营后，通过新垃圾桥，驶到了四行仓库的下方。

"我是英国皇家陆军史密斯中校，这几天我一直隔着苏州河，观看谢团长和部下在四行仓库的战斗。我必须承认，无论是谢团长还是您的部下，都是最优秀、让人尊敬的军人！"

谢晋元举起自己的右手，面对眼前这个英国陆军中校回敬了一个军礼。聆听着对方发自内心的感慨，谢晋元却皱起了眉头。他的目光跳过史密斯的肩膀，直接落到了他身后不应该出现，却随着史密斯一起出现在四行仓库里的五个人身上。

他们都穿着学生制服，一看就是一群接受过良好教育，还带着属于孩子般的纯洁与执着，更拥有一腔热血与爱国热情的大学生。

这五个学生，出于礼貌的关系，都静静地站在史密斯的身后没有说话。但是五双眼睛从他们走进四行仓库，见到谢晋元本人开始，一直眨也不眨地盯在谢晋元的脸上。那种专注，那种兴奋，那种尊敬，那种近乎狂热的崇拜，都在说明，谢晋元早已经成为这些爱国学生心目中一个伟大的英雄人物。

史密斯中校连连叹息着道："谢团长您在四行仓库坚持作战，日本军队在四行仓库附近集结了上万部队，仍然没有把你们的阵地攻陷。这些学生都快疯了，他们成群结队地跑到我们租界的军营前面，要求我们开放新垃圾桥，允许他们进入四行仓库来聆听谢团长的教导。他们五个，就是学生中的代表。"

谢晋元对着那五个爱国学生点头示意，但是不知道为什么，站在他身边的雷震，敏锐地捕捉到谢晋元眼睛里一闪而过的复杂情绪。

“对不起，我和史密斯中校有一些工作上的事情需要谈。我先找人带你们参观一下四行仓库，了解一下我们这个战斗堡垒，一会儿我再陪大家聊一聊好吗？”

迎着谢晋元那双明亮的声音，听着他温和的声音，这五个学生连连点头。

“符坚！”

随着谢晋元一声低唤，一个长得虎背熊腰，脸上更带着坚忍不拔气息的军官大踏步走过来。只要看他军装上的军阶，那些已经把谢晋元当成崇拜目标的学生就知道，这个男人就是谢晋元身边最得力的手下，五二四团一营营长杨符坚。

谢晋元伸手指着那五个爱国学生，沉声道：“你先带雷震和这五个小兄弟，参观一下我们的四行仓库。”

杨符坚显然是一个不善言辞的人，他用力点了点头，然后对雷震和那五个爱国学生，做了一个“请”的手势。

那五个学生跟在杨符坚的身后，他们伸手小心翼翼地抚摸着重机枪、迫击炮这些武器，嘴里发出了啧啧的叹息。虽然经历了几天的惨烈战斗，但是四行仓库里仍然保持了相当的整洁，这更让五个学生脸上露出了由衷的尊敬。

但是雷震看到的，绝对不是这些。

在四行仓库底层，所有的电缆线都被人齐根剪断，这说明谢晋元早已经做好了防止被敌人利用电线纵火，破坏四行仓库的准备。四行仓库是四家银行存放贵重物资的仓库，它的大门只有一个，谢晋元却下令，用上千装满大米和黄豆的麻袋，把四行仓库的大门堵得水泄不通。这样就算日本军人成功冲到四行仓库下方，面对这样一幢通体都是由钢筋混凝土制成，就连大门都被彻底塞住的战争堡垒，除非他们事先准备了足够的炸药，或者是架起了梯子，否则，他们也只能望着坚实的墙壁徒劳而返。

最可怕的是，在四行仓库的底层，那些中国军人，已经在坚硬的墙体上，开凿出了一批可以让机枪直接架设在上面，进行火力压制的瞭望孔。一个机枪排就据守在这里，在面对日军发起强攻时，这些机枪手可以利用众多的瞭望孔，不断变换射击点，来减少伤亡和损失。

在每一个射击孔的旁边，都挖出一个一尺多宽四尺多深的洞。已经在四行仓库右翼战场上参加过真正血战的雷震略略思考后，眼睛里猛然露出一丝惊讶，他已经想到了这些洞的作用。

假如敌人真的冲到了四行仓库下面，却没有办法打开一条通路的时候，他们很可能会将手榴弹通过瞭望孔塞进四行仓库。在这个时候，要一名正在操纵轻机枪对敌人进行火力压制的射手丢掉手中的武器，拾起手榴弹在它爆炸之前，再通过瞭望孔把手榴弹抛出去，不但危险更会减弱火力压制。可是有了这些洞，那些机枪手完全可以一边射击一边抬脚把手榴弹踢进这些洞里。

这些洞有四尺多深，却只有一尺宽，就算是人站在旁边，手榴弹爆炸，也不会对射手造成什么实质性的伤害。

在四行仓库的二层，中国军人用装满大米和黄豆的麻袋垒在窗口，形成了一个个可以抵挡三八式步枪子弹和重机枪子弹贯穿的胸墙。士兵躲在这样的胸墙后面，居高临下进行射击，几乎不会暴露自己。面对这样的战壕，就算是三分之一士兵都是A级射手的日本军人，除非能找到更高的火力点，否则也只能摇头苦笑。

在四行仓库的三层，窗户前没有再垒上麻袋，但是在窗户后面大约两米的位置上用麻袋垒出一个个三尺多高的环状的战壕。几门八十二毫米口径迫击炮，就竖立在这些用麻袋团团围护的战壕里。击毁那辆在四行仓库右翼战场上横冲直撞九七式坦克的炮弹，就是从其中一门迫击炮里发射出去的。

这几门迫击炮摆放的角度相当刁钻，无论日本士兵怎么射击，除非子弹先射到屋顶上，再反弹下来，否则绝不可能射中操纵迫击炮的射手。而敌人发射的炮弹，就算是能打进四行仓库的三层，但是以抛物线的角度来计算，也很难直接落进用麻袋垒成的战壕里。炸起的弹片，更不可能击穿两层装满大米和黄豆的麻袋组成的护壁。

四行仓库的第四、第五层，由一个步兵连和一个轻机枪排混合防守。在这里视野更辽阔，受到攻击的可能性更小，所以谢晋元把手中剩下的两挺马克沁水冷重机枪全部安置到了这两层。

由于四行仓库的顶层会遭到日本战斗机机炮的扫射，更考虑到敌人在狗急跳墙的情况下直接动用重炮炮击，或者出动轰炸机投放重磅炸弹，所以四行仓库的六层，没有设立防御网。只是把高射机枪需要使用的子弹，全部搬放到第六层，同时设立了为高射机枪手和弹药手准备的休息室。

怪不得日军已经调集了上万部队，把四行仓库重重包围，发动了不知道多少次进攻，仍然无法攻陷这个中国军队在上海的最后一块阵地。

这就是一个经过谢晋元精心设计与搭配，已经同时拥有防空火力，又拥有火炮打击能力，在火力搭配上更是分层次成梯阶，终于形成了一个有机立体的超级战争堡垒！

如果不动用重型武器，以四行仓库里的弹药存储量，日本军队想要攻克这样一个战争堡垒，要打的就是一场旷日持久的消耗战。

日本军队已经明白了这一点，而带着五名爱国学生，赶到四行仓库的史密斯中校，显然也明白这一点。

在管理员休息室里，一盏待在半空的马灯，正在散发着晕黄的灯光，照亮了一张已经有点残破的桌子。两个位属不同国家军队的中校，就分坐在桌子的两侧彼此对视。

史密斯中校开门见山地道："我希望贵军能够从四行仓库撤退。出于友邦的情谊，我们英国军队愿意为贵军提供适当的掩护，甚至可以允许你们通过新垃圾桥，进入我们英国租界。当然了，租界就相当于我们英国的领土，我们英国皇家军队有保卫祖国领土的天职，你们在进入租界之前，必须把自己的武器交出来。"

第三十九章　命令与抉择（中）

史密斯中校一边说，一边紧紧盯着谢晋元。

以史密斯中校的经验来看，一般人在退无可退的情况下，就算选择了困兽之斗也无可厚非。但是相信任何一个人，在绝境中突然看到了生存的希望，哪怕只是一丝希望，就算涵养再高，也会像一个快要溺死的人手里突然捞到一根稻草般，死死捏住不放吧？

更何况是他们英国皇家部队，允许这些已经三面被敌人包围的中国军人，穿过租界的军营，撤出这片战场，甚至还承诺为他们提供适当的掩护！

要知道，租界就相当于他们英国的领土，允许一支部队穿过他们英国的领土，说出去已经是一件相当不可思议的事情。而英国军队一旦承诺提供适当的掩护，无异于在中国军队撤退时，多给了他们一道护身符。

可是史密斯注定要失望了。谢晋元静静地坐在那里，无论他说了什么，谢晋元脸上始终带着一丝平淡的微笑，就连他那双明亮的眼睛中也没有半点情绪的波动。只有听史密斯中校说到“甚至可以允许”这几个字时，谢晋元的眉毛才轻轻挑动了一下，但是很快又恢复了平静。

直到这个时候，能够说一口流利的中文，对中国文化有着相当了解的史密斯中校才明白，什么叫作中国成语中的“不动如山”，什么叫“宠辱不惊”。史密斯突然发现自己错了，错得厉害。如果劝中国军队从四行仓库，是一场谈判的话，他从一开始，就把自己错误地摆放到了强势者的立场上。

谢晋元既然连死亡都不怕了，在这个世界上，还能有什么强势的姿态，能让他为之动容？

“谢谢史密斯中校能冒着生命危险来到我们这里；也谢谢英国政府，愿意帮助我们这样一支被敌人三面包围的军队撤出战场。我代表四行仓库里所有正在和敌人浴血奋战的军人，表示十分的感谢。”

谢晋元终于开口了，“不过，防守四行仓库，拖住敌人的进攻，是上级交付给我们的任务。史密斯中校，你我都是军人，都应该清楚地明白，一个士兵在战场上绝对不能失掉自己的枪，一个军人在没有接到上级命令前，更不能擅离职守！否则的话，就是失职，就是犯罪。”

“贵部接到的上级命令，应该是拖住敌人的进攻，掩护大部队顺利西撤吧？”史密斯小心地眯起了眼睛，道，“贵部从27日清晨开始狙击日军，已经在四行仓库整整坚守了四天三夜。在你们的掩护下，你们大部队早已顺利撤出上海，开始在南京迅速集结。根据我个人的判断，贵军和日军很可能会以南京为舞台，再次爆发大会战。我想，像谢中校这样优秀的军人，如果能参加南京会战，一定会做出更大的贡献，总好过在这里困守孤城，最后和自己优秀的部下一起拼得弹尽人亡吧？”

谢晋元略略点了点头，突然问道：“那么根据史密斯中校的判断，为了进攻四行仓库，日军又动用了多少部队呢？”

“根据我们的观察和记录，四天时间日军为了攻克四行仓库，共计出动战斗机、轰炸机48机次，陆军部队11000人次。”

史密斯在进入四行仓库之前，显然已经做好了充足的情报准备工作。在统理出各项数据后，他略一沉思，就断然道：“如果把日军为了包围四行仓库，而驻守在战壕和碉堡里的部队也算上，现在已经有大约15000名训练有素的职业军队把四行仓库团团包围。如果没有我们英国政府的帮助，谢中校凭您带领的部队和拥有的武器装备，绝不可能成功突围。”

“史密斯中校您的判断十分准确。面对依托半永久防御工事把我们团团包围，又占据绝对人员、火力、情报优势的敌人，我们不要说是突围，只要走出四行仓库，不出三个小时，就会全军覆没。”

谢晋元说得非常中肯，史密斯中校连连点头，就在这个时候，谢晋元话锋又是一转，“不过，我想请史密斯中校再做一个判断，您认为如果我们据守不出，我们能够在四行仓库坚持多久？”

这绝对是一个超级难题！

如果日本军队还是像现在这样，仅仅依靠无法打穿四行仓库坚固墙壁的小口径火炮，配合陆军对四行仓库这样一个战争堡垒发起进攻，凭四行仓库里面的武器弹药，只要不是因为士气问题从内部自己发生问题，再坚守一个月，都不是什么奇迹。

但是一旦日本军队恼羞成怒，调集黄浦江上停泊的战舰，用重炮进行轰击，或者派出轰炸机，投掷重磅炸弹，不必派出陆军部队，也能把谢晋元带领的这支部队，活埋在四行仓库的废墟里。

“我很想去参加南京保卫战，虽然不想承认，但是我必须说，在上海我们输了。我比谁都希望，能在南京保卫战中，和所有愿意用生命保护自己国家的同胞，为我们的祖国扳回一局。不过……”

史密斯中校发誓，他真的是恨透“不过”这个中国词语了。现在他已经慢慢熟悉了谢晋元的说话方式，谢晋元总会顺着对方的思路进行换位思考，先认可对方观点的正确性。所以当谢晋元说出“不过”这个词语的时候，他提出来的反对意见必然更加凌厉，也更加让人无可辩驳。

“在我们中国有很多像我这样的军人，他们很多人带着满腔的热血走上战场，但是也许只是一时的疏忽，遭到敌人的轰炸，甚至只是意外地遇到了一颗流弹，就壮志未酬身先死。面对投入上百万军队的大会战，个人的能力是非常有限的。我想，我就算是带着身边所有的部下及时赶到南京，参加了南京保卫战，最多也只能在局部战场上发挥一点点作用。而在这里，就不同了。史密斯中校您也帮我分析过了，为了掐死我们四行仓库里的守军，日军至少动用了15000名训练有素的职业军人，这还不包括他们天天在我们头顶乱转圈子，白白浪费汽油的航空部队。”

谢晋元扳着指头，道：“如果我们继续在这里坚守的话，就能死死拖住他们15000名训练有素的职业军人。日本军人曾经说过，他们一个师团就能顶上我们八个师。扣掉他们在空军和海军上的优势，扣掉他们自以为是、夸夸其谈的水分，就当他们一个师团，能顶得上我们三个师吧，我用几百号人，就拖住了相当于45000人的兵力，让他们不能去参加南京会战。这样的话，我在这里继续作战，也就相当于参加了南京会战，而且做出了近乎奇迹的贡献。如果他们不愿意为了四行仓库留下这么多部队的话，那就更好了，他们的防御网必然会出现无可弥补的漏洞，那个时候我们再想突围，就不再是难以登天。或者我干脆按照司令部最早的指示，带领所有人在上海和日军打游击战，这也是一个相当不错的选择。只要我们还有部队在上海战斗，他们就不算赢了淞沪会战！”

“当然了，我们毕竟是一支小部队，又孤立无援的，打游击战实在打累了，被人家围追堵截，实在打不过了的话……”说到这里，谢晋元嘴角向上微微一勾，露出了一个绝对诡异的笑容。他身体微微向前一倾，故意压低了声音，道：“我们还可以逃进友邦的租界，把自己手中早已经拼得破破烂烂，子弹一发不错的枪上交，然后换上一套平民的衣服，抱头逃命嘛！你说是不是啊，尊敬的史密斯中校？”

史密斯中校真的听傻眼了：“你算得是不错，可是你有没有想过，日本军队真的被逼急了，直接动用战舰上的大口径火炮，或者出动轰炸机群，直接对你们投掷重磅炸弹，你们会怎么样？”

谢晋元微笑道：“那天要下雨，娘要嫁人，我可真是一筹莫展了。他们想炸，就让他们炸吧。”

谢晋元说得轻描淡写。史密斯中校当真是又气又急：“那你有没有想过，如果日军用大口径火炮轰击，或者出动轰炸机投掷重磅炸弹，这些重型火力很可能会射进我国租界，甚至打中距离四行仓库只有几十米远的那个煤气筒……”

说到这里，迎着谢晋元嘴角微微上挑而起的那似笑非笑的表情，史密斯中校的低吼戛然而止。在这个时候，史密斯算是完全理解了谢晋元的想法。

日本人如果不动用重型武器，鬼才知道他们要多久才能攻下这个四行仓库。谢晋元依托一个四行仓库死死拖住数量相当的敌人，绝对称得上一本万利稳赚不赔。如果日本人不愿意动用重型武器，又不想因为一个小小的四行仓库而浪费太多的部队的话，就像是谢晋元说的那样，他们的包围圈必然会出现无可弥补的漏洞。谢晋元可是亲自策划过奇袭“出云号”和“铁拳”行动的奇袭专家。

想用这样一张满是漏洞的网阻挡住他的脚步，那简直是天方夜谭！只要还有一支中国部队在上海转战，日本军队就没有在淞沪会战中取得完全的胜利。这从政治意义上来说，无异于在国际舞台上对着日本人的脸狠狠抽了一个耳光。那些把面子看得比生命还要重要，天天喊着武士道精神的日本军人，绝对不会允许这样一个局面出现。

那么最有可能发生，也最符合日本军人行事风格的一个选择，就是在全线把部队调往南京前，利用手中的重型武器，对着四行仓库发起一次最凌厉的毁灭性进攻。到了那个时候，谢晋元带领的这支困守四行仓库的孤军，当然是全军覆没。但是无论使用重炮轰击还是使用重磅炸弹，想没有流弹飞进只有几十米距离的英国租界，那是绝不可能。

一旦有炮弹或重磅炸弹飞进了租界，就相当于直接轰炸了英国本土。在这个时候，无论英国政府是否愿意，就算是为了面子问题，就算是为了保护自己身为一个世界政治、军事强者的尊严，他们都绝对不能再装聋作哑，必须卷入这场中日之战中。

用几百条人命拉进来一个军事强国成为盟友，谢晋元更是一本万利，死得其所，想不成为民族英雄都不行。

想到这里，史密斯中校不由得轻轻倒吸了一口凉气。坐在他面前的这个一直嘴角带着一丝笑容，看起来温文儒雅的军人，是真的不怕死！

架在煤油炉上的水烧开了，白色的水汽从铝合金制成的军用便携式饭盒里袅袅升起。史密斯和谢晋元两个人的脸孔隔着这一层水汽，显得更加朦胧起来。

谢晋元走过去拎起了那个便携式军用饭盒，连带拿过来两个杯子。

“军人，尤其是面对国家生死存亡，必须要挺身而战的军人，最忌贪图物质上的享受，但是我总是戒不掉喝茶的习惯。也许是因为，喝茶不但可以提神，更能让我集中精神去思考一些问题吧。不过还好，就是因为有这样一个习惯，我才能泡上一杯热茶，来招待史密斯中校您这样的贵客。”

谢晋元竟然真的拿出一个纸袋，在两个杯子里都倒了一点茶叶，“我们中国军人的军饷可比不上英国。我每天口袋里都穷得叮当乱响，茶也是那种最便宜，直接从街边的杂货铺里买的散茶。”

谢晋元侧倾起手中的饭盒，一道滚烫的开水在空中拉出一道短暂的弧线，落到史密斯中校面前的杯子，发出了轻微的荡漾声。就在史密斯中校礼节性地点头示意时，远方突然传来了一阵沉闷的轰响。史密斯中校还没有来得及分辨发生了什么事情，不知道有多少发炮弹，就同时落到了四行仓库上面。

“轰！轰！轰……”

十几团火光猛然在四行仓库坚硬的墙壁上绽放。在震耳欲聋的轰响中，整个四行仓库就像是突然触电般，发出一阵细微而密集的颤动，带得就连史密斯中校头顶的那盏马灯，都跟着不断摇晃起来。在他们这个狭小的空间里，那些沉积在房屋各个角落的灰尘更是纷纷扬扬地落下。

聆听着那密集到平均每一秒钟就有一发炮弹落到四行仓库上的可怕炮击，感受着整座四行仓库都在不断地颤动，史密斯中校心里唯一的想法就是：“坏了，是炮击！”

在这个时候史密斯中校当真是欲哭无泪欲语还休，他的运气怎么就这么背呢，日本军人迟不炮击，早不炮击，偏偏等他进入了四行仓库，就开始了这种要命的炮击？一想到整座四行仓库被炸得轰然倒塌，几百号人全部被埋进废墟里，史密斯中校就觉得全身发冷。谢晋元他们死在这里，是英雄，是为国捐躯，他史密斯作为英国军队的中校，死在这里连尸体都找不回来，又算是什么？

“这只是日本陆军配备的三英寸口径平射炮。这种火炮最大的优点就是射击精度高，不会有几十米的偏差，他们的炮弹打得是够密集。不过，想用这种小口径的火炮炸塌四行仓库，他们至少得打上一天。而我看他们手里的炮弹能维持一个小时就不错了。”

在这个时候，谢晋元竟然还带着从容的微笑，在给史密斯中校面前的那个杯子继续倾倒开水。听着他平淡的声音，看着干干净净，没有洒上一点水痕的桌面，看着他那一双稳定得再也无懈可击的手，史密斯中校真的惊呆了。

在史密斯中校面前的杯子里注满了开水，转手又在自己的杯子里倒入了开水。谢晋元吹掉浮在水面的茶叶末，轻轻啜了一口，然后抬起头，对着史密斯中校道：“不好意思，不是什么好茶，所以一定要趁热喝。我个人认为，不管是什么茶，只要是热的，味道都还不错。”

史密斯中校下意识地端起了放在面前的茶杯。就在这一片密集的炮击，整个四行仓库都在微微颤抖中，他努力让自己镇定下来。就算是为了一个军人的尊严，他也要像谢晋元那样，在日本人平均每秒钟一发炮弹的轰击中喝得不动声色。

就在这个时候，管理室的门被人“砰”的一声撞开了。这意外的变故让史密斯中校的手不由得微微一颤，一点水花从杯沿荡出，落到了史密斯中校的军装上。

闯进管理室的是一个连长，他看着谢晋元放声狂叫道：“团长，不好了……”

谢晋元没有理会这个连长，仍然慢慢品着那一杯用劣质的茶叶加滚烫的开水泡出来的茶。那个连长若有所悟，迅速退出管理室，在重新关上管理室的门后，站在外面放声叫道：“报告！”

谢晋元终于回应道：“进来！”

那个连长大踏步走到谢晋元面前，在敬上军礼后，报告道：“日军同时在西、南、北三侧纵火焚烧民房，看火势增长的程度，他们应该使用了汽油。火势很大，很可能会借着风向，向四行仓库蔓延！”

谢晋元点了点头，命令道：“小心戒备，随时向我报告敌人动向。”

目送着那个连长走出管理室，谢晋元低声道：“虚张声势！”

迎着史密斯中校不解的眼神，谢晋元淡然道：“东侧接近贵国的租界，所以日军没有放火；现在已经是十月末，风向偏北，所以他们在北方纵火没有任何意义；西侧民房和四行仓库隔了一条平坦的大街，无论如何风助火势，火焰也不会自己蛙跳过来。如果他们真的想借助火势进攻四行仓库，只需要点燃我们南侧的民居就足够了，又何必浪费人力物力把排场搞得这么大？”

做完这些评论，谢晋元对着史密斯举起了手中的茶杯：“请喝茶，凉了就不好喝了。”

史密斯中校瞪大了双眼，像看怪物一样看着眼前这个喝得淡定从容的谢中校。他真的想不明白，既然从南边放火，火势就能一路蔓延着烧到四行仓库，而根据他们的情报，这里放满了容易燃烧的大米、黄豆和牛皮，更有大量弹药，通水管道在27号下午就被日本工兵炸断，谢晋元为什么还能这样形若无事。

“报告！”

谢晋元一边品着除了苦涩基本没有什么香味的茶，一边回应了一声：“进来！”

走进管理室的还是刚才那个连长，他迅速报告道：“南方民居烧起的大火，借助风势一路向四行仓库蔓延过来，看情况大约还有二十五分钟，就会烧到我们这里了。”

聆听着那密集的炮击，看着史密斯中校一边喝着茶，一边用一块手帕擦着额头上滚落下来的汗珠，谢晋元再次笑了：“用炮击施加心理压力，用三面火起来营造一种兵临城下、大势已去的错觉，再用大火蔓延这种实质威胁来逼迫我们自乱阵脚，不错！真想去会一会这位对手，的确是个人物！”

谢晋元拎起了那只便携式军用饭盒，轻轻晃了晃，里面还有半盒开水。他对着史密斯中校扬起了那只饭盒，问道：“还要不要添点开水？”

史密斯中校本来想摇头。说实话这茶可真难喝，又苦又涩感觉就像是直接弄了一把烂树叶丢进杯子里似的，但是看看自己手中那块已经湿了一半的手帕，史密斯中校还是点了点头，把杯子推到谢晋元面前，还颇具绅士风度地说了一声：“Thank you！”

第四十章　命令与抉择（下）

两个人都没有再继续他们刚才的话题，只是坐在那里，聆听着日本军队三英寸口径的平射炮，以每秒钟一发的频率，对着四行仓库进行猛烈炮击。感受着四行仓库一次又一次轻微的颤动，品尝着那比烂树叶还要难喝却总算滚烫的热茶，默默想着自己的心事。

渐渐的，史密斯中校觉得，似乎三英寸口径平射火炮的密集炮击还有四行仓库不停的轻微颤动，似乎也没有那么恐怖了；而他额头上的汗水，流得也不是那么快了。他用复杂的目光看了一眼坐在那里，全身上下都散发着一种轻松惬意的谢晋元。史密斯中校真的不愿意去想象，眼前的这个男人究竟经历了多少次生死之战，才能在面对危险时，拥有这样近乎诡异的冷静。

铝制饭盒里的开水已经倒空了。就在两个人同时举起茶杯，喝掉了里面最后一口茶水时，在四行仓库的南侧，突然传来了一声在密集的炮击与爆炸声中，瞬间就压倒了所有声音的巨大轰鸣。这种声音让史密斯不由自主地想到了轰炸机投放出来的重磅炸弹。如果不是面对谢晋元这样一个实在太冷静、太从容的军人，史密斯中校可能已经忍不住跳了起来。

谢晋元却笑了："史密斯中校，您愿不愿意和我打一个赌？就赌日军的炮击，在一分钟内就会停下来。"

史密斯中校当然不相信谢晋元的这个判断，他张开了嘴，刚想说什么，就重新闭上了。因为在这个时候，日本军队的炮击竟然已经停止了。

"拿得起放得下，发现事不可为，能够当机立断停止无谓的干扰，对方的指挥官，还真是够干脆的。"谢晋元啧啧轻叹道，"本来还以为能从您那里赌到一包好茶呢！"

"报告！"

还是那个连长，他一脸兴奋，迅速道："报告，仓库南侧的火势已经得到控制！"

"在南侧的民居中埋放炸药的工作，还是由你带人完成的吧？"谢晋元看着眼前这个连续三次向他报告军情的连长，微笑道，"放了那么多的炸药，足够炸出一条二十多米长的隔离带，你怎么对自己做的工作这么没有信心啊？"

史密斯中校再次听呆了。他终于明白谢晋元为什么面对半个小时之内就能烧到四行仓库的大火却可以毫不动容。原来他在进入四行仓库之前，已经分析出日军可能使用的进攻方法，并提前做出了有效的防御。而日本军队的指挥官，发现真正可以威胁到四行仓库的火势已经被抑制，手中的小口径火炮又不足以轰塌四行仓库，所以立刻停止了无谓的弹药消耗。

"现在日军的夜袭已经结束，如果在十五分钟内，他们还没有什么新的动作，尊敬的史密斯中校你就可以带着那五个学生，安全撤出四行仓库了。"

史密斯中校点了点头："没有问题，他们都是因为尊敬谢中校，所以跑到我们租界军营，要求我们开放关卡，能到四行仓库来聆听谢中校训话的学生。我们英国是一个讲求民主自由的国度，我们尊重这些学生的爱国情操，也理解他们渴望见到自己心目中英雄的心态。所以这一次我过来的时候，带了他们推选出来的五名代表，当然我也会把他们安全地带回去……"

聆听着史密斯中校说的话，谢晋元脸上的笑容渐渐消失了。他太明白英国这个靠走私和海盗拉开了大航海时代，靠掠夺奴隶和黄金，强占殖民地，建立起日不落帝国的老牌资本主义国家，太清楚他们的血管里流淌的本质了。

西方闻名的作家马克·吐温就曾经这样评价过那些西方资本家："如果有百

分之十的利润，资本家就会去做；如果有百分之三十的利润，资本家就会趋之若鹜；如果有百分之百的利润，资本家就敢践踏这个世界上任何一种法律；如果有百分之三百的利润，哪怕是把自己的脑袋送上绞刑台，资本家也会勇于尝试！”当年的两次鸦片战争，不就是英国为了扭转和中国进出口之间的贸易差，而悍然发动的侵略战争？！

英国，在国际舞台上左右逢源，他们表现出来的，就是一副标准的生意人嘴脸。没有利益驱动的事情，他们不会去做。要求他们仅仅为了正义与真理去冒险，那更是莫大的奢望。

可是这位史密斯中校却冒着生命的危险，把五个爱国学生带到了四行仓库，并且承诺要把他们安全地送回去！

这种行为举止，绝对不符合英国人的习惯和思维逻辑！

果然，史密斯中校继续说了下去：“但是谢中校您也应该明白，这是你们中日两国之间的战争。我们英国作为一个保持中立立场，尊重两个主权国家意志，希望你们能和平解决所有问题的绅士国度，不会也不便于过分插手到你们的纷争当中。我们可以面对那些过于热情的学生，有限制地开放关口，但是我们不会保证他们的人身安全。”

在这个时候，谢晋元的脸色已经变得一片铁青。

威胁，这就是赤裸裸的威胁！给那些手无寸铁，又没有受过任何军事训练的学生开放关卡，任由他们进入被日本军队封锁的战场，无异于用一副温和的面孔，把这些血管里流淌着炽热血液的学生推到了死神的怀抱！尤其是所谓的“有限制地开放关口”，更是让日军可以清楚地知道这些学生的进出时间，并加以针对性的打击。

谢晋元简直不敢想象，当英国政府开放这些关口后，那些热血沸腾的学生一批批地涌入四行仓库，又一批批地倒在日本军队A级射手的枪口下，这样反而激起了更多学生不屈不甘的爱国之心，驱使着更多学生涌向四行仓库，所形成的可怕后果。

谢晋元紧紧捏住了自己的拳头。由于炮击已经停止，史密斯甚至可以清楚地听到，从谢晋元的双拳中传出来的骨节捏在一起爆发出来的轻响。在这个时候，谢晋元的身体都在微微颤抖。

史密斯中校笑了。在和谢晋元的交锋中，他第一次看到谢晋元流露出了个人情绪。虽然不得已，最后还是亮了他的底牌，但是他终于找到了谢晋元的弱点。

谢晋元突然抓起了桌子上那个军用饭盒，道：“还要喝茶吗，我再烧点水。”

不等史密斯回答，谢晋元就在饭盒里注入了清水。在火柴擦着的轻响中，十几条蓝色的火苗连同一缕缕黑烟从煤油炉里冒出来，那只盛满清水的饭盒，不一会儿就发出了“吱吱”的轻响。

谢晋元没有站起来，他就蹲在那只煤油炉前面，看着饭盒里的水一点点被烧热，一层层地翻滚，直至最后变成了沸腾的开水。

拎起了那只盛满开水的饭盒，谢晋元扭头看着史密斯中校，微笑道：“水开了，要不要换点新茶？”

史密斯中校呆住了，因为手里拎着一只饭盒的谢晋元嘴角又扬起了那丝淡然的微笑，他的眼神再一次平静而明亮得让人无法捉摸起来。史密斯中校在心中狂叫不妙，眼前的这个谢晋元谢中校竟然在烧水的时候，成功地调整了自己的心态。看着谢晋元那个淡然自若的笑容，说他没有找到解决难题的方法，就连史密斯中校都不会信。

“我都忘了，那些学生冒死赶到四行仓库，是来找我，想听我训话的。”谢晋元微笑道，“训话不敢当，正所谓学无前后，达者为先，我就和他们一起聊聊天好了。不知道尊敬的史密斯中校，有没有兴趣和我们一起促膝谈心？”

当谢晋元和史密斯中校找到那五个学生时，他们正坐在一堆弹药箱里，和受伤的士兵一起往子弹匣和重机枪子弹链上填装子弹。看到谢晋元和史密斯中校走过来，这五个学生不约而同地站了起来。

“都坐下，不用勉强自己。”谢晋元微笑道，“千万不要告诉我，刚才被炮击了那么久，你们的双腿没有发软。要知道我第一次上战场，对面敌人才用迫击炮对我们这里开了几炮，我就觉得心跳加快呼吸急促，两条腿更像两根软面条似的，在那里颤啊颤的，怎么也绷不直。如果你们有谁腿没有发软，还能像个没事人似的，那我可真是要自惭形秽，长叹一声长江后浪推前浪，前浪死在沙滩上了。”

“哪有的事！”一个看起来胆子最大，也最活跃的学生，一屁股坐到了弹药箱上，举起了还捏着子弹的右手，叫道，“别说腿软得快站不起来了，您看看我的手，现在还像抽筋似的抖个不停，这颗子弹我都塞了好几分钟了，到现在还没有填进子弹匣里呢！”

不要说是这几个学生和谢晋元，就连附近的士兵中间也传来了一阵压抑的笑声。谢晋元只是轻描淡写的几句话，就和这些学生变得融洽起来。他坐到了一个弹药箱上，伸手拍着身边的位置，道："那还装什么装的，都坐下。谁经历第一次炮击的时候，不是这个样子？说说看，第一次亲身体验了炮击，是什么感觉？尊敬的史密斯中校，您也一起坐下和大家聊聊吧。"

"我真的以为自己要死定了！"一个学生拍着自己的心口，叫道，"刚才炮声那么密集，我觉得自己的心脏都快要被共振得一起爆炸了。别说是腿软，我现在都觉得胸口发闷，脑袋里还嗡嗡作响。如果他们再多炮轰一会儿，我非得把隔夜的饭都吐出来不可！"

"还好，我在出发前没有多喝水。"有一个体形稍胖的学生慢吞吞地道，"要不然的话，我真的会被吓得尿裤子了。"

四周再次响起了一片善意的笑声，谢晋元问道："大家都觉得，刚才的炮击很恐怖，和你们想象的完全不同，对吧？"

几个学生一起点头。

"可是刚才他们向四行仓库发射的火炮，只是三英寸口径的平射炮。"谢晋元对着几个学生比画出了一个小小的宽度，然后继续道，"但是在那些几乎没有什么掩体，也没有什么保护的战场上，我们的士兵却要遭到停泊在黄浦江上的战舰大口径火炮攻击，要遭受轰炸机投下来的重磅炸弹反复轰炸。很多部队上了战场，连敌人的面都没有见到，就先付出了一半伤亡的代价。有一些部队仅仅是因为在行军的路上架起了行军灶，浓烟引来了敌人的轰炸机，整旅整旅的被敌人轰炸得全军覆没。甚至有一个野战医院，仅仅是把伤员用过的绷带清洗干净，晾在外面的树枝上，打算晒干后再次重复利用，就被敌人的侦察机发现，最终被炸成了一片平地。"

几个学生都不笑了，他们静静地聆听着谢晋元的讲述，听着这一个个用鲜血和生命堆砌起来的故事。

"我们调用了75万部队，迎击日本25万军队，激战了三个月，在付出了25万伤亡的代价后，却只能选择撤退。"

谢晋元那双明亮而深邃的双眼，从面前的几个学生脸上逐一掠过，沉声问道："我们的部队已经够拼命，够勇敢，我们的人数更是对方的三倍，还占据了地利与人和，可是我们仍然败了，你们知道，这是为什么吗？"

几个学生沉默了很久，才终于有人回答道："武器，我们军队的武器装备太差了。”

“对，我们手中的武器是太差了，我们八个师的火力才能顶得上日军一个师。在陆地上，我们还可以用人数去拼，但是在大海上，我们的海军总吨位还不够5万吨，其中绝大部分还是木制的战舰，而日军一艘航空母舰就有4万吨。在这种绝不对称的战争面前，我们的海军为了阻止敌人战舰的纵深入侵，只能将二十八艘老式战舰和商船沉进了长江，用来封锁我们的黄金水道长江。而这些战舰上的舰炮也只能被拆下来，放到了海岸上，当成岸防炮来使用。面对强大的日本海军，我们的海军几乎就是‘零’的存在！”

几个学生都沉默着，这强烈到极点的军力对比，又岂是凭热血和勇敢能去弥补的？！

“至于空军，我们的空军也很勇敢。他们也曾经击中过日军的旗舰出云号，也有美国来的陈纳德这些志愿者组成的飞虎航空部队。但是他们驾驶着老旧的飞机，和几倍于己的敌机在蓝天上搏斗，最终的结局等同于全军覆没！没有了空军，没有了海军，炮兵又远远不是敌人的对手，你们想想，这样一场战争，我们能赢吗？我们如果真的要用人命去填平这之间的差距，我们又需要多少人的鲜血和尸体，才能赢得最后的胜利？”

听着谢晋元幽然而嘶哑的声音，听着他讲述两国军队的真实对比，整个四行仓库里死一样的安静，只剩下一片粗重的呼吸声。没有人愿意想象，如果中国非得独自对抗日本这样一个从明治维新开始，无论是国力、经济、军事还是在国际舞台上的政治影响力都一日千里，现在只能用疯狂作战机器来形容的国度，他们要付出多少牺牲才能行，才能够。

谢晋元继续问道：“你们谁能告诉我，怎么才能提升武器装备？”

一个学生回答道：“要有钱。”

另外一个学生回答道：“要有先进的科技。”

那个体形稍胖的学生不甘示弱，道：“要开启民智！”

“对，没错！有钱了，我们才能在短时间内买到足够的资源；有了先进的科技，我们才能制造出属于自己的凌厉武器；开启了民智，我们才会全民素质提升，才会产生更多的科学家，更多的实业家，更多的工程师！”

“告诉我，想要有钱，有先进的科技，要开启民智，我们需要什么？”

这个问题就有点困难了，这已经涉及国计民生的根本，几个学生面面相觑。

谢晋元一字一顿地道："我们需要的是一大批接受过高等教育，又对祖国拥有强烈的责任感，能够将我们中华民族的火种源源不息发扬光大的人才，我们需要的就是……你们啊！"

五个学生的身体狠狠一颤，他们全部都痴了。

"如果你们学的是农业，你们可以让我们国家的土地上生产出更多的粮食；如果你们学的是物理，是化学，是冶金，是数学，你们不但可以制造出炸药，更能制造出属于我们中国的汽车、坦克和战斗机；如果你们学的是医学，你们可以让我们的身体更强壮，帮助在战场上受伤的士兵重新站起来。这场保家卫国的战争明显是敌强我弱，但是只要有你们这样的人，有你们这些可以燎原的火种，凭借我们辽阔的土地、丰富的资源和四万万同胞，迟早有一天，我们能把这些侵略者赶出我们的家园！"

谢晋元紧紧地盯着面前这几个学生，沉声道："在完成这些历史的任务之前，你们绝对不能随意因为一时的冲动而选择了面对死亡。如果你们真的这么做了，那你们绝对不是什么英雄，而是逃兵，最可耻的逃兵！因为你们的战场并不是在这里，而是在你们各自工作的舞台上，在你们手中的笔，在你们脑袋的知识里面！"

"告诉我，"谢晋元突然厉声喝道，"你们能不能向我保证，可以完成历史落到你们身上的重任，为了我们中国的未来与希望，在属于自己的战场上奋战不息？！告诉我，你们能不能做到这一点，让我们就算是在这里战死沙场，就算是马革裹尸，也能死得坦坦荡荡，死得无怨无悔？！"

面对全身上下突然迸发出最强烈光芒的谢晋元，面对在这一刻已经让自己生命开始燃烧的谢晋元，面对这个把自己所有的感情，所有的爱与恨都彻底地敞开，和他们一起分享，更把所有的希望都放在他们身上的谢晋元，这几个学生，早已泣不成声。

他们在这时候，除了咬紧自己的嘴唇，用痴痴的眼神看着眼前这个当真是头顶蓝天脚踏大地的男人，用力点头之外，他们还能再做什么？！

"记住，把自己的生命，发挥到最需要你们的地方。记住你们给我的承诺，你们要努力让中国更有钱，科技更发达，你们要让中国开启民智，让更多的人接受到高等教育。"

谢晋元伸出了自己的手，沉声道："我知道你们五个能第一批来到这里，全部都应该是学生中的领袖。我不管你们用什么方法，我要你们答应我，你们是我看到的第一批学生，也是我看到的最后一批！你们的生命绝对不是为了见我一面，和我聊上几句，就可以冒险，就可以任意挥霍！如果你们认为自己可以做到，可以接下我的这个要求与嘱托的话，就把你们的手伸出来！”

一只、两只、三只……

最终五只手都放到了谢晋元在空中摊开的大手上。这些手掌现在虽然还有几分稚嫩，还带着几分青涩，甚至是还有几分迷茫，但是假以时日，只要选择对了自己应该走的路，他们必然能够成为支撑起整个民族脊梁的中流砥柱！

谢晋元突然双臂一伸，将这五个学生都揽到了自己的怀里，沉声道：“我就把我们这一代人没有完成的梦想，放到你们的身上了。拜托，谢谢！”

史密斯中校的脸色终于变了，他看向谢晋元的眼神中，第一次充满了真正的尊敬。无论在哪里，谢晋元这样的人都值得尊敬！

第四十一章　一封家书

史密斯中校在带领那五个学生走出四行仓库的时候，认认真真地对着谢晋元敬了一个军礼。

“我想我已经明白了您，也读懂和尊重您拥有伟大的爱国情操。但是我仍然希望，能够在我们英国的租界里，看到谢中校和您忠诚的部下。像您这样的军人，只要能活下去，就应该有更大的舞台，创造出比镇守四行仓库更广阔的天空！如果您愿意带领贵部从租界撤退，可以不必上缴武器。我们会用对待英雄的方式来迎接你们，并且保证把你们安全地送出租界。只要你们日夜兼程地急行军，一定可以赶上随时都可能爆发的南京保卫战！还有……请您放心，我会重新考虑针对学生开放通道的决定。”

如果这两位中校之间进行的也是一次代表了军队与国家利益的谈判，也许，这就是自鸦片战争以后，中国第一次在和英国的谈判中，取得了真正的胜利与成功。史密斯中校已经将他们在谈判中可以承受的底线，亮在了谢晋元的面前。抛开国家的立场，抛开军人的职责，抛开他谈判的使命，史密斯中校是真的希望谢晋元能够活着离开四行仓库！

五个学生虽然都跟在史密斯的身后，但是他们都痴痴地望着谢晋元，直至他们的身后变成了一片黑暗，变成了一片凄凉，他们仍然频频回头。他们似乎要将他的面容，将他的坚毅，将他面对死亡时那种不驯与洒脱永远镌刻在他们的内心最深处。带着谢晋元交给他们的“将希望的光芒薪火相传，传下去，传下去”的命令，努力活下去！

当这五个学生走过了贯通苏州河的新垃圾桥，走过了英国租界的军营时，迎着一双发红的眼睛和一张洒满泪痕，却依然不能掩饰美丽的脸庞，他们五个人突然都呆住了。他们走进了四行仓库，那里实在是给了他们太多的震撼。那里的每一个士兵似乎都有可以发掘的故事与传奇，那里的每一件武器都吸引了他们的注意。而他们的偶像谢晋元走到他们的面前时，那种从容，那种坚毅，那种不驯与洒脱，那种没有任何虚伪的忧国忧民，更是让他们在瞬间就迷失在谢晋元那一双深邃而明亮的眼睛当中。

他们竟然忘了帮杨惠敏这个冒死把国旗护送进四行仓库的女孩子，去询问雷震的下落。

“对了！”突然有一个学生狠狠一拍大腿，叫道，“你是想请我们询问一个带着一条狗，身上还穿着童子军军装，大约十八岁男人的下落对吗？我见到他了，他还活着。虽然他身上到处都是伤，但是看起来还有精神得很呢！”

看到其他四个同伴都瞪大了双眼，露出了“你骗人”的表情，那个学生叫道：“你们还记得吗？那个和我们一起参观四行仓库，还和我们一起坐在弹药箱上装子弹的男人！日本人用那么密集的火炮轰击四行仓库，不要说是我们，就连谢晋元长官带的士兵都显得有些慌乱起来，可是当时他一直静静地坐在那里，一声不吭地往子弹链里插着子弹。我对他有点好奇，想找他聊天，结果我说了半天，他却一声不吭，弄得我当时还以为他是一个哑巴呢！最后我亲耳听到他对一条趴在墙角边上的狗，说了一句‘儿子，过来’。当时可真是把我气坏了！”

看到面前这个学生气鼓鼓的样子，杨惠敏不由得“噗”的一声，破涕而笑。不喜欢与陌生人打交道，没有必要的情况下，绝不多说一句话，这的确是雷震的作风。杨惠敏双眼中犹如海浪一样的潮水还没有消失，就猛然扬起了一片明亮的快乐。她的脸上还挂着晶莹的水线，但是她的嘴角已经欢乐地扬起。

雷震还有没有死！那个从来不喜欢多说话，为了她留在四行仓库右翼，参加了一天最惨烈战斗的大男孩，竟然没有死！

在这个时候，还能有什么，比这个消息更让杨惠敏感到开怀，更让她感到快乐？！

“雷震！”杨惠敏突然把双手合成了筒状，放声对着四行仓库的方向喊道，“我就在这里等你，我会一直站在这里等你，直到你自己走到我的面前。如果你真的忍心让我一直在这里被风吹，被雨打，挨着饿受着冻傻傻地站在这里，你就不要出来！你听到了没有，你一定要活着，一定要好好地走到我的身边！我们不是朋友吗，不是伙伴吗，你就算是要走，也得亲自过来，告诉我一声对吧？！”

在声嘶力竭的放声喊叫中，炽热的泪水再一次狠狠划过了杨惠敏的脸庞。因为她突然想起来，当她终于游过苏州河时，隔着那不断流淌的河水，雷震对着她扬起了那条代表了再见与离别的手臂。

四周所有的人都静悄悄的。他们都静静地看着这个为情所伤，眼睛里晶莹的泪花与骄傲同时闪起，显得如此美丽动人，却又如此孤单无助的女孩。那五个学生彼此对视了一眼，最后有一个站了出来，轻声道：“我们陪你一起等。”

史密斯中校用复杂的眼神，看着站在军营前面，数量已经超过五百人，只要一拥挤就可能冲进军营的中国爱国学生和普通市民。为了防止面对这种意外，英国军队甚至如临大敌般地在军营前面架起了机关枪。

再看看远方那犹如一个巨人般，屹立在黑暗中的四行仓库，史密斯中校轻轻地叹了一口气：“谢中校，工部局早已经向你们的政府提出了抗议，要求你们政府下令停止四行仓库的抵抗，以免战火波及租界。我想，你应该在昨天就接到撤退的命令了吧！难道你真的打算，在四行仓库以自己为代价，强迫日本军队动用重型武器，把我们英国也拉到这场战争当中，从而逼迫日本停止这场战争吗？”

是的，在30号的早晨，谢晋元就接到了一直留在上海，协助他们防守四行仓库的八十八师张柏亭参谋长的电话。通知他们防御战已经顺利结束，命令他们立刻上缴武器，通过英军租界，撤出上海，用最快的速度赶到南京，参加即将爆发的南京保卫战。

但是身为一个以服从命令为天职的军人，谢晋元没有撤退。

“我们的魂可以离开我们的身，但是我们的枪绝对不能离开我们的身！师长和参谋长你们肯把掩护几十万大部队撤退，阻击日军这样艰巨的工作交给我，把几十万兄弟的生命交给我，那是给我谢晋元面子，我谢晋元不能不接着，更不能不做好！晋元决心殉国，誓不轻易撤退，亦绝不作片刻偷生之计。在晋元未死前，必向倭寇索取相当代价，余一枪一弹，亦必与敌周旋到底。”

留在上海同样亲眼目睹了四行仓库阻击战的八十八师参谋长张柏亭，他真的是太了解谢晋元这个人了。面对谢晋元的回答，张柏亭没有再多说什么，只是轻轻说了一声“保重”，就挂断了电话。

但是当史密斯中校谈判失败，面对越来越疯狂的日军，谁都知道为了在调动大部队之前，拔除上海市留下的最后一颗钉子，日本军队随时可能动用重型武器强攻四行仓库。公共租界当局在十五分钟之内就连续发出了三道电函，要求中国政府本着人道立场，认真考虑公共租界内居民的人身安全，下令四行仓库内的中国守军撤退。

张柏亭不能不再次拨通了四行仓库底层的电话。

“晋元，撤退吧。”张柏亭低声道，“工部局不断抗议，四行仓库阻击战的事情已经传到了蒋委员长那里。‘珍重退入租界，继续为国努力’，这是蒋委员长亲自对你下的命令！”

面对最高领袖包含着勉励的命令，谢晋元沉默了，真的沉默了。张柏亭在电话另一端也保持了沉默。他就站在那里，静静地等待着谢晋元的回复。

“我想不通！”

不知道过了多久，谢晋元终于开口了。他低沉的声音仿佛就是从胸膛里直接挤出来的，“柏亭兄，你和我都明白，蒋委员长从一开始，面对日本人的入侵，就采用了先安内再攘外的政策。委员长的判断是先用东三省来喂饱日本这条饿狼，他甚至打算秘密签订条约，把东三省割让给日本人，在安抚了这条饿狼后，集中全力把共产党的部队给消灭了。到了那个时候，就可以巩固自己的统治，再联合美国和苏联，把日本赶出我们的国门。”

“这个计划看起来是不错，但是到了今时今日，日本军队攻占了上海，又开始在南京集结，甚至开始扶持汪精卫这种汉奸，试图成立一个新的伪政府来对抗中央。难道我们的蒋委员长还不明白，我们面对的就是一条不停地割身上的肉，也根本不可能喂饱，就是要把我们一口吞下去的饿狼吗？！”

“幻想已经没有了，计划没有成功，蒋委员长已经失去了赢得这场战争最重要的民心。我就是无法理解，为什么在这个时候，蒋委员长还不明白，我们再也不能把希望放在英、美、法诸国的介入和调停上，还要看着他们的脸色行事！我谢晋元守在这个四行仓库里，我就是要战死沙场、马革裹尸，来让全国的民众，看到我们党国抵抗日寇的决心！”

张柏亭轻轻叹了一口气，他知道自己劝不动谢晋元，他知道就算是蒋委员长的命令，也无法把一个准备为国为民舍生取义的勇士带出那片战场。

“晋元老弟，我知道我劝不动你，我也知道你早已经做好了为国捐躯的准备。”张柏亭轻轻吸着气，道，“但是……”

张柏亭再也说不下去了，他将手中的电话，转给了身边的一个女人。

这是一个三十出头的女人，她穿了一身粗布衣裳，但是洗涤得干干净净。沉重的生活压力让她的身上不可避免地出现了岁月的印痕。但是在她的脸上，却依然可以看出年轻时的美丽。她明显接受过相当的教育，就算是衣着简朴，但是面对八十八师的参谋长，依然保持着一种落落大方的态度。

但是当她伸手接过电话时，她的双手就开始不停地颤抖，她的嘴角更在不停地哆嗦着，还没有说话，眼泪就从她的眼睛里不停地、疯狂地涌出来。

聆听着对方急促的呼吸声，通过这条跨越了空间，把两个人两颗心紧密联系在一起的电话线，谢晋元清楚地感受到了对方脸上，那正在不停滑下的炽热的无声的泪水。

谢晋元突然间痴了。

“中民……你好，你真好……”

她终于说话了，但是仅仅说了几个字，就泣不成声。

在她身边，一个看起来只有六七岁的小女孩和一个五岁大的小男孩，他们两个都急了。他们伸手拉着她的衣角，不停地叫着：“妈妈，妈妈，你为什么哭了？”

通过话筒，谢晋元听到了这两个孩子的哭叫。面对死亡都能带着从容与不驯的谢晋元，在这个时候脸色终于变了：“维诚……真的是你吗？”

“中民，你真好，中民你真好，中民，你真的好狠心啊！你要当英雄了，你要为国捐躯了，可是……你有没有想过，你是上有父母，下有儿女，你不但是一个军人，也是一个儿子，一个丈夫，一个父亲啊！”

这个站在张柏亭身边的女人，赫然就是谢晋元的妻子凌维诚，而在她身边的两个孩子，就是她和谢晋元的两个儿女。

“正所谓养兵千日用兵一时，你穿着军装拿着军饷，要上战场了，我这个妻子能理解你，能支持你。可是我真的不明白，为什么明明能撤退，为什么大家都要反过来求着你撤退了，你却一心要往死路上走！为什么这个国家非要有了你谢晋元的牺牲，才能醒悟，才能打赢这场战争！你为国为民舍生取义了，你是大英雄了，可是你有没有想过，你的父母应该怎么办，我们两个孩子又要怎么办？你一死了之，你要我们孤儿寡妇和老人怎么活？！”

谢晋元张开了嘴巴，可是他只觉得嘴皮上就像是压上了一块千斤重的石块，怎么也说不出话来。他真的想对妻子凌维诚说上一句对不起，但是一句区区的对不起，又怎么可能弥补了他死亡后，对家庭尤其是对凌维诚带来的创伤？！

嚅动着嘴唇，听着电话另一端妻子和儿女的哭泣声，谢晋元只觉得自己的心脏被十几双无形的手在用力地扯动。过了好半晌，他才问道：“维诚，你们怎么来了？”

“我能不来吗？我收到了你的信，我能不来吗？他们不了解你，我是你的妻子，还是你一起在学堂上学时的同学，我能不了解你吗？！”

凌维诚用不断颤抖的手从贴身的口袋里，取出了一封信。这是一封谢晋元亲手写给凌维诚的家书！拆开了这封不知道她已经读过了多少遍，甚至已经可以背出来的信，凌维诚就当着张柏亭参谋长的面，一字一字地读着上面写的字。

“半壁江山，日遭蚕食，亡国灭种之祸，发之他人，操之在我，一不留心，子孙无噍类矣！为国杀敌，是革命军人之素志也。而军人不宜有家室，我今既有家室，且复门衰祚薄，亲老丁稀。我心非铁石，能无眷然？但职责所在，为国当不能顾家也。老亲之慰奉，儿女之教养，家务一切之措施，老卿担负全责，庶减征人之分心也。”

大颗大颗的眼泪不停地掉落到凌维诚手中的信纸上，发出轻微声响，然后迅速被信纸吸收，混合着写在上面的字，化成了一团。看着那早已经模糊成一片，不知道经历过多少次泪水洗礼的信纸，张柏亭站在一边，发出了一个无声的叹息。

“看到这封信，我能不过来吗？”凌维诚哭着叫道，“这封信是你在三个月前写的，你们在上海整整打了三个月，我就带着孩子们在上海待了三个月。我们的钱用完了，就住进了租界的难民营。一个多月来，我每天都和孩子喝那些掺着沙粒，根本填不饱肚子的稀饭。孩子饿得受不了了，伸手去向那些英国士兵要了一块面包，还被我狠狠打了一个巴掌，最后我们娘三个抱头痛哭了一场。这是我第一次打自己的孩子，就是因为我不想让我们娘三个丢了你的脸！子弹没有眼睛，我更不想因为你知道我们娘三个来到了上海，让你分了心！”

谢晋元高高地昂起了自己的头，他的手在不经意中从自己的脸上掠过，悄悄地带走了眼角已经缓缓渗出的泪水。他谢晋元何其有幸，竟然娶了这样一个淑慧而知书达理的妻子！

“明明知道不应该，我还是来了，我是怕你在战场上，没有人替你收尸啊！”

一封家书终于读完了，凌维诚轻轻擦掉眼角的泪水，一字一顿地道：“中民，你要做英雄，你要为国捐躯，我不拦你！但是你也不要拦我。从今天晚上开始，我会带着丫头和英儿站在桥边等你，直到你从那里活着走出来。中民你记住了，你死，我死；你活，我活！”

凌维诚把电话还给了张柏亭，她已经没有什么话再说。她伸手拉住了自己的儿子和女儿，向张柏亭略略点头后，用一种缓慢却坚定的步伐走向了大门外。

“中民，”张柏亭低声道，“撤退还是不撤退，就由你自己来决定吧！该说的都说了，作为一个比你年长的大哥，作为黄埔军校的学长，我只再多奉劝你一句话，凌维诚是一个好女人，你不要身在福中不知福啊。”

电话，终于被挂断了。

而谢晋元，也彻底痴了。

雷震，就默默地坐在距离电话机不远的一个位置上，他投向谢晋元的目光中，突然多了一丝连他自己都没有发觉的尊敬。

在大山中孤独地生存了那么久，一次次战斗和面对死亡，让雷震的身体变得敏捷，让他的视力、听觉甚至是感觉都比正常人更加发达。在四行仓库的底层，只有他听清楚了谢晋元和凌维诚的对话。

在这个时候，雷震终于明白，为什么李正大哥在提到谢晋元团长的时候，脸上会扬起那样一种混合着尊敬与崇拜的笑容。在雷震看来，谢晋元真的太傻了，傻得要死。但是这样的傻，让雷震不由自主地想到了那个为了保护他和两个姐姐，而坦然面对日兵鬼子刺刀的娘。

不同的是，谢晋元要保护的是四万万中国同胞。如果说雷震的娘保护雷震是一种母爱的话，谢晋元表现出来的，就是一种博大的民族之爱！

谢晋元就那样手里抓着电话，痴痴地站在那里，想着自己的心事。不知道过了多久，他才发出了一声长叹。

“符坚。”

一直站在谢晋元身后的一营营长杨符坚，立刻回应：“到！”

面对着四行仓库坚硬而冰冷的墙壁，谢晋元深深地吸了一口气，又慢慢慢把它吐出来，最后一字一顿地道：“你去做好准备，我们凌晨四点钟突围！告诉每一个兄弟，不要把手中的枪弄丢了，我们在参加南京保卫战时还要用到。还有，挑选一批枪法好的士兵，再留下三挺轻机枪断后，我们必须把日本人架在对面的三个探照灯打掉！”

第四十二章　男人，军人

谢晋元的目光落到雷震脸上，他把手伸进了自己的口袋，可是摸了半天，却什么也没有摸出来。

“本来想赔你一身衣服，可我是一个穷官，现在口袋里竟然连一毛钱也没有。真是对不住了。”谢晋元摘下了自己手腕上的手表，把它递到了雷震的面前，微笑道，“雷震小兄弟，我们两个人虽然认识的时间很短，但是一见如故，等我们突围的时候，你和大家一起撤退。这块表我送给你留个纪念……噢，对不起……”

谢晋元的脸上扬起了一个尴尬的笑容：“我是指挥官，必须要精确掌握时间，现在我需要它。等凌晨四点钟以后，我再把它送给你好吗？”

雷震深深地望着眼前这个男人。谢晋元现在一定是心乱如麻，否则的话，这个拥有大智慧的男人，又怎么可能犯这种低级错误？雷震突然道：“别忘了有人在等着你。”

谢晋元微微一愣后，回答道：“也许，也有人在等着你。”

“我不回去，她也不会死。但是你不回去，就会死很多人。”

雷震道，“我没有读过书，不懂什么大道理，我现在也不能确定，什么才是军人的荣誉。但是至少我知道，不管你是军人还是圣人，你首先是一个男人。你老婆嫁给你，你就是她的男人，你就得保护她。她为你生了儿子和女儿，也是相信你能把儿子和女儿养大、教好。”

“你为了一些爱国救国的大道理，就把他们丢到一边，现在他们找过来了，你就大谈什么马革裹尸什么战死沙场，这样看起来是挺伟大的，听起来是挺光荣的。但是我认为，你这样已经先丢掉了一个男人必须要去做，也必须去做好的事情！如果你认为，他们是自己的家人，所以就可以牺牲，就可以为了更多人的需要而放弃的话，你的这种想法，就是最大的自私！”

在这个时候，雷震当真是语出如刀：“凭什么因为你是一个军人，就可以一死了之，而因为是你老婆，就应该去老老实实地当寡妇，就应该在当了寡妇之后，还要帮你养孩子，养父母？你是死得痛快了，你知道不知道一个寡妇带着孩子生活，是什么滋味？！”

“你再告诉我，凭什么你的儿子和女儿，因为你是军人，从小就要没有爹？你知道不知道，没有爹的孩子经常会被人欺负？你知道不知道没有爹的孩子，就算和别人打架了，脸上肿了青了，回去见到他的娘，也只能说是自己不小心摔的？！”

“我觉得你老婆选得对极了，要死一起死，这叫一了百了。至于你的爹和娘，反正下面小的都死光了，他们活得也没有意思，也没有人养了，也一起死了算了！”

谢晋元真的被雷震说愣了，他突然发现，他还是小看了眼前这个浑身散发着一股野性的大男孩。雷震平时是不喜欢说话，也不喜欢和陌生人打交道，但是他会用眼睛去看，用耳朵去听，用思维去分析。

“日军久攻不下中民老弟你镇守的四行仓库，已经扬言，如果四十八小时之内你们不主动撤出四行仓库，他们的海军陆战队便会冲进公共租界，把四行仓库彻底包围，同时会采取一切手段对四行仓库进行进攻！现在工部局正在不断对我国政府施压。”

“上海各界考虑到中民老弟你和一众部下的人身安危，也在呼吁撤退。中华妇女运动同盟，致电宋美龄，‘闸北孤军死守不退，义勇之气动人心魄。请代表我妇女界，转恳委座速即下令撤退，以保全此八百将士之生命，俾为长期抗战之用。’中民老弟，身为一个军人，你已经做得够好，现在撤退，正是众望所归！”

……

就是在一个个八十八师参谋长张柏亭打来的电话中，谢晋元手腕上那块已经不再是他自己的手表，终于指向了凌晨三点五十分。堵在四行仓库大门前的上千个麻袋也被搬到了一边。负责掩护大部队的一个机枪排，正在密切地关注着日军的动向。

在各排排长的指挥下，扣除一个机枪排和阵亡的士兵，全营三百五十多人，包括还有力量重新立起来的伤员，都站在了谢晋元的面前。

在这个时候，没有人说话，所有人都静静地望着谢晋元，等候他的命令。

谢晋元的目光，慢慢扫过这些陪伴他在四行仓库和日军激战了四天五夜的军人。面对突然下达的突围命令，谢晋元在这些部下的脸上，看到了一种不能掩饰的喜悦和兴奋。就是因为这突如其来的变化，让每一个人的眼睛里都发出了光。

谢晋元指着已经搬开麻袋，随时都可以冲出去的大门，沉声道："十分钟后机枪排开火，只要敌人的三盏探照灯被一起打灭，所有人立刻在排长的带领下突围，穿过新垃圾桥，进入英国租界！在这场突围行动中，我对你们的要求只有两个。第一，为了行动迅速，我们会抛掉手中的所有重型武器，但是每个人一定要带好手中的枪，无论出现什么问题，绝对不能丢失。我们突围出去，就是为了参加即将爆发的南京保卫战，如果我们连枪都丢了，双手空空的去干什么？第二，冲过新垃圾桥进入安全位置后，你们不要乱，要士兵找班长，班长找排长，排长找连长，尽快整理自己的队伍，然后大声报数。这样各连连长才能在最短的时间内，统计出我们这次突围战的伤亡！"

谢晋元再次看了一眼手腕上的手表，还有五分钟就到凌晨四点钟了。他解下这块手表，把它送到了雷震手边，道："一会儿你和大部队一起撤退，这样安全一点。"

雷震看着眼前这块还带着谢晋元体温的手表，沉默了半晌。他伸手指着一支因为部队战斗减员而多出来的步枪，道："我更喜欢你借我一支枪！至于表，出去了我再用枪和你换。"

第四十三章　生死极速（上）

当手表的指针终于跳到了凌晨四点钟，就在这个正常人已经陷入了深度睡眠，感觉最迟钝，头脑最麻木的时候，随着谢晋元一声命令，三名机枪手一起扣动了手中捷克式轻机枪的扳机。这三名机枪手都是经过战火考验的真正老兵。在捷克式轻机枪有节奏的点射声中，三盏日军架设在不同角落，每天晚上都会大摇大摆对着四行仓库照个不停的探照灯，几乎在同时被轻机枪子弹狠狠打中，四行仓库的正前方瞬间就变成了一片黑暗。

面对这种绝对意外的情况，日本军队在猝不及防之下，当真是乱成了一团。

聆听着日军阵地上那杂乱无章的枪声，谢晋元的脸上露出了一丝胜券在握的笑容。而杨符坚营长就站在谢晋元的身后，一脸敬佩地望着面前这个有绝对的资格，可以让他学习一辈子，效仿一辈子的优秀军人。

直到这个时候，杨符坚营长才真正明白，为什么那三盏探照灯明明在四行仓库的射程之内，谢晋元却任由日军架着那三盏探照灯，天天对着四行仓库照来照去，在那里指手画脚地耀武扬威，却没有下令将它们击毁。

谢晋元虽然只有三十多岁，虽然只是一个中校副团长，但是他已经将中国博大精深的哲学融入了战争之道当中。谢晋元清楚地知道，“习惯”这种东西，对一个人的影响力，他甚至已经开始把“习惯”当成了武器。

谢晋元就是不击毁那三盏探照灯，他要让那些日本军人慢慢习惯了有探照灯的帮助，习惯了只要他们愿意，就可以把四行仓库看得清清楚楚。一旦这种习惯慢慢形成，又突然被打破，就算是训练有素的日本军人也会不可避免地出现短时间的混乱。而他们的工程兵在架设了三盏探照灯后，就高枕无忧，就算日本军人一向以严谨认真而著称，但是缺乏夜间紧急抢修的经验，更会人为增加他们的机动反应时间。

下令不要进攻三盏探照灯，这只是四行仓库防守战中看起来无关紧要的一个小小细节，但就是这样一个小小的细节，却再次验证了谢晋元的战争理论——成功绝无侥幸，就算是幸运，也只会青睐那些早就做好准备，能够伸手抓住它的人。

谢晋元就站在四行仓库的大门前，脸上带着淡定从容的微笑，用深情的目光，看着那些从大门前匆匆跑过的每一个士兵。他伸手轻轻拍打着这些士兵的肩膀，似乎要将自己的坚强与意志，通过这肢体的接触传递到每一个人的心里。

让自己的团长留下来掩护部队撤退，这对四行仓库里和谢晋元并肩作战的任何一个军人来说，都是最大的耻辱。但是没有人说话，他们只是死命捏紧了自己手中的武器，闭紧了自己的嘴巴，背着沉重的弹药，用急行军的速度，跟在排长和连长的身后，沿着谢晋元为他们制定好的撤退路线，向英国租界的方向迅速冲刺。

日本军队虽然陷入了暂时的混乱，虽然他们根本不知道目标，只知道漫无目地扫射，但是几十挺轻重机枪，几百支步枪一起射击，流弹在空中划出一道又一道暗红色的弹痕。虽然不断有人中弹倒下，但他们又迅速被身边的战友架起来，继续撤离。

十五分钟之后，预计冲出四行仓库的士兵，已经趁着日军短时间的混乱，通过新垃圾桥进入了英国租界。看着对面散乱的火力，一点点集中，感受着越来越沉重的火力压制，谢晋元转头对杨符坚营长和雷震叫道："符坚，你立刻带领机枪排撤退！还有雷震，你也立刻跟着他们一起走！"

眼睁睁地看着谢晋元拎起了一挺轻机枪，甚至搬过来一箱机枪子弹，杨符坚真的急了："团长你呢？"

谢晋元断然命令道："你们先走，我掩护你们。我随后就跟过去！"

雷震用力摇头："不行！"

杨符坚却用力点头："好！"

迎着雷震愤怒的目光，杨符坚突然拔出身上的刺刀，对着自己的大腿狠狠刺下去。刺刀深深地没入了他的大腿，鲜血瞬间就浸透了杨符坚的军裤，而他更痛得直接蹲到了地上。

面对这一幕，看着痛得脸色惨白，身体都在微微发颤的杨符坚，无论是谢晋元还是雷震，都瞪大了双眼。

"团长，"杨符坚咬着牙，放声叫道，"我大腿受伤了，你得背我过桥，你要不救我，我就死定了！"

谢晋元真的呆住了。

"我知道团长你在想什么，你在进入四行仓库之前就已经立下了必死的决心。团长你就是那种一旦下定决心，就绝不轻易悔改的人。但是团长你想过没有，就算是兄弟们已经冲过了桥，进入了安全的位置，如果大家知道团长你还留在仓库里没有出来，无论谁也拦不住他们。大家还会再跑回来，那样的话，兄弟们为了冲出四行仓库流的血，不就白流了吗？！"

杨符坚伸直了脖子，放声叫道："团长，我跟着你这么久了，你不要想骗我。反正我已经大腿受伤，自己跑不动了，雷震这小子肋骨断了两根，也没有办法背我。我们要走一起走，要死一起死！我不管别人怎么想，要我杨符坚丢下自己的上司一个人逃命，没门！”

看着杨符坚那条整整插进去半把刺刀的大腿，看着他脚下迅速聚汇出来的一摊鲜血，迎着杨符坚的眼睛，谢晋元在这个时候真的想哭。他谢晋元何德何能，不但拥有了一个贤惠的妻子，一双可爱的儿女，更拥有了杨符坚这样肝胆相照的好兄弟？杨符坚这一刀深深地刺进了自己的大腿里，又何尝不是把他的生命，交付到了谢晋元的手中？

面对这样的兄弟，面对这样的部下，谢晋元还有什么好说的？！他撕开自己身上的军装，迅速绑在杨符坚大腿的伤口上。在勉强止住不停流淌出来的鲜血后，谢晋元把杨符坚扛到了自己的肩膀上。

再次回头看了一眼四行仓库这个他带领四百多名手足，为之激战了四天五夜，最终却要撤退，要抛弃的战场；看着这个空空荡荡，再也没有一个士兵，在几个小时甚至是几十分钟后，就要被敌人占领，代表了上海保卫战最终结束的战场，就是在这里，还放着他九个兄弟的尸体！他最终还是没有完成对那些已经阵亡兄弟的承诺。

谢晋元咬紧了嘴唇。趴在谢晋元身上的杨符坚低声道：“团长，我们还会回来的。迟早有一天，我们会堂堂正正，以胜利者的身份，回到这个属于我们的城市里！”

谢晋元狠狠点了点头，猛然发出了一声嘶哑的低吼：“我们走！”

说完谢晋元头也不回地冲向了英国租界的方向。就在这个时候，一道两尺多长的橘红色火焰，猛然撕裂了黑暗的深夜，一枚四十毫米口径的炮弹，以迅雷不及掩耳的姿态狠狠撞过来，背着杨符坚的谢晋元还没有做出任何军事闪避动作，那枚炮弹就落在了他们的身边。

“轰！”

一团黑色的硝烟，在黑暗的夜里袅袅升起。就在这一片黑暗当中，鲜血在瞬间就浸透了谢晋元和杨符坚的军装，那种炽热的感觉，烫得谢晋元和杨符坚只想失声痛哭。在炮弹就要落到他们身边的时候，是机枪排的排长张福水及时扑到了他们的身上。在这么近的距离，谢晋元可以清楚地看到，一块炮弹片深深嵌入了这位只有二十三岁，曾经做过保安团副团长，后来加入了部队，跟着谢晋元通过一场场血战，慢慢积功升任中尉排长张福水的左眼眶里！

张福水只觉得左眼里传来一阵火辣辣的疼痛。他伸手一摸，当他的手摸到嵌进眼眶里的那块弹片时，他清楚地知道自己的左眼瞎了。而那个吊在自己眼眶外边，还在不停摇晃，每晃动一下，就会传来一进钻心疼痛的东西，不用说也知道是他已经脱出眼眶的眼珠了。

谢晋元放声吼道：“快来人，就算是抬，你们也得把张福水给我抬出去！”

四个机枪排的士兵一起跑过来，有的抓住了张福水的手，有的抓住了他的脚，正试图把张福水托起来。这个左眼都掉出眼眶的排长，突然拼命扭动自己的身体。他一边扭动身体，不让四个士兵把他抬起来，一边放声叫道：“告诉我，我的左眼珠是不是已经破了，是不是已经碎了，再也好不了了？！”

四个士兵面面相觑。他们排长的眼珠几乎被炮弹片从中间剖成了两半，却还连在眼眶外边。看着排长不断扭动身体，连带着被剖成两半的眼珠不断晃动，这样的景象就算是他们这些经历了最残酷战争的士兵看了都觉得心里一阵发凉。

“已经碎了，就算放回去我这只眼睛也好不了，怎么也是个独眼龙了对不对？”张福水深深吸了一口气，放声叫道，“一班长，你身上还带着剪刀对不对，过来帮我把眼眶外边的眼珠子剪掉了，妈的……痛死我了……”

杨符坚瞪圆了眼睛，放声叫道：“张福水你他妈的疯了？赶快让他们把你抬到安全的地方，带你去看医生。不管你的眼珠子还有没有救，要不要动手术剪断，这得让医生来决定！就算是要剪，也得由医生来做手术！”

“我带着这玩意怎么开枪？”张福水伸手指着刚才向他们开炮的位置，放声狂叫道，“那里有坦克，打瞎我眼睛的，是日本坦克上的炮。日本人已经反应过来，他们马上就要向我们发起进攻了！我这个机枪排排长不留下指挥，谁来掩护你和团长撤退？！一班长你他妈的还愣着干什么，给我剪啊！”

就在这个时候，两尺多长的橘红色火焰再次在两百多米外的黑暗处迸射，而机枪排的士兵也架起了轻机枪，开始对着那辆坦克不断扫射。

“笨蛋，笨蛋，你们都是他妈的一群猪！普通子弹能打动坦克的钢板吗？”

张福水痛得全身都在发颤，他一说话就会带着挂在眼眶里的两半眼珠不断晃动，但是他仍然用颤抖的声音，对自己的手下放声狂骂：“我们不是有钢芯弹吗，那些子弹是少，是宝贝，但是留着能下崽啊？现在不用还想等到进了十八层地狱，见了判官阎罗王再对着他们来上一梭子吗？！一班长你还消个屁毒，钻进我眼睛里的弹片日本人也没有帮忙消过毒吧？”

杨符坚侧过了头，谢晋元痛苦地闭上了眼睛，他们真的不愿意看到这个为了救他们，眼睛被炮弹片划瞎的部下，就是在战场上用一把剪子，做了一个如此简单，又如此残酷的手术。战斗打到今时今日，他们甚至连最基本的麻醉药都没有。

“手不要抖，下手一定要狠，要不然的话，老子会他妈的更疼！”

说完这些话，张福水把一卷破布塞进嘴里。他瞪大了眼睛，看着一班长用一把在战场上急救，用来剪掉伤兵军装的剪刀，伸到了自己的面前。一班长伸手抓住了张福水吊在眼眶外边的两半眼珠，在这个时候，一班长这个老兵，就算是见惯了生死，就算他知道在这个时候，他必须保持最基本的镇定，但是他的手不争气地抖个不停。

就在这个时候，雷震突然伸出了他那双稳定而干燥的手，突然伸到了一班长的面前，低声道：“我来。”

一班长在这个时候当真是如临大赦，当他把剪刀交到雷震手里的时候，他才发现，不知道什么时候，冷汗已经浸透了他的军装。

雷震看着手中的剪刀，这只是一把最常见，做手工活时，都会准备一把的剪刀。伸出手指试了试剪刀的锋利程度，雷震望着躺在地上，全身都痛得发颤，却拼尽全力不让自己晕倒的张福水，低声道：“我敬佩你，在你的身上有一股像狼的狠劲！想办法让自己放松一点，如果你疼得晕过去了，我会把你重新弄醒。”

牙齿紧紧咬着布条卷，拼尽全力让自己的身体绷得就像是一张拉满弓弦的弓一样的张福水，他剩下的那只眼睛突然亮了，张福水的身体竟然有了放松的迹象。

雷震指着两个手足无措的士兵，道：“按住他的手，尽量不要让他乱动。”

当着所有人的面，雷震让自己的儿子，伸出舌头舔了舔那把剪刀上的刀锋，算是用口水消了毒，连眼睛都没有眨，就像是剪一截衣服上多余的线头般，在“咔嚓”一声中，将张福水眼眶里倒吊下来的两半眼珠给剪了下来。

张福水的身体猛然绷直，力量大得把那两个按住他双手的士兵，都狠狠掀到了一边，然后他的身体一软，直挺挺地躺在了地上。

做完这个不是手术的手术，把沾满鲜血的剪刀还给一班长，雷震突然伸手狠狠扇了张福水两个耳光。面对这绝对意外的一幕，所有人都瞪大了双眼。那个一班长更是下意识地举起了手中的剪刀，把它对准了雷震，放声怒叫道：“你要干什么？”

“啪！啪！”

雷震又在张福水的脸上狠狠扇了两个耳光。鲜血从张福水刚刚剪掉眼珠的左眼眶里飞溅出来，面对这非人的一幕，就连谢晋元也忍不住低声叫道：“住手！”

看到张福水竟然还没有清醒，雷震竟然伸手捏住了张福水眼眶外边，一小截还没有剪干净的东西，然后微微用力一扯。

“痛死我了！”

张福水猛然发出了一声痛极的嘶吼。他的眼睛圆睁，那没有了眼珠的左眼眶，更加显得恐怖诡异。在绝对的痛苦刺激下，张福水下意识地一拳挥出，把蹲在自己身边的雷震打得在地上连翻了几个跟头。

如果目光可以杀死人的话，雷震现在已经被几十道目光活活分尸！雷震没有理会这些愤怒到极点的目光，他从自己身上撕下一块总算是没有被鲜血浸透的纱布，把它直接贴到了张福水的左眼眶上，然后找了一根绑腿直接缠到了张福水的脑袋上，为张福水做了一个让所有人目瞪口呆，更可以让所有外科手术医生彻底发狂的伤口包扎。

杨符坚营长忍不住怒叫道：“雷震，你面前的可是一条人命，你这样做，会让他伤口感染的！”

“感染？”

雷震略一思考，已经明白了这个词的含义。他用平淡没有任何波动的声音，道：“只有活下去的人，才有资格伤口感染。”

第四十四章 生死极速（中）

张福水劈手抢过一个士兵手中的轻机枪，换上专门用来攻击轻型装甲车和有钢板护甲战斗目标的钢芯子弹，把轻机枪架在一堆废墟上，对着那辆开炮炸瞎他一只眼睛的坦克，就是一阵劈头盖脸地扫射。

手里的捷克式轻机枪在扫射中不断地颤动，张福水的身体也随之不停地颤抖。眼看着那一辆面对轻机枪子弹的扫射，本来还耀武扬威横冲直撞的九七式轻型坦克突然头撞向了一堆房屋的废墟，陷在里面后就再也没有任何动作，张福水的脸上扬起了一个比哭还要难看的笑容。

回头看到谢晋元和杨符坚竟然还在那里，张福水猛然发出了一声狂喝：“团长，敌人马上就要冲上来了，您背着营长行动不方便，你们先走！还有，如果我死了，我爹会帮我把钱还您的！”

在远方日本军队的阵地上，已经隐隐听到了日本军官的怒吼和此起彼伏的步枪射击声。几发步枪子弹狠狠打到了张福水面前的废墟上，炸得碎石乱飞。

张福水抓着轻机枪，躲在那堆废墟后面。他深深吸了一口气，嘶声叫道：“团长，您不说我也知道，这些年您一直在偷偷给我家里寄钱。现在不停地打仗，我们只能领到一半军饷，东西却一年比一年贵，发到手里的法币是越来越不值钱。您又拖家带口的，绝对不会比我好过多少。我爹找人给我写信，他告诉我的第一句话就是，知恩要图报。如果我是为了团长而死，他老人家就算是伤心也会笑的！”

张福水给轻机枪重新换了一个弹匣，把几枚手榴弹绑在了自己的身上，放声叫道：“您是我这一辈子见过的最好的长官，在我的心里一直把您当成自己的亲大哥来看待！我是一个中尉排长，按照规定，死了能有二十块法币的烧埋费。二十块法币的抚恤金，我们师里也许还能再额外发上三十块法币的额外抚恤金，这样加起来就能有七十法币，也能勉强换上将近五十块银圆。我爹把欠您的钱还上，余下的也够他拿去做个小本生意，把我的弟弟妹妹养大成人了！”

“在战场上我少了两根手指，腿也跛了，现在眼睛也瞎了一只。我才二十三岁，一到天阴下雨我的腰就疼得不行，我已经是废人一个了。就算是将来我们打胜了，我退伍回家，我这个废人还能做什么，又有哪家愿意把姑娘嫁给我？我的这一辈子已经完了。团长，求求您走吧！让我掩护您，还了我们张家欠您的这份情，让我用这条命，还了爹的养育之恩！”

喊到最后，眼泪已经从张福水的右眼中不停地流淌出来，而鲜血已经渗透了雷震帮他绑住的布条，顺着他的脸庞缓缓渗出来。一条泪痕，一道血痕，同时挂在了张福水的脸上，在流到他的下巴时，这两条印痕终于混合到了一起，再也分辨不出来，哪些是泪水哪些是鲜血。

直到这个时候，机枪排的所有士兵才知道，为什么他们的排长，就算是眼睛被炮弹片生生刺瞎，就算经历了一场绝对另类的“手术”仍然要坚持着重新醒过来，仍然要坚持战斗。

谢晋元静静地望着面前这个右眼中闪动着绝望与悲伤，更扬起了一种骄傲，只有二十三岁的大男孩。他知道张福水说的是实话，张福水已经在战场上和敌人拼成了这个样子，他就算是活下去，最终也要被迫离开部队。而在那个时候，他能领到的只是区区两个月的军饷，而他的身体状况，也无法再从事任何繁重的体力工作。

如果真的是这样的话，张福水真的不如光荣地……战死！

“兄弟，谢谢！兄弟……我这个大哥……对不起你了！”

谢晋元猛地转过了头，背着杨符坚撒腿狂奔。

如果没有不请自来的日本人，如果没有这些一心想着让中国变得“文明”起来，建立什么大东亚共荣圈的日本军人，现在张福水应该就是一个豪侠仗义，开了一方小店，结识四方来客的热血男儿；应该已经娶了一个漂亮而温柔的妻子，有了一个属于自己温暖的家了吧？！

紧紧跟在他身后的雷震，借着头顶那轮惨淡的圆月，可以清楚地看到，在谢晋元飞跑过的地方，飞出了一道晶莹的水痕。

“嗒嗒嗒……”

几挺捷克式轻机枪怒吼的声音，狠狠撕裂了黑暗的天空，一粒粒机枪子弹，在空中划出了一道道暗红色的流光，狠狠射向了追击过来的日本军人。这中间还混杂着张福水的放声狂吼：“只要我张福水还有一口气，还有一颗子弹，就不会让你们通过这里，去追杀我的团长大哥！”

在这个时候，谢晋元真的没有注意，为了掩护他们，整个机枪排都留在了后方。现在只有他背着杨符坚营长，带着雷震在撒腿狂奔。眼看着就要踏上新垃圾桥，已经可以看到站在苏州河对岸英国租界里，已经开始列队点名的部下，突然一道雪亮的光柱划破了黑暗的虚空，狠狠照到了谢晋元的身上。

“不好，日本军队的工程兵，已经修好了探照灯！”

这个念头刚刚从谢晋元的心底扬起，他就觉得身体狠狠一颤，一股火辣辣的疼痛，从他的右腿部位传过来，让他不由自主地一头栽倒在地上。谢晋元迅速低头，当他看清在自己的右腿上已经多了一个被三八式步枪子弹贯穿留下的弹洞。谢晋元不由得在心中暗叫了一声：“糟糕！”

就站在河对岸的中国军人全惊呆了。不知道是谁发出了一声呼喊，所有人一起冲向了苏州桥对岸。就在这个时候，又有两道光柱，狠狠投了过来，轻、重机枪扫射的声音，随之在河对岸的日本军队阵地上响起。冲在最前面的二十多个中国军人，齐刷刷地倒在了新垃圾桥的一端。

为了加快行动速度，被迫放弃了迫击炮和重机枪的中国军队，在苏州河边这种不适合阵地作战的开阔地带，面对如此密集的火力压制，根本没有办法抬头，更没有办法反击。谢晋元瞪圆了眼睛，嘶声叫道："后退，立刻后退，寻找掩体！"

突然间，谢晋元惊呆了。那个左手带着一个小女孩，右手带着一个小男孩，静静地站在中国军人的身后，面对狂风骤雨般倾泻过来的子弹，也不知道趴下躲避的女人，那个深深地凝望着他，只是一个眼神就包含了千言万语的女人，不就是他的妻子凌维诚吗？

"维诚……"淡定从容的谢晋元，笑谈生死的谢晋元，可以为国为民舍生取义的谢晋元，在这个时候，就连声音都在发颤，他嘶声叫道，"趴下，趴下，维诚快趴下啊！"

就连坐在桥面上，喘着粗气的杨符坚也在放声狂吼："快点按住她，那个女人是你们的嫂子，是团长的老婆！"

一句话还没有喊完，日本军人重新修好的探照灯就再次从新垃圾桥上掠过，重机枪子弹随之狠狠打到了新垃圾桥上。右腿受伤的谢晋元，用最狼狈的动作，扑倒在新垃圾桥上。他知道在这个时候，自己绝对不能死，只要他再次中弹，他就站在对岸的妻子一定会不顾一切地冲过来。

就在这个时候，雷震同样也惊呆了。

因为在一片混乱，一片鲜血与死亡的乱舞飞溅中，他的目光就像是在冥冥之中受到了吸引，不由自主地迎上了一双发亮的眼睛。那个痴痴地站在那里，痴痴地望着自己，痴痴地流着眼泪的女孩，不是杨惠敏是谁？！

在瞬间雷震只觉得自己的心脏，被一件什么锋锐的东西给刺中了。

"雷震！"

谢晋元望着雷震，放声叫道："我听他们说，你是一个神枪手。你手里不是有枪吗？把日本人的探照灯给我打掉！"

雷震望着那三盏探照灯，投射出来的光柱不断在新垃圾桥上交集，指引着日军轻重机枪，将子弹狂风骤雨般地倾泻过来，他不由得摇了摇头。这里距离那三盏探照灯，已经超过了四百米，如此遥远的距离，用没有任何辅助设备的步枪去狙击，雷震实在没有把握。而他一旦开枪，不能命中目标，反而会暴露自己的位置，遭遇敌人更精确的打击。

就在这个时候，雷震突然听到了一声怒吼：“还愣着干什么，开枪啊！”

一个身影就像是一道闪电，又像是一只发现猎物，发起致命突袭的猎豹，旋风般地冲过来。眼看着一条重机枪射出的子弹，在地上划出一道肉眼可辨的弹痕，就像是一柄无形的雷神之剑，迅速向前延伸，她竟然在绝不可能的情况下，冲刺的速度再次加快，在取得足够的加速度后狠狠向前扑出。

就在她的身体还没有扑到地上之前，她的身体已经缩成了一个面积最小的球状，紧贴着地面迅速向前翻滚出十几米，然后双手一撑，整个人立刻从军事翻滚动作，转变为匍匐前进动作。

看着她以惊人的速度匍匐前进，就连在大山中生存，习惯了手脚并用来躲避危险的雷震，也不由得耸然动容。只看了一眼，雷震就可以确定，在面临机枪扫射时，她的动作隐匿性更好，安全度更高，而且速度更快！

看到雷震下意识地对着这个突然冲过来的人，举起了手中的步枪，把身体斜倚在新垃圾桥石制桥身后面的谢晋元，低声道：“把枪放下，是自己人。”

在绝不可能的情况下，这个突然出现的人，竟然成功穿越了轻重机枪组成的封锁线，冲到了雷震和谢晋元的身边。直到这个时候，雷震才惊讶地发现，这个身高绝不会比一般男人矮，动作更灵活敏捷得让他心生警惕的人物，竟然是一个女人，而且是一个看起来很漂亮的女人。

但是雷震绝对不会因为她是女人，就会对她产生丝毫的轻视心理。他曾经在几天之前见过这个女人，在那个时候，这个女人身上就有着一股几乎化不开的浓重杀气。现在仅仅过了几天，雷震就发现，她身上的杀气，何止激增了十倍！

能拥有这样杀气的人，必然是在战场上杀人无数，早已经学会漠视生命的战争机器！

谢晋元显然也认识这个女人。他微微向这个女人点头示意，低声道：“马兰，想不到我们会在这里又见面了。”

“我一直留在上海，欣赏你在四行仓库里的表演，的确很精彩！我们可能是最后两支撤出上海的部队了。你们八十八师的参谋长张柏亭通过上级找到了我。他认为你很可能会在近期率部突围，请我在必要的时候，帮你们一把。我很高兴能接下这个任务，和你一起并肩作战的时候，我觉得就像是……在跳华尔兹！”

马兰一边嘴里说着雷震根本听不懂的话，一边放下手中最大有效射程仅仅两百米的冲锋枪。雷震只觉得双手一麻，还没有反应过来，他手里的步枪就被马兰劈手抢了过去。雷震不由得瞪圆了眼睛，他这一辈子，还从来没有遇到过这样的情况。

“砰！”

马兰举起手中的步枪，毫不犹豫地对着400米以外的探照灯扣动了步枪的扳机。400米外的那盏探照灯，依然在四下巡视，可能是那发子弹打到了它的附近，光柱迅速向马兰射击的位置扫过来。

雷震撇了撇嘴，这个女人看起来气势汹汹，打起枪来动作也很漂亮，可是还不是一样没有射中？

就在这个时候，马兰已经在新垃圾桥上连续几个翻滚，就在这样的连续翻滚中，一枚还冒着袅袅轻烟的子弹壳，带着和坚硬的地面摩擦发出的轻微声响，不断转动着。雷震真的无法想象，这个女人抱着步枪身体缩成一团，在地上那样翻滚，是如何拉起枪栓的。

“砰！”

马兰半跪在新垃圾桥上，第二次扣动了扳机。这一次她还是没有射中，但是她却成功地把探照灯的光柱吸引到了十几米外的地方，重机枪射出来的子弹，随之狂风骤雨般倾倒在她第二次发射子弹的位置上。

就在这个时候，马兰连续开了两枪，却没有命中目标。可是在这样的情况下，雷震却惊讶地看到，马兰竟然笑了。在她的嘴角微微向上勾起的，在她的眼睛里扬起的，都是自信而充满一击必杀的笑意。

“砰！”

当第三声枪声从新垃圾桥第三个位置响起，一盏在四百米以外的探照灯，应声而灭。马兰就半跪在同样一个位置上，迅速一拉手中步枪的枪栓，从枪膛里弹出来的子弹壳，还在空中欢快地翻着小跟头。马兰已经用流畅得令人毛骨悚然的动作，迅速掉转枪口，在准星、目标和她的右眼还没有形成三点一线的时候，她就毫不犹豫地扣动了扳机。

“砰！”

“砰！

在雷震目瞪口呆的注视下，第二、第三盏四百米以外的探照灯，在几秒钟时间内，就被马兰轻而易举地逐一击破，新垃圾桥终于重新陷入黑暗当中。

雷震呆呆地看着眼前这个叫马兰的女人。射击一向是他最赖以自豪的强项，可是直到今时今日，雷震才明白，什么叫作天外有天，人外有人。暗中设想如果自己和这样的敌人在战场上狭路相逢，一滴冷汗缓缓从雷震的额头上流下，因为他不能不承认，无论用什么方法，他都绝不是这个女人的对手！

如果说雷震是一匹孤独而善战的狼，那么马兰就是一台没有任何缺陷，用金钱、设备、先进而系统的训练和近乎天文数字的实战经验，堆砌起来的最彻底的战争机器！

雷震呆呆地看着马兰手中那支打空了所有子弹的步枪。像马兰这样的人，绝对是那种追求最优效率，力求完美的职业军人。在她的动作和技术中，都带着一种经过成千上万次的不断磨炼，而拥有的奇特韵律和千锤百炼磨砺出来的自信。可是雷震真的不明白，她明明可以枪枪命中，为什么却非要先打空两枪，引得敌人的轻重机枪不停扫射。

“我也不太懂这种远距离狙击的要点。”斜倚在新垃圾桥上的谢晋元，看出了雷震的疑惑，淡然道，“但是在黄埔军校上课时，我曾经听教官讲过，子弹在空中射出来的轨迹，并不是笔直的。虽然我们的眼睛看不出来，但是子弹就好像是小孩子玩的弹弓射出来的石子一样，是有弧度的。如果子弹要命中的目标太远，就必须考虑到这种弧度，还要考虑到风速、空气温度等问题。我想马兰一开始射的那两发子弹，应该是在校正目标，在心里判断这些数据吧。”

马兰微笑地点了点头，可是她的笑容却在瞬间彻底凝滞了。她只来得及喊了一声“小心”，一连串机枪子弹，就从苏州河面上狠狠打在了那些终于可以爬起来的中国军人身上。

两艘日军的巡逻艇已经开到了新垃圾桥的下面。巡逻艇上的探照灯虽然射程有限，虽然灯光远远比不上那些固定的军用探照灯，但是已经足够指引阵地里的轻重机枪，将子弹准确地倾泻到新垃圾桥前面的中国军人身上。最可怕的是，架设在巡逻艇上的重机枪，在只有几十米的距离，子弹已经可以打穿新垃圾桥两侧并不是很厚实的石板。

遥遥听着身后越来越近的枪声，不用问也知道，那一支为谢晋元抵挡日本军队而留在后方的小部队，在几乎没有什么战壕和掩体的阵地上，仓促备战，面对几倍甚至是几十倍训练有素的日本军队攻击，已经全军覆没。

马兰的眼睛里扬起了一丝淡淡的悲伤，但是很快就消失了。在那一支替谢晋元死死挡住追兵的小部队中，也有她派过去参战的手下。

如果那一支小部队真的全军覆没的话，她带领的特务连，除了她这个连长和两眼都被炸瞎，再也无法走上战场的排长铁壁，也同样全军覆没！

“你这个手里拿着枪，都不敢去尝试的垃圾，给我听好了！”

马兰迅速解下身上那件到处都是弹洞，她父亲亲手套在她身上的防弹衣，把它披在了谢晋元的身上，然后把自己身上所有的子弹，连同手枪一起交到了谢晋元的手里，只留下了五枚从德国制造的高爆手雷。

“我不管你用什么方法，哪怕是用你的脑袋去顶，也一定要把谢晋元活着带到英租界。到了那里，日本军人为了不引起国际争端，把英国这样一个他们现在还无法招惹的强敌拉进战场，他们必然会放弃进攻！至于在河里的巡逻艇，我来想办法对付。只要巡逻艇上的机枪一停止扫射，你就给我背上谢晋元，拼尽全力向对岸跑！不要告诉我，你这样的垃圾，长得牛高马大的，连背人这样的活都做不好！”

说完这些话，不等雷震回答，马兰拔出自己身上的K98式刺刀，把它咬在嘴里。再深深地看了谢晋元一眼，在略略点头致意后，她突然纵身一跃，翻过了新垃圾桥的护栏。马兰的身体，就像是一条轻巧的鱼，几乎没有溅起多少水花，就钻进了苏州河河水里。

第四十五章　生死极速（下）

谢晋元抄起了马兰留在苏州桥上的冲锋枪，回头凝望着。在一片黑暗之中，不知道有多少训练有素的日本军队，突破了机枪排和特务连士兵的封锁，撒开腿向这里狂追。谢晋元道：“雷震，你背着杨符坚先走，我掩护你们。”

“不行！”杨符坚瞪大了双眼，叫道，“你是团长，要走你走。”

谢晋元厉声喝道：“这是命令！”

“我要真接了这个命令，我这辈子就算没被大家骂死，也得被口水淹死！”杨符坚脖子梗直，叫道，“横竖都是个死，团长你干脆一枪打死我，让我也混个烈士当当，给家里人留点烧埋费和抚恤金吧！”

谢晋元和杨符坚突然一起指着对方，对雷震叫道：“背他！”

雷震还没有回答，苏州河面上就猛然传来几声巨大的轰鸣。在翻滚而起的浓烟和火光中，一艘停泊在苏州河上，用重机枪对着新垃圾桥不停扫射的巡逻艇，叹息着，呻吟着斜斜侧倾。只要看看它那不自然的角度，只要看到它被炸得支离破碎的船舷，任谁也知道，它已经注定要沉入苏州河中。

第二艘巡逻艇上的日本军人，面对这种意外的情况，他们还没有搞清楚是怎么回事，突然有一道影子猛然从水面弹起，又迅速重新滑进水面。

站在船甲板上负责操纵重机枪的士兵，放声叫道：“灯，快把灯调下来，他把什么东西丢到甲板上了。”

当探照灯终于锁定了甲板上几个不断翻滚，还在冒着滋滋白烟的东西，操纵重机枪和探照灯的两个日本士兵，都彻底傻眼了。他们深深吸了一口气，猛地同时发出了一声绝望中带着哭腔的狂嗥：“手榴弹……”

“轰！轰！”

两枚德国制造的高爆手榴弹，同时在第二艘巡逻艇的甲板上爆炸。木制的巡逻艇在爆炸声中，被炸烂的船身，混合着两名日本士兵的鲜血与惨叫，一起狠狠抛向流淌不息的河面，洒起了一片片纷纷扬扬的小雨。

新垃圾桥和苏州河沿岸，终于再次陷入了宝贵的黑暗当中。

雷震瞪大了眼睛，那个叫马兰的女人，竟然真的用手榴弹，炸毁了两艇日军的巡逻艇！望着几十米外的英国租界，望着就算没有探照灯的指引，但是已经彻底暴露了目标，仍然被轻重机枪子弹，打得根本没有办法抬头，更没有办法冲过来的中国军人，聆听着越来越近的急促脚步声和隐隐传来的日本军官的怒吼，雷震突然狠狠撕裂了自己身上那件早已经千疮百孔，比乞丐服更像是乞丐服的童子军军装，把它死死绑在了自己断了肋骨的位置上。

雷震大踏步走到了杨符坚和谢晋元面前，在他们两个小心翼翼的注视下，雷震伸手直接抓住了杨符坚。

杨符坚下意识地挣扎，放声叫道：“雷震你他妈的脑袋烧坏了？放开我，去背团长！他的脑袋比我值钱，他的命比我的重要！”

随着杨符坚的挣扎，随着杨符坚用力扭动身体，被那个该死的武道家一脚踢断的两根肋骨也随之一起扭动，在雷震的胸膛又磨又扎又刺。那种尖锐到极限的疼痛，那种绝对不是一个正常人能够忍受的可怕折磨，让雷震真想又蹦又跳，让他真想直接把杨符坚这个该死的浑蛋甩到地上，然后又哭又叫！

狠狠吐掉一颗被他生生咬断，混合了鲜血与口水的牙齿，雷震扬起自己的手肘，对着杨符坚被刺刀捅伤，现在鲜血还不停从里面渗出来的伤口就是狠狠一记肘撞。杨符坚痛得全身一颤，眼睛在金星乱冒中，浓浓的黑暗在瞬间就冲进了杨符坚的大脑。就在他陷入晕迷前，杨符坚模模糊糊地听到雷震在他的耳边，厉声喝道："抱紧我的脖子，是男人的话，被子弹打中也别松开！"

无可抗拒的黑暗终于彻底淹没了杨符坚，但是他就像是一个在水里马上就要溺死的人一样，随着雷震的厉喝，下意识地死死抱住了雷震的脖子，他的两条腿，更是出于本能紧紧夹住了雷震的腰，力量大得差一点活活把雷震勒死。

雷震弯下腰，双手抓住谢晋元的两臂。谢晋元只觉得身体一轻，竟然被雷震整个人抡起，直直落到了雷震的肩膀上。

"喀啦……"

在雷震的胸膛里，猛然传出一声犹如木棒折断般的可怕声响，雷震一声不吭，直挺挺跪倒在地上。就算跪倒雷震也没有抛下身上两个伤员，他的膝盖重重撞在坚硬的桥面上，发出"咚"的一声闷响。

被雷震扛在肩膀上的谢晋元瞪大了双眼："雷震你怎么了？"

雷震伸手抚摸着自己的胸膛，低声道："没事，肋骨又断了一根！"

谢晋元老老实实趴在雷震的肩膀上，他根本不敢动。他感受着雷震全身不能自已的颤抖，感受着从雷震身体里迅速涌出来，很快就让他全身都像从水里捞出来似的炽热汗水，他知道雷震现在一定痛极了！他和杨符坚两个成年人的重量全部压在了雷震的身上，谢晋元简直不敢想象，雷震用他那样千疮百孔，天知道断了几根肋骨，有几根肋骨已经出现裂痕，受到重压就可能断裂的胸膛里，现在正在受着什么样的酷刑！

谢晋元低声道："放下我，否则我们谁也跑不掉！"

雷震没有回答，也没有把谢晋元放到地上。不知道为什么，他就不想让谢晋元去死，就算没有马兰的嘱托，他也绝对不会把谢晋元放下来！而背后的杨符坚，雷震清楚地知道，如果不带上这个为了谢晋元，毫不犹豫地把刺刀捅进大腿的男人，谢晋元绝对不会让他背着冲过新垃圾桥！

"对，和你相比，我的确样样都不行，但是……"

回想那个叫马兰的女人，在短短的一分钟时间里，展现出来的一切，回想着她留给自己的那种震撼，雷震仰天狠狠吸了一口长气，猛然从伤痕累累的胸腔里，挤出了一声犹如受伤野狼般的狂嗥：“起来啊！”

背着两个成年人，挺起了断了三根肋骨的胸膛，在绝不可能的情况下，雷震竟然真的站起来了！

突然一道血箭从雷震的胸膛里狠狠飚射出来，面对肩膀上支撑的如此沉重的压力，一根断了一半，带着锋利边角的肋骨，已经刺穿了雷震的胸膛，刺穿了他绑在胸膛上的布条，露出了红白相间的骨头。

在疯狂的怒吼声中，雷震就像是一匹脱缰的烈马，带着沉重到极限的脚步，撒腿向着几十米外的英国租界狂奔。他的每一脚重重踏在新垃圾桥坚硬的桥面上，鲜血都会从被肋骨刺穿的伤口里喷射出来，带着炽热，狠狠倾洒到这片冰冷而黑暗的夜空当中。他的每一脚重重踏到地上，三个人超过四百五十斤的沉重压力，就会让他跪倒时直接撞在桥面上的膝盖不停地发抖，而他胸膛里那几根断开的骨头，更是像几把锋利的小刺刀，不断地在他的身体里面，对他进行折磨。

在这个时候，就连呼吸都是痛苦的；在这个时候就连心跳，都是致命的；在这个时候，还背着两个人一起奔跑，就是在纯粹找死！

雷震那个腰部被三八式子弹打穿，却没有受到致命伤的儿子，一路紧跟在雷震的身后。它可以清楚地看到，在他们跑过的桥面上，那一行触目惊心的血迹。它在喉咙里挤出了一声又一声小动物般的哀鸣，它在肯求雷震停下来，它在肯求雷震立刻放下身上的两个人，和它找一个安全而隐蔽的地方，去用时间来慢慢调养自己的身体。只有这样，它的父亲，它唯一的朋友和伙伴，才会有一线生机。

但是雷震却没有理会它，他只是撒开自己的双腿，拼尽自己全身的力量，在向前奔跑。突然觉得一口气喘不过来，雷震毫不犹豫地扬起右拳，对着自己的胸膛狠狠砸下去。在“喀啦”“喀啦”的可怕的骨骼摩擦声中，一口鲜血猛然从他的嘴里呛出来，连带从他的喉管里喷出来的，是他的一声狂嗥：“马兰你给我看好了，我不是垃圾！”

仿佛是回应雷震的狂嗥，在已经陷入平静的苏州河中，突然又传来了一声沉闷的轰鸣。一枚拥有防水功能的高爆手榴弹，在不知道多深的苏州河水面下轰然爆炸。大概三尺方圆的河水，就像是一条受到神之召唤的激流，狠狠向上扬起两尺多高，在经历了零点一秒动能与势能的绝对平衡后，又带着“哗啦”“哗啦”

的声响，重新倾洒向那条蜿蜒曲折，几百年来都流淌不息的苏州河。

就是在水花翻滚中，马兰的身体，慢慢从苏州河里漂浮起来。在投出身上的四枚手榴弹后，马兰再次沉入河底，一脚踏入了在苏州河底不知道沉积了多久的淤泥当中，再也无法拔出自己的双脚。面对这种验证了“善泳者溺于水”的状况，面对死死陷住了自己的双腿，一挣扎反而会陷得越深的淤泥，马兰毫不犹豫地取出了自己身上最后一枚手榴弹，在扭开保险盖，河水还没有浸入弹体的炸药之前，她就毫不犹豫地拉燃了手榴弹，然后身体前倾，把手榴弹狠狠塞进了河底的淤泥当中。

在没有任何掩护和保护的情况下，在那一枚德国制造的高爆手榴弹在河底爆炸之前，马兰唯一能做的，就是蹲在河底把自己身体可能受到的攻击面积缩到了最小，用自己的双手死死抱住了头。

至于这枚手榴弹爆炸后，能不能把她推出这片淤泥，在水里四处乱飞的弹片，会不会直接射进她的身体要了她的命，会不会在她的脸上留下终身无法消除的疤痕，会不会她的身体无法承受如此近距离的激流冲荡，而陷入晕迷，活活溺死在水中……这些对马兰来说都不重要，重要的是，她想要活下去。与其在淤泥中徒劳挣扎，最终活活淹死在苏州河底，她不如趁着自己还能憋住一口气，还能努力让自己全身的肌肉放平缓，让自己的精神与身体，都处于最能抵抗撞击的状态，去拼死一搏！

“五、四、三、二……”

在心里默默数着手榴弹引爆的秒数，马兰在心里只是不停地对自己说着一句话：“一个小时之后，我一定会睁开双眼；一个小时之后，我一定会睁开双眼；一个小时以后，我一定会睁开双眼……”

只觉得一股势不可当的力量，狠狠撞到了自己的身上，大片大片黑色的烂泥，夹杂着天知道在里面埋了多久的石子、烂铁片和一大堆五花八门的东西，劈头盖脸地砸过来。没有在水下被手榴弹在近距离轰击过的人，绝对不会明白，水流在瞬间产生的冲击力量是多么的可怕。无论马兰做了什么样的准备，无论她曾经受过什么样的特殊训练，面对这种超越人类生理承受极限的可怕撞击，她只觉得眼前一阵晕黑。无论她如何拼命让自己努力保持清醒，但是她仍然被黑暗吞没了。

雷震就在手榴弹爆炸的同时，终于膝盖一软，狠狠地扑倒在地上。胸膛里传来的痛苦，让他瞬间就陷入了黑暗的晕迷当中。

雷震真的不知道，在他晕倒之后，杨符坚也被摔醒了。谢晋元和杨符坚，用两条布带，绑住了雷震的双腿，然后两个人就是用爬的动作，拽着彻底陷入晕迷生死未卜的雷震，一点点钻过了机枪子弹形成的封锁线，用最狼狈最不体面的动作，在众目睽睽之下，一点点爬进了英国租界，和自己的部队会合到了一起。

第四十六章 锁住的生命

凌维诚和杨惠敏几乎一起扑了过去。看着谢晋元和雷震的样子，这两个因为不同的原因，而站在英国军营的大门前，痴痴等待的女人都惊呆了。

在凌维诚的心里，她的丈夫谢晋元，就是一个头顶蓝天脚踏大地的男人。她早就知道，自己的丈夫胸膛里随着心脏一起跳跃不息的，就是一个宁折不弯的灵魂。她什么时候见过她的丈夫，竟然会当着所有部下的面，用像狗爬一样的动作，把一个受伤的士兵，硬拖过了火线，拖进了英国军营？！

杨惠敏借着英军军营里的灯光，痴痴地看着雷震。看着他满身的鲜血，看着他苍白的脸色，看着他仍然在轻微起伏的胸膛里倒刺出来的那半截肋骨，杨惠敏的嘴唇哆嗦了半天，才捂着嘴猛然发出了一声悲呼：“我的天哪！”

史密斯中校也深深地望着谢晋元。他亲眼看着谢晋元中校和杨符坚营长，两个人并排爬进了自己的军营，但是他犹如大海般蔚蓝的双眼中，闪动的是再无任何保留的尊敬。

“谢晋元，”史密斯中校以低不可闻的声音道，“你的确是我这一辈子，见过的最优秀的军人。如果说你在四行仓库的战斗，赢得了我的尊敬，现在你却真的让我有点崇拜了。”

谢晋元的目光，现在已经跳过了在他面前不断乱晃的人影，直接落到了史密斯中校的身上。他放声吼道：“我们这里有伤员，快点把他送到医院急救！”

史密斯中校走到了谢晋元面前，看着躺在在地上的雷震，看着雷震倒刺出胸膛的那半根肋骨，看着在雷震经过的路上，倾洒出来的那条血线，史密斯真的不敢相信，眼前这个可能连二十岁都没有的大男孩，就是拖着这样的身体，硬背着谢晋元和杨符坚营长冲刺了三十多米距离！

史密斯中校略略沉默后，道："不，谢中校，我们还有一些事情需要先谈一谈。"

谢晋元瞪大了眼睛，怒吼道："有什么事情比救人更重要？！"

"有的。"

史密斯中校转开了头，他真的不忍心，也无法再去面对谢晋元那一双几乎要喷出火的眼睛，更无法面对他曾经对谢晋元的承诺。史密斯中校低声道："进入了我们英国租界，就等于是进入了我们英国的领土。我们绝对不能允许一支携带着武器，却隶属于另外一个国家的部队，出现在我们的领土上，哪怕只是借道穿行也不行。我们上峰已经下了严令，你们……必须要把武器交出来！"

一听到"必须把武器交出来"这句话，谢晋元的瞳孔在瞬间收缩，他还没有回答，就猛然听到不远处传来一阵喧哗。

"快来人啊，救救她，我找到她了，她就漂在河里一动也不动，谁会水快点把她救上来。就是她炸了那两艘巡逻艇，救了团长和营长啊！"

在一阵叫嚷声中，几个精通水性的士兵，一边向苏州河岸奔跑，一边甩掉了自己身上的所有武器，跳进了河里，从里面捞出了全身都是鲜血，嘴唇紧闭脸色苍白，早已经失去知觉的马兰。

看着马兰在那些士兵怀抱里，不自然垂下来的双腿，谢晋元痛苦地闭上了双眼。以他的经验一眼就可以看出来，马兰的双腿都断了，也许这一辈子都不会再复原。这对于一个受过最严格训练，能够在任何环境中保持最强大作战能力的职业军人来说，无疑会是一种最悲惨的结局！

在这个时候，马兰已经不知道灌了多少水，她的脸色苍白，接受过急救训练的杨惠敏推开所有人，冲到了马兰的身边。可是当她的目光落到马兰身上时，杨惠敏真的呆住了。

马兰的身上，到处都是划伤，天知道有多少块手榴弹的弹片，深深地嵌入了她的身体。在这个时候，杨惠敏根本不敢用手去按压马兰的身体，因为她在马兰的身上，几乎找不到一处没有受伤没有嵌入弹片的位置。如果她强行去按压马兰的身体的话，在把她胸腔里的河水挤出来的同时，也许把嵌入她身体的弹片按得更深。

"不要管她身上的弹片，立刻施救，先让她恢复呼吸！"对着杨惠敏做出命令后，谢晋元望着史密斯中校，道，"看在人道立场上，请你立刻把他们两个送到医院进行急救。交枪的事情，我们一会儿再说。”

“不行！”

史密斯中校还是没有回头，“对于你来说，这两个人的命很重要，但是法不可废，这代表了我们英国的尊严和我们英国军人的使命！你们必须要把枪交出来，由我们暂时看管，等你们离开租界的时候，我们可以把武器再还给你们。”

谢晋元望着就躺在自己面前，呼吸越来越微弱的雷震，再看看不远的位置上，正在给马兰做腹部按压，将她喝进胃里的河水，挤出来的杨惠敏，谢晋元狠狠咬住了自己的嘴唇。

马兰和雷震现在必须接受急救，否则他们两个人必死无疑。他们都是谢晋元的救命恩人，如果不是为了谢晋元，他们绝对不会变成这个样子。哪怕是有万分之一的可能，谢晋元也不会放弃这两个人。但是，身为一名指挥官，他又怎么能对自己的部下下令，要他们把武器上缴出来？

要知道，只有俘虏，才会把武器全部交给另外一支军队！

“我明白你们的顾虑，不会让你为难！”谢晋元狠狠喘了一口气，望着史密斯中校，沉声道，“他们身上都没有武器，请你本着人道立场，立刻把他们送到医院急救。至于我们同样有自己的坚持，我们人可以死，枪绝不能离身。既然你们不允许我们携带武器穿过租界，我就带着所有人，再沿着原路，打回四行仓库，在那里和日寇决一死战！”

面对谢晋元这个意外的决定，史密斯中校真的呆住了。

在一名士兵的搀扶下，谢晋元勉强支撑起了自己的身体，他的目光直接落到了副营长的身上。副营长走前一步，迅速报告道：“我们已经点过了所有成功进入租界的士兵，一共还有三百四十二人，除了为了迅速撤退留在四行仓库里的重机枪和迫击炮，我们手中的步枪和轻机枪，一支也没有丢。”

谢晋元点了点头。他的目光缓缓从那些集结在自己面前的士兵脸上掠过，就在他深深吸了一口气，准备下达近乎于自杀的作战命令时，突然有人轻轻拉了拉他的衣角，一个怯生生的声音，在他的身旁响起：“爹！”

谢晋元的身体轻轻一颤，他低下了头，一左一右紧紧拉住他衣角的两个孩子，不是他的儿子和女儿又是谁？！刚才谢晋元的精神已经全部放到了雷震的身上，直到这个时候，他才看到，自己的妻子凌维诚，就默默地站在他的身后，无声的泪水早已经夺眶而出，在她的脸上，划出了一道又一道晶莹的泪痕。

“谢团长，现在日本军队应该已经占领了四行仓库，你们如果真的回去，一小时之内就会全军覆没。我尊重你的气节，也认同你对军人荣誉的捍卫。但是我认为，一个好的指挥官，绝不会拿部下的生命去赌气！”

史密斯中校的声音，在谢晋元的身边响起：“等你们离开租界，搭乘军车赶往南京的时候，我们没有理由，也不会再扣押你们的武器，会把它们重新交还到你们的手里。所以，你们这不是缴械，而是尊重我们英国，愿意接受我们国家的法律，把武器交到我们手里，暂时保管罢了。”

史密斯中校刻意加重了“暂时保管”这四个字的语气。他伸手指着雷震和马兰，道：“而且，你这两个出色的部下，包括谢中校你本人，也需要立刻得到治疗。还有，在对你们提出暂时保管武器的要求之前，大使馆已经和你们的政府取得了联系，并征得了贵国政府的许可。在这种情况下，把武器交出来由我们暂时保管，也是在服从上峰的指令，绝对不是耻辱！”

谢晋元看着紧紧拉住自己衣角的儿子和女儿，在这个世界上，又有几个父亲，能够迎着孩子充满渴望的双眼，狠狠甩开他们的手，而去面对一场再也没有任何实质意义的战争？面对自己心爱女人的眼泪，又有几个男人，可以做到坦坦荡荡，再无遗憾地走向死亡？

谢晋元慢慢转过了身体，他这一生还从来没有背对着自己的部下，下达了命令：“把枪……放下。”

武器，终于交到了英军的手里。在史密斯中校的帮助下，雷震、马兰、谢晋元和杨符坚，在最短的时间，被送入了英租界内最大的一家医院。

“无论付出什么样的代价，想办法把那两个人救活！”

这是史密斯中校给院长说的话，这也是他这个英国皇家陆军的中校，唯一表达对谢晋元这个中国军人尊敬和歉意的方法了。

马兰终于被推进手术室。这所医院里最优秀的外科手术医生，就站在手术台前，伸出了自己的双手，让一位护士给他戴上了消毒手套。他看着马兰千疮百孔的身体，不由得皱起了眉头。

这个女人的双腿都断了，这并不算什么，只要重新接上断骨，打上石膏，不出三个月腿骨就能重新接起来。虽然也许以后她的行动会受影响，但是只要她努力锻炼，又系统地接受复健训练，很容易克服这种问题。

但是现在她全身上下，至少嵌入了二十多块弹片，其中有几块甚至卡进了她胸腔的骨缝里，想要把这些金属弹片摘取出来，需要相当长的时间。最严重的是，她在近距离被爆炸性武器命中后，伤口又泡了水，兼之失血过多，以她的身体状况，只怕很难挺住漫长的手术。

一名为马兰检查身体的护士，突然对这位外科手术医生，摇了摇头，做了一个病人已经不行了的手势。外科手术医生翻开马兰的眼皮，在无影灯的灯光下，仔细看了一眼马兰的瞳孔，他回头狠狠瞪了一眼那个护士。

马兰的瞳孔还没有放大，在医学角度上来讲，只有瞳孔放大，才能算是真正死亡。但是看看马兰，她的身体体温已经降到了危险程度以下，而她的呼吸，甚至连她的心跳都停止了。面对这样一具千疮百孔，到处都是伤口，再没有任何生机的身体，也难怪那个护士做出了马兰已经死亡的判断。

外科手术医生沉默了片刻，最后他还是点了点头，慢慢摘下了自己手上的无菌胶皮手套。就算以医学角度来讲，马兰还没有死亡，但是她的身体状态，已经绝不可能再支撑超过五个小时的外科手术，他已经没有必要在这个中国女人的身上，浪费时间了。

马兰的身体被搬下了手术台，重新放到了急救手推车上，就在一个护士拿起白色的被单，准备盖在马兰的身上时，她突然发出了一声惊呼："我好像看见她的眼皮在动。"

所有人都对着这个护士侧目而视，就连这个护士自己也变得不好意思起来。一个连心跳都停止的人，眼皮又怎么可能跳动？可是已经把无菌手套摘掉的医生脸色却变了，因为他清楚地看到，那个呼吸和心跳全部消失，已经要被他们抛弃的病人，眼皮真的在不停地跳动！

外科医生飞快地跑过来，在他小心翼翼的注视下，这个呼吸和心跳都停止，又没有接受急救的女人，竟然真的重新睁开了自己的眼睛。

外科医生真的惊讶了，以他的医学常识来看，就算可以活下去，这个女人都不可能在这个时候，重新睁开双眼！他伸出一根手指，在这个女人的眼前不断晃动着。他附在这个病人的耳边，用发音奇特的中文，道："如果能看到，也能听到，你的眼，转动一下。"

那个女人一直没有扩散的双眸，随着这位外科手术医生的低语，略略转动了一下。

外科手术医生的眼睛亮了："我是你的医生，我会救你。但是，我要你支持五个小时！如果支持不住，你就会死！听清楚了没有，五个小时，如果听清楚了，你就眨眨眼睛。”

那双近乎呆滞的眼睛，真的眨了一眨。

外科手术医生笑了，沉声命令道：“立刻手术，我相信她能活下来！”

几个护士没有人相信，以病人的这种状态，能在手术台上支撑五个小时。就在短短的三个小时时间里，躺在手术台上的病人，呼吸停止了七次，心脏停止跳动了三次。但是不知道为什么，她却总是能在医生和护士的联手努力下，一次次重新恢复了呼吸，恢复了心跳。在她的身体深处，仿佛隐藏着一台无形的马达，在不停地转动中，支撑起了她脆弱得似乎连一阵风都可以吹散，却又坚强得再无懈可击的生命！

外科手术医生已经陷入了一种兴奋状态，就算换上了第二批手术医生，他仍然坚持留在了手术室里，直直地凝视着这位给了他太多惊讶的病人。

五个小时后，当马兰终于被抬出下手术台时，在绝对虚弱，绝不可能的情况下，她竟然再次睁开了自己的双眼。

几个护士真的惊呆了。她们在医院里工作了这么久，和各科的医生一起经历了不知道多少场手术，可是她们还没有见过这样近乎诡异的手术和超出她们医学理解范畴的人！

当马兰终于被推进特护病房，这些护士终于可以喘上一口气的时候，她们不约而同地都聚集到了那位外科手术医生的身边。她们真的想知道，为什么这位医院技术最精湛的医生，在手术还没有开始前，面对一个呼吸和心跳都停止的病人，敢断言她能支撑住漫长的生命磨炼。

“我平时除了喜欢钻研医学之外，也很喜欢研究哲学，其中最吸引我注意的，就是哲学中，对精神领域的研究。”

这位医术精湛的主治外科医生，是一个四十多岁的英国男人。他伸手轻轻揉着自己因为长时间手术而微微酸痛的眼角。在几个护士众星捧月般的拥簇下，他微笑道：“我们通过平时的实践都知道，意志力坚强的人，在危险系数高的手术中，坚持下来的概率，相对会高一些。但是我们刚才做的那个手术案例，仅仅以意志力坚强来解释，明显是不够的。”

几名护士一起连连点头，如果意志力够坚强，就可以在手术台上七次停止呼吸，三次心脏停止跳动而不死的话，在这个世界上，死在手术台上的人，只怕就屈指可数了。

“在这里，就涉及了我和医学院的导师，最感兴趣的一个领域。”在几个护士侧耳聆听和注视下，这位医生一字一顿地道，“就是我们现在单纯用医学，还无法完全解释的催眠。”

“最简单的催眠，我们谁都会。比如你在睡觉之前，在心里对自己连续说上十遍，我在四点钟一定要醒过来，那么就算你没有失眠的习惯，平时都能一觉睡到天亮，在这一天晚上，到了四点钟，你也会莫名其妙地在四点钟突然睁开自己的双眼。这就是因为，你已经对自己催眠了，一遍遍在心里重复着那个命令，已经在你的精神里，安装了一个定时开关。如果不相信的话，你们今天晚上睡觉之前，都可以试试我说的这个办法。”

说到这里，这位医生蔚蓝色的双眼中，闪动着兴奋的光芒，他思索着道，“一些意志力特别坚强的人，甚至能直接影响自己的生命。像法国拿破仑时期，就曾经发生过这样的事情。一位骑兵把重要的军事文件送到了拿破仑的手里，他就静静地坐在马上，等待拿破仑的命令或者询问，结果拿破仑读完这份军事文件后，告诉这位骑士，他的任务已经结束。看到这位骑士身上正在流淌着鲜血，拿破仑顺口问了他一句，是不是受伤了，结果那位骑士回答说，‘不，先生，我已经死了’，这句话一说完，骑士就直接从马上摔了下来停止了呼吸。医生在给这位骑士做了检查后，得出了一个非常惊人的结论，从这个骑士受伤的程度来看，他在十五分钟之前，就应该死亡了！”

“我和老师专门研究了这些病例，最后老师得出了一个非常让我信服的结论。他认为，那名骑士拥有绝对坚强的信念，在受到致命重创后，他就是因为对领袖的尊敬与热爱，还有对完成任何的极度渴望，导致他的身体内分泌发生变化，脑垂体中分泌出生物兴奋剂，让他的大脑一直保持在某种兴奋状态之下，为他强行延续了生命。当他的任务完成之后，他的精神一放松，就立刻被死神拉进了怀抱。在人类历史进程中，像这位可敬的骑士之类的故事，并不在少数。”

几个护士都瞪大了双眼，这样的故事或者是事实，距离她们的生活真是太遥远了，远得就像是听天书。

隔着特护病房门前的玻璃窗，看着接受了五个小时的手术，脸色苍白地躺在病床上，仍然在危险期的病人，看着床前挂的病历卡片，医生将“马兰”这个名字慢慢印进了自己的大脑里。他伸手指着马兰，低声道：“如果我没有猜错的话，我们的这位病人，就是那种拥有最坚强意志，甚至在这方面，接受过某种特殊训练的人物。她在昏迷之前，一定用了类似于我刚才说的那种方法，对自己的大脑意识层进行反复催眠，为自己设定了一个强行恢复清醒，重新睁开眼睛的时间。一旦她预先设定的时间到了，她的脑垂体中，就会分泌出足够的兴奋剂，帮助她重新睁开双眼，甚至是没有通过急救，就硬生生地恢复了心跳和呼吸。”

“还记得我在她耳边，告诉她要接受五个小时的手术吗？”

医生微笑道，“我就是要让她在心里，把五小时重新设定成她的目标。一个意志坚定的人，一旦设立了目标，就等于是在黑暗的大海中，为船只竖起了灯塔，只要她自己不轻易放弃，她就可能坚持到最后！事实证明，她成功了，我也成功了！”

说到这里，这位医生发出了一声轻叹：“我还没有见过一个能够让我如此惊奇的中国人。但是最让我惊奇的是，她竟然是一个女人，一个强行用上锁的方法，把生命死死牢在身体里，就连死神也没有办法的女人！”

马兰和雷震，都在手术台上撑过了最危险的磨砺。看着分躺在两间特护病房里的雷震和马兰，再看看打了麻药，已经躺在病床上，抱着柔软而暖和的棉被，陷入沉睡的杨符坚营长，谢晋元终于长长地吐出了一口闷气。

在这个时候，还能保持清醒的人，只剩下了坐在轮椅上的谢晋元。

日本军人使用的三八式步枪，在设计上有着明显的缺陷。从这种步枪里射出来的子弹，打得够准，射击时稳定性也好，但是子弹打到人的身体里，瞬间停滞力太差。子弹直直地打进谢晋元的大腿，又直直地贯穿出来，只留下了一个并不算粗的弹孔，又幸运地没有伤到骨头。按谢晋元的估计，两周后他就可以用自己的双腿，重新站起来。

谢晋元扭过头，用歉然的眼神，看着他的妻子凌维诚。她从始至终都没有对谢晋元说什么抱怨的话，更没有流露出不满，只是静静地陪在谢晋元的身边，用自己的温柔与体贴，无声地抚慰着经历了人生的大起大落，又亲眼看着伙伴受伤而显得坐立不安的谢晋元。

在医生帮谢晋元处理完伤口后，不用他开口说话，凌维诚就直接找到护士，为他借来了一个轮椅。他那双年幼的孩子，算一算也有一年多时间没有见了，现在都懂事多了，一直乖乖地陪伴在他的身边，没有缠着他去讲军营里的故事。

谢晋元伸出手，轻轻搭在了凌维诚的手上。在这个时候，他真的想说点什么，来表达对妻子的感激，但是他嘴唇嚅动了几下，最终却什么也没有说出来。

谢晋元真的没有想到，他们一家四口的重逢，竟然是在这样一个环境。她看起来真的瘦了好多。是啊，想想看，一个女人带着两个孩子，在兵荒马乱的上海生活了整整三个月时间，天天担惊受怕，还要思念着在战场上和敌人舍命血战的丈夫，又有几个人能经受住这种双重的煎熬？！

凌维诚在身上的钱都花光后，住进了英国租界的难民营。每天只能喝那种根本塞不饱肚子的稀饭，就算凌维诚不说，谢晋元也知道，她一定把自己的那一份稀饭，大部分都分给了两个孩子，在这种情况下，她能不瘦吗？！

他伸手轻轻抚摸着两个孩子的脑袋，静静感受着一家四口那种血脉相连的动人感觉。就在这个时候，突然有人跌跌撞撞地冲进了医院。他连谢晋元在哪里都没有看清楚，就伸直了脖子，在禁止喧哗的医院大厅里，发出了一声带着哭腔的狂吼：“团长，不好了，那帮英国佬在背后对我们下刀子了！”